LE

COUP DE POUCE

LIBRAIRIE DE E. DENTU, ÉDITEUR

———

DU MÊME AUTEUR

CLICHY. — Impr. PAUL DUPONT, rue du Bac-d'Asnières, 12.

LE
COUP DE POUCE

PAR

FORTUNÉ DU BOISGOBEY

DEUXIÈME ÉDITION.

PARIS

E. DENTU, ÉDITEUR

LIBRAIRE DE LA SOCIÉTÉ DES GENS DE LETTRES

PALAIS-ROYAL, 17 ET 19, GALERIE D'ORLÉANS

1876

LE
COUP DE POUCE

CHAPITRE Ier.

L'omnibus de la Madeleine à la Bastille roulait sur la ligne des boulevards, et *versait des torrents de poussière sur ses obscurs blasphémateurs,* comme disait ce pauvre Arnal dans *Renaudin de Caen,* — un vaudeville d'il y a trente ans. En style vulgaire, il faisait une chaleur abominable, le macadam poudroyait, et l'omnibus étant complet, les gens qui couraient après lui s'essoufflaient inutilement, puis s'arrêtaient en s'essuyant le front et en maugréant contre le monopole de la Compagnie.

Déçus dans leur espoir, ces aspirants à la locomotion à bon marché n'avaient pas même la consolation d'être plaints par les voyageurs plus heureux qui remplissaient la voiture. Au contraire, les premiers occupants leur riaient au nez, — ainsi va le peuple le plus spirituel de la terre, — et les moqueries s'adressaient surtout à des femmes, car, sous ce soleil torride, les hommes recherchaient peu l'impériale, où ils ont seuls le privilége de grimper.

1

Cependant ce toit garni de banquettes, que les Anglais nomment l'*out-side*, se peuplait aussi, et, quand l'omnibus arriva au boulevard Bonne-Nouvelle, il ne restait guère de places *en l'air*, comme disent messieurs les conducteurs, en leur langage imagé. Quant à l'intérieur, il était plein et les voyageurs rassemblés par le hasard dans cette boîte oblongue, étouffant à l'envi, tâchaient de humer un peu d'air par les portières ouvertes et ne réussissaient qu'à avaler beaucoup de poussière.

La composition du convoi pour la Bastille offrait un assortissement assez complet des diverses catégories du monde parisien. On sait que le public des omnibus varie suivant le chemin qu'ils suivent. Il y a des lignes aristocratiques comme celles qui traversent le quartier de la Madeleine ou le quartier des Champs-Élysées; des lignes magistrales et cravatées de blanc qui vont au Palais de Justice et au tribunal de commerce; des lignes mi-parties, moitié sérieuses, moitié folâtres, où les demoiselles armées en guerre coudoient les mères de famille, — celle de l'Odéon, par exemple, qui part de Batignolles, cette capitale des petits rentiers, suit la tapageuse rue Notre-Dame-de-Lorette et passe par le noble faubourg Saint-Germain pour aboutir au joyeux et débraillé quartier Latin; enfin des lignes franchement plébéiennes, voiturant de Ménilmontant à la barrière Montparnasse des travailleurs en blouse et des *madame Angot* de la rue Mouffetard aux Halles.

La ligne des boulevards résume tout cela : élégante au départ de la Madeleine, bourgeoise au milieu, ouvrière à l'arrivée. Les robes de soie n'y dépassent guère la place du Château-d'Eau.

Ce jour-là, qui était un des derniers du mois de juin de la dernière année du dernier empire, l'omnibus n° 119, de la ligne E, contenait trois honnêtes marchandes, quatre grisettes en rupture d'atelier, deux figurantes des petits théâtres, un ouvrier, trois messieurs plus ou moins à la mode, et un quatorzième voyageur dont il n'était pas très-difficile de deviner la condition sociale.

C'était un vieillard vêtu d'une longue redingote noire assez râpée, coiffé d'un chapeau à larges bords d'où s'échappaient de longues mèches de cheveux blancs, chaussé de bas de laine noire et de gros souliers à boucles d'argent. Grand, maigre et un peu courbé par l'âge, il tenait ses yeux constamment baissés et ses mains croisées sur ses genoux. Ses lèvres remuaient, comme s'il eût récité tout bas des prières, de grosses lèvres rouges et charnues qui devaient, quand elles souriaient, exprimer une ineffable bonté.

Ce voyageur, si différent de ses compagnons de route, était assis tout à l'entrée de l'omnibus, à droite du marche-pied où se perchait le conducteur. Il avait pour voisin immédiat un jeune homme habillé de la tête aux pieds d'une étoffe à carreaux et cravaté de rose tendre, — la tenue et les grâces d'un commis en goguette. En face de lui, l'ouvrier, le seul de la carrossée, carrément planté, ses larges poings sur ses cuisses, l'œil vif et l'air ouvert. Au fond de la voi-ture où les femmes étaient en majorité, gazouillaient des jacassements de pie, ponctués par-ci par-là de rires étouffés.

Ces gaietés étaient provoquées par les mines plaisantes du beau-fils assis à côté du vieillard. L'aimable adolescent affectait de s'accrocher continuellement, d'une main, à la barre de fer placée au-dessus de sa tête, cette barre qui sert de point d'appui aux voyageurs pour gagner leur place. De l'autre main, il faisait les cornes à son voisin, imitant le geste que les *lazzaroni* de Naples opposent à l'influence du mauvais œil. Ce dandy, fraîchement habillé à la Belle-Jardi-nière, n'avait pourtant pas l'air d'avoir voyagé en Italie, et il y avait gros à parier qu'il ne connaissait la *jettatura* que pour en avoir entendu parler dans les journaux à propos du maëstro Offenbach ; mais sa pantomime avait assurément un sens, et il fallait même que ce sens fût compris des demoi-selles du fond, car elles s'en donnaient à cœur joie de pouf-fer et de chuchoter.

Le voisin leva la tête, mais, ne devinant point la cause de ces hilarités, il reprit sa pose modeste et pensive. Cela ne faisait pas le compte du joli jeune homme, qui lui demanda d'un air goguenard :

— Dites donc ! Est-ce que vous allez loin comme ça ?

Le vieillard, étonné, le regarda, et lui répondit :

— Je vais jusqu'à la place de la Bastille, monsieur. Puis-je savoir ?...

— Pourquoi je vous demande ça ? Pardi, c'est pas malin à trouver. C'est que ça me fatigue joliment d'être obligé de tenir mon bras en l'air.

— Si je vous gêne, monsieur, je vais essayer de me serrer davantage.

— Non, non, c'est pas la peine. Vous ne me gênez pas du tout, vu que vous êtes si maigre que vous ne tenez que demi-place.

— Alors, monsieur, je ne vois pas...

— Comment, vous ne voyez pas que je tiens la barre parce qu'il faut toucher du fer quand on a touché un prêtre ?

Le vieillard rougit, mais il se contenta de détourner la tête et il se remit à prier.

Encouragé par la résignation de sa victime, le drôle en cravate rose saisit la barre de son autre main, et cela si brusquement qu'il heurta le chapeau du digne homme et faillit le décoiffer.

Dans cette réunion de gens rassemblés par les hasards du transport en commun, personne n'eut le courage de réagir contre les ineptes railleries d'un polisson endimanché, personne excepté l'ouvrier qui était assis en face du vieillard.

Au commencement du voyage, il avait, lui aussi, examiné son vis-à-vis, et quand il reconnut le costume ecclésiastique, ce ne fut pas précisément un sentiment de sympathie qui se peignit sur son honnête figure; mais, dès que les facéties de mauvais goût commencèrent, le digne travailleur fronça le sourcil et se mit à battre la mesure avec une règle de menuisier qu'il tenait à la main, signe évident d'impatience et même de quelque chose de plus. Cette règle allait et venait avec un mouvement saccadé qui faisait songer à une correction manuelle. A vrai dire, elle inquiétait un peu le beau diseur et, tout en lançant ses fines railleries, il ne pouvait s'empêcher de la suivre de l'œil. Mais il se rassurait en se disant que l'ouvrier devait être du faubourg Saint-Antoine, où on n'a point de bienveillance pour les porteurs d'un habit *qui rappelle les superstitions d'un autre âge*. Il avait lu, le matin même, cette phrase ronflante dans un journal auquel était abonné le marchand de vins où il déjeunait d'habitude, et cette phrase le tranquillisait en attendant qu'il trouvât l'occasion de la placer pour achever d'éblouir les petites dames du fond. Par malheur, il se trompait, et il n'eut pas plutôt touché le chapeau du vieillard que la redoutable règle se leva toute droite; et ce geste menaçant fut appuyé de ces mots énergiques :

— Qui est-ce qui m'a bâti un polisson comme ça? A-t-on jamais vu insulter un pauvre vieux qui ne vous dit rien? En v'là assez ! Ne recommençons pas, ou je cogne.

Le dandy d'occasion avait bonne envie de répondre par des injures, mais il était comme Panurge, *craignant naturellement les coups*, et il se tint coi. Il lâcha même, incontinent, la barre qu'il affectait de prendre pour un préservatif contre le contact d'un prêtre.

Parmi les voyageurs de l'omnibus, il y en avait peut-être qui donnaient aussi dans ce ridicule préjugé dont on aurait de la peine à expliquer l'origine, quoiqu'il soit fort répandu à Paris dans un certain monde, mais l'intervention de l'ouvrier fit merveille. Les demoiselles cessèrent de rire et les bourgeoises lancèrent des regards courroucés au farceur de bas étage, lequel, ne se sentant plus soutenu, se leva tout doucement et décampa sans tambours ni trompettes.

On arrivait à la courte montée du boulevard Saint-Martin, et le cocher avait mis les chevaux au pas.

— Arrêtez, s'il vous plaît ! cria une femme qui courait vers l'omnibus en traînant après elle un enfant.

— Il n'y a qu'une place, la mère, lui dit l'homme à la casquette ornée d'un O majuscule.

Elle lâcha la rampe du marchepied qu'elle tenait déjà et murmura d'un air consterné :

— Ah ! mon Dieu, je n'arriverai jamais pour le train de Nogent.

— Si, pour le suivant, grommela le conducteur facétieux.

La pauvre femme qui venait d'éprouver cette déception,

bien connue de tous les habitués des voitures à six sous, n'était plus jeune et semblait accablée de fatigue ; l'enfant qu'elle tenait par la main avait l'air malade et marchait avec peine.

— Y a-t-il encore de la place sur l'impériale ? demanda le vieillard.

— Tant que vous en voudrez, monsieur le curé.

— Alors, mon ami, arrêtez, je vous prie. Je vais y monter, et vous pourrez donner deux places à cette bonne dame.

Le conducteur tira le cordon et appela la femme. Elle accourut en criant au brave homme qui cherchait à se hisser sur l'impériale par un chemin fort malaisé pour un homme de son âge :

— Merci, mon bon monsieur. Vous me rendez un fameux service ! Ah ! si vous saviez... vous sauvez peut-être la vie à un homme.

— Montez, montez, la mère ; vous causerez à la station, dit le conducteur en la poussant dans la voiture. Y êtes-vous, là-haut ? ajouta-t-il en levant la tête pour voir si l'obligeant voyageur avait achevé son ascension ; nous y sommes ? oui ; allez ! roulez !

L'opinion publique est aussi changeante dans les omnibus que dans les clubs électoraux, et celle des voyageurs s'était unanimement retournée en faveur du vieillard qui venait de céder sa place.

— Dire que, sans ce brave homme, la pauvre femme serait restée sur le pavé ! murmurait une commère à l'oreille de sa voisine.

— Et qu'elle aurait manqué le chemin de fer : car le train est à six heures cinq, et bien sûr qu'elle n'a pas de quoi prendre un fiacre, répondit l'autre tout bas.

— Ça, c'est vrai qu'elle n'a pas l'air de rouler sur l'or.

— Il n'est pas bien vigoureux, la mère, le petit que vous avez là, dit l'ouvrier.

— Ah ! ne m'en parlez pas, répondit la bonne femme ; j'ai quasiment peur qu'il me passe entre les bras avant d'arriver chez nous.

— C'est à vous ce mioche-là ?

— Non, ma foi ! c'est un enfant trouvé que je suis venue chercher à l'hospice et, si j'avais su qu'on me le donnerait si chétif, je ne l'aurais pas demandé.

— Eh ! bien, non, là, vrai, il n'a pas bonne mine.

— Qu'est-ce que vous voulez ? Ça doit avoir eu des père et mère qui ne mangeaient pas tous les jours.

— Pas sûr. Il y a des riches qui ne sont pas plus solides que les pauvres gens.

— Et qu'est-ce que vous allez en faire, du petiot ?

— Ah ! je n'en sais rien. Je comptais qu'il nous aiderait au jardinage, mais à cette heure je crois plutôt que c'est nous qui le servirons, vu qu'il a encore plus besoin du médecin que nous d'un apprenti jardinier.

— Drôle d'idée, tout de même, que vous avez eue là.

— C'est pas moi qui l'ai eue. Faut vous dire, mon bon monsieur, que Pierre et moi nous n'avons pas d'enfants. Pierre, c'est mon homme. Mais nous avons un peu de bien, dix arpents de terre maraîchère. Ça fait qu'il nous fallait un gamin pour bêcher les plates-bandes et arroser les légumes, et c'est pas commode à trouver dans le pays, vu que nous sommes trop près de Paris, et que les garçons s'y en vont tous. Pour lors, Pierre qui sait lire, a vu dans les papiers qu'à l'hospice on pouvait se procurer un enfant, à condition d'en avoir soin. Sitôt vu, sitôt fait. Il a... comment qu'ils disent ça... empli les... les...

— Rempli les formalités.

— Tout juste. C'est un tas de papiers qu'il faut fournir, et puis des renseignements qu'ils font prendre. Enfin, ça ne va pas tout seul. Mais nous avons eu la permission tout de même, et alors mon homme m'a dit : Jacqueline, va-t'en à Paris pour choisir le petit.

— Et c'est celui-là que vous avez pris ?

— Je ne l'ai pas choisi, mon bon monsieur, c'est l'employé qui m'a entortillée en me disant que cet enfant-là n'était pas comme les autres, qu'il était malingre, mais qu'il se remettrait, si on en avait bien soin, et que c'était le plus gentil et le plus futé de toute la maison. Enfin, il m'en a tant conté que j'ai topé.

— Eh ! eh ! c'est bien ça, la mère, et j'aurais fait comme vous, si j'avais été à votre place, mais les enfants, c'est pas ce qui me manque ; j'en ai trois.

— Et puis, reprit la paysanne, figurez-vous qu'il m'a encore fallu débourser je ne sais plus quoi pour un papier. J'avais deux pièces de cent sous dans ma poche en partant de chez nous ; quand j'ai eu payé, il m'est resté tout juste pour mon chemin de fer et puis quelques sous avec, et je marchais depuis une heure, et j'avais déjà manqué quatre omnibus, et j'étais en retard, et si ce bon monsieur n'avait pas été si complaisant, il serait peut-être arrivé un malheur, car vous ne savez pas...

— Et votre homme, interrompit l'ouvrier, comment prendra-t-il la chose de l'enfant ?

— Lui ? On voit bien que vous ne le connaissez pas. Il commencera par grogner, il me dira que je ne suis qu'une bête et que nous n'avons pas besoin d'une bouche inutile. Mais quand il verra ce pauvre petit qui n'a que le souffle, c'est pas lui qui voudra le renvoyer. Non, non, il me dira : Jacqueline, il nous fallait un travailleur et on nous donne un infirme. Gardons-le tout de même, soignons-le bien, et qui sait ? il nous rendra peut-être ça un jour.

— Eh *ben !* la mère, c'est pas pour dire, mais c'est un brave homme que votre mari. Comment s'appelle-t-il ?

— Pierre Ledoux, jardinier à Charly-sous-Bois.

— Charly-sous-Bois, c'est du côté de la Marne, pas vrai ?

— Oui, mon bon monsieur, comme qui dirait la banlieue de Nogent. Vous prenez le chemin de fer de Vincennes, vous laissez Joinville sur la droite, et puis...

— Bon ! je connais ça. Des fois, nous allons nous promener par là le dimanche avec ma femme et les mioches.

— Et ça serait-il indiscret de vous demander votre nom ?

— Cormier (Antoine), la mère, et à votre service si jamais vous avez affaire dans le faubourg.

— Vous êtes donc établi ?

— Ebéniste, rue de Charonne.

— Ça vaut mieux que de piocher la terre, j'en ai idée.

— Eh! le métier ne serait pas mauvais, mais c'est l'ouvrage qui ne va guère. On *s'esquinte* toute la semaine, on gagne de l'argent, et puis v'là que tout d'un coup les commandes s'arrêtent, et on en a pour un mois, deux mois de chômage, et alors, faut aller chez *ma tante*; le châle et la montre s'en vont *au clou*... bien heureux quand le matelas n'y passe pas aussi. Tenez, la mère, j'aimerais encore mieux piocher, ratisser et sarcler comme votre homme.

Ce dialogue sur les avantages comparés de la vie rurale et de l'existence de l'ouvrier des villes aurait pu continuer longtemps ainsi, car les deux interlocuteurs aimaient fort à parler. D'ailleurs, ils se sentaient pris de sympathie réciproque; chacun d'eux avait deviné le bon cœur de l'autre. Mais l'omnibus arrivait à la place de la Bastille et le conducteur se mit à annoncer :

— Allons! les correspondances pour la barrière Fontainebleau, Charenton, Bercy, le Trône...

— Pourvu que le train ne soit pas parti, dit la paysanne en se précipitant sur le marchepied.

— Bon voyage, la mère! lui cria l'ouvrier.

— Merci, mon bon monsieur, répondit Jacqueline Ledoux. Viens, Marcel, ajouta-t-elle en tendant les bras à l'enfant de l'hospice.

Pendant ce temps-là, le vieillard qui lui avait cédé sa place descendait péniblement de l'impériale.

Rien ne s'oublie si vite qu'un service rendu par un inconnu et la campagnarde ne regarda même pas l'excellent homme auquel elle devait de ne pas être restée en route. Lui, au contraire, l'examinait avec une curiosité bienveillante. Il observait surtout l'enfant, ce pauvre être souffreteux qui se soutenait à peine sur ses jambes grêles, qui ne parlait pas, qui ne riait pas. Et, de fait, c'était pitié de voir ce garçonnet de douze ans avec la taille d'un baby de six à sept et la figure amaigrie d'un adolescent poitrinaire. Un médecin aurait deviné le germe de la phthisie rien qu'à voir sa peau hâve et comme plombée, ses grands yeux cernés de bleu où brillait le feu de la fièvre. Un philosophe au-

rait maudit la corruption des grandes villes qui jette et
abandonne en ce monde de misérables créatures vouées à la
misère et à la mort précoce. Et ils auraient eu raison tous les
deux.

La paysanne, moins clairvoyante et moins raisonneuse,
se trémoussait, tirant après elle l'enfant trop faible pour la
suivre bien vite. Elle se hâtait, car l'horloge de la gare marquait six heures moins quelques minutes. L'ouvrier se dirigeait vers le faubourg Saint-Antoine, mais le bon curé allait
sans doute aussi au chemin de fer, car il marchait dans la
même direction que Jacqueline.

Ils avaient à traverser la place de la Bastille, — une immense esplanade sillonnée en tous sens par des voitures
grosses et petites. Ce n'étaient que lourds omnibus lancés à
fond de train, sans compter les fiacres et les coupés de
maître glissant entre ces énormes véhicules comme des bar-
ques de pêche ou des bateaux de plaisance au milieu d'une
escadre de vaisseaux cuirassés.

La bonne femme ne paraissait pas très-expérimentée
dans l'art de traverser les chaussées parisiennes, car
c'est un art, et un art que possèdent seuls les vieux routiers
du macadam. On reconnaît à vingt pas un provincial, rien
qu'à sa manière gauche de se garer des voitures. Il faut dire
que l'enfant la gênait beaucoup, car il trébuchait presque
à chaque pas.

Ils atteignirent pourtant sans accident le trottoir qui en-
toure la colonne de Juillet, et la paysanne profita de son
passage sur cet îlot d'asphalte pour souffler un moment.
Mais elle vit que l'inexorable horloge allait sonner six
heures et elle se remit à courir, aiguillonnée qu'elle était par
la crainte de manquer le train. Par malheur, elle ne quittait
pas des yeux le cadran, et elle ne vit point une voiture qui
débouchait au grand trot de la rue Saint-Antoine.

C'était un magnifique équipage, un landau haut perché
sur ses huit ressorts et attelé de deux superbes bai-bruns
qui arrivaient comme la foudre. Ils n'étaient plus qu'à trois
pas de Jacqueline Ledoux, qu'elle n'avait pas encore eu le
temps de les apercevoir.

— Gare! gare donc! cria le cocher en tirant sur les rênes.

La bonne femme perdit la tête, fit une enjambée en avant, deux en arrière, et, dans ces mouvements désordonnés, lâcha la main de l'enfant. Le pauvre petit, n'étant plus soutenu, trébucha, tourna sur lui-même et alla rouler sur le pavé devant les chevaux, que le cocher n'avait pas réussi à arrêter.

Encore un instant, une seconde, un quart de seconde, et il était broyé sous leurs sabots d'abord, puis écrasé sous les roues.

La paysanne, terrifiée, n'osait plus bouger, et les passants, qui voyaient de loin cette scène, ne pouvaient que pousser des cris d'effroi. Mais un homme, un vieillard, celui qui venait de descendre de l'omnibus et qui traversait la place derrière la bonne femme, sauta à la bride des chevaux, au risque de se faire renverser d'un coup de poitrail.

La violence de son élan lui fit d'abord perdre pied, et peu s'en fallut qu'il ne tombât, lui aussi, mais il eut la présence d'esprit et la force de ne pas lâcher les rênes, et, en s'y cramponnant, il réussit presque aussitôt à retrouver un point d'appui sur le sol. Alors, par une violente pesée sur le mors, il fit ce que le cocher n'avait pu faire, il détourna la voiture lancée à toute vitesse. Les roues effleurèrent la tête de l'enfant, mais elles ne le blessèrent pas. Presque en même temps, le grand gaillard en livrée qui menait l'équipage reprenait possession de ses bêtes et parvenait à les arrêter, non sans jurer tout haut contre l'impertinent qui s'était permis d'y toucher.

Le vieillard releva l'enfant et le prit dans ses bras. Alors, ce fut un tumulte général et une confusion universelle. La paysanne, sortant enfin de sa stupeur, criait plus haut que tout le monde, et la foule, accourue de tous les coins de la place, entourait si bien la victime et les auteurs de l'accident, qu'on ne savait plus auquel entendre. On voyait poindre les tricornes des sergents de ville, mais l'ouvrier arriva avant eux près du vieillard dont il avait pris la défense en omnibus.

— Sacrebleu ! dit-il en lui tendant la main, j'avais deviné à votre figure que vous deviez être un brave homme, et je suis joliment content d'avoir dit son fait à ce polichinelle.

— Je vous remercie, répondit le prêtre, mais pouvez-vous m'aider à emporter ce cher petit? car cette bonne femme me semble avoir un peu perdu la tête.

— Qu'est-ce que c'est, messieurs? demanda un brigadier qui avait enfin réussi à fendre la foule.

Pas n'est besoin de dire que vingt personnes répondirent à la fois au représentant de l'autorité, et ce, bien entendu, pour lui expliquer l'événement de vingt manières·différentes.

Pendant que le brigadier cherchait à se rendre un compte exact de ce qui venait de se passer, ses subalternes s'étaient approchés de l'équipage pour se renseigner aussi de ce côté-là.

L'unique occupant du landau était un homme d'une cinquantaine d'années, grand et larges d'épaules, porteur d'énormes favoris roux, taillés en nageoires et encadrant un visage blême. Il était fort élégamment vêtu d'un habillement complet de coutil anglais et coiffé d'un chapeau rond, — la tenue d'un parfait gentleman qui s'en va en villégiature par une belle journée d'été.

— Que me veut-on ? Et pourquoi s'est-on permis d'arrêter mes chevaux? demanda sèchement ce personnage au sergent de ville, qui ne l'avait abordé que la main au chapeau.

— Monsieur, votre cocher vient de causer un accident. Il a renversé un enfant...

— J'en suis fâché, mais je suis très-pressé, et je vous prie de faire faire place à ma voiture.

— Pas avant que vous m'ayez donné votre nom et votre adresse.

— Mon nom ! mon adresse ! qu'en avez-vous besoin?

— C'est une formalité indispensable. La mère peut vous demander un dédommagement, et il faut qu'on sache où vous prendre.

— Un dédommagement ! Mais je n'en dois aucun, je ne dois rien. J'ai très-bien vu comment cela s'est passé. Cette sotte femme est venue se jeter devant les jambes de mes chevaux... elle est complétement dans son tort.

— Monsieur, dit le brigadier venant au secours de son subordonné, je ne suis pas chargé de décider cela ici, et je ferai mon rapport à qui de droit. En attendant, donnez-moi votre nom, si vous ne voulez pas que je fasse conduire votre équipage en fourrière et vous-même au poste.

— Assez! voici ma carte, dit impertinemment le maître du landau en tirant d'un élégant carnet de poche un carré de vélin orné d'armoiries d'une dimension tout à fait extraordinaire.

Le brigadier prit la carte, épela le nom « Wilfrid Wassmann », l'adresse « rue de Presbourg, 44, » et dit en tournant le dos à l'homme aux favoris roux :

— C'est bon ! on vous écrira.

La formule n'était pas des plus courtoises ; mais il faut dire à la louange du sergent de ville qu'il avait commencé par être fort poli, et que s'il se montrait rude, c'était en représailles de l'arrogance de ce seigneur peu compatissant.

Le cocher n'attendait qu'un signe de son maître pour fouetter ses chevaux, lorsque la paysanne s'approchant de la voiture se mit à crier du haut de sa tête :

— C'est pas la peine de lui demander où il demeure, à ce brave monsieur. Je le connais bien, vu que c'est lui qui a loué chez nous le pavillon des Sorbiers, tout à côté du château à M. de Brannes... même que c'est mon homme qui lui fournit ses légumes et les bouquets à sa demoiselle.

Le brigadier repoussa doucement la bonne femme, car il pensait bien que ses bavardages n'intéresseraient guère M. Wilfrid Wassmann ; mais, à sa grande surprise, ce rogue personnage changea aussitôt de manières et de ton pour dire presque gracieusement à Jacqueline :

— Vous habitez donc Charly-sous-Bois?

— Que oui, que je l'habite, et depuis plus de trente ans encore ! C'est moi, la femme au père Ledoux, le maraîcher.

— Votre maison est au bout du village et touche à ce cabaret...

— Au café du *Grand-Vainqueur*, qu'est tenu par mademoiselle Rose... vous savez bien?

— Il me semble, en effet, vous avoir vue là-bas, dit l'homme à l'équipage en la regardant avec une attention singulière. Est-ce que vous êtes la mère de cet enfant qui est tombé devant mes chevaux?

— Non, mon bon monsieur, c'est un petit trouvé que je ramène de l'hospice pour être garçon jardinier chez nous.

— C'est égal, reprit M. Wassmann, qui s'humanisait de plus en plus; cet accident a dû vous effrayer, et je veux vous indemniser de la peur. L'enfant, d'ailleurs, aura peut-être besoin de soins et de médicaments. Retournez-vous à Charly?

— J'ai manqué le train, soupira la paysanne en regardant mélancoliquement le cadran de la gare, mais tout de même j'espère que j'arriverai chez nous pour souper.

— C'est bien. Ma voiture va me mener à Charly en moins d'une heure. Ce soir, ma brave femme, vous aurez de mes nouvelles. Allez, Frantz, cria le maître à son cocher.

Les chevaux tressaillirent sous le fouet, et partirent au grand trot, salués par les huées de la foule, qui avait pris parti pour l'enfant.

— Il n'est pas si mauvais qu'il en a l'air, murmura la paysanne.

— Et puis nous saurons bien le repincer, si le petit a du mal et s'il ne vous envoie pas de quoi le faire soigner, dit le brigadier.

Cette assurance donnée par l'autorité modéra la colère des assistants, qui commencèrent aussitôt à se disperser, suivant l'invariable coutume des foules, où on trouve toujours moins de pitié pour l'opprimé que de haine contre l'oppresseur. Bien des gens s'esquivent quand l'oppresseur a disparu et qu'il n'est plus question que de secours à donner à un pauvre diable. C'est un peu comme les rassemblements qui admirent les tours d'un saltimbanque et s'éclipsent dès que le malheureux paillasse se met à faire la quête.

Il résulta de cette disposition, naturelle au populaire attroupé par un accident, qu'au bout de très-peu d'instants, l'enfant, son sauveur, la paysanne et l'ouvrier se trouvèrent presque seuls au milieu de la place. Les sergents de ville eux-mêmes, après avoir pris leurs noms, pour le cas d'une contestation future avec le gentleman du landau, jugèrent inutile de les escorter plus longtemps.

L'enfant était revenu à lui et n'avait pas eu d'autre mal qu'une frayeur très-vive.

— Ne craignez rien, ma bonne dame, je vais le porter jusqu'à la gare, dit le vieillard.

— Merci, mon bon monsieur, ça ne serait pas de refus, soupira Jacqueline, car ça m'a coupé bras et jambes, mais c'est pas la peine puisque le train est parti.

— Ne vous désolez pas, la mère, dit l'ouvrier, il y en a un autre dans une heure. Vous le prendrez, et, en arrivant, vous conterez l'accident à votre homme, et vous lui direz que vous avez fait la connaissance de Cormier (Antoine), qui vous a emmenée chez lui, rue de Charonne, histoire de vous reposer un brin et de faire avaler un bouillon au petit.

— Vous êtes *ben* bon ; c'est pas mon homme qui me tracasse, mais c'est que...

— C'est que quoi ?

— Ça serait trop long à vous conter, mais j'ai mes raisons pour rentrer chez nous le plus tôt possible, *rapport à* mon cousin Michel, le garde des bois de Brannes.

— Est-ce que c'est vous qui lui trempez la soupe, à votre cousin ? demanda en riant l'ouvrier.

— C'est pas ça, mais figurez-vous *qu'à* ce matin, comme je mettais mes souliers pour m'en aller au chemin de fer, v'là-t-il pas que le facteur m'a remis une lettre, et c'est pas pour dire, mais ça ne m'arrive pas deux fois par an d'en recevoir, vu que je ne sais pas lire. Pour lors donc, mon homme n'était pas là, j'ai mis ma lettre dans ma poche et je m'en suis venue à Paris avec, et puis j'ai eu l'idée de demander à l'employé de l'hospice de me dire ce qu'il y avait dedans. Il me l'a lue tout haut, et paraît que c'est quelqu'un qui m'écrit que j'avertisse Michel qu'on doit le tuer cette nuit pendant qu'il fera sa ronde dans le bois de la Bélière, qui est tout près du château de M. le comte. Ça m'a tourné le sang, et vous comprenez que j'ai envie de revenir bien vite à Charly pour empêcher qu'on assassine notre pauvre Michel.

— En v'là une drôle d'histoire ! s'écria l'ouvrier ; assassiner un homme ! vous nous contez ça comme s'il s'agissait d'abattre des noix. S'il arrive souvent des affaires comme celle-là à Charly-sous-Bois, merci ! j'irai pas y manger mes rentes quand j'en aurai.

— Ce n'est peut-être qu'une détestable plaisanterie, dit le vieillard. Pourquoi tuerait-on ce garde, qui est, sans aucun doute, un brave homme ?

— Bien sûr que c'est un brave homme, répondit Jacqueline Ledoux, et qui a servi dans les zouaves, et pensionné et médaillé, et tout. N'empêche qu'il y a dans le pays des gens qui lui en veulent, *rapport aux* procès-verbaux qu'il leur fait pour la chasse.

— Et qui est-ce qui vous a avertie qu'on va le tuer cette nuit ? demanda Antoine Cormier.

— Ah ! pour ça, je n'en sais rien. L'employé de l'hospice m'a dit que le papier n'était pas signé. C'est une lettre anon... ano...

— Une lettre anonyme. Bon ! des farceurs, quoi ! qui auront voulu vous faire peur. Écoutez, la mère, on ne tuera pas votre Michel tant qu'il fera jour, et en partant par le train de sept heures cinq, vous aurez encore le temps de lui faire la commission du donneur d'avis, avant qu'il soit nuit. Vous avez quarante minutes à vous, et il ne vous en coûtera pas beaucoup de faire plaisir à moi et à ma femme, sans compter que mes mioches ne seront pas fâchés de jouer avec votre petit.

— Je ne dis pas non, seulement...

— Allons ! je vois ce que c'est. Vous autres de la campagne, vous n'êtes pas comme nous à la bonne franquette, et vous avez toujours peur d'être en reste. Eh ben ! quoi ? si vous acceptez une politesse, vous nous la rendrez. Un de ces dimanches, nous irons vous voir à Charly pour vous demander du lait de vos vaches et des cerises de votre clos.

— Ah ! ma foi, tant pis, s'écria Jacqueline, du moment que vous me promettez de venir manger la soupe avec nous, j'y vas... et puis, ce soir, en arrivant, je mettrai le petit à la maison. Mamz'elle Rose le gardera si mon homme

n'y est pas, et moi, je prendrai mes jambes à mon cou,
et je m'en irai au château avertir notre pauvre Michel.

— Ça y est, la mère, et en route pour la rue de Charonne ;
c'est à deux pas. J'espère bien que vous venez avec nous,
monsieur le curé.

— Mon Dieu ! dit le vieillard, qui tenait toujours l'enfant
dans ses bras, je suis comme cette bonne dame, j'ai manqué le train ; car, moi aussi, je voulais partir par le chemin
de fer de Nogent. Je n'ai donc pas de raisons pour vous
refuser, d'autant moins que ce pauvre petit a grand besoin
de soins.

— Il en aura chez nous, soyez tranquille ; mais, c'est
égal, les vôtres ne seront pas de trop, monsieur le
curé.

On se dirigea vers la rue de Charonne, et comme la maison qu'habitait Antoine Cormier était située presque au coin
du faubourg, on y arriva très-vite.

Cette maison était une immense bâtisse, comme
on en voit beaucoup dans ce quartier industrieux. On
y entre par un long couloir aboutissant à une cour
encombrée de piles d'un bois rougeâtre taillé au cœur
de quelque arbre immense abattu par des nègres sous
le soleil équatorial des rives du fleuve des Amazones,
et la vue de ces entassements de solives précieuses
éveille des idées bizarres. On les revoit d'abord par
l'imagination verdoyant au fond de la forêt vierge où
elles ont poussé, puis on se met à rêver aux lits et aux armoires à glace qu'elles recèlent dans leurs flancs, et on s'a-
muse à faire le roman d'une bille d'acajou ou de palissandre,
née au pays des caïmans et achevant son existence dans le
boudoir d'une demi-mondaine ou dans le salon d'une honnête bourgeoise. Étrange destinée des arbres, aussi étrange
que celle des femmes pour lesquelles on en fait des meubles.

Autour de ce réservoir central, s'élèvent à des hauteurs inaccoutumées des murs percés d'une multitude
de fenêtres. De tous les côtés on entend des chants clairs,

des cris joyeux, des bruits de marteau, des grincements
de scie. C'est l'activité, l'agitation, le bourdonnement d'une
ruche.

— Vous ne vous fatiguerez pas les jambes pour monter,
monsieur le curé, c'est au rez-de-chaussée, dit Cormier en
montrant un atelier ouvert au fond de la cour.

Puis il fit traverser à ses hôtes un magasin où il fallait
beaucoup d'habileté pour circuler à travers les commodes
et les tables de nuit, et il les introduisit dans une chambre où
trois marmots jouaient autour d'une femme occupée à rac-
commoder des bas.

— Louise, je t'amène de la société, dit l'ouvrier.

La femme parut un peu étonnée, mais elle posa aussitôt son ouvrage et se leva pour venir au-devant des visiteurs.

— Voilà madame, que j'ai rencontrée dans l'omnibus, et
qui s'en allait à Charly-sous-Bois avec cet enfant-là. Il est
tombé en traversant la place de la Bastille, et il allait être
écrasé par une voiture, quand monsieur le curé l'a tiré de
dessous les pieds des chevaux.

— Oh ! le pauvre petit, comme il est pâle! dit la femme
de l'ouvrier. Monsieur est bien bon de lui avoir porté secours, ajouta-t-elle, en s'adressant au vieillard.

— Voyons, Louise, ma fille, tu feras tes compliments
après, s'écria Cormier, donne une goutte de cassis au mio-
che pour le remettre, et apporte-nous le bocal de cerises à
l'eau-de-vie. Asseyez-vous donc, mère Ledoux. Et vous,
monsieur le curé, voilà un fauteuil qui vous tend les bras.
Ah ! dame ! c'est pas les meubles qui manquent ici... j'en
fais.

Et le brave homme se mit à rire d'un bon gros rire franc.

Le vieillard regardait avec attendrissement ce tableau de famille. La femme de l'ouvrier était encore jeune, et elle avait
une figure avenante et douce. Les trois marmots avaient
interrompu leurs jeux. L'un, suspendu à la jupe de sa mère,
la suivait avec une persistance qui s'expliquait par le désir
de dire deux mots aux cerises à l'eau-de-vie. L'autre s'était
campé entre les jambes de son père, raide, grave et immo-

bile comme un soldat en faction. Le troisième, qui était
une fille, tournait autour de l'enfant de l'hospice et l'examinait curieusement.

— Excusez-moi, monsieur le curé, dit Antoine Cormier,
vous allez peut-être me trouver indiscret, mais je voudrais
vous demander de quelle église vous êtes. Ce n'est pas
pour y aller à la messe, car je ne suis pas trop dévot, mais
vous m'avez l'air d'un si brave homme et vous avez fait
une si belle chose tout à l'heure, que je voudrais bien vous
revoir.

— Je ne fais point partie du clergé de Paris, dit doucement le vieillard. J'ai été appelé depuis quelques jours à
une petite cure tout près de Nogent-sur-Marne, et je m'y
rendais précisément lorsque...

— Où ça donc, monsieur le curé? interrompit Jacqueline
Ledoux.

— Je suis chargé de la paroisse de Charly-sous-
Bois.

— Comment! c'est vous qui remplacez notre vieux curé
qu'on a enterré le mois passé?

— Oui, ma bonne dame, et d'après ce que j'entends, je
viens de faire connaissance avec une de mes parois-
siennes.

— C'est ma foi vrai. Je suis mariée à Pierre Ledoux, le
maraîcher qui *reste* au bout du village.

— J'aurai grand plaisir à faire sa connaissance.

— Et lui aussi, pour sûr, monsieur le curé, quoique...

La paysanne s'arrêta, mais il ne fallait pas être grand
observateur pour deviner le motif de sa réticence.

— Oui, oui, dit le vieillard en souriant, je sais que
Pierre Ledoux est le plus honnête homme du pays, mais
qu'on ne le voit pas souvent à la messe.

— Comment! vous savez ça! mais alors vous ne
voudrez pas venir chez nous?

— Pourquoi donc? Je compte y aller au contraire plus
souvent que chez mes autres paroissiens.

— Ah! que je suis contente! Après ce que vous venez de

faire pour le *petiot*, je ne me serais jamais consolée de ne plus vous revoir.

— Monsieur le curé, j'espère bien que vous allez trinquer avec nous, dit Cormier.

— De grand cœur, mais nous ferons bien de réconforter notre jeune malade.

La femme de l'ouvrier était déjà à genoux devant l'enfant, réchauffant ses petites mains dans les siennes et lui faisant avaler une gorgée de liqueur.

— Quel âge as-tu, mon petit? lui demanda-t-elle.

— Douze ans, madame, dit l'enfant.

— Et il y a longtemps que tu es malade?

— Oh! oui, j'ai passé bien des années sans pouvoir me lever; mais je suis plus fort à présent.

— Es-tu content de t'en aller à la campagne avec madame?

— Oh! oui.

— Mais tu ne sais pas travailler la terre?

— L'année dernière, j'ai appris à bêcher un peu, seulement ça me fatiguait trop. Alors, le jardinier de l'hospice m'a montré à arroser les fleurs et même à tailler les rosiers. Ça, je peux le faire, et j'aime à le faire.

— Hum! ça tombe mal, dit Jacqueline, vu que mon homme cultive plus de melons que de roses, mais enfin, pour commencer, l'enfant ne s'occupera que de notre jardin.

— Et je suis sûre que le bon air le remettra bien vite, ajouta Louise. Comment te trouves-tu, mon petit ami?

— Beaucoup mieux, madame, et je vous remercie bien de votre bonté, dit l'enfant en levant sur la femme de l'ouvrier de grands yeux noirs pleins de douceur et d'intelligence.

— A votre santé, monsieur le curé! s'écria le brave Antoine en tendant son verre, et, avant de nous quitter, dites-nous donc comment vous vous appelez.

— Mon nom est facile à retenir. Je m'appelle Jean.

— Mais c'est votre petit nom, ça.

— Je n'en ai point d'autre, mon ami. Moi aussi, je suis un enfant trouvé. Vous voyez que j'avais mes raisons pour secourir ce cher petit, dit le vieillard avec un bon sourire.

Mais, ajouta-t-il en tirant de sa soutane une grosse montre d'argent, je crois qu'il est temps que nous songions à regagner le chemin de fer.

— Oui, oui, partons, s'écria la mère Ledoux ; je n'ai pas envie de manquer l'autre train pour qu'il arrive malheur à Michel, sans compter que le richard du pavillon des Sorbiers m'a dit que ce soir j'aurais de ses nouvelles. S'il allait lui prendre l'idée de venir chez nous voir le petit, faut que je sois là pour le recevoir.

— Le monsieur à l'équipage ? Parbleu ! il ne fera que son devoir en apportant de l'argent à un enfant qu'il a manqué d'écraser, dit Cormier. Il a une figure qui ne me revient pas du tout, ce particulier-là.

— Il est étranger, je crois ? demanda M. Jean.

— Oui, c'est un Allemand, une tête carrée, comme ils disent, et il y en a d'aucuns dans le pays qui ne lui veulent pas de bien. N'empêche qu'il a une fille qui est jolie comme un cœur, et bonne ! le cœur sur la main. Elle donne toujours des pièces blanches aux pauvres, et puis elle aime tant les fleurs ! mon homme lui en vend pour plus de dix écus par semaine. On dit comme ça que son père ne la rend pas heureuse, et que M. Henri, le fils au comte de Brannes, est amoureux d'elle, et mon cousin Michel, qui ne peut pas sentir l'Allemand, prétend que le comte, son maître, ne veut pas entendre parler de ce mariage-là. Mais tout ça, c'est des cancans, et les affaires du monsieur des Sorbiers ne regardent personne.

— Sept heures moins le quart, ma chère dame, dit le bon curé pour arrêter ce flux de paroles.

— Ah ! mon Dieu! dépêchons-nous. Viens, Marcel, s'écria la paysanne ; paraît qu'à l'hospice ils l'ont appelé Marcel... ils vous ont comme ça des noms...

Le bavardage de la brave campagnarde menaçait de recommencer. Afin d'y mettre un terme, M. Jean tendit la main à Antoine Cormier qui la serra de bon cœur. Louise embrassa tendrement l'enfant trouvé ; et on se sépara enfin en se promettant de se revoir. Cette fois, on ne manqua pas le train, et, un peu avant huit heures, M. Jean, Jacqueline et Marcel arrivèrent sans accident à Charly-sous-Bois, où ils comptaient bien tous trois se reposer des émotions de la journée.

Dieu seul dispose en ce monde, et ils ne prévoyaient guère celles qui les y attendaient.

———

CHAPITRE II.

Charly-sous-Bois — ne le cherchez pas sur la carte, vous ne l'y trouveriez pas — Charly-sous-Bois n'est point un bourg. Ce n'est pas un hameau non plus. C'est une suite de villas, de châteaux, de fermes, de fabriques et de chaumières agglomérée et jetée comme au hasard dans un frais vallon qui s'ouvre sur la rive droite de la Marne.

On y trouve toutes les variétés connues d'habitations rurales et d'habitants campagnards. Il y a le gros industriel dirigeant une usine et commandant à toute une armée d'ingénieurs, de contre-maîtres et d'ouvriers. Il y a le commerçant retiré des affaires, qui se dédommage en faisant le seigneur féodal, d'avoir vendu pendant vingt ans de la droguerie ou du caoutchouc. Il y a le notaire de Paris, acquéreur d'une joli villa de style pseudo-italien, où il vient le dimanche se délasser des ennuis de l'étude et secouer la poussière des paperasses en respirant un peu d'air pur sous les marronniers d'Inde. Il y a le bon petit propriétaire bourgeois, lequel naquit dans ces parages d'un père cultivateur qui lui laissa du bien et lui fit ces loisirs. Celui-là ne connaît d'autre joie que de ne rien faire de ses dix doigts du matin au soir. Il pense sans doute que ses aïeux n'ont labouré la terre pendant bien des siècles que pour conquérir à son profit le droit à l'oisiveté.

Il y a le vrai châtelain, bien né, bien apparenté, bien renté, passant ses hivers à Paris et ses étés dans un château sérieux, bâti sous Louis XV et restauré sous Charles X avec la quote-part du milliard des émigrés. Tel, M. le comte de Brannes. le noble maître du manoir, parc et bois de Chasseneuil et aussi du garde Michel, tant haï des braconniers et tant aimé de Jacqueline.

Il y a enfin le paysan, le rural, l'homme de la terre, et, dans ce genre, bien des sous-genres, depuis le valet de charrue ou le moissonneur qui se loue pour la récolte, jusqu'au riche fermier qui a des domaines à lui et qui cultive aussi ceux des autres, jusqu'à l'industrieux maraîcher qui fait pousser des petits pois, des asperges et des fraises, et troque ses primeurs contre du bel et bon or parisien.

Et, parmi ces derniers, Pierre Ledoux, le mari de Jacqueline, homme solide sur ses jambes et ferme dans ses opinions, car il avait des opinions, celles de son journal, bien entendu, dur à l'ouvrage comme à lui-même, et, il faut l'avouer, comme aux autres, car il était de ceux dont on dit : « C'est un gars qui n'est pas commode. » Tout marchait chez lui au doigt et à l'œil, et il ne souffrait pas que personne mît le nez dans ses affaires, pas plus qu'il n'acceptait sans les discuter les arrêtés de M. le maire, lequel justement avait la manie de légiférer à tout propos. Excellent homme au demeurant, mangeant bien, buvant mieux, et parlant haut au café du *Grand-Vainqueur*, qui était le rendez-vous des fortes têtes de l'endroit, mais avant tout probe, laborieux et même charitable à ses heures.

M. Jean, le nouveau curé de Charly-sous-Bois, n'était chargé que depuis huit jours de la conduite spirituelle de ce troupeau, dont les ouailles n'étaient pas toujours faciles à mener. Autre chose est de diriger une paroisse, au fond d'une honnête province, ou d'occuper une cure dans la remuante banlieue de Paris, au milieu d'une population composée des éléments les plus disparates, et troublée tous les dimanches par des invasions de canotiers et de canotières.

M. Jean s'y trouvait presque dans la situation d'un missionnaire envoyé pour catéchiser les païens de quelque île de l'Océanie, et ce n'était point sans motifs que ses supérieurs ecclésiastiques l'avaient choisi pour l'y placer. Enfant trouvé, comme il l'avait dit à la mère Ledoux, chez Antoine Cormier, M. Jean devait son éducation à un vieux prêtre, desservant d'un village de Normandie, qui l'avait ramassé

un matin sous un pommier. Ce prêtre était un savant
homme, et, ce qui vaut encore mieux, un homme de cœur;
il mit l'enfant en nourrice dans une ferme du voisinage, et
dès qu'il fut en âge, il se chargea de l'instruire et de le diriger.
L'élève fit honneur au maître, entra au séminaire, où il
compléta de brillantes études, et en sortit pour être attaché
au diocèse de Versailles, où il devint promptement vicaire et
curé et où ses vertus et ses mérites le firent bientôt distinguer. Il y demeura trente ans. Lui qui aurait pu prétendre
aux dignités de l'Eglise, il ne cessa de demander comme
une faveur de rester simple curé de village, et il faisait tant
de bien, ses paroissiens l'aimaient tant, qu'aucun évêque
ne songea à le déplacer. Il fallut pour que cela arrivât que
le presbytère où il avait passé la moitié de sa vie fût détruit
par un incendie.

M. Jean était alors sexagénaire, et sa santé déjà
très-délabrée souffrit beaucoup de la peine qu'il prit pour
diriger les secours contre le feu. La reconstruction de la
maison curiale devait être longue, et, à son âge, le bon
curé n'aurait pas impunément supporté les inconvénients
d'un domicile provisoire. Le médecin du lieu déclarait que
le repos et le changement d'air étaient indispensables. Mgr
de Versailles prit sur lui de recommander M. Jean à
Mgr de Paris pour la cure vacante de Charly-sous-Bois, où
l'air était excellent et où le troupeau avait grand besoin d'un
bon pasteur.

Charly, en effet, n'était pas en renom de sainteté, et
les vertus chrétiennes, le zèle éclairé, la droite intelligence
et l'inépuisable charité de M. Jean n'étaient pas de trop pour
ramener au bercail les brebis égarées qui foisonnaient dans
ce charmant village.

Le digne prêtre avait accepté courageusement cette nouvelle tâche, quoiqu'il ne renonçât point sans regret à un pays
qu'il avait fait sien, à de braves campagnards qui étaient
devenus pour lui une véritable famille, et il avait quitté sa
chère paroisse, située sur la lisière de la forêt de Rambouil-
let, pour venir évangéliser les riverains de la Marne. Pauvre
et plein de foi comme les premiers apôtres qui s'en allaient

par le monde un bâton à la main, M. Jean n'emportait avec lui que son bréviaire et sa soutane usée, et son entrée dans Charly-sous-Bois fit assurément moins de bruit que les promenades de M. Wassmann, l'opulent locataire du pavillon des Sorbiers, qu'on voyait presque chaque jour passer dans son landau gros bleu.

Les premiers jours furent pris par des soins multiples d'emménagement, et le curé n'avait guère eu le temps de faire connaissance avec les habitants du lieu. L'heureuse rencontre de Jacqueline Ledoux et le sauvetage du pauvre enfant de l'hospice constituaient donc, pour ainsi dire, les débuts de M. Jean dans ce pays et, en descendant du train de sept heures cinq, ce fameux train que Jacqueline craignait tant de manquer, le bon curé bénissait Dieu qui lui avait fourni l'occasion de commencer sa nouvelle existence par un acte de dévouement.

La maison de la mère Ledoux était assez éloignée de la cure, qui se trouvait à l'autre bout du village. Les voyageurs durent donc se séparer en sortant de la gare. M. Jean embrassa l'enfant, promit à Jacqueline d'aller la voir dès le lendemain et laissa la bonne femme s'acheminer à grands pas vers son domicile, non pas toutefois sans lui avoir offert d'aller lui-même porter au garde Michel l'avis salutaire du correspondant anonyme. Le château de M. de Brannes était précisément sur la route qui menait au presbytère, et rien n'était plus facile. Mais Jacqueline protesta qu'elle ne voulait pas donner cette peine à M. le curé, qu'elle ne ferait que conduire le petit chez elle et qu'elle serait chez son cousin dans une demi-heure. M. Jean pensa qu'en sa qualité de ménagère campagnarde, elle tenait assez à l'argent pour ne pas vouloir manquer la visite et surtout le dédommagement promis par le riche étranger, et comme, au fond, il n'attachait pas grande importance à cet avertissement envoyé par un inconnu, il laissa madame Ledoux aller à ses affaires.

Il ne lui fallait guère plus de dix minutes pour se rendre à la cure en traversant le village, mais il aima mieux prendre le chemin des écoliers, c'est-à-dire suivre le bord de la Marne.

La journée avait été brûlante. Il voulait respirer l'air pur et jouir de la double fraîcheur de la soirée et de la rivière, avant de rentrer chez lui. Le frugal souper préparé par sa vieille servante Geneviève ne l'attendait qu'à neuf heures. Il avait donc tout le temps de faire le grand tour et il suivit le sentier ombreux qui côtoie la rive droite.

La nuit tombait, et les étoiles, fleurs écloses avec le crépuscule, brillaient déjà au firmament bleu. On n'entendait que le frémissement des saules agités par la faible brise du soir, le chant lointain d'un rossignol et, parfois dans les roseaux, le frôlement de quelque loutre regagnant son trou.

En dépit de ses soixante ans sonnés, M. Jean sentait trèsvivement la nature, et il goûtait toute la poésie de ce calme et doux paysage. Le pays qu'il venait de quitter, après l'avoir habité trente ans, n'avait pas ce charme. Dieu ne défend point d'aimer ce qu'il a créé et M. Jean, son serviteur, le bénissait de l'avoir envoyé à Charly-sous-Bois.

Un peu plus loin le chemin devenait plus sauvage, resserré qu'il était entre la berge escarpée de la Marne et un coteau boisé. Bientôt le curé reconnut le mur qui entourait le parc de M. le comte de Brannes. Il n'avait point encore fait de visite au château, mais il comptait s'y présenter bientôt, par déférence envers le châtelain et surtout pour recommander à sa charité des misères cachées.

Arrivé à Charly depuis moins de huit jours, M. Jean avait déjà ses pauvres.

Pendant qu'il réfléchissait au jour qu'il conviendrait de choisir pour s'acquitter de ce devoir, un bruit de branches froissées lui fit tourner vivement la tête vers le taillis qui descendait jusqu'au bord du sentier. Il lui avait semblé que quelqu'un marchait avec précaution dans le fourré.

Il s'arrêta pour écouter, mais il n'entendit plus rien. Il pensa vaguement au garde Michel et aux inquiétudes de la mère Ledoux à l'endroit de ce brave surveillant des biens forestiers du comte. Puis, rassuré par l'heure qui n'était guère propice à un meurtre, par la proximité des habitations

et par le calme profond qui régnait autour de lui, il continua
son chemin. Il n'avait pas fait dix pas que le son affaibli
d'une plainte frappa son oreille. Cette fois, le bruit venait du côté de la rivière, et il était beaucoup plus distinct.

Le bon curé s'avança vivement et aperçut au-dessous
de lui, tout à fait au bord de l'eau, une femme assise sur
l'herbe. La lune entrait dans son dernier quartier et n'é-
tait point encore levée, mais le ciel était si pur qu'on y
voyait plus clair qu'au cœur de Paris par certains jours
d'hiver. Cette femme n'était pas seule. Elle tenait un enfant
sur ses genoux; à côté d'elle, un autre, un peu plus âgé,
se roulait par terre en pleurant.

— Qu'avez-vous, ma bonne dame? demanda M. Jean.

Au son de sa voix, la femme leva la tête et répondit
d'un ton sec :

— Je n'ai rien. On ne peut donc plus s'asseoir dehors à
présent ?

— Vous vous trompez, si vous croyez que je viens vous
gronder, reprit doucement le curé. Tout à l'heure j'ai
entendu des plaintes et j'ai pensé que vous aviez peut-être
besoin de moi.

— Je n'ai besoin de rien, ni de personne.

— Mais... vos enfants?

— Mes enfants non plus.

— J'ai faim ! cria celui qui se traînait sur le gazon.

— Tais-toi, lui dit sa mère en le secouant rudement.

— Je ne veux pas me taire. J'ai trop faim, répéta le
petit.

— Tais-toi ou je le dirai à ton père.

Il fallait que cette menace fût bien terrible, car l'enfant
se calma comme par enchantement.

M. Jean, surpris et touché de cette scène, se demandait
ce qu'il allait faire, quand il se rappela fort à propos qu'en
sortant de l'archevêché, où il était allé voir un des grands
vicaires, son ancien camarade d'études au séminaire, il
avait acheté deux petits pains de seigle pour attendre le

souper et qu'il lui en restait encore un dans la poche de sa soutane. Il le tendit au pauvre petit, qui le prit avidement et se releva d'un bond, comme s'il eût craint qu'on le lui retirât.

— Marc! lui cria la femme, je te l'avais défendu.

Mais l'enfant, au lieu de lui répondre, fit trois parts de son petit pain, en donna une à son jeune frère, fourra l'autre de force dans la bouche de sa mère et se mit à dévorer la sienne.

— Monsieur, dit celle-ci d'une voix émue, je ne puis leur retirer le pain de la bouche, mais je ne vous ai rien demandé.

— Je le sais, madame, dit le prêtre, et je suis bien heureux d'avoir eu l'idée de m'y prendre ainsi, car du moins ces enfants vont manger. Mais ce repas est bien léger, et si vous consentiez à venir avec eux au presbytère...

— Au presbytère! vous êtes donc le curé de ce village?

— Oui, et, à ce titre, j'ai bien le droit de secourir mes paroissiens qui souffrent.

— Je ne suis pas de la paroisse.

— D'où êtes-vous donc?

— De nulle part, dit amèrement la femme.

— Quoi! vous n'avez pas de domicile?

— Non. Je sais que c'est défendu et qu'on n'a pas le droit de vivre au hasard et de coucher sous le ciel du bon Dieu. Vous pouvez aller chercher les gendarmes si vous voulez. Ils nous conduiront en prison... Eh! bien, on sera forcé de nous nourrir.

— Je n'irai point chercher les gendarmes, dit en souriant le curé de Charly, mais, quoique je ne sois ni riche ni puissant, je ferai volontiers ce que je pourrai pour vous aider à sortir de la triste situation où vous ont réduite des malheurs... immérités, j'en suis sûr. Il ne faut que vous entendre pour deviner que vous êtes née dans un monde...

— Et quand cela serait? qu'importe mon passé, alors

2.

que mes enfants n'ont plus d'autre avenir que de mendier par les chemins?

— Pourquoi désespérez-vous de la bonté de Dieu?

— Parce que Dieu m'a abandonnée, dit la femme d'un air sombre, parce que je ne suis plus digne de sa miséricorde, pas plus que de votre pitié. Vous voulez savoir mon histoire? Écoutez-la. Elle est courte et simple. C'est celle de milliers de malheureuses créatures qui ont cédé comme moi aux entraînements de leur cœur. J'étais la fille unique d'un riche fermier, et j'aurais pu vivre heureuse dans un pays où tout le monde nous estimait et nous aimait. Mais je quittai mon père pour suivre un homme dont je m'étais éprise follement. Il y a quatorze ans de cela, et, depuis quatorze ans, il ne s'est pas écoulé un seul jour où je n'aie pleuré ma faute.

— Pauvre femme! murmura M. Jean.

— L'homme que j'adorais ne se contenta pas de m'avoir séduite, il m'épousa, mais ce fut pour me faire souffrir davantage encore. Que vous dirai-je que vous ne deviniez? Mon pauvre père mourut de chagrin et la fortune assez considérable qu'il me laissa fut dévorée en très-peu d'années par mon mari.

— Et vous n'avez pas eu la force de l'arrêter sur cette pente fatale, le courage de défendre le patrimoine de vos enfants?

— Non, car je l'aimais, lui, je l'aimais avec rage, je l'aimais encore plus qu'au temps où il n'avait pas fait de moi son esclave, sa chose. Chaque fois qu'il venait m'arracher un lambeau de cette fortune qui aurait dû lui être sacrée, je savais qu'il volait le bien de mes enfants, je maudissais ma faiblesse, mais je n'osais pas résister, et quand j'avais cédé, je me jurais à moi-même que ce serait la dernière fois ; et il recommençait, et je cédais encore. Vous voyez bien que je suis indigne de pardon.

— Non, dit M. Jean, qui avait les larmes aux yeux, non vous ne méritez point tant de malheur, car vos fautes viennent du cœur. Que ceux qui n'ont jamais aimé vous jettent la première pierre. Mais lui? il était donc né bien pervers?

— Lui! il était né bon; c'est l'orgueil qui l'a perdu.

— L'orgueil!

— Non, je me trompe, car l'orgueil préserve des abaissements honteux; c'est la vanité qui l'a poussé vers l'abîme où il m'a entraînée avec lui. Il était beau, aimable, charmant, mais il voulait paraître, il voulait briller à tout prix. Il m'avait recherchée parce que j'étais jolie, parce que j'étais riche, parce que ma conquête était un triomphe sur de nombreux rivaux; il m'a ruinée pour m'imposer un luxe que je détestais. Il a sacrifié notre bonheur à... Mais que fait tout cela? dit la malheureuse mère; un jour il est parti, me laissant seule avec mes enfants, sans ressources, sans asile...

— Et vous ne l'avez jamais revu?

— Jamais. Il avait quitté la France à la suite d'un... d'un duel où il avait tué un homme, car il était d'une violence de caractère qui a contribué aussi à sa perte. Et maintenant que vous avez entendu ce triste récit, si vous prenez encore intérêt à moi, écoutez un aveu qui vous prouvera que j'ai mérité mon sort. Je vous ai dit à quel point j'avais été lâche avec lui. Eh bien, s'il revenait, s'il m'ordonnait de le suivre, s'il me demandait mon sang, le pain de mes enfants, je lui obéirais encore.

— Ainsi, vous l'aimez toujours?

— Oui, dit la femme d'un air farouche.

Il y eut un assez long silence.

Le bon curé, profondément ému, regardait cet étrange tableau, les enfants couchés sur l'herbe et achevant de dévorer leur pain, la mère, assise et relevant fièrement la tête comme pour défier la destinée. Autant qu'il pouvait en juger, elle avait de grands restes de beauté. Il voyait ses yeux briller dans l'ombre au milieu d'un visage pâle et amaigri par les privations, des yeux noirs et pleins de feu, des yeux qui parlaient. Elle paraissait assez proprement vêtue et portait en sautoir un objet de forme oblongue qui devait être une guitare.

— Monsieur, reprit-elle d'une voix plus calme, la vie errante que je mène est bien dure pour mes pauvres enfants, mais ne croyez pas que je leur aie appris à mendier ou que je mendie moi-même. Je chante dans les rues pour les nourrir.

M. Jean fit un mouvement qu'elle aperçut.

— Oui, je le sais, dit-elle avec amertume, c'est un métier abject ; mais je n'avais point appris à travailler de mes mains ; j'étais bonne musicienne et j'avais un peu de voix ; c'était un moyen de gagner notre vie à tous trois, et je l'ai pris. L'hiver, il y a des jours bien durs; mais l'été, je vais dans les fêtes publiques des environs de Paris, et alors il est rare que la récolte de gros sous ne suffise pas à nos besoins. C'est par une fatalité extraordinaire qu'aujourd'hui je n'ai rien reçu ; il faisait si chaud qu'il n'y avait personne dans les rues de Charly, et quand la fraîcheur est venue, j'étais épuisée de fatigue, car je marchais depuis ce matin, et je me suis arrêtée ici. J'avais essayé de chanter devant la grille de ce château qui est là-haut, au-dessus des arbres, mais les domestiques m'ont chassée. Ah! les riches n'aiment pas le spectacle de la misère.

Appliqué à M. de Brannes qui passait pour très-charitable, le propos était injuste, et le curé eut un instant envie de faire de la morale à la pauvre femme en lui expliquant qu'on peut être fort porté à assister les malheureux et ne pas se soucier d'encourager l'industrie des chanteuses ambulantes ; mais il se souvint qu'elle devait être aigrie par la souffrance, digne par conséquent d'indulgence, et qu'il était plus urgent de la secourir que de la prêcher.

— Madame, dit-il doucement, au nom de ces chers petits, je vous demande de ne pas refuser ce que je vais vous offrir. Je connais à Paris des personnes respectables qui se chargeront de vous procurer un emploi honorable et convenablement rétribué, et de faire entrer vos enfants en apprentissage.

— En seraient-ils plus heureux ? murmura la femme. Le grand air et la liberté ne leur valent-ils pas mieux que la réclusion et le travail écrasant de l'atelier ?

— Le travail est la loi de ce monde, et nul n'a le droit de s'y soustraire. Pensez à votre mari, qui n'aurait pas fait votre malheur s'il eût aimé et pratiqué le travail, et vous consentirez, j'en suis sûr, à suivre mon conseil.

M. Jean, cette fois, avait touché juste.

— Je ferai ce que vous voudrez, monsieur, dit la pauvre mère en courbant la tête.

Le curé, tout joyeux de rencontrer encore une bonne action à faire, réfléchissait au moyen de procurer à la famille errante un asile pour la nuit, lorsque l'horloge du clocher de Charly se mit à tinter avec ce son lent et fêlé qui est particulier aux horloges de village.

— Neuf heures, murmura-t-il ; il est plus tard que je ne pensais. Geneviève va s'impatienter.

En ce moment, un coup de fusil résonna dans le silence de la nuit. La femme se leva tout effrayée, les enfants se serrèrent contre elle et M. Jean ne put s'empêcher de tressaillir. Il pensait toujours à l'avertissement anonyme que Jacqueline Ledoux avait reçu, et il se demandait si ce coup n'avait pas été tiré sur le garde Michel. Cependant, il écouta avec attention et il n'entendit plus rien.

Un silence profond avait succédé à la détonation, dont le bruit s'en allait mourant après avoir été répété par les échos des grand bois qui bordaient au loin la rivière. On n'entendait que les chants lointains d'une bande de canotiers descendant la Marne en musique et troublant de leur chœur bachique le repos des paisibles habitants de Charly.

Le coup avait été tiré dans le taillis contigu au mur du parc de M. de Brannes, à cent pas tout au plus de M. Jean et de la pauvre famille, mais bien au-dessus de leurs têtes, car le terrain boisé s'élevait brusquement par une pente très-rapide. De ce côté-là rien ne remuait. À peine percevait-on le frémissement mélancolique du feuillage des pins plantés le long du sentier.

— C'est le garde-chasse du comte qui aura tiré sur un hibou ou sur une belette pour préserver les faisans de son maître, murmura M. Jean, moins rassuré qu'il ne voulait

le paraître, car les pressentiments de Jacqueline lui trottaient toujours par la tête.

— Ecoutez! dit tout à coup la chanteuse.

Cette fois, le curé entendit très-distinctement un craquement de branches froissées et de feuilles sèches criant sous
les pieds. On marchait sous bois avec précaution, et les pas,
qui se rapprochaient assez rapidement, semblaient se diriger du côté du parc, vers l'angle inférieur du taillis.

— C'est bien le garde, reprit tout bas M. Jean; un braconnier ne se risquerait pas à suivre le chemin du bord de
l'eau. Au reste, nous allons le voir tout à l'heure, car, s'il
ne change pas de direction, il va déboucher là-bas sur
notre gauche.

Et il ajouta, en se parlant à lui-même :

— Je ne suis pas fâché de le rencontrer, pour lui donner
l'avis que cette brave mère Ledoux aura négligé de lui
porter.

Il parlait encore, quand éclata un second coup de feu,
plus sec celui-là, moins sonore, et aussi moins rapproché
que le premier. Il fut immédiatement suivi d'un cri déchirant, lamentable, un cri d'agonie.

— Ah! mon Dieu! dit M. Jean, ils l'ont tué.

— Qui donc? demanda la pauvre femme glacée de terreur.

— Le garde Michel... l'avis n'était que trop exact. Ah!
la malheureuse, pourquoi a-t-elle voulu ramener l'enfant
chez elle, au lieu de courir au château en descendant
du train? Et c'est ma faute aussi! j'aurais dû...

Un cri plus faible que le premier s'éleva des profondeurs
du bois.

On n'entendait plus marcher au bas du coteau.

— Il y a là-haut un homme qui se meurt, s'écria le bon
prêtre; je ne puis pas le laisser sans secours.

— J'y vais avec vous, monsieur, dit la chanteuse.

— Non, non! vous ne pouvez pas abandonner vos enfants
et il faut leur épargner cet affreux spectacle. Restez là avec
eux; je reviendrai, dès que j'aurai vu ce qui est arrivé,
et alors, s'il le faut, vous irez chercher de l'aide au village,
pendant que je monterai au château.

Et, sans attendre une réponse, M. Jean, relevant sa soutane, se jeta dans le taillis avec l'ardeur d'un jeune homme et le courage d'un soldat.

La femme resta seule, sur la berge, pâle, tremblante, tenant un de ses enfants de chaque main. Les pauvres petits ne parlaient point. Ils se pressaient contre leur mère et la regardaient comme pour lui demander ce que tout cela voulait dire.

Cependant le chant des canotiers se rapprochait, mais le silence s'était rétabli dans le bois, car M. Jean était déjà loin et les cris avaient cessé. En ce moment, la lune qui venait de se lever commençait à montrer son disque échancré au-dessus des grands arbres, et bientôt sa lumière pâle vint éclairer le sentier et se refléter dans les eaux de la Marne.

— Allons-nous-en, mère, dit l'aîné des enfants.

— Tais-toi, murmura-t-elle en lui mettant la main su la bouche ; tais-toi ! on vient.

En effet, les branches craquaient de nouveau, mais cette fois avec une violence qui annonçait l'approche d'un homme fuyant rapidement. La chanteuse pensa que c'était peut-être M. Jean, et elle s'avança jusque sur la lisière du bois. Cependant elle n'osa point appeler.

Sans doute, celui qui marchait avait entendu remuer sur la route et tenait à ne rencontrer personne, car les pa se ralentirent, puis s'éloignèrent un peu. Le promeneur nocturne n'avançait qu'avec précaution.

La pauvre femme, de plus en plus effrayée, se baissa pour faire signe à ses enfants de se taire, se tapit avec eux contre le revers du fossé et retint son souffle. Si c'était un assassin qui arrivait ainsi à pas de loup, elle ne voulait pas qu'il la vît. Elle se rassura cependant en faisant cette réflexion que cet homme, s'il avait commis un crime, et s'il cherchait à fuir par le chemin de halage, allait sans doute se mettre à courir en tournant le dos au village de Charly et au château de Chasseneuil. Il devait avoir hâte de gagner au pied et de se perdre dans la campagne.

Elle en était là de ses conjectures et de ses terreurs, quand

un homme se dressa tout à coup, à vingt pas d'elle, au bord
du bois et au coin du mur du parc. Elle se rasa au pied des
arbres, entourant ses enfants de ses bras, et elle attendit.

L'homme s'arrêta avant de sauter sur la route et
se mit à regarder autour de lui avec précaution. Il était
trop loin et la lune n'éclairait pas assez pour qu'elle pût
distinguer ses traits, mais elle vit parfaitement qu'il était
grand et mince, vêtu d'une blouse et coiffé d'un chapeau de
paille à larges bords. Il tenait un fusil d'une main et de
l'autre un faisan que probablement il venait de tuer. Après
quelques secondes d'hésitation, il sortit tout à fait du bois,
traversa rapidement le sentier et descendit la berge jusqu'au
bord de l'eau. Là elle le perdit de vue un instant, mais bientôt elle le vit reparaître les mains libres et, comme elle
l'avait prévu, s'éloigner dans la direction opposée au village.

Il marchait à grands pas, mais il ne courait point. Evidemment, il venait de déposer son fusil et son gibier dans
une cachette à lui connue, et, débarrassé de ces deux pièces
de conviction, certain aussi de ne pas avoir été aperçu, il se
croyait en parfaite sûreté, et il jugeait inutile de se presser.

Ce n'était pas précisément là l'allure d'un meurtrier, et la
pauvre femme se rassura un peu en pensant que le prêtre
s'était peut-être trompé, et que le cri, ce cri épouvantable qui
vibrait encore à ses oreilles, avait été jeté par un garde en
tournée, tout simplement pour donner l'alarme et signaler
au loin le braconnier. Cependant elle était encore si troublée qu'elle n'osa pas bouger et qu'elle résolut d'attendre,
blottie dans le fossé, le retour de M. Jean. Elle aurait assurément pris la fuite, si elle avait pu voir ce qui se passait
dans le taillis, redevenu silencieux.

En la quittant, le digne prêtre avait remonté au hasard la
pente abrupte du coteau boisé. Il lui était malaisé de se diriger
dans l'obscurité, et il n'était plus guidé par les cris; aussi avait-
il beaucoup de peine à avancer à travers les halliers
épais qui lui barraient le chemin. Les ronces lui déchiraient
le visage et les mains, le sol couvert de mousse se dérobait
sous ses pieds, et il lui fallut une rare énergie pour continuer

à grimper au milieu de ce labyrinthe épineux. Mais il était soutenu par cette pensée qu'il y avait là, tout près de lui peut-être, un malheureux qui allait mourir faute de soins, rendre son âme à Dieu, sans que la voix d'un prêtre murmurât à son oreille des paroles de pardon. Et il avançait toujours.

Il se loua bientôt d'avoir persévéré, car au bout d'un quart d'heure, il avait gagné assez de terrain pour entendre distinctement des gémissements. Il redoubla d'efforts, et il atteignit enfin une espèce de clairière où les arbres, moins serrés les uns contre les autres, laissaient pénétrer la clarté de la lune.

A cette lueur ind . e, il aperçut un homme étendu au pied d'un hêtre, et il courut à lui. Les sinistres prédictions de Jacqueline s'étaient vérifiées. C'était bien Michel qui gisait sur l'herbe ensanglantée. M. Jean le reconnut à son habit et à sa plaque armoriée plutôt qu'à sa figure, qu'il n'avait guère eu l'occasion de rencontrer depuis son arrivée à Charly.

Le malheureux garde était tombé sur le dos, et le sang coulait d'une blessure ouverte au-dessus de la clavicule, à la base du cou. Il râlait, et ses forces diminuaient rapidement. Cependant, lorsque le bon curé, qui s'était jeté à genoux, le souleva dans ses bras, pour l'adosser à un tronc d'arbre, le moribond rouvrit les yeux et essaya de parler; mais le hoquet de l'agonie étouffa sa voix, et il ne put articuler un seul mot distinct. Il agitait convulsivement les bras, sa main gauche se levait avec effort et semblait montrer un point dans le taillis.

— L'assassin était là, murmura M. Jean, ou bien il a fui par là.

Michel eut encore la force de faire de la tête un signe affirmatif.

— Pensez à Dieu, mon fils, dit le prêtre, à Dieu qui vous pardonnera vos fautes comme vous pardonnez à vos ennemis.

Et il se mit à prononcer tout bas l'absolution, cette suprême consolation que l'Eglise apporte aux mourants à l'heure terrible ou l'éternité commence.

Le pauvre garde remercia le prêtre d'un regard attendri

3

et parut un peu soulagé. Il respirait plus librement, les tres-
saillements convulsifs qui agitaient son corps avaient cessé,
le sang ne coulait plus. M. Jean eut un instant d'espoir. Il
banda la plaie avec son mouchoir et il fit respirer un flacon
de sels au blessé, qui se ranima et essaya encore de
parler.

— L'ass... l'assassin, murmura-t-il, c'est... c'est...
— Nommez-le! dit le prêtre éperdu.
— C'est le... le br...

La syllabe ne fut pas achevée et la révélation du nom du
meurtrier se perdit dans un sanglot, le dernier.

Michel se raidit dans les bras de M. Jean. Il était mort,
emportant avec lui le secret du crime de Charly.

M. Jean coucha doucement sur la mousse ce pauvre corps
inanimé et se mit à prier pour l'âme qui venait de s'envoler.
Le mort avait les yeux ouverts et sa bouche crispée semblait
se contracter encore pour prononcer le nom du meurtrier. Le
bras gauche était resté étendu comme pour montrer le chemin par où le lâche avait fui. Mais tout était fini pour Michel.
Le malheureux garde, tombé martyr du devoir, n'avait pas
même eu, avant d'expirer, la consolation de désigner son
assassin, et sa fin tragique allait vraisemblablement grossir
la liste des crimes impunis du braconnage.

Elle était longue déjà, cette liste, dans les parages boisés
et giboyeux de Charly, et il ne se passait guère de mois où
la gendarmerie du canton n'eût à verbaliser à propos de méfaits commis par ces irréguliers de la chasse, qui tuent
les perdreaux en temps prohibé et les hommes à l'occasion.

A Charly, comme ailleurs, on saisissait rarement les coupables, secrètement protégés par les gens du pays, personne
n'a jamais su pourquoi, à moins que ce ne soit par esprit
d'opposition. Tel paysan qui ferait volontiers condamner un
maraudeur aux galères pour lui avoir pris une poule dans
sa basse-cour sympathise avec le franc-tireur nocturne dont
les exploits dépeuplent les forêts d'alentour. On dirait que
l'ennemi commun c'est la loi, et qu'il y a un certain héroïsme
à la braver. Béranger a bien chanté les contrebandiers.

Le bon curé de Charly, en priant Dieu pour la victime d'un infâme guet-apens, ne pensait guère à ces considérations sociales. Il était tout à sa douleur et à son oraison. Cependant, lorsqu'il eut fini d'invoquer la miséricorde du juge suprême, il se rappela que la justice humaine avait ses droits et qu'il importait de l'avertir le plus tôt possible.

Le taillis où l'assassinat venait d'être commis n'était séparé du parc de M. de Brannes que par un mur et s'étendait presque jusqu'à la grille du château bâti au sommet du coteau. Cette grille s'ouvrait sur la grande route, à l'entrée de la principale rue de Charly, et il fallait que l'assassin fût bien hardi ou bien assuré de s'échapper, pour avoir osé attendre le garde à deux cents mètres du village.

L'idée la plus naturelle en ce triste cas c'était d'aller appeler tout d'abord les domestiques du comte, et ce fut aussi celle qui vint à M. Jean. Il se leva et il s'orientait de son mieux pour courir au château par le chemin le plus court, quand il aperçut à travers les arbres une lumière qui venait à lui. En même temps, il entendit des voix.

— Par ici ! cria-t-il de toutes ses forces.

Un bruit de pas précipités répondit à son appel, et un instant après, déboucha dans la clairière un valet de pied porteur d'une lanterne, suivi de deux gardes-chasse armés de fusils doubles. Avec eux, marchait un homme de haute taille et de grande mine que le curé reconnut pour l'avoir vu, le dimanche précédent, assistant à la messe dans la petite église de Charly. C'était le comte de Brannes en personne, et, à sa démarche précipitée, on devinait qu'il pressentait un malheur.

— Ah ! monsieur, s'écria le digne prêtre, j'allais chercher vos gens... Un meurtre vient d'être commis... Ce pauvre Michel !... C'est affreux.

M. de Brannes fit quelques pas en avant, vit le cadavre et recula d'horreur.

— Je ne me trompais donc pas, dit-il d'une voix émue ; j'étais assis près de la fenêtre du salon quand j'ai entendu tirer, et je ne sais pourquoi j'ai eu l'idée qu'on assassinait Michel. Ah ! les misérables ! ils lui en voulaient depuis longtemps et ils l'ont tué.

Le valet de pied et les deux camarades du mort entouraient le corps et échangeaient à voix basse des exclamations de pitié pour Michel et des malédictions contre ses meurtriers.

— Pardon, monsieur le curé, dit le comte en reprenant aussitôt son sang-froid et ses habitudes de haute politesse, excusez-moi de ne vous avoir point encore salué. Cet horrible événement m'a troublé à ce point, que je ne vous ai pas reconnu tout d'abord. Et puis, je m'attendais si peu à vous rencontrer près de ce corps...

Il y avait évidemment dans ces derniers mots une interrogation courtoisement enveloppée d'une expression d'étonnement, et M. Jean, qui comprit à merveille, s'empressa d'y répondre.

— C'est le hasard qui m'y a amené, dit-il vivement, un malheureux hasard, puisque je n'ai pu arriver assez tôt pour empêcher le crime. J'étais arrêté sur la berge de la Marne, quand j'ai entendu un coup de fusil, puis un second, suivi d'un cri d'angoisse ; alors j'ai couru, aussi vite que je l'ai pu, et j'ai trouvé ce pauvre garçon respirant encore ; mais je n'ai eu que le temps de lui donner l'absolution et il a expiré entre mes bras.

— Et l'assassin avait disparu, n'est-ce pas? dit amèrement M. de Brannes. Sans doute, il est déjà en sûreté, et il espère bien échapper aux poursuites ; cela se passe toujours ainsi dans ce maudit pays ; mais, cette fois, j'ai des indices, presque des preuves, et nous verrons si la justice restera encore impuissante. Voilà le troisième meurtre commis par des braconniers depuis un an aux environs de Charly. Il est temps que ces abominations aient un terme, et dussé-je diriger moi-même les recherches, dût-il m'en coûter une grosse somme pour faire venir des agents de police de Paris...

— Ce n'est pas la peine, monsieur le comte, dit un des gardes, qui avait la mine énergique d'un ancien soldat, je gagerais un trimestre de ma pension de retraite que c'est le Parisien qui a fait le coup.

— Ce drôle que Michel a surpris à l'affût le mois dernier?

— Oui, monsieur le comte, et je gagerais encore qu'il n'est pas loin.

— Par où s'est-il enfui? voilà ce qu'il faudrait savoir avant de se mettre à sa poursuite, murmura M. de Brannes.

— Monsieur, dit le curé de Charly, pendant que j'étais sur la berge, au moment où le premier coup de fusil a été tiré, il m'a semblé entendre marcher sous bois, et les pas m'ont paru se diriger vers le chemin de halage, du côté du mur de votre parc.

— En effet, il est peu probable que l'assassin se soit jeté dans le bois qui s'étend sur le coteau, à notre droite ; le taillis est trop fourré et il aurait eu trop de peine à s'en tirer. Encore moins peut-on croire qu'il ait eu l'idée de remonter vers le village. Vous avez raison, monsieur le curé, il a dû se sauver par le sentier qui suit la rivière, et je vais...

— Au surplus, interrompit M. Jean, nous pouvons nous en assurer immédiatement. Avant d'entrer dans le bois, je causais au milieu du chemin avec une femme que je venais de rencontrer. Je l'y ai laissée, elle doit y être encore, car je lui avais recommandé de m'attendre. Elle nous dira certainement si elle a vu un homme sortir du bois, et par où il est passé.

— Alors, ne perdons pas une minute pour l'aller interroger, dit le comte d'un ton décidé. Vous, François, ajouta-t-il en s'adressant au valet de pied, ne bougez pas d'ici, et si les gens de Charly venaient, veillez à ce que personne ne touche au corps, et même empêchez-les d'approcher, en les menaçant de la justice, qui veut que toutes choses restent en l'état où elles sont ; cela est très-important pour l'enquête. Vous, Bernard, courez à la gendarmerie et prévenez le brigadier pour qu'il amène tous ses hommes. Nous aurons peut-être à organiser une battue pour retrouver ce misérable.

— J'y vais, monsieur le comte, répondit le plus jeune des deux gardes.

— Toi, La Bretèche, dit M. de Brannes au plus âgé, celui qui avait l'air militaire, tu vas venir avec M. le curé et moi à la recherche de cette femme. Hâtons-nous, pour ne pas lui laisser le temps de s'éloigner.

On se mit en marche aussitôt, le vieux garde montrant le chemin et écartant les branches avec le canon de son fusil, pour frayer un passage à son maître. Son camarade était déjà parti, en quête des gendarmes, et il ne restait auprès du cadavre, que le valet de pied, armé seulement de la lanterne, et médiocrement rassuré. On descendit le coteau en bien moins de temps que le curé n'en avait mis à le monter, et, en arrivant sur le chemin, M. Jean eut la satisfaction de retrouver la chanteuse. Elle tenait ses enfants par la main et elle avait déjà fait quelques pas pour s'en aller, mais elle s'arrêta en voyant les trois hommes sortir du bois.

— L'avez-vous vu ? lui cria M. de Brannes, pendant que l'avisé La Bretèche se plaçait de façon à empêcher de fuir ce témoin en jupons.

— Que me voulez-vous ? demanda la femme assez effrayée.

— Madame, dit le curé, le dernier coup de fusil que nous avons entendu a tué un garde-chasse de M. le comte que voici.

— Ah ! mon Dieu ! murmura la chanteuse, ce cri, c'était donc...

— C'était le cri d'agonie d'un malheureux lâchement assassiné; tout fait supposer que l'assassin s'est dirigé de ce côté ; l'avez-vous vu ?

— J'ai vu un homme qui s'est levé tout à coup dans le taillis, là-bas, à l'angle de ce mur.

— Le mur de mon parc, dit M. de Brannes; je pensais bien qu'il avait dû se dérober par là. Et, sans doute, il s'est mis à courir vers Joinville ?

— Non, monsieur, il a traversé le sentier et il est descendu au bord de la rivière ; je crois que c'était pour y cacher un fusil et une pièce de gibier qu'il portait.

— Bon ! nous allons voir ça, dit La Bretèche en faisant demi-tour pour courir à la berge.

— Tout à l'heure, dit le comte en le retenant par le bras. Qu'a fait l'homme ensuite ? interrogea-t-il.

— Il est remonté sur le chemin de halage et il s'est dirigé, en effet, vers Joinville, mais il ne courait pas ; il marchait, au contraire, assez tranquillement.

— Alors, il ne peut pas être bien loin d'ici ?

— Je ne crois pas:

— Comment était-il ? demanda La Bretèche sans se soucier de l'inconvenance qu'il commettait en coupant la parole à son maître.

— Il m'a paru grand et mince ; il avait une blouse et un grand chapeau de paille.

— C'est lui ! c'est le Parisien ! s'écria le vieux garde.

-- Que ce soit le Parisien ou tout autre, s'écria M. de Brannes, il faut que nous le retrouvions. Il a suivi le bord de l'eau, dites-vous?

— Oui, monsieur, répondit la chanteuse.

— Bon ! il lui faut plus d'une heure pour gagner Joinville, même en marchant vite ; nous avons donc chance de le rattraper.

— Pourvu qu'il ne soit pas allé tout droit à la gare de Charly ; la route bifurque à un demi-quart de lieue d'ici, murmura M. Jean.

— C'est vrai, et s'il a pris le train pour Paris, la trace est perdue.

— Il n'y a pas de danger, monsieur le comte ; il doit avoir ses raisons pour ne pas passer les fortifications, et il en a d'autres pour rôder autour de Charly, dit le vieux garde.

— Essayons toujours de le joindre. Peut-être serait-il bon de surveiller aussi cette femme, souffla M. de Brannes à l'oreille du curé.

Il n'avait pas parlé assez bas, car la chanteuse entendit le propos.

— C'est inutile, monsieur, dit-elle avec amertume ; je suis bien pauvre, mais je ne prends pas le parti de ce misérable, et, pour vous le prouver, je vais vous suivre.

— Bon ! elle va nous retarder, grommela le garde.

— Oui, mais elle peut nous être utile pour le reconnaître, dit le comte à demi-voix.

— Certainement, et je la crois incapable de nous trahir, murmura M. Jean.

— Avançons ! s'écria M. de Brannes.

Et il se mit en route, suivi par le curé, qui prit l'aîné des petits dans ses bras. Depuis l'événement de la place de la Bastille, le digne homme commençait à avoir l'habitude de porter les enfants. La mère se chargea de l'autre et on marcha d'un bon pas. La Bretèche, le fusil armé et prêt à faire feu, éclairait le chemin.

Ce chemin, c'était le sentier parcouru une heure auparavant par M. Jean, et on arriva, sans rencontrer âme qui vive, au carrefour où s'embranchait la voie qui menait au chemin de fer. Là on s'arrêta. Il s'agissait de prendre un parti. En tournant à droite, on pouvait gagner assez promptement la gare. En continuant à gauche, on descendait le cours de la Marne, très-sinueux, assez étroit et très-ombragé sur ses deux rives.

— J'y pense, dit M. de Brannes, si le drôle a caché son fusil là-bas devant le mur du parc, c'est qu'il a l'intention de revenir l'y chercher, et il n'est pas probable qu'il se soit beaucoup éloigné.

— C'est juste, appuya M. Jean, et peut-être serait-il plus prudent de revenir sur nos pas et de nous borner à surveiller l'endroit.

— Sauf le respect que je vous dois, monsieur le curé, ce moyen-là ne sera pas mauvais plus tard, fit observer le garde ; mais, pour le moment, m'est avis qu'il ne faut pas lâcher la piste. J'entends chanter là-bas devant nous, et je vois de la lumière. Ça doit être des marins d'eau douce qui font leurs farces. Je vas toujours leur demander s'ils ont vu passer un homme en blouse.

— Allons-y tous, dit le comte ; je tiens à les interroger moi-même.

On fit encore une centaine de pas et, à un détour du sentier, on aperçut un tableau des plus bizarres.

Sur le talus gazonné de la berge était dressée une tente

en coutil rayé, dont les pans, artistement relevés, laissaient voir les apprêts d'un festin brillamment éclairé par quatre bougies et une demi-douzaine de lanternes vénitiennes. Le couvert était mis sur un tapis de Smyrne, et les cristaux n'y manquaient point, non plus que les bouteilles au goulot argenté. Accroupis à la turque ou couchés comme des Romains de la décadence, quatre convives des deux sexes s'apprêtaient à faire honneur à ce souper champêtre, pendant qu'un cinquième s'occupait fort activement à extraire des profondeurs d'un immense panier tout un assortiment de victuailles et de fioles variées.

Tous ces gens-là étaient fort étrangement accoutrés. Les femmes portaient des costumes de bain de la plus haute fantaisie et laissaient flotter au vent d'épaisses chevelures dont la teinte hardie rappelait la couleur dorée des épis mûrs. Les hommes, le cou, les jambes et les bras nus, avaient endossé des vareuses écarlates et s'étaient coiffés de panamas immenses. Il y en avait même un, celui qui déballait les vivres, qu'un chef de sauvages aurait pu prendre pour un homme de sa tribu, car il n'était vêtu que d'un burnous blanc jeté sur un caleçon de toile, et il avait orné sa tête d'un diadème de plumes.

M. Jean, peu familiarisé avec les mœurs des navigateurs de la Marne, restait ébahi et même un peu intimidé en face de ce bivouac de Peaux-Rouges très-civilisés, et le comte de Brannes, qui n'était point ce jour-là d'humeur joyeuse, ne se souciait guère de questionner des extravagants dont il n'y avait vraisemblablement à attendre aucune réponse sensée. Mais La Bretèche, accoutumé aux allures des canotiers, ne s'étonnait pas pour si peu, et il alla droit au grand gaillard coiffé en cacique péruvien pour lui demander des nouvelles du braconnier.

A peine le garde eut-il pénétré dans le cercle de lumière qui entourait la tente, qu'une clameur formidable salua son apparition.

— Un étranger ! un *Visage pâle* dans le *wigwam* des *Nez percés*, nasilla une voix de basse qui dominait les piaule-

ments féminins. Scalpe-le, *Bison courageux*, et apporte-
nous sa chevelure.

— Il ne s'agit pas de tout ça, farceur, dit La Bretèche;
il s'agit de me répondre, et j'ai le droit de vous interroger.
Vous ne voyez donc pas ma plaque?

Le *Bison courageux* abandonna ses intéressantes occupations et vint à lui, très-probablement avec l'intention de se
livrer à quelque facétie déplacée partout ailleurs que dans
les savanes américaines.

— Monsieur Julien! s'écria le vieux garde en se trouvant
face à face avec ce Mohican de contrebande.

— Tiens! c'est toi, La Bretèche, dit le jeune sauvage en
éclatant de rire; parbleu! la rencontre est drôle. Comment
va mon oncle?

— Votre oncle est ici, monsieur, répondit le comte de
Brannes, qui se montra tout à coup. Je vois que vous menez
joyeuse vie, et que vous passez plus gaiement votre temps
ici que chez moi.

— Mon oncle, je vous assure que... si j'avais su... je ne
m'attendais pas, balbutia l'infortuné neveu, en faisant tous
ses efforts pour se composer un costume décent avec son
burnous et son caleçon, à quoi il ne réussissait guère.

— Oh! oh! reprit la voix nasillarde, le *Bison courageux*
qui fume le *calumet* de paix avec les *Visages pâles!* Cachons
ce honteux spectacle à la tribu des *Nez percés*.

Les rideaux de la tente, détachés par une alerte main de
canotière, retombèrent aussitôt et dérobèrent aux yeux du
comte et de M. Jean les mystères du festin.

— Je conçois que vous vous amusiez mieux en pareille
compagnie qu'au château, reprit M. de Brannes, mais vous
pourriez du moins prendre vos ébats un peu plus loin de
Chasseneuil.

— Je vous jure, mon oncle, que c'est tout à fait par
hasard...

— Que je vous trouve déguisé en Caraïbe; je n'en doute
pas. C'est par hasard aussi, sans doute, que vous avez
échangé contre ces oripeaux votre robe de docteur en droit,
et que vous promenez des drôlesses.

— Ce sont mes amis qui les promènent, dit vivement M. Julien ; je vous donne ma parole d'honneur que je ne les connaissais pas ce matin, et que je ne les connaîtrai plus demain.

Le comte ne put s'empêcher de sourire de l'énergie de cette protestation. Peut-être devinait-il pourquoi son neveu tenait tant à se justifier d'une légèreté assez pardonnable à un docteur de vingt-cinq ans. L'occasion eût été mal choisie, d'ailleurs, pour lui faire de la morale, et M. de Brannes revint bien vite à un sujet plus sérieux.

— Laissons cela, Julien, dit-il en baissant la voix. Il s'agit d'un affreux événement ; on vient de tuer d'un coup de fusil mon garde Michel.

— Ah ! mon Dieu ! s'écria le jeune homme. Mais c'est épouvantable ! où ? comment ? qui ?

— A cinq cents pas d'ici, dans le petit bois de la Bélière, qui touche à mon parc, et j'ai de fortes raisons de croire que l'assassin est un braconnier bien connu dans le pays. Nous sommes à sa poursuite, nous pensons qu'il a dû fuir par le chemin de halage, et quand j'ai aperçu votre illumination, je vous ai envoyé La Bretèche pour vous demander si vous n'aviez pas vu passer un homme en blouse.

— Grand, maigre, une blouse bleue et un chapeau de paille à larges bords ?

— C'est bien son signalement. Tu l'as donc vu ? Y a-t-il longtemps ? De quel côté allait-il ?

Julien prit son oncle par le bras et lui dit tout bas en montrant la rivière :

— Il est là.

— Comment ?

— Oui. Tout à l'heure, un homme, exactement vêtu comme vous le dites, est venu nous offrir de nous vendre un faisan...

— Qu'il a tué dans mon bois avant d'assassiner mon garde, le misérable !

— J'ai eu l'idée que ce faisan avait dû être volé, et j'ai refusé. Alors, l'homme nous a proposé de nous pêcher des écrevisses dans la Marne et nous avons accepté. Il est là, dans notre canot, occupé à lever ses engins.

— Alors, nous le tenons, dit entre ses dents La Bretèche.

— Voilà qui me réconcilie presque avec le canotage, reprit le comte ; Julien, je vous pardonne, mais il ne faut pas que le drôle nous échappe, vous aller l'appeler ; La Bretèche lui mettra la main au collet, et, au besoin, je l'espère, vos jolis amis qui boivent là-dedans nous prêteront main-forte.

— Oh ! certainement, mon oncle, et puis, moi aussi, j'ai les poignets solides, et, à moi tout seul, je me chargerais d'en venir à bout, mais...

— Mais quoi ? allez-vous pas plaider sa cause ?

— Non, mon oncle. Seulement, j'avoue que l'imprudence de cet homme m'étonne au dernier point. Pêcher tranquillement des écrevisses à quelques pas de l'endroit où on vient de commettre un meurtre, c'est improbable, convenez-en.

— Ou bien audacieux. Laissons ces beaux raisonnements à l'avocat qui le défendra aux assises, et, en attendant...

— Le voici, murmura Julien.

En effet, l'homme remontait tranquillement la berge, un filet à la main, et, grâce à la lune qui l'éclairait en plein, on distinguait parfaitement sa taille et son costume.

— C'est bien lui, c'est l'assassin, dit la chanteuse d'une voix étouffée.

— Par ici, l'ami, appela le neveu de M. de Brannes, voilà des amateurs de plus pour vos écrevisses.

— J'arrive, monsieur, et la pêche est bonne, répondit l'homme. J'en ai trois douzaines qu'on paeyrait trois francs pièce au café Anglais.

En même temps, il ôtait son chapeau pour saluer ses nouvelles pratiques.

— Robert ! s'écria la pauvre femme en reculant de surprise et d'effroi.

A ce cri d'horreur, à ce nom qu'il ne s'attendait guère à

entendre prononcer là, l'homme bondit en avant, et, avant
que le garde eût le temps de l'en empêcher, il saisit la
chanteuse par le bras et l'attira à lui pour la regarder de
plus près.

— Eugénie ! dit-il en la repoussant avec un mouvement
de colère.

Et, presque aussitôt, jetant loin de lui son filet, il s'é-
lança et voulut fuir. Mais La Bretèche, qui avait prévu le
coup, lui mit la main au collet et l'arrêta sur place.

Cependant le vieux garde n'était pas de force à contenir,
à lui seul, un gaillard jeune et robuste comme l'était le braconnier, qui se débattait de toutes ses forces et qui aurait
probablement réussi à s'échapper, sans l'intervention très-
opportune du *Bison courageux*. Le neveu Julien justifia ce
beau surnom en prenant à bras-le-corps le récalcitrant, lequel pouvait fort bien être armé et gratifier d'un coup de
couteau ceux qui venaient ainsi se mêler de ses affaires.

Heureusement, l'homme essaya bien encore de lutter,
mais il sentit qu'il ne serait pas le plus fort et il cessa toute
résistance en disant :

— Ce n'est pas la peine de m'étrangler pour m'empêcher
de courir. Lâchez-moi ! sacrebleu ! je ne me sauverai pas. ·

On le lâcha, mais on le serra de près, La Bretèche le flan-
quant d'un côté et Julien de l'autre.

— Robert, c'est donc toi ! répéta la chanteuse éperdue.

— Eh ! bien, oui, c'est moi ! dit brusquement le braconnier ; je ne m'attendais pas que nous nous rencontrerions
ici, ni toi non plus, à ce qu'il paraît.

— Ah ! s'écria la malheureuse mère, il n'y avait qu'un
crime commis par toi qui pouvait nous mettre face à face.

— Je n'ai rien commis du tout, grommela Robert en
haussant les épaules, et je voudrais bien savoir enfin ce
qu'on me veut.

Le groupe rassemblé en ce moment sur le bord de la
Marne aurait fait la joie du metteur en scène d'un théâtre
de drame :

Le prisonnier s'agitant comme un loup pris au piége, le
sauvage lui montrant le poing et le garde le tenant au bout

de son fusil ; le comte et M. Jean entourant la chanteuse qui
se soutenait à peine ; les enfants, effrayés, se cachant l'un
derrière les jupes de sa mère, l'autre derrière la soutane du
curé. Toutes ces attitudes composaient un véritable tableau
de cinquième acte et, pour le compléter, les canotiers mâles
et femelles de la tribu des *Nez percés*, attirés hors de leur
tente par le bruit de la lutte, garnissaient le second plan et
jouaient le rôle de comparses, sinon de personnages muets.

— Oui, au fait, que me veut-on? demanda une seconde
fois le braconnier.

— C'est à moi et non à vous d'interroger, dit froidement
M. de Brannes. Que faisiez-vous tout à l'heure dans le bois
de la Bélière, à côté de mon parc?

— Ah! ah! dit Robert avec un aplomb insolent, il paraît
que j'ai l'honneur de parler au seigneur et maître du château de Chasseneuil.

— Qu'est-ce à dire, drôle?

— Oh! pas d'injures, s'il vous plaît. Vous voulez dire que
je me permets de temps en temps de tracasser votre gibier?
Eh bien! c'est possible. J'ai sur ce point-là des opinions particulières. D'ailleurs, je n'aurais pas beau jeu pour nier,
puisqu'un de vos gardes m'a déjà pincé.

— Il l'avoue, le brigand, et c'est bien pour ça qu'il s'est
revengé, s'écria La Bretèche.

— Je n'avoue rien du tout, vieux troupier gris-pommelé,
si ce n'est que j'ai chassé sur les terres de M. le comte,
et que j'ai oublié de lui en demander la permission, que, du
reste, il m'aurait refusée.

— Fort bien, dit M. de Brannes; vous convenez aussi, je
suppose, que vous venez d'y tuer un faisan.

Robert, cette fois, ne répondit point.

— Vous venez de nous proposer de l'acheter, dit M. Julien. Tous ces messieurs du canot l'attesteraient au besoin.

— Et ces dames aussi, n'est-ce pas? A des témoignages
si respectables, je n'ai rien à opposer. C'est vrai, j'ai tué un
faisan. Après?

— Et vous l'avez caché, ainsi que votre fusil, sur la berge

tout au bord de l'eau. Ne niez pas. Voilà une femme qui, vous a vu.

— Elle! s'écria Robert en regardant la chanteuse avec des yeux étincelants de colère ; ah ! c'est elle qui m'a dénoncé! C'est bon à savoir.

— Vous vous trompez, dit M. Jean. Le hasard a tout fait, et, au surplus, votre femme ne vous avait pas reconnu, vous le savez bien.

— Sa femme ! répéta M. de Brannes étonné.

— Oui, monsieur le comte, lui souffla tout bas le curé; au moment où les coups de fusil ont été tirés, je causais sur la berge avec cette pauvre créature, et elle me racontait ses malheurs. La disparition de son mari qui l'avait abandonnée en la laissant sans ressources. Elle vient de le retrouver, et dans quelles circonstances, bon Dieu !

— En effet, ils se sont reconnus, murmura le comte ; je plains cette malheureuse, mais il sera bon, je crois, de ne pas la perdre de vue. Dans une affaire aussi grave, il faut se défier de tout le monde ; d'ailleurs son témoignage sera fort important.

— Je crois qu'elle n'a pas envie de fuir, répondit à demi-voix M. Jean; elle le suivrait plutôt en prison, si elle le pouvait, car elle l'aime encore.

Le sens de cet a-parté fut deviné par le braconnier qui se mit à dire en ricanant :

— Oui, messieurs, c'est bien ma femme qui s'est trouvée là tout juste à point pour me faire arrêter. La rencontre est providentielle, n'est-ce pas ? et ça ferait un joli dénoûment pour une pièce de l'Ambigu. Mais, si je ne m'abuse, monsieur le comte, vous n'avez pas quitté votre château pour venir me parler de mes affaires de ménage, et je vous serai très-obligé d'en finir.

— En vérité, c'est trop fort, dit M. de Brannes confondu moins encore de l'impudence de cet homme que des formes choisies de son langage.

— En quoi, trop fort ? reprit le braconnier. Je suis pris en flagrant délit de chasse ou à peu près, et je sais ce qui me revient: l'amende, dont je me moque et pour cause, et la

prison qui sera peut-être longue, vu mon état de récidive.
Votre garde n'a qu'à dresser procès-verbal, et je ne vous
empêche pas d'aller chercher.les gendarmes, mais il est bien
inutile de déranger plus longtemps une honnête société qui
s'amuse, ajouta-t-il en montrant les canotiers. Demandez
plutôt à monsieur votre neveu.

Un gémissement de la chanteuse ambulante répondit à
cette impertinente tirade. La malheureuse Eugénie se sentait défaillir, et, si on avait pu lire dans son cœur, peut-être
y aurait-on lu qu'elle souffrait moins encore de la terrible situation de son mari que de la dédaigneuse indifférence avec
laquelle il la regardait, elle qui l'adorait toujours. L'amour
est bien la plus déraisonnable de toutes les passions.

Le bon curé eut pitié d'elle et l'entraîna doucement à quelques pas du groupe.

— Il ne s'agit pas seulement d'un délit de chasse, dit M. de
Brannes en regardant le braconnier entre les deux yeux.

— Bah! et de quoi donc? Serait-ce par hasard des griefs
de ma femme contre moi, et monsieur votre neveu se pro-
poserait-il de plaider pour elle en séparation de biens?
Monsieur est docteur en droit, si j'ai bien entendu?

— Ce persiflage n'est pas de saison et vous gâtez votre
affaire, dit M. Julien à l'oreille de l'accusé.

Le *Bison courageux* était déjà rentré dans sa véritable
personnalité, celle d'un jeune homme du meilleur monde,
avocat tout frais émoulu des bancs de l'école. Le comte,
irrité de tant d'audace, fut au moment de jeter à la face du
coupable le nom d'assassin, mais il réfléchit qu'il valait
mieux le laisser s'enferrer avant de lui reprocher son crime,
et il reprit froidement :

— Vous connaissiez bien Michel, n'est il pas vrai?

— Qui ça, Michel? répondit l'homme sans broncher.

— Mon garde.

— Ce n'est pas là une indication suffisante, attendu que
vous en avez trois ou quatre. Cependant, je suppose que
vous voulez parler de celui qui est Alsacien, et qui a servi
dans les zouaves?

— Précisément. Vous ne contestez pas que vous ayez eu affaire à lui ?

— En aucune façon. J'ai de bonnes raisons pour me souvenir de lui et même pour ne pas le porter dans mon cœur. Il m'a pris une fois tendant des collets dans votre forêt d'Apilly, et il m'a fait condamner à trois semaines. Mais je lui revaudrai ça un jour ou l'autre.

Ce fut dit si couramment et d'un ton si naturel, que M. de Brannes en demeura stupéfait.

— Ainsi, vous confessez que vous en vouliez à Michel ? demanda-t-il après un court silence.

— Je le confesse, dit tranquillement le braconnier, tout comme je confesse que j'ai mis à mort un de messieurs vos faisans.

— Alors vous allez me suivre sur-le-champ.

— Tiens ! il paraît que vous faites votre police vous-même. Singulière habitude chez un gentilhomme ! Où voulez-vous me mener ?

— A l'endroit où vous avez caché votre fusil d'abord, et ensuite...

— Bon ! épargnez-vous le reste, monsieur le comte. Je vais m'exécuter de bonne grâce, quand ce ne serait que pour faire plaisir à ma femme, qui vous a si bien renseigné, répondit Robert en regardant de travers la chanteuse.

— La Bretèche, veille sur cet homme pendant le trajet, commanda M. de Brannes.

« Julien, vous ne nous quitterez pas, je pense. Je regrette de vous arracher à vos amis et à vos amies, mais vous pouvez nous être utile de plus d'une façon, et...

— Je suis à vos ordres, mon oncle, et quant à mes amies, je vous jure...

— Bien ! bien ! vous nous expliquerez tout cela au château... quand vous aurez changé de costume, cela va de soi. Pour le moment, il suffit que vous nous accompagniez, afin de nous donner un coup de main, au cas où cet homme tenterait de résister.

— Résister ! moi ! pourquoi faire ? Je viens de vous dire que je marcherais et je n'ai qu'une parole, dit le braconnier d'un

air dégagé. Seulement, ces messieurs du canot devraient
bien me payer mes écrevisses. Je ne parle plus de mon faisan qui va être confisqué, mais pour mes trois douzaines qui
grouillent là dans le filet, j'ai bien droit à une pièce de cent
sous. Ce ne sera pas de trop pour m'acheter du tabac en
prison.

— Oui, on t'en donnera du tabac, mauvais gueux, dit
entre ses dents La Bretèche.

Le comte, d'un coup d'œil sévère, imposa silence à son
garde.

— Venez, monsieur le curé, reprit-il, et veuillez vous
charger de cette pauvre femme.

Et il ajouta tout bas en montrant le braconnier :

— Auriez-vous jamais cru qu'il pût exister un scélérat
d'une telle effronterie ?

— S'il est coupable, murmurait le neveu Julien, c'est le
plus grand comédien de notre temps.

— Quand il vous plaira, messieurs, dit tranquillement le
braconnier ; puisque personne ne m'achète mes écrevisses,
j'en ferai cadeau au brigadier de gendarmerie. Il est
probablement dans ma destinée de cultiver souvent sa
connaissance, et les petits présents entretiennent l'a-
mitié.

Et le drôle, ayant ramassé et jeté sur son épaule le filet
qui contenait sa pêche, se mit en marche le nez au vent et
les mains dans ses poches.

La Bretèche ne le quitta pas d'une semelle, et il fut bientôt
rejoint par le neveu Julien, qui n'avait pris que le temps
de prier ses amis du canot de ne pas bouger jusqu'à son
retour. Le curé et M. de Brannes suivaient avec les deux enfants et leur mère désespérée.

Le bon M. Jean commençait à perdre un peu la tête au
milieu de toutes ces catastrophes accumulées. Un meurtre horrible auquel il avait presque assisté, une reconnaissance dramatique entre une femme malheureuse et un
mari criminel qu'il avait rapprochés sans le vouloir, il
ne lui en était pas arrivé autant pendant les trente ans
qu'il avait passés dans sa paisible cure du diocèse de

Versailles. Sans parler de la désagréable perspective de se trouver mêlé à un procès d'une terrible gravité, et de la nécessité d'apporter à l'audience un témoignage qui devait beaucoup contribuer à faire condamner le coupable. Lui, le ministre du Dieu de paix, se voir contraint d'envoyer par sa déposition un homme à l'échafaud, cette idée le bouleversait à ce point, qu'il regrettait presque de ne pas avoir passé son chemin au lieu de courir au coup de fusil. Quant au *Bison-Courageux*, qui s'appelait de ses vrais noms Julien de La Chanterie, il regrettait et il craignait bien autre chose. Il regrettait d'avoir été rencontré en trop joyeuse compagnie par son oncle maternel, et il craignait surtout que cet oncle ne racontât l'histoire de la tribu des *Nez-Percés* à sa fille, mademoiselle Gabrielle de Brannes, laquelle venait de sortir du couvent des *Oiseaux* et se trouvait justement à cette heure au château de Chasseneuil.

Le comte se possédait à peine, car il était fort attaché à l'infortuné Michel. La Bretèche se tenait à quatre pour ne pas venger son camarade en brûlant la cervelle au meurtrier. La chanteuse souhaitait tout bas de mourir et regardait la rivière, au fond de laquelle elle aurait pu trouver la fin de ses misères; les enfants pleuraient.

De tous ceux que touchait à des titres divers cette lamentable aventure, le braconnier Robert, le Parisien, comme l'appelaient les gens de Charly, était assurément le moins troublé. Il s'en allait d'un pas allègre, sifflant l'air des *Deux gendarmes*, du chansonnier Nadaud. On l'aurait pris pour un canotier qui vient de descendre à terre au milieu de son *tour de Marne*. Il ne disait mot, pourtant, et jusqu'à ce qu'on eût dépassé le mur du parc de M. de Brannes, le trajet fut silencieux. Là, le vieux garde, qui serrait de près son prisonnier, l'empoigna assez brutalement par le coude, en disant :

— Halte! nous voilà au coin du bois. Le fusil doit être caché pas bien loin d'ici.

Et, se tournant vers la chanteuse, il lui jeta cet ordre :

— Allons! vous, montrez-nous l'endroit, puisque vous étiez là quand il a fait son coup.

— Je n'ai rien vu, et je ne vous montrerai rien, dit brusquement la pauvre femme.

La Bretèche allait s'écrier, mais le comte comprit qu'il serait par trop cruel de forcer la malheureuse à aider ceux qui procédaient contre son mari.

— C'est inutile ; la cachette ne doit pas être difficile à trouver ; nous la chercherons, dit-il en faisant signe à M. Jean, qui le remercia d'un coup d'œil.

— Ne cherchez pas, dit tranquillement le braconnier ; c'est dans le creux de ce saule que vous voyez là-bas. Vous voyez que je ne m'amuse pas à vous taquiner, mais vous n'êtes pas obligés de m'en savoir gré, car si je vous aide à abréger les opérations, c'est que je voudrais être délivré le plus tôt possible de la vue de ma femme, et, comme je l'espère bien, elle ne me suivra pas en prison...

— Taisez-vous. C'est indigne ce que vous faites là, dit Julien de la Chanterie, d'un ton qui parut impressionner un peu Robert, car, au lieu d'insister, il se contenta de hausser les épaules.

— Monsieur le comte, voilà les gendarmes, s'écria La Bretèche.

En effet, on voyait briller sur la lisière du bois des carabines et des fourreaux de sabre. C'était le brigadier qui sortait du taillis avec deux de ses hommes.

En apercevant le groupe arrêté au milieu du chemin, ils hâtèrent le pas et ne tardèrent pas à le rejoindre.

— Ah ! monsieur le comte, quelle affaire ! dit le brigadier en soulevant son chapeau. Je n'aurais jamais cru que ces gueux-là auraient la hardiesse de tuer un homme, à moins de cinq cents mètres de la caserne. Mais, cette fois, nous pincerons celui qui a fait le coup ou j'y perdrai mes galons. J'ai déjà des indices, et nous le suivons à la piste...

— Pas la peine, brigadier, nous le tenons, interrompit La Bretèche. C'est le particulier que voilà.

— Pas possible ! mais, si... c'est lui ! c'est le Parisien ! Ah ! je le reconnais bien, le gredin ! il y a assez longtemps que j'ai son signalement dans la tête.

— Moi aussi, je vous reconnais, brigadier, dit railleusement le mari de la chanteuse ; la dernière fois que nous nous sommes rencontrés, vous m'avez même fait l'honneur de me conduire en prison. Ces choses-là ne s'oublient pas, je vous assure.

— C'est bon ! c'est bon ! nous verrons si vous *blaguerez* encore tout à l'heure. Allons ! vous autres, mettez-lui les menottes.

Les gendarmes s'empressèrent d'obéir, et, comme le braconnier ne fit aucune résistance, l'opération fut bientôt terminée.

— Tiens ! dit-il en ricanant de plus belle, l'autre fois vous ne me les avez pas mises. Est-ce que le règlement est changé ?

— L'autre fois, il s'agissait de lapins, et cette fois-ci il retourne de l'article 302 du Code pénal, mon garçon, répondit presque gaiement le brigadier, qui ne se sentait pas d'aise d'avoir si facilement mené à bien une si importante capture.

— Pardon, brigadier, reprit Robert, mais je n'ai pas fait mon droit, comme bien vous pensez. Pourrait-on, sans être trop curieux, savoir ce qu'il chante, ce fameux article 302 ?

— Il parle tout uniment de la peine de mort ; et il y en a d'autres dans le même Code où il est question de meurtre avec préméditation et guet-apens.

— Bon ! j'y suis. J'avais prémédité de tuer le faisan, et je l'ai guetté sous l'arbre où il s'était *branché*.

— Assez de farces comme ça, dit sévèrement le brigadier ; votre affaire est déjà assez mauvaise, et, quand on vient d'assassiner un homme, il n'est pas temps de faire le malin.

— Moi, j'ai assassiné un homme ? dit Robert en reprenant tout à coup son sérieux.

— Vous n'allez pas chercher à me faire croire que c'est moi qui vous l'apprends, n'est-ce pas ? Il n'y a pas une heure que là, dans le bois de la Bélière, vous avez tué Michel, le garde de M. le comte de Brannes, ici présent.

— Michel, l'ancien troupier qui m'a fait un procès-verbal ?

— Oui, Michel, à qui vous en vouliez depuis ce jour-là,

et vos airs étonnés ne vous serviront à rien. Avec moi, ça ne prend pas ces couleurs-là.

Le comte n'en revenait pas de l'excès d'audace de cet homme, qui persistait à jouer l'innocence quand l'évidence des faits l'accablait. Son neveu Julien fut frappé du changement qui s'opéra soudainement sur la physionomie du braconnier. Ses traits se contractèrent et il ferma les yeux à demi comme s'il eût voulu se recueillir. Etait-ce un effet de la surprise et de l'indignation que lui causait une accusation injuste, ou bien plutôt un signe de l'émotion qu'il éprouvait en se voyant tout à coup démasqué, quelque chose comme l'impression d'un soldat qui s'aperçoit en pleine bataille que la retraite lui est coupée? Toujours est-il que Robert se remit très-vite de cette secousse.

— Je lui en voulais, c'est possible, dit-il en relevant la tête, mais ce n'est pas moi qui l'ai tué, car il y a plus d'un mois que je ne l'ai rencontré, et je ne savais même pas que...

— Vous conterez tout ça au juge d'instruction, interrompit le brigadier.

— Croyez-vous donc que, si j'avais fait le coup, je me serais amusé à flâner au bord de la Marne, au lieu de filer sur Paris?

— Ça, c'est un plaidoyer tout fait pour votre avocat; mais, mon garçon, nous ne sommes pas ici aux assises, et, puisque je vous tiens, je n'ai plus qu'à commencer mon enquête.

— Avant tout, dit M. de Brannes, je dois vous apprendre que nous l'avons trouvé occupé à pêcher des écrevisses qu'il voulait vendre à mon neveu que voici.

Le brigadier regarda Julien avec un certain ébahissement. Le burnous et le diadème de plumes dérangeaient toutes ses idées sur les usages du grand monde auquel appartenait sans aucun doute le neveu de M. le comte.

— A mon neveu et à ses amis qui étaient venus ici en canot, reprit le châtelain de Chasseneuil.

— Bon! je comprends maintenant, dit le brigadier d'un air fin.

— J'ajoute que cet homme n'a fait nulle difficulté d'a-vouer qu'il venait tuer un faisan, et qu'il avait caché son gibier et son fusil dans le creux de ce saule.

— Le fusil! oh! ça c'est parfait, et, avec cette pièce de conviction-là, je ne serais qu'un conscrit si je ne tirais pas la chose au clair. Piédouche, dit le brigadier à un des gendarmes, allez donc fouiller la cachette et rapportez-moi tout ce que vous y trouverez.

Le bruit d'un sanglot fit qu'il tourna la tête et vit la chanteuse que, dans le feu de cette première enquête rapide, il n'avait pas encore remarquée.

— Qu'est-ce que c'est que cette particulière? demanda-t-il en fronçant le sourcil.

— C'est la femme de ce malheureux, répondit à demi-voix M. Jean.

— Tiens! monsieur le curé, je ne vous avais pas vu non plus. Ah! c'est sa femme. Le diable me brûle si j'aurais jamais cru qu'un pareil chenapan était marié. Après ça, ces Parisiens ont le vingt-et-unième arrondissement.

A la grande satisfaction de M. Jean, les appréciations ironiques du brigadier furent interrompues par le retour de son subordonné, qui reparut sur la berge, portant triomphalement à bout de bras le faisan et l'arme qui l'avait tué. Le braconnier ne bougea point, et M. Julien, qui l'observait, ne surprit sur son visage aucune marque d'émotion.

— Passez moi l'objet, dit le brigadier, ça me connaît.

Et il s'empara de l'arme, qui était un mauvais fusil double, à baguette, dont les canons, autrefois très-longs, avaient été sciés, sans doute pour que le braconnier pût, au besoin, le cacher sous sa blouse.

L'intelligent sous-officier de gendarmerie examina rapidement et, en apparence, assez négligemment cette escopette de pacotille.

— Maintenant, mon garçon, reprit-il d'un air bonasse, contez-moi donc par le menu ce que vous avez fait dans le bois de la Bélière; ça ne doit pas vous embarrasser, puisque vous convenez vous-même que vous y êtes allé faire un tour à la brune.

— C'est bien simple, dit froidement le prisonnier, qui ne plaisantait plus du tout, depuis qu'il connaissait la gravité de l'accusation portée contre lui. Je m'étais déjà laissé pincer dans les coupes d'Apilly, et je savais que de ce côté-là les gardes faisaient continuellement des rondes. Pas si sot que d'y aller ; mais j'avais remarqué que les faisans du parc de Chasseneuil venaient tous les soirs au *gagnage* sur le bord du bois de la Bélière. Je me suis dit que, si près du château, on ne se défierait pas. J'avais justement mon fusil caché là tout près. Je m'en suis donc venu en flânant le long de la Marne ; j'ai même posé des paniers pour attraper des écrevisses, là-bas, où ces messieurs du canot sont descendus.

— Quelle heure était-il quand vous êtes entré sous bois ?

— Il y a longtemps que ma dernière montre est au *clou*. Tout ce que je sais, c'est qu'il faisait nuit close, depuis vingt minutes au moins.

— Bon ! Et vous avez trouvé votre affaire tout de suite ?

— Je connaissais la bonne place et j'y ai été tout droit.

— Et où est-elle, la bonne place ?

— Là-haut, un peu sur la droite ; il y a deux ou trois baliveaux avec des basses branches qui ont l'air d'avoir poussé tout exprès pour servir de perchoir aux faisans.

— Alors, vous en avez fait un massacre, hein ! mon gaillard ?

— Ma foi ! non ; j'ai tué celui que votre gendarme tient par les pattes ; c'est un beau jeune coq que j'aurais vendu quatre francs comme un sou. Ça me suffisait pour ma soirée, d'autant que je me défiais que les gens du château n'arrivassent au bruit. Alors, j'ai ramassé ma bête, j'ai filé au pas accéléré, et parbleu ! je n'ai plus besoin de vous apprendre le reste ; vous le savez aussi bien que moi, puisqu'on m'a mis la main dessus une demi-heure après.

Tout cela fut dit posément, nettement, sans hésitation comme sans ambages, et ce bref récit impressionna favorablement M. Jean, M. Julien et même le comte de Brannes.

— Comme ça, vous n'en avez attrapé qu'un? dit distraitement le brigadier qui paraissait absorbé dans de profondes méditations.

— Naturellement, puisque je n'en ai tiré qu'un.

— Comment donc se fait-il alors que votre fusil ait fait feu de ses deux coups?

La question fut lancée à brûle-pourpoint et d'une voix claire et incisive. Évidemment le sous-officier, passé maître en escrime judiciaire, avait réservé pour la fin cette botte inattendue.

— Voyez plutôt, messieurs, ajouta-t-il en montrant deux doigts qu'il venait d'introduire dans les deux canons et qu'il en avait retirés noirs de poudre.

Le braconnier, visiblement troublé, prit un temps pour répondre. Il se remit cependant assez vite et il dit, sans trop d'émotion :

— J'ai lâché les deux coups en même temps. Ça, je n'y manque jamais quand je vais à l'affût la nuit. Pour toucher au jugé un faisan *branché*, il n'y a pas trop de plomb dans les deux canons.

Un murmure d'incrédulité accueillit cette explication, et Julien de La Chanterie dit tout bas à M. Jean :

— J'avais comme une velléité de le croire innocent, mais je commence à craindre que nous n'ayons affaire à un rusé coquin.

— Voilà M. le curé qui était sur la lisière du bois, et qui a tout entendu, dit M. de Brannes.

— J'ai entendu deux coups bien distincts, murmura M. Jean.

— Deux coups? pas trois? demanda le brigadier.

— Deux seulement, et assez espacés. Entre le premier et le second il s'est certainement écoulé une minute ou une minute et demie.

— Et ils sont partis tous deux du même côté?

— A peu près. Le dernier cependant un peu plus loin de moi.

— Mais toujours vers le haut du coteau et un peu sur la droite ?

— Oui, c'est bien cela, dit comme à regret le bon curé qui ne comprenait que trop les conséquences de sa déclaration.

— Ce n'est pas tout à fait exact, s'écria le braconnier. J'ai tué mon faisan à mi-côte à peu près et je me sauvais dans la direction de la muraille du parc, quand on a tiré, mais bien plus près de la grande route de Charly. Vous comprenez que je ne suis pas revenu voir ce que c'était.

— Bon ! mais ça ferait toujours trois coups, et M. le curé n'en a entendu que deux.

— Parce qu'il a pris les deux de mon fusil pour un seul. Demandez à n'importe quel chasseur si le plus malin ne s'y trompe pas.

Cette nouvelle justification ne parut pas meilleure que la première, et M. Julien, qui ne manquait jamais de venir faire l'ouverture chez son oncle, haussa légèrement les épaules.

— Je dois à la vérité de déclarer, dit M. Jean, que le premier coup a fait beaucoup plus de bruit que le second.

— Parce qu'il a été tiré plus près de vous, riposta le brigadier.

— J'ajoute, reprit le curé, que pendant le peu de temps qui s'est écoulé entre les deux détonations, il m'a semblé que quelqu'un marchait sous bois et que les pas m'ont paru se diriger vers le mur du parc.

— C'était moi. Vous voyez bien, s'écria Robert.

— Je ne vois pas si bien que ça, mon garçon, répondit l'avisé sous-officier, et je m'en vais vous expliquer, moi, comment les choses se sont passées. C'est bien simple, comme vous disiez tout à l'heure. Vous veniez de tuer votre faisan, et vous étiez en train de le ramasser, quand Michel, qui vous guettait, est arrivé et vous a surpris. Alors vous lui avez envoyé votre second coup à bout portant.

— Ce n'est pas vrai. Je n'ai tué personne et je n'ai vu personne.

— Connu, mon garçon. Vous et les autres c'est toujours le même système et, des fois, les jurés s'y laissent prendre. A preuve, le gredin qui a assassiné l'hiver passé un garde des bois de Ferrières et qui a eu les circonstances atténuantes ; mais, cette fois-ci, j'espère bien que...

— Monsieur le brigadier, je vous en prie, murmura le digne prêtre en lui montrant à quelques pas la pauvre femme, qui subissait en ce moment le plus affreux et le plus immérité des supplices.

— Ne craignez rien, monsieur le curé, j'aurai des égards, dit tout bas le sous-officier, et, si c'est vraiment l'épouse de ce mauvais gueux, je crois que je peux la dispenser d'assister à la confrontation.

— Comment ? la confrontation ?

— Oui, le corps de Michel est toujours là-haut, gardé par deux de mes hommes, et il faut absolument que le brigand qui l'a tué soit présent à l'enquête que je vais faire sur place ; mais les femmes sont de trop dans ces opérations-là, à cause des nerfs, vous savez...

— Il me semble inutile aussi de l'emmener avec nous, dit M. de Brannes ; cependant, comme son témoignage sera très-important...

— Son témoignage ? répéta le brigadier qui ignorait le rôle que la chanteuse ambulante avait joué, bien malgré elle, dans l'arrestation du braconnier.

— Mais oui, reprit le comte. Elle était seule avec ses enfants sur le chemin ; elle a vu l'homme sortir du bois, et c'est elle qui nous a indiqué le chemin qu'il avait pris.

— Diable ! c'est différent, et je ne peux pas prendre sur moi de la laisser aller comme ça ; d'autant moins qu'avec sa guitare sur le dos, elle m'a bien l'air de chanter dans les fêtes de la banlieue, et ces virtuoses-là, ça n'a guère de domicile fixe. Si je la lâchais, je ne pourrais peut-être plus la retrouver.

— C'est juste. Mais il y a un moyen de tout concilier. Je vais la faire conduire au château, où on aura soin d'elle et de ses enfants, jusqu'à ce que le juge d'instruction, qui sera chargé de cette affaire, ait pris une décision en ce qui la concerne.

— Oh ! comme ça, c'est très-bien, s'écria le brigadier.

— Et moi, dit M. Jean, je vous remercie, monsieur le comte, pour cette malheureuse, qui est vraiment digne de pitié.

Ce colloque rapide se tenait à l'écart, et M. Julien seul avait pu l'entendre. Il s'approcha du curé et lui dit à l'oreille :

— Je ne puis pas m'empêcher de m'intéresser à cette pauvre créature, et même, vous l'avouerai-je, à son misérable mari. Cet homme est probablement coupable, et pourtant il y a dans son langage et dans son attitude quelque chose d'inexplicable. Je serais tenté de m'attacher à lui comme à un problème,

— Hélas ! je crains bien que la solution ne soit fatale, murmura M. Jean. J'ai assisté à la mort de la victime, et...

— Messieurs, dit le brigadier de sa voix officielle, je vous invite à me suivre pour la continuation de l'enquête. Quant à vous, ajouta-t-il en s'adressant à la chanteuse, vous serez appelée demain à déposer, et, cette nuit, M. le comte de Brannes permet que vous couchiez dans son château de Chasseneuil. Son garde va vous y conduire.

— Je ne veux pas quitter mon mari, dit vivement la chanteuse.

— Il le faut, pourtant. Soyez tranquille, vous le reverrez bientôt ; mais, pour le moment, nous n'avons pas de temps à perdre en explications. Ainsi...

— La Bretèche ! appela M. de Brannes, tu vas accompagner cette dame ; tu feras le tour par la grille du parc, et tu diras à mon intendant de la loger avec ses enfants dans la chambre qui est au-dessus des communs.

Le comte avait la délicatesse du cœur, et il appuya avec intention sur la qualification de *dame*, qu'il n'aurait certes pas accordée, en d'autres circonstances, à une chanteuse des rues.

— Acceptez, dit doucement M. Jean à la pauvre femme,

qui pleurait en regardant Robert ; acceptez, quand ce ne serait que pour vos enfants.

— L'abandonner ! quand j'ai déjà à me reprocher d'avoir causé sa perte !

— Rien n'est encore désespéré, et je vous promets de faire tout ce que je pourrai pour adoucir son sort.

— Et moi, dit Julien de La Chanterie, je vous jure de l'aider de toutes mes forces à établir son innocence.

La chanteuse le remercia d'un regard où elle avait mis toute son âme, et, prenant ses deux enfants par la main, elle suivit La Bretèche sans avoir le courage de tourner la tête pour dire adieu à Robert, qui la vit partir d'un œil sec.

— Allons, messieurs, reprit le brigadier, hâtons-nous, s'il vous plaît. Dans des affaires comme celle-ci il faut surtout aller vite, si on veut que l'enquête soit bien faite. Une averse ou un coup de vent vous effacent des traces de pas, ou vous emportent une bourre de fusil en moins de rien, et je tiens beaucoup à ne rien perdre.

— Je comprends, dit ironiquement Robert. Vous comptez que ma condamnation vous aidera à attraper les galons de maréchal des logis. C'est une idée, et, à votre place, je ferais de même. Seulement, je vous préviens que je vais me défendre.

— C'est votre droit, mon garçon.

— Eh bien, pour commencer, menez-moi donc un peu à la place où j'ai tué le faisan, aux trois baliveaux qui sont à mi-côte sur la droite. Peut-être que nous y trouverons encore des plumes ; ça vous fera plaisir, puisque vous tenez à ne rien perdre.

— Ah ! ça, est-ce que c'est vous qui commandez, ici ? On dirait, ma parole, que je n'ai qu'à recevoir la consigne de ce particulier-là !

— Ce qu'il demande me semble juste, dit à demi-voix M. de Brannes.

— C'est bon ! reprit le brigadier, assez vexé de l'observation du comte ; on va vous y conduire, prévenu ; mais quand vous m'aurez prouvé que vous avez tué un faisan

4.

branché dans un chêne, vous n'en serez pas plus avancé.
Je ne prétends pas le contraire, et je ne vois pas ce que
vous gagnerez à me montrer des plumes.

— Pardon! Si je vous les montre assez loin de l'endroit
où le garde a été frappé, ce sera bien une preuve que je
n'ai pas été surpris par lui au moment où je venais de tirer,
et que par conséquent je n'ai eu aucun motif de le tuer.

— Ce drôle vous a des arguments qui feraient honneur
à un vieil avocat, dit tout bas Julien de La Chanterie. Décidément, il est très-fort.

— Mieux vaudrait qu'il fût innocent, murmura tristement le curé de Charly.

— En fait de motifs, il resterait toujours la rancune que
vous gardiez contre Michel, pour vous avoir pris en flagrant délit, le mois passé, répondit le brigadier avec humeur. Au surplus, tout sera constaté, n'ayez pas peur. Je
sais ce que c'est que de rédiger un rapport. En route,
messieurs. Piédouche, courez devant, dites au docteur
Minard que nous arrivons et revenez avec un falot pour
que nous y voyions clair à vérifier les allégations du prévenu.

— Vous avez donc amené un médecin ? demanda M. de
Brannes.

— Certainement, monsieur le comte ; en pareil cas, c'est
une précaution élémentaire.

Quand l'honnête sous-officier choisissait ainsi ses expressions, c'était toujours signe qu'il se croyait offensé
dans sa dignité.

— Vous avez été mieux avisé que moi, dit le comte
pour panser les blessures de son amour-propre.

— Et nous tombons bien, car M. Minard n'a pas son pareil pour une autopsie. Avant de s'établir à Charly, il a fait
cinq ans de médecine légale comme expert attaché aux tri-
bunaux. Mais nous perdons notre temps ici. Marchez, prévenu, et, puisque vous êtes si sûr de votre affaire, montrez-
nous d'abord vos trois baliveaux.

— Je ne demande que ça, grommela Robert.

— Vous les reconnaîtrez ?

— J'irais les yeux fermés.

— Bon ! nous y allons, mais, pas de bêtises en chemin, mon garçon. Si vous essayiez de jouer des jambes sous bois, vous en seriez pour une balle dans le corps.

— Soyez tranquille, je ne donnerai pas à votre gendarme la peine de me l'envoyer. D'ailleurs, comment voulez-vous que je coure avec les menottes aux mains ?

Et, sans plus discourir, le braconnier s'achemina à travers le taillis, entre deux surveillants à chapeau galonné qui le serraient très-étroitement.

— Vous venez avec nous, Julien, dit le comte à son neveu qui semblait hésiter à suivre le cortége.

— Mais, mon oncle, balbutia le jeune La Chanterie, je suis vraiment dans une tenue...

— Incongrue et inconvenante, ce n'est que trop vrai, et vous mériteriez bien d'être condamné à paraître en cet équipage devant votre cousine.

— Mon oncle ! je vous en supplie.

— Allons, rassurez-vous. Je vous permettrai d'aller vous habiller décemment avant de vous montrer au château. Mais je désire que vous assistiez à cette enquête, car j'attache une grande importance à ce que l'assassin soit puni, et vous pourrez aider à le convaincre.

— Et moi, monsieur, dit tout bas M. Jean, je vous demande en grâce de venir avec nous pour faire valoir les moyens de défense de ce malheureux, qui m'inspire encore de la pitié.

Julien serra silencieusement la main du digne prêtre et tous deux se joignirent à l'escorte. Le braconnier Robert, qui, pour le moment, dirigeait la marche, avançait dans le bois comme un homme sûr de son fait, et il arriva promptement au pied des trois grands arbres par lui désignés. Le brigadier s'y rencontra avec son subalterne, qui revenait, armé d'une lanterne, annoncer que le médecin avait à peu près terminé ses premières constatations.

— Voilà où j'étais quand j'ai tiré, dit Robert sans la moindre hésitation; le faisan était perché, là, sur cette maîtresse branche, et il est tombé ici... tenez! je vous l'avais dit, voilà des plumes.

En effet, le gendarme en se baissant avec son fanal, ramassa trois ou quatre plumes dorées, évidemment détachées de la queue du jeune coq que son camarade tenait encore à la main.

— Des plumes, ça ne signifie rien, vous le savez bien, s'écria le brigadier.

— Soit, mais cherchez encore un peu. Mon fusil était bourré avec des bourres en feutre, taillées à l'emporte-pièce. Si vous en trouviez, là autour, quatre, ou seulement trois, ça vous démontrerait, je suppose, que j'ai tiré mes deux coups à cette place.

— Oh! on peut mettre plus de deux bourres dans le même canon. Ça s'est vu.

— En voilà toujours une, dit le gendarme qui promenait sa lanterne au ras du sol.

Et il montra une petite rondelle toute mâchurée et toute noircie qu'il venait de ramasser au pied de l'arbre. Sur un point du moins, Robert avait dit la vérité, mais sur un point de peu d'importance.

— Ça peut nous servir, dit-il, mais vous comprenez, mon garçon, que nous ne pouvons pas chercher toute la nuit des aiguilles dans une botte de foin. On nous attend là-bas. Nous reviendrons ici demain, si M. le juge d'instruction trouve que c'est nécessaire.

— Vraiment! Et la pluie, qui efface et le vent qui emporte! comme vous le disiez si bien tout à l'heure.

— Bon! bon! il fait un temps superbe, et puis, s'il le faut, je laisserai un homme en surveillance. Avez-vous encore quelque chose à me montrer ici?

— La terre est trop sèche pour que je puisse voir la trace de mes pas, mais je retrouverais bien dans le fourré des branches cassées qui prouveraient que je me suis sauvé avec mon faisan du côté du parc.

— Le taillis ne brûlera pas d'ici à demain. Allons trouver le docteur Minard qui doit s'impatienter.

Le braconnier haussa les épaules, mais il n'insista point et on se remit en marche.

— La culpabilité de cet homme ne me paraît plus aussi évidente, murmura le neveu Julien.

— Puisse Dieu vous donner raison ! dit M. Jean en secouant la tête d'un air de doute.

Du point où le faisan avait été tué à celui où le malheureux Michel était tombé, il n'y avait guère plus de trente pas, mais il fallait grimper sur une pente assez raide. Quand le prisonnier et ceux qui l'escortaient débouchèrent dans la clairière où gisait le cadavre, le médecin venait d'achever sa triste besogne.

Ce docteur était un jeune homme de bonne mine, qui vint poliment à la rencontre de M. de Brannes et le salua avec toute la considération due au plus riche propriétaire de Charly.

— Eh bien, monsieur Minard ? lui demanda le châtelain.

— Eh bien, monsieur le comte, votre garde a dû mourir presque sur le coup. Autant que j'ai pu m'en assurer ici, il a reçu de très-près une charge de plomb qui a fait balle et produit des désordres effrayants ; la clavicule gauche brisée, l'artère sous-clavière coupée, l'œsophage déchiré...

— Vous êtes sûr, docteur, que c'est une charge de plomb ? demanda le brigadier.

— J'en suis sûr. Du reste, l'autopsie le démontrera.

— Et on verra si le plomb qu'on trouvera dans le corps de ce faisan est du même numéro.

M. Jean et Julien de La Chanterie regardèrent Robert qui leur parut fort calme. Restait une épreuve décisive, la plus terrible assurément pour un coupable. Le brigadier prit le prévenu par le bras et le mena devant ce corps, étendu sur le dos, ce corps déjà raidi, dont la lanterne tenue par le valet de pied éclairait la face livide.

— Le reconnaissez-vous ? demanda-t-il.

Robert pâlit, mais il répondit d'une voix assurée:

— Comment ne le reconnaîtrais-je pas, puisqu'il m'a

pris il n'y a guère plus d'un mois? Mais, de sa mort, je suis aussi innocent que vous. ·

— Un assassin se répandrait en protestations, murmura Julien ; quand on s'exprime simplement, c'est qu'on a la conscience nette.

— C'est aux jurés qu'il faudra prouver ça, reprit le brigadier. En attendant, prévenu, je vais vous faire écrouer à la caserne ; vous serez probablement interrogé sur place demain par M. le juge d'instruction et transféré à Paris dans la journée.

— Où se fera l'autopsie? demanda le médecin, qui n'était nullement fâché de rencontrer une occasion de montrer sa science et sa sagacité en matière judiciaire.

— Nous avons à la mairie une salle très-convenable pour ça, et je vais y faire porter le corps. Piédouche, renvoyez-moi donc tous ces gens-là, ajouta le brigadier en montrant un groupe de curieux accourus de Charly.

— Je crois que nous n'avons plus qu'à nous retirer, dit M. de Brannes, que ce spectacle impressionnait péniblement. Julien, je ne vous retiens plus et je compte que vous viendrez déjeuner demain à Chasseneuil.

Et il ajouta à demi-voix:

— Doutez-vous encore de la culpabilité de ce misérraqle ?

— Plus que jamais, mon oncle, et j'espère vous démontrer...

— Brigadier, dit un gendarme qui était resté en faction auprès du cadavre, voilà ce que j'ai trouvé par terre, à côté de ce pauvre Michel.

Il montrait une bourre en feutre toute pareille à celle qu'on avait déjà ramassée au pied des trois baliveaux.

— Les deux font la paire, dit le sous-officier. Emmenez le prévenu. Je crois que maintenant son affaire est tirée au clair.

— Et moi, murmura Julien, découragé, je crois que je ne suis qu'un sot, avec ma rage de voir des innocents partout.

CHAPITRE III.

Pendant que le bon curé de Charly suivait, bien malgré lui, le courant de cette tragique aventure, Jacqueline Ledoux, sa bavarde paroissienne, subissait aussi, sans le savoir, l'influence de la fatalité.

Depuis l'accident de la place de la Bastille, la paysanne n'avait, pour ainsi dire, pas repris possession d'elle-même. D'ordinaire, le cercle de ses idées ne s'étendait guère au delà de l'appréciation du cours des légumes à la Halle ou des arrêtés de M. le maire sur la fermeture des cabarets. Encore, ce dernier souci lui venait-il uniquement des faits et gestes de son mari qui fréquentait volontiers le café du *Grand-Vainqueur*, le mieux achalandé de la commune.

La lettre anonyme était venue, dès le matin, déranger une si douce accoutumance de quiétude. Puis, la bonne femme avait éprouvé une déception en voyant le garçon chétif que l'administration des hôpitaux lui confiait au lieu d'un enfant robuste qu'elle espérait ramener à Charly. Et, par surcroît de malheur, la chute de ce garçon tombé sous les pieds des chevaux de M. Wassmann lui avait *tourné le sang*, comme elle disait en termes plus expressifs qu'élégants. Les politesses réconfortantes du brave Antoine Cormier, l'heureuse rencontre et les bonnes paroles de M. Jean n'étaient que d'insuffisantes compensations à ses déboires et à ses frayeurs. Aussi avait-elle encore l'esprit fort troublé, quand, au sortir de la gare, elle fit sa révérence à M. le curé qui ne prenait pas le même chemin qu'elle pour rentrer dans le village.

Charly se compose d'une interminable rue bordée de maisons des deux côtés et tracée en ligne droite dans une dépression de terrain entre des coteaux boisés. A gauche, en venant de Paris, ces coteaux portent une forêt, une véritable forêt de plusieurs centaines d'hectares qui s'étend jusque dans le département de Seine-et-Marne. A droite, ils sont couverts de modestes taillis entre-coupés de prairies artificielles et dominent à une médiocre hauteur le cours de la Marne.

A gauche, les habitations sont presque toutes occupées par les petits bourgeois et les marchands du pays. A droite, se succèdent les villas et les châteaux, celui de Chasseneuil entre autres, propriété de M. le comte de Brannes, le marquis de Carabas de la contrée, qui possède à lui seul la forêt, les prairies et les taillis.

Cette préférence des riches pour ce côté de la rue s'explique du reste par la jouissance d'une vue magnifique sur la rivière et sur les collines étagées de Cœuilly, qui s'élèvent au delà de la fertile plaine de Villiers.

Quant aux édifices publics, si tant est que Charly ait des édifices, ils sont tous à l'extrémité la plus éloignée du chemin de fer, et cela par une raison assez naturelle. La commune s'étant formée peu à peu, à mesure que ce joli vallon, autrefois désert, se remplissait de maisons, l'église, la mairie et la gendarmerie n'ont été bâties qu'en dernier lieu. L'église entre autres, jolie chapelle de style byzantin, due à un architecte tout récemment revenu de l'Ecole française à Rome, l'église et le presbytère marquent la dernière limite des habitations et semblent placés là tout exprès pour engager les amateurs de villégiature à venir se faire construire plus loin des habitations nouvelles et à reculer les bornes de ce bourg de plaisance.

C'est comme si la municipalité disait aux passants : Charly n'existe encore qu'à moitié. Continuez-le, messieurs, pour que nos monuments se trouvent au centre.

Mais les passants ne s'étant point pressés de déférer

à l'invitation, à l'époque où se passe cette histoire, on ne
trouvait au delà du presbytère que le pavillon des Sorbiers,
jolie villa à l'italienne, occupée depuis un an par M. Wassmann, le richissime étranger qui avait de si beaux équi-
pages. Encore ce pavillon, bâti, cela va sans dire, du côté
aristocratique de la route, à droite, et au-dessus de la Marne,
encore ce castel isolé s'élevait-il à trois ou quatre cents
mètres de la maison curiale. Il s'ensuivait que, pour aller à
Paris comme il le faisait tous les jours dans son landau à
huit ressorts, M. Wassmann était obligé de traverser tout
le village au grand trot de ses superbes chevaux, ceux qui
renversaient si lestement les enfants.

On peut croire que ce soir-là cet opulent personnage
tenait une grande place dans les préoccupations de la mère
Ledoux, pendant qu'elle arpentait la longue rue de Charly,
traînant par la main le pauvre petit Marcel. Il ne passait
pourtant qu'après le cousin Michel, c'est une justice à
rendre à Jacqueline. C'est pourquoi elle hâtait le pas dans
le louable but de courir au château, après avoir conduit
l'enfant chez elle. La maison de maître Pierre, son mari,
était une des premières en entrant dans le village, à gauche,
bien entendu, côté des petites gens, et les dix arpents
de terre maraîchère où cet industrieux jardinier cultivait
ses primeurs s'étendaient jusqu'à la lisière de la forêt. La
brave femme n'avait donc pas beaucoup de chemin à faire
pour gagner son domicile; mais la grande question était de
savoir si elle y trouverait Pierre pour lui confier Marcel,
qu'elle ne voulait pas laisser seul dans l'état d'épuisement
où il était.

Il fallait bien aussi donner quelques explications au chef
de la communauté pour le décider à accepter le triste cadeau
que lui faisait l'administration des hôpitaux en la personne
de ce garçonnet maladif. Or Pierre, une fois sa journée
finie, ne restait guère au logis, surtout en l'absence de sa
ménagère, et il s'en allait volontiers faire sa partie de billard, au lieu de fumer sa pipe dans son verger en contem-
plant les étoiles.

La paysanne, qui connaissait les habitudes de son homme,

avait donc de bonnes raisons pour craindre d'être obligée de courir après lui, et cette poursuite pouvait l'empêcher d'aller avertir aussi vite qu'elle l'aurait voulu son cousin Michel. Par malheur, ses craintes se vérifièrent, et, quand elle arriva devant sa maison, elle trouva porte close.

— Il est pour sûr au *Grand-Vainqueur*, murmura-t-elle en se remettant bravement en marche.

Marcel n'en pouvait plus, et il n'était certes pas en état d'aller plus loin, car il n'avait même plus la force de parler, et à peine celle de se tenir debout. Mais le *Grand-Vainqueur* était à deux pas, les vendeurs de boissons prétendues rafraîchissantes s'étant naturellement établis de préférence dans la partie de Charly la plus rapprochée du chemin de fer.

Ce brillant café jouissait de la faveur exclusive des notables, et tout indigène qui se respectait se croyait tenu d'y faire au moins une apparition quotidienne.

Après bien des vicissitudes commerciales, — les trois premiers propriétaires avaient fait faillite successivement, — le *Grand-Vainqueur* était tenu, depuis dix mois environ, par mademoiselle Rose, personne discrète, avenante et surtout majeure, car elle comptait une quarantaine d'automnes. D'où venait-elle? A qui avait-elle sacrifié son printemps? A quoi avait-elle employé son été? A la suite de quels orages du cœur était-elle venue échouer derrière un comptoir chargé de carafons d'eau-de-vie et de fioles de *parfait amour*? Nul, dans Charly, ne le savait au juste. Mais il était notoire qu'elle avait payé comptant en prenant possession du fonds, et cette certitude suffisait amplement aux honorables citoyens qui fréquentaient son établissement.

Bien peu même avaient eu la curiosité de s'enquérir de son nom de famille. Mademoiselle Rose était mademoiselle Rose, et personne n'en demandait davantage. On se disait bien tout bas qu'elle avait eu des malheurs, mais on ne cherchait point à pénétrer la cause de ces infortunes, qui devaient être imméritées, à en juger par l'inaltérable douceur et la touchante résignation qu'elle apportait dans l'exercice de sa nouvelle profession.

Mademoiselle Rose était favorisée de la sympathie générale et de l'estime particulière de la mère Ledoux, sa voisine. Jacqueline, grâce à elle, était tenue au courant des dépenses de son homme et rémunérait volontiers ces utiles renseignements par le don de quelques bottes d'asperges ou de quelques paniers de cerises. De là, entre la jardinière et la *cafetière*, comme on disait à Charly, une intimité assez étroite pour qu'elles échangeassent parfois des confidences, presque toujours relatives aux innombrables torts de l'espèce masculine envers le sexe faible.

Talonnée par le désir d'arriver au château, Jacqueline pensa donc tout naturellement à passer par le *Grand-Vainqueur*, où elle espérait rencontrer son mari, et où, dans tous les cas, elle était certaine de s'aboucher avec mademoiselle Rose, qui ne demanderait pas mieux que de se charger provisoirement de Marcel, car elle se vantait d'adorer les enfants. En sa qualité de demoiselle mûre, elle en était réduite à reporter ses affections sur un carlin hors d'âge et sur un perroquet goutteux; mais il ne se passait guère de jour où elle ne se plaignît hautement que la destinée, en la condamnant au célibat, l'eût privée du bonheur d'être mère.

Jacqueline, qui, au célibat près, se trouvait dans le même cas, l'avait consolée plus d'une fois en lui affirmant que c'était là un mal pour un bien, puisque du moins elle n'avait pas le désagrément d'être en puissance de mari. Maître Pierre Ledoux eût été médiocrement flatté, s'il eût entendu son épouse tenir de semblables propos, mais les deux commères ne se contaient leurs peines qu'en tête-à-tête.

Remplie de confiance dans les bonnes dispositions de mademoiselle Rose, la paysanne arriva en quelques enjambées devant la porte du café tenu par cette sensible personne.

Le *Grand-Vainqueur* se distinguait ordinairement par un luxe d'éclairage tout à fait inusité dans Charly; mais ce soir-là, par exception, sa façade vitrée ne brillait guère. Par la porte entr'ouverte et à la faible clarté d'une seule bougie posée sur le comptoir, Jacqueline aperçut la vieille fille perchée sur un tabouret, la tête et les bras en l'air, et se livrant à une opération qui absorbait si complétement ses facultés qu'elle ne vit ni n'entendit l'entrée de son amie.

En revanche, quand mademoiselle Rose sentit qu'on la tirait par sa robe, elle poussa un cri aigu et sauta précipitamment à bas de son piédestal de paille. Quelqu'un qui l'aurait surprise sucrant avec de l'arsenic le vin chaud de ses pratiques ne lui aurait assurément pas causé plus de frayeur.

— C'est moi, mam'zelle Rose, dit Jacqueline en recevant dans ses bras la trop sensible propriétaire du *Grand-Vainqueur*. Ah! mon Dieu! *quoi* qu'il vous prend donc? Vous v'là pâle comme si vous releviez de maladie.

— Excusez-moi, m'ame Ledoux, balbutia la demoiselle ; c'est que... je ne m'attendais pas... j'ai été surprise... Alors, vous comprenez, ça m'a donné un coup...

— Et un fameux, à ce qu'il paraît : si je ne vous avais pas retenue, vous vous étaliez tout de votre long sur le plancher... C'est de ma faute aussi, j'aurais dû vous appeler; mais je ne pouvais pas me douter que vous étiez si facile à effaroucher.

— Vous savez bien, voisine, que je suis une vraie sensitive, surtout quand j'ai mes nerfs, et je les ai depuis hier à un point que je ne sais plus ce que je fais.

— C'est donc ça que vous vous amusez à grimper sur un escabeau pour nettoyer votre horloge quand on n'y voit goutte. En v'là une drôle d'idée!

— L'horloge! répéta mademoiselle Rose toujours fort agitée, mais non, vous vous trompez, ce n'était pas pour l'horloge : c'était pour tuer une grosse araignée; j'ai une peur effroyable des araignées, et puis, je crains aussi les voleurs : ça fait qu'en sentant une main qui me touchait, j'ai été révolutionnée. Dame ! il y a tant de mauvais sujets qui s'en viennent de Paris rôder par ici... à la brune, une femme seule... vous devez penser, voisine, que je n'étais pas trop rassurée.

— S'il y a du bon sens, aussi, de ne pas avoir encore allumé vos quinquets !

— Ah ! c'est que je n'aime pas à brûler de l'huile pour rien. Maintenant qu'il fait beau, ces messieurs viennent tard, et il n'est encore que le quart après huit heures.

— Pas possible! Moi qui ai pris le train de sept heures cinq... et puis le temps de venir de la gare...

— Je vous assure que je viens d'entendre sonner le quart, dit mademoiselle Rose d'une voix qui tremblait encore un peu.

— Faut donc que j'aie marché plus vite que je ne croyais. Mais c'est pas de tout ça qu'il est question. J'en ai long à vous conter, allez, mam'zelle Rose! Ah! si vous saviez tout ce qu'il m'est arrivé dans le jour d'aujourd'hui!

— Quoi donc? mon Dieu! articula péniblement la vieille fille.

— Ça sera pour tantôt. A présent, je n'ai que le temps de prendre mes jambes à mon cou, si je veux trouver Michel, et, puisque mon homme n'est pas ici...

— Je l'ai vu passer, il n'y a pas vingt minutes, avec un gros bouquet qu'il s'en allait porter au pavillon des Sorbiers.

— Alors, il n'est pas près de revenir, et, si vous voulez me garder ce petit-là pendant que je ferai ma course, vous me rendrez un fameux service.

— Ah! mon Dieu! je ne l'avais pas vu, ce chérubin, s'écria mademoiselle Rose; la bougie éclaire si mal... et puis mes nerfs... Et d'où sort-il, le pauvre chéri?

— De l'hospice, pardine! c'est celui-là qu'ils m'ont donné pour en faire un garçon jardinier, et je ne sais pas comment Ledoux prendra la chose, sans compter que j'ai déjà eu une affaire avec le petit. Croiriez-vous qu'à la place de la Bastille, il est tombé sous les roues d'une voiture, et que c'était justement celle du monsieur qui reste aux Sorbiers?

— M. Wassmann? demanda la demoiselle du *Grand-Vainqueur*.

— Oui, l'Allemand, le richard! Et, ma foi! j'aime autant que ça se soit trouvé comme ça, vu qu'il m'a promis de venir ce soir savoir des nouvelles de l'enfant, et que j'ai dans l'idée qu'il lui fera un joli cadeau. C'est la raison pourquoi je ne voudrais pas rester trop longtemps dehors, car enfin une centaine d'écus, ça ne se refuse pas, et le monsieur des Sorbiers ne peut guère m'offrir moins pour la peur que nous avons eue.

— Vous croyez? dit mademoiselle Rose qui n'avait pas l'air d'apprécier bien haut la générosité de M. Wassmann.

— Certainement, que je le crois. Et qu'est-ce qu'il y aurait d'étonnant quand il lâcherait trois cents francs, ce millionnaire? Mais je bavarde comme une pie, s'écria Jacqueline, et, pendant ce temps-là, mon pauvre Michel risque peut-être sa peau. C'est dit, pas vrai, voisine, vous allez me veiller le petit jusqu'à ce que je revienne?

— Bien volontiers, mais...

— Soyez tranquille, ça ne sera pas long, et vous verrez comme il est sage. Ah! à propos, si mon homme entrait ici avant moi, ne lui dites pas que c'est cet enfant-là que je ramène. Il serait capable de se fâcher sur le moment. J'aime mieux lui conter la chose moi-même...

Et, sans attendre la réponse de sa commère, l'impétueuse paysanne se précipita dans la rue, laissant mademoiselle Rose en tête-à-tête avec Marcel.

Le pauvre garçonnet s'était assis, en entrant, sur une des banquettes du café, et, pendant tout ce colloque, il n'avait pas desserré les dents. Il se tenait dans son coin, immobile, silencieux et comme indifférent à ce qui se passait autour de lui, mais non pas hébété, ni abruti, car ses grands yeux noirs, qui pétillaient d'intelligence, allaient et venaient avec une vivacité singulière de la vieille fille en robe de soie fanée aux gravures coloriées représentant l'histoire du prince Poniatowski. Peut-être l'admiration que lui inspiraient ces splendeurs contribuait-elle à l'intimider.

Assez embarrassée de sa maternité temporaire, mal remise d'ailleurs de l'émotion causée par l'entrée si brusque de la mère Ledoux, mademoiselle Rose ne savait trop que dire à cet enfant qui lui tombait des nues. Elle essaya bien de le faire parler, mais n'en pouvant rien tirer malgré l'offre séduisante de quelques morceaux de sucre, elle renonça à l'amadouer et, après l'avoir campé d'autorité sur une petite chaise à côté du comptoir, elle se remit à vaquer aux préparatifs de la soirée. De ses propres mains, elle alluma les lampes, essuya les tables, remplit les carafons à moitié vides, et quand elle eut achevé de mettre en état la salle du *Grand-*

Vainqueur, elle revint mélancoliquement prendre place sur son trône d'acajou.

Etait-ce parce que ses fidèles pratiques tardaient à paraître que mademoiselle Rose avait l'air préoccupé et même inquiet? Songeait-elle avec amertume à des amours du temps jadis, à des galants partis pour le pays où s'en vont les vieilles lunes? Bien fin qui l'aurait su dire. Ce qu'il y a de sûr, c'est qu'elle avait fréquemment de petits soubresauts nerveux, et que, plus souvent encore, elle regardait l'horloge placée derrière elle.

L'enfant, par esprit d'imitation sans doute, suivait aussi des yeux le mouvement des aiguilles sur le large cadran d'émail, et semblait écouter curieusement le tic-tac du balancier.

Un bruit de voix annonça bientôt l'arrivée des habitués du lieu, qui ne tardèrent point à entrer. Ils étaient quatre, tous gens de poids, et jouissant à des titres divers d'une considération méritée. Il y avait l'adjoint Vétillet, bonnetier retiré des affaires après fortune faite; le vétérinaire Cruchot et l'huissier Verduron, deux gros bonnets de Charly, où ils avaient pignon sur rue. Il y avait aussi Digonnard, le pharmacien Digonnard, l'homme fort, l'homme universel, aussi connu par ses aimables saillies que par sa science profonde et ses hautes visées politiques.

Celui-là était l'âme et la joie de la société qui se réunissait tous les soirs au *Grand-Vainqueur*, et ses fréquents voyages à Paris lui assuraient un rôle prépondérant dans ce cénacle privilégié. Digonnard ne franchissait jamais les murs de la capitale, comme il disait en termes choisis, sans aller voir les pièces en vogue. Il y fréquentait même, à ce qu'il assurait, des journalistes, de sorte qu'il revenait toujours abondamment pourvu d'anecdotes scandaleuses et de nouvelles à sensation. Seulement, ces excursions déplaisaient fort à madame Digonnard qui était d'un naturel jaloux. Il est vrai qu'elle ne pouvait pas faire de scènes devant les amis de son mari, puisqu'elle était obligée de le remplacer à la boutique pendant les conciliabules de ces messieurs, mais elle se rattrapait bien après la fermeture du café.

Le brillant pharmacien était justement revenu de Paris dans l'après-midi et il en avait rapporté un certain air discret tout à fait inusité. Rien qu'à la façon dont il pinçait les lèvres, on devinait que son silence provenait non pas de ce qu'il ne savait rien d'intéressant, mais au contraire de ce qu'il savait trop. Ni Vétillet, ni Cruchot, ni Verduron n'avaient pu parvenir à le dérider, et il apportait au *Grand-Vainqueur* un front chargé de nuages.

Au salut gracieux que lui dédia tout particulièrement mademoiselle Rose, il ne répondit que par un geste amical et protecteur, comme s'il eût craint de se compromettre en lui souhaitant le bonsoir. Cette réserve allait jeter un froid, et la pauvre demoiselle, déjà fort troublée, était sur le point de perdre contenance, lorsque l'huissier avisa l'enfant assis à l'ombre du comptoir.

Par une vieille habitude de praticien, Verduron n'entrait jamais nulle part sans inventorier de l'œil les meubles et les personnes. Si mince et si immobile qu'il fût, Marcel ne pouvait échapper à son regard priseur.

— Tiens ! s'écria l'huissier, d'où diable sort-il ce gamin-là ? Dites-donc, mam'zelle Rose, est-ce que vous allez ouvrir une école pour les *moutards ?*

— Seriez-vous marraine, belle dame ? demanda l'ancien bonnetier, qui avait toujours le mot pour rire.

— Messieurs, dit assez sèchement la vieille fille, vous plaisantez mal à propos. C'est un enfant que madame Ledoux a ramené ce soir de l'hospice, et qu'elle m'a confié pendant qu'elle allait faire une course.

— Bon ! il fallait donc le dire tout de suite, grommela le vétérinaire Cruchot.

— La mère Ledoux ! s'écria Verduron ; c'est la mère Ledoux qui vous l'a donné à garder ?

— Sans doute, et j'attends qu'elle vienne le chercher.

— Ah ! bien, vous l'attendrez longtemps. Vous ne savez donc pas ce qui vient de lui arriver à Jacqueline ?

— Ah ! mon Dieu ! s'écria mademoiselle Rose, est-ce qu'elle serait tombée dans le trou qui est devant la maison au père

Fouinard? Le brigadier lui avait pourtant dit de mettre une lanterne devant sa porte, à ce vieux marchand de chiffons.

— Il ne s'agit pas du père Fouinard, reprit l'huissier Verduron. C'est son homme que Jacqueline a rencontré dans la rue, à mi-chemin de la grille de Chasseneuil, et je ne sais pas d'où il venait, ce brave Ledoux, mais il est *saoul* comme une grive.

— Est-ce possible? Lui qui est si rangé!

— Et qui vous avale sa demi-douzaine de petits verres sans qu'il y paraisse. Il faut croire qu'on lui aura fait boire quelque chose de raide. J'ai dans l'idée qu'il sera allé au pavillon des Sorbiers porter des fleurs, et que les domestiques allemands du richard lui auront offert du kirsch ou du *schnaps*.

Mademoiselle Rose, qui avait vu passer le jardinier porteur d'un gros bouquet, était sans doute du même avis que l'huissier, car elle ne dit mot.

— Alors, continua Verduron, vous voyez d'ici la scène. Jacqueline lui a chanté pouille, le bonhomme s'est *rebiffé*, et je ne serais pas étonné qu'il ait tapé dessus. Ça faisait un rassemblement dans la rue. Mais le plus drôle, c'est que la mère Ledoux, qui l'avait attaqué la première, voulait à toute force le laisser là. Elle criait comme une diablesse qu'elle avait affaire au château, qu'il fallait qu'elle parle à son cousin Michel. Et, plus elle criait, plus elle se débattait, plus son homme s'accrochait à ses jupes.

— Et il l'a empêchée de passer? demanda la vieille fille qui paraissait prendre intérêt à ce récit.

— Oh! parbleu! Jacqueline n'aura pas été la plus forte.

— Dites donc, insinua l'adjoint Vétillet qui, depuis son entrée, examinait de près Marcel, il me semble que la bonne femme n'est pas au bout de ses peines. Quand Ledoux rentrera et qu'il verra cet avorton qu'elle lui a ramené, je crois qu'il ne sera pas content, et, s'il est pris de boisson, sa femme en verra de drôles.

— Examinons donc un peu cet enfant, dit le pharmacien

en s'avançant d'un air capable vers Marcel toujours blotti dans son coin. Bon! ajouta-t-il dès qu'il l'eut envisagé, je sais ce que c'est; ça saute aux yeux. Diathèse scrofuleuse compliquée de rachitisme. Il lui faut des pilules de fer et du vin de quinquina.

— A prendre dans votre pharmacie, hein? mon vieux Digonnard, ricana l'huissier. Mais je ne vous conseille pas de compter sur cette pratique-là; le père Ledoux dira que sa maison n'est pas un hospice et il renverra le petit à l'administration.

— Ça serait peut-être dommage, insinua le vétérinaire Cruchot; il a l'air fûté, ce gamin-là, et je gagerais qu'on en ferait quelque chose.

— Messieurs, s'écria facétieusement l'adjoint Vétillet, nous ne sommes pas venus ici pour nous amuser et il est temps de faire un domino à quatre. D'abord, moi j'ai une revanche à prendre.

— Et moi aussi, dit Verduron. Allons, mam'zelle Rose deux canettes, quatre verres, et vingt-huit dés.

La demoiselle majeure s'empressa de servir ses habitués, qui prirent place autour d'une table ronde où tous les soirs ils se livraient à une partie acharnée. D'ordinaire pourtant, ces messieurs donnaient à la politique le pas sur le jeu, et, avant de remuer avec frénésie les petits carrés d'os et de bois, ils se livraient à de longues appréciations de la situation de l'Europe en général et de la France en particulier, appréciations qui, pour être formulées sur le mode familier, n'en avaient pas moins une haute portée. Mais, ce soir-là, tous les quatre semblaient s'être donné le mot pour déserter les régions abstraites du gouvernement des empires.

On tira les places, et le sort associa le pharmacien à l'huissier, contre le vétérinaire et l'adjoint. Cette distribution inspira même un mot à Digonnard, qui s'écria que le hasard venait de marier la science avec la procédure. Il est vrai que Verduron, ergoteur de son naturel, se moqua de la comparaison en faisant observer que, pour se marier, il fallait être de sexe différent, et que *le mariage de la science avec la procédure* était une monstruosité physique et grammaticale. Cette critique assez fondée de sa hasardeuse métaphore vexa considérablement le pharmacien, qui nourrissait de grandes prétentions littéraires, et la partie s'engagea sous de sombres auspices.

Cependant, mademoiselle Rose s'agitait dans son comptoir comme si elle eût été assise sur des charbons ardents. La plume qui lui servait à inscrire les recettes du jour s'arrêtait entre ses doigts et laissait parfois tomber de gros pâtés sur les pages de son livre de comptes. Elle s'essuyait fréquemment le front avec son mouchoir, et ses yeux ne restaient pas trois minutes sans se lever vers le cadran de l'horloge, une de ces longues horloges en bois avec un mécanisme à poids enfermé dans une gaine dont la forme rappelle vaguement celle des statues antiques représentant des dieux Termes. On aurait juré que mademoiselle Rose attendait quelqu'un.

— Domino ! s'écria tout à coup le pharmacien en posant triomphalement son dernier dé.

— *Saperlipopette !* grommela Vétillet, sans vous je le faisais.

— Trop tard, papa, trop tard. Vous connaissez le proverbe : *Tarde venientibus ossa.*

— Allons ! voilà encore qu'il parle grec, dit l'ex-bonnetier ; ca devrait être défendu quand on joue.

— D'abord c'est du latin et non du grec, papa.

— Bon ! bon ! tout ça, ou l'allemand, ou l'auvergnat, pour moi c'est la même chose. Remuez-donc un peu mieux les dés. Le double-six vient toujours de mon côté.

— A vous la pose, Digonnard, dit Verduron.

— Je pose le double-blanc, quoique cette couleur soit contraire à mes opinions.

— Ca n'empêche pas que vous les avez toujours, les blancs, murmura l'incorrigible Vétillet. On a bien raison de dire que les extrêmes *se bouchent.*

— Se touchent, papa.

— Feu mon père disait « *se bouchent* », je dis comme lui et je crois que je dis bien, répondit l'adjoint avec l'accent traditionnel de M. Prudhomme.

— Du six ! interrompit Cruchot. Voyons, Digonnard, en avez-vous?

— Ducis, poëte français, répéta le pharmacien lettré

— Il ne s'agit pas de poésie. Avez-vous du six?

— Non, je boude.

— Et vous, Vétillet?

— Moi, j'en manque totalement.

— Tiens! c'est curieux! je n'en ai pas non plus, s'écria Verduron.

— Alors, le jeu est fermé.

— Fermé comme l'esprit du comte de Brannes aux idées nouvelles, ajouta gravement Digonnard.

— Soixante-six à quarante-neuf, proclama l'huissier après avoir compté les points. C'est la plus belle culotte que j'aie vue depuis celle que met notre député pour aller à la cour.

— Avec tout ça, nous perdons encore, soupira Vétillet. Je vais en être, comme hier, pour une pièce de dix-huit sous.

— Bah! vous n'en mourrez pas, vous, un richard, dit le pharmacien.

— Richard! pas tant que vous, qui gagnez cinq cents pour cent sur vos drogues. Tenez! l'autre jour, vous m'avez vendu trente sous une *purge* pour mon petit dernier et je me suis laissé dire qu'elle vous revenait à trente-trois centimes, et avec la bouteille, encore!

— Et après? Vous ne savez donc pas que les produits chimiques, ce n'est pas comme la bonneterie; ça hausse du jour au lendemain et il faut bien se garder à carreau!

— Allons! une revanche en cent cinquante, interrompit Verduron.

— Ma foi! non. Je n'ai pas envie de me mettre sur la paille.

— C'est bien! restons-en là, dit sèchement Digonnard. Du reste, j'ai en tête d'autres soucis que celui de gagner une canette de bière.

— Alors, messieurs, conclut le vétérinaire Cruchot, faisons comme le directeur du théâtre de Meaux, qui voulait jouer la *Dame blanche* et qui n'avait pas d'orchestre.

— Qu'est-ce qu'il a fait, votre directeur de Meaux ? demanda le bonnetier en retraite.

— Il a mis sur son affiche que la musique serait remplacée par un dialogue vif et animé.

— Eh bien ?

— Eh bien, je vous propose de remplacer aussi par un dialogue vif et animé notre domino à quatre.

— Farceur de Cruchot, va ! ricana Verduron.

— Pas si farceur. Tenez ! je suis sûr que Digonnard rapporte de Paris de grosses nouvelles, et, s'il voulait parler...

— Oui, mais je ne le veux pas, dit en se rengorgeant le pharmacien.

— Bah ! c'est donc bien grave ? s'écrièrent en chœur les trois autres joueurs.

— Si grave, que je ne le conterais pas à mon petit doigt. Et d'ailleurs, ça concerne des personnes de Charly, et je n'aime pas les cancans.

— Gageons qu'il s'agit du nouveau curé.

— Tiens ! au fait, reprit Vétillet, l'auriez-vous rencontré dans la capitale ? On dit qu'il y va souvent.

— Je ne connais même pas sa figure, attendu qu'il n'a jamais passé le seuil de mon officine, répondit dédaigneusement Digonnard.

— Mais votre boutique est à côté de l'église, et vous ne me ferez pas croire...

— Vous savez bien que je ne pénètre jamais dans ce monument ; mes convictions me le défendent.

— Bah ! elles ne vous défendaient pas de vendre des remèdes au défunt curé pendant sa maladie et même de gagner gros dessus, dit aigrement Vétillet, qui avait encore sur le cœur sa perte au domino.

— Messieurs, nous nous écartons de la question, fit observer l'huissier. Revenons aux nouvelles de l'ami Digonnard. Si elles ne concernent pas le curé, je ne vois guère que M. Wassmann.

— L'Allemand qui a loué le pavillon des Sorbiers ! s'écria Cruchot. Ça se pourrait bien, tout de même. Il vous a de drôles d'allures ce monsieur-là.

— Voyons, mon cher Digonnard, y sommes-nous? demanda Verduron.

— Vous brûlez, dit solennellement le pharmacien, qui mourait d'envie de parler.

— Alors, soyez gentil! ne nous faites pas languir.

Digonnard, touché par cette insistance flatteuse, s'accoudait pour commencer son récit, lorsque la porte de la salle s'ouvrit brusquement.

— Parbleu! murmura l'huissier, quand on parle du loup on en voit la queue.

Jamais proverbe ne fut mieux vérifié, car c'était bien l'homme dont on parlait, le riche locataire du pavillon des Sorbiers, M. Wassmann en personne, qui venait d'entrer, probablement pour la première fois depuis qu'il habitait Charly, au café du *Grand-Vainqueur*.

Son apparition, pas n'est besoin de le dire, produisit la plus vive sensation. Digonnard, qui se préparait à raconter, resta la bouche béante; l'huissier, qui n'avait, bien entendu, jamais instrumenté contre l'opulent étranger, l'huissier tâcha de se donner un air digne et gracieux tout à la fois; le vétérinaire, ayant eu un jour l'honneur de saigner un des deux bais-bruns du landau, se crut obligé de se lever et de saluer leur propriétaire; Vétillet, l'ex-bonnetier, respectait la fortune en la personne de ceux qui la possédaient, mais il la jalousait aussi, d'où il s'ensuivit que sa face blême prit une expression d'humilité, corrigée par une grimace ironique. Quant à mademoiselle Rose, ce fut bien autre chose. Elle pâlit d'abord, puis elle devint rouge comme une pivoine, et il lui prit un tremblement nerveux qui fit qu'elle écrasa le bec de sa plume sur son registre. Evidemment, elle était confondue de l'honneur inattendu que lui accordait M. Wassmann en visitant son modeste établissement.

Il n'y eut guère que Marcel qui resta indifférent à ce grand événement, car c'était un véritable événement que de voir, en pareil lieu, ce fier et opulent personnage. De tous les habitants de Charly, le hautain étranger ne daignait saluer, quand il le rencontrait dans la rue, que M. le comte de Brannes, lequel, du reste, lui rendait assez froidement sa politesse.

Avec les simples mortels patentés ou propriétaires de la commune, il ne communiquait jamais que par l'intermédiaire de ses domestiques, tous gens d'outre-Rhin et presque aussi raides que leur maître.

M. Wassmann tombant au milieu des joueurs de domino, c'était donc un fait prodigieux, quelque chose comme l'apparition de Jupiter descendu de l'Olympe sur la terre, et il fallait être un enfant pour ne point se laisser éblouir par la majesté du dieu. Mais cet âge est sans respect pour les grandeurs sociales, et le petit trouvé ne montra nulle émotion en présence de cet imposant seigneur, quoiqu'il le connût parfaitement, cela se voyait à la façon dont il le regardait.

Au surplus, ce Jupiter allemand avait laissé ses foudres au pavillon des Sorbiers et son entrée n'eut rien d'effrayant. Il favorisa les habitués du *Grand-Vainqueur* d'un léger signe de tête, alla droit au comptoir et poussa la condescendance jusqu'à toucher légèrement le bord de son chapeau avant d'adresser la parole à mademoiselle Rose.

— Madame, lui dit-il assez poliment et sans aucun accent germanique, ne connaissez-vous pas la femme d'un jardinier nommé Ledoux?

— Oui, monsieur... oui, certainement, balbutia la vieille fille. Jacqueline Ledoux est ma voisine; elle demeure ici, à côté, tout au fond de la ruelle.

— C'est bien cela, reprit M. Wassmann; je viens de frapper à sa porte et personne ne m'a répondu.

— Jacqueline était ici, il y a qu'un instant, monsieur; mais...

— En effet, elle m'avait dit, je crois, que, si elle n'était pas chez elle, je la trouverais dans ce cabaret.

De tout autre, mademoiselle Rose n'aurait pas supporté patiemment la qualification de cabaret appliquée au plus brillant café de Charly, mais il faut croire que le millionnaire des Sorbiers l'intimidait grandement, car elle n'osa souffler mot. Les joueurs de domino, atteints aussi dans leur amour-propre, tressaillirent sous l'injure, mais ils s'abstinrent de la relever.

— Je suis étonné que cette femme ne m'ait point attendu, reprit sèchement l'étranger.

— Monsieur, elle est allée faire une course, au château, je crois.

— Chez M. le comte de Brannes?

— Oui, monsieur. Elle avait besoin de parler à son cousin, un nommé Michel, qui est garde des bois de Chasseneuil.

— Tout cela m'est indifférent, interrompit M. Wassmann en fronçant le sourcil d'une façon tout à fait olympienne. Je veux savoir seulement si elle va revenir, parce que j'ai besoin de lui parler sur-le-champ.

— Oh! monsieur, Jacqueline ne peut pas tarder beaucoup maintenant, et si monsieur veut l'attendre...

— Non, merci, dit l'étranger en promenant autour de lui un regard où on lisait clairement que les banquettes en velours d'Utrecht du *Grand-Vainqueur* ne le tentaient pas plus que la compagnie des notables de Charly.

— Monsieur a raison, fit observer Digonnard qui ne tremblait jamais longtemps devant les puissants de la terre; il n'est pas sûr du tout que la mère Ledoux revienne si vite, car elle est en train de se disputer avec son mari, et, à la place de monsieur...

— D'ailleurs, continua M. Wassmann sans honorer le pharmacien de la plus légère marque d'attention, il n'est pas absolument nécessaire que je voie cette femme, et, si vous voulez vous charger de lui transmettre ce que j'avais à lui dire...

— Tout ce qu'il vous plaira, monsieur, dit avec empressement mademoiselle Rose.

— Voici ce dont il s'agit. A Paris, tantôt, mes chevaux ont renversé un enfant que cette Ledoux ramenait à Charly. Il n'a pas été blessé, mais il a eu grand'peur, et je veux l'indemniser de ce léger accident. J'avais donc pris l'adresse et j'ai tenu à venir moi-même.

— Oh! monsieur, elle y comptait bien, car elle m'a amené le petit, en me priant de le garder jusqu'à son retour, s'écria la vieille fille en montrant Marcel qui se tenait toujours immobile dans son coin.

— En effet! il me semble bien que c'est celui-là, dit froidement M. Wassmann; alors, il est tout à fait inutile que je reste ici. Voici vingt-cinq louis, mon garçon, ajouta-t-il en mettant un petit rouleau dans la main de Marcel. Ils te serviront à t'acheter un trousseau, puisque tu n'as pas besoin de médicaments.

— On ne sait pas, murmura Digonnard, qui dressait toujours l'oreille quand il était question de remèdes; une frayeur peut avoir des suites très-graves, sans parler des contusions, pour lesquelles il est indispensable d'appliquer des compresses d'arnica.

— Madame, reprit le généreux seigneur du pavillon des Sorbiers, vous voudrez bien dire à la femme Ledoux que je m'intéresserai toujours à ce petit malheureux et que, si elle avait encore quelque chose à me demander, je lui permets de m'écrire.

— Je n'y manquerai pas, monsieur, dit mademoiselle Rose; mais Jacqueline aurait été bien contente de voir monsieur pour le remercier.

Touché sans doute du vœu qu'exprimait la vieille fille au nom de son amie, M. Wassmann eut un instant l'air d'hésiter.

—Quelle heure est-il? murmura-t-il en tirant de la poche de son gilet une superbe montre.

— Neuf heures cinq minutes, s'empressa de répondre mademoiselle Rose, après avoir consulté le cadran de la longue horloge.

— Non, neuf heures juste, rectifia l'étranger qui regardait son chronomètre. Mais, n'importe, je ne saurais attendre davantage, et je vous souhaite le bonsoir. Adieu, petit, ajouta-t-il en gratifiant d'une légère tape sur la joue l'enfant trouvé, qui restait calme et silencieux avec ses grands yeux fixes et ses petites mains pleines d'or.

Et, s'inclinant légèrement pour prendre congé de la vieille fille, M. Wassmann sortit sans plus s'apercevoir de la présence des quatre naturels de l'endroit que s'il eût plané au haut des airs pendant qu'eux rampaient dans la poussière.

A peine eut-il passé la porte que la conversation, interrompue par sa présence, reprit avec plus d'ardeur que jamais.

— Qu'est-ce qu'on disait donc, qu'il était si dur au pauvre monde! s'écria Verduron.

— Et si serré! ajouta Cruchot.

— Il faut tout de même qu'il soit bien riche pour lâcher comme ça des vingt-cinq louis, grommela Vétillet qui se leva pour aller contempler de plus près le trésor de Marcel.

— Hum! tout ce qui reluit n'est pas or, dit le pharmacien d'un air mystérieux. Pas vrai, mam'zelle Rose?

— Quoi donc? demanda Rose en tressautant sur sa chaise comme une femme réveillée en sursaut.

— N'est-ce pas qu'il y a bien des choses à dire sur ce Wassmann? reprit Digonnard.

— Mais, je n'en sais rien du tout; je ne le connais pas.

— Ni moi non plus, ni personne dans Charly non plus, et c'est justement là ce qui est suspect.

— Suspect! suspect! pourquoi donc ça? demanda le vétérinaire toujours bien disposé pour les gens possédant six chevaux dans leur écurie.

— Parbleu! parce que je vous défie de me dire d'où il vient, ce qu'il fait ici, comment il a gagné sa fortune, répliqua l'ex-bonnetier.

— Je parierais qu'il ne l'a pas gagnée en vendant des chaussettes, dit le facétieux Verduron.

— Enfin, suffit! je m'entends, murmura le pharmacien.

— Voyons, Digonnard, reprit l'huissier, ne faites pas le mystérieux; à Paris, vous en avez appris long sur son compte, ça se devine.

— C'est possible. Mais ce que j'ai appris je le garde pour moi.

— Bah! vous alliez nous le dire, quand le mylord allemand est arrivé.

— Oh! oui, contez-nous ça, Digonnard, appuyèrent Vétillet et Cruchot.

— Eh bien, dit le pharmacien, qui ne se faisait prier que pour la forme, figurez-vous que ce matin, comme je sortais de déjeuner au bouillon Duval, je me suis trouvé nez à nez avec ce Wassmann, qui était habillé, vous ne devineriez jamais comment.

— En Turc? En sergent de ville? dit l'huissier toujours goguenard.

— Non; plus fort que ça. En domestique, messieurs; en chasseur de grande maison, avec une livrée verte et un chapeau à plumes de coq.

— Allons donc!

— C'est comme je vous le dis, et ce qu'il y a de plus étonnant, c'est que...

Il était sans doute écrit que Digonnard n'achèverait point son histoire, car au moment le plus intéressant, la brusque et bruyante entrée de Jacqueline Ledoux lui coupa la parole.

— Ah! mon Dieu! cria la bonne femme en se précipitant dans la salle comme un ouragan, ah! mam'zelle Rose, quel malheur! mon pauvre Michel, ils l'ont assassiné!... Je suis arrivée trop tard.

Les joueurs de domino se levèrent tout effarés et mademoiselle Rose s'évanouit.

CHAPITRE IV.

Le lendemain de cette journée si remplie d'événements, vers midi, on venait de déjeuner en famille au château de Chasseneuil, et, comme on peut le croire, le repas n'avait pas été gai.

M. de Brannes aimait beaucoup son garde Michel, et la fin tragique du pauvre vieux soldat, frappé en faisant son devoir, l'avait profondément affecté. Au chagrin très-sincère et très-vif qu'il éprouvait s'ajoutaient des préoccupations de propriétaire inquiet de ces perpétuels méfaits du braconnage qui désolaient la contrée, et tenu par sa situation de contribuer, autant qu'il était en lui, à les réprimer.

On avait mis la main sur le meurtrier, du moins tout le faisait croire, et il fallait absolument un exemple; il fallait rassembler assez de preuves contre ce misérable pour qu'il ne pût bénéficier d'un acquittement scandaleux, comme cela était arrivé plus d'une fois à d'autres coquins de son espèce.

Le comte était fort décidé à aider de tout son pouvoir l'action de la justice, et cependant, au fond, il avait peine à se défendre d'un sentiment bien naturel de répugnance à se mêler d'une affaire de ce genre. Il lui déplaisait de se faire personnellement l'auxiliaire des agents subalternes qui seraient chargés de l'enquête et il avait bien envie de se borner à déposer devant le juge d'instruction.

M. de Brannes avait cinquante ans, une très-grande fortune, une très-haute situation dans le meilleur monde, un esprit ferme et droit, un cœur généreux et quelques préjugés. Dans cette perplexité, il lui était venu une idée. Son neveu, Julien de La Chanterie, fils de sa sœur, orphelin de

très-bonne heure, et maître depuis sa majorité de trente
mille francs de revenu, avait eu la fantaisie bizarre de se
faire avocat, non pas seulement pour avoir un diplôme, mais
avocat pour tout de bon.

Le comte désapprouvait très-fort cette lubie, car il ne
concevait point qu'un gentilhomme eût une autre occupation
que de servir dans l'armée ou d'améliorer ses terres. Henri
de Brannes, son fils, avait passé par Saint-Cyr et il était capitaine d'état-major en attendant qu'il donnât sa démission
pour se marier richement et noblement, et Julien aurait
parfaitement pu choisir comme lui la carrière militaire.

Malgré tout, le châtelain de Chasseneuil ne tenait pas trop
rigueur à l'avocat ; il y avait même des jours où il lui par-
donnait presque d'avoir dérogé, et il était précisément dans
un de ces jours-là. Ce que lui, le comte de Brannes, ne pouvait ou ne voulait pas faire, Julien se trouvait là tout à point
pour s'en charger, et certes, le jeune homme ne demanderait
pas mieux que de suivre ce procès criminel, car son goût le
portait à débrouiller volontiers les problèmes compliqués
et, de plus, il avait de fortes raisons de chercher à plaire à
son oncle.

Gabrielle de Brannes tenait une grande place dans la vie
de Julien de La Chanterie, quoiqu'elle ne se rencontrât
point avec lui aussi souvent qu'il l'aurait souhaité, et Gabrielle dépendait uniquement de son père qui était veuf, qui
venait de la retirer du couvent et qui ne devait pas tarder à
penser à lui trouver un mari.

Le comte s'était parfaitement aperçu que maître son neveu, comme il s'amusait parfois à l'appeler, avait une très-
vive inclination pour mademoiselle de Brannes, et, s'il ne
l'encourageait pas beaucoup, il ne le rebutait pas non plus.
Julien, à tout prendre, était à ses yeux un parti très-sorta-
ble, à deux conditions : la première qu'il jetterait aux orties
du palais sa robe d'avocat, la seconde qu'il plairait à Gabrielle.

En attendant, M. de Brannes pouvait bien réclamer de lui
un service qui rentrait dans l'exercice de sa profession, et
il n'y manqua point. C'était même un peu pour cela que, la

veille, en le quittant, il lui avait dit de venir le lendemain déjeuner au château.

Le jeune homme avait en toute hâte pris congé de sa société canotière, qu'il regrettait bien d'avoir suivie dans ses navigations trop rapprochées de Charly. Il était rentré à Paris par le dernier train, et le lendemain de bonne heure, il se présentait à Chasseneuil dans une tenue correcte qui ne rappelait en aucune façon l'accoutrement du *Bison-Courageux*.

La passion de M. de La Chanterie pour le barreau n'avait point nui à ses habitudes natives d'élégance et à la distinction de ses manières. Il avait même acquis dans la fréquentation de ses confrères une vivacité d'esprit et une facilité d'élocution qui manquaient à bien des jeunes gentilshommes. De son père, un brave colonel tué devant Sébastopol, il tenait une rare énergie de caractère et un courage à toute épreuve ; de sa mère, morte fort jeune, une exquise délicatesse de cœur. Au physique, il n'était pas moins bien doué. Grand, mince et brun, avec de beaux yeux bruns et des dents éblouissantes, il avait de plus une physionomie ouverte, un air franc et décidé, et, dans ses mouvements comme dans sa tournure, une grâce naturelle qui achevait d'en faire un cavalier accompli.

Etait-ce l'avis de mademoiselle de Brannes? Il y avait de fortes raisons pour le penser, de ces raisons qu'il serait difficile de peser et même d'énumérer, mais qui n'échappaient point à l'œil clairvoyant du comte. C'était tantôt une passion subitement déclarée, un beau matin, pour l'éloquence, passion qui allait jusqu'à lire les discours de Mirabeau, lequel, comme on peut croire, n'était point en odeur de sainteté au château de Chasseneuil; tantôt, un bouquet détaché du corsage et oublié sur une table tout juste à point pour que M. de La Chanterie pût s'en emparer et en faire une relique. Mais, à côté de ces indices, il y en avait d'autres qui désolaient le pauvre Julien.

Ainsi, mademoiselle Gabrielle semblait affecter de ne parler devant lui que des exploits de leurs communs ancêtres en terre sainte, de regretter les siècles batailleurs où un noble ne marchait que casque en tête et lance au poing, de se

moquer impitoyablement de l'existence étriquée et rangée
des jeunes seigneurs contemporains. Elle ne se privait même
pas de déclarer parfois qu'elle n'épouserait jamais qu'un
preux chevalier qui aurait parachevé pour l'amour d'elle
quelque entreprise bien périlleuse, comme d'aller chercher
Livingstone au centre de l'Afrique, découvrir le pôle nord,
ou pour le moins tuer une ou deux douzaines de tigres.

M. de Brannes ne faisait que sourire de ces emportements
d'imagination, mais Julien, qui n'entrevoyait aucune occasion prochaine de chasser le tigre dans l'Inde ou l'ours blanc
au Spitzberg, Julien en souffrait cruellement. Il faisait pourtant bonne contenance quand il était forcé de recevoir un
orage de ce genre; il protestait doucement qu'il ne souhaitait rien tant que se dévouer pour sa cousine et que ce n'était
pas sa faute si les temps modernes se prêtaient mal aux che-
vauchées hasardeuses et aux héroïsmes suprêmes.

Au fond, d'ailleurs, il savait à quoi s'en tenir sur les qualités et sur les sentiments de l'enfant gâté qui se plaisait à
le tourmenter. Gabrielle avait l'âme haute et le cœur bon.
Comment ne l'aurait-elle pas aimé, lui qui l'adorait et qui
marchait fièrement dans la vie? Et puis, elle était si jolie!

Sa beauté aristocratique n'avait point cet éclat et cette régularité qui forcent l'admiration. Elle ne pouvait prétendre
aux hommages vulgaires et, pour l'apprécier à toute sa valeur, il fallait être d'une nature d'élite. Mais avec sa taille
souple, sa démarche de reine, ses magnifiques cheveux d'un
blond cendré, ses yeux d'un bleu profond, ses yeux surtout, ses yeux qui parlaient, Gabrielle ravissait quiconque
était en état de sentir ce don indéfinissable qu'on appelle le
charme.

Les naturels du pays trouvaient qu'elle avait l'air dédaigneux et pas assez de couleurs.

Ce matin-là, mademoiselle de Brannes semblait particulièrement disposée à contrarier son cousin. Pendant le déjeuner, il n'avait guère été question que du sinistre événement
de la nuit, et elle avait écouté avec une attention profonde le
récit émouvant de la mort de Michel et de l'arrestation du
braconnier. Mais elle était restée silencieuse, contrairement

à son habitude, et il n'était pas malaisé de deviner que ces tristes détails l'avaient profondément impressionnée.

Julien crut démêler aussi que son imagination vive était profondément surexcitée par les côtés mystérieux de cette histoire et qu'elle s'intéressait malgré elle à l'homme qu'on accusait du crime ou, peut-être, à sa malheureuse femme. Il était tout porté à s'associer à ce sentiment, mais il n'y avait que lui qui fût dans ces dispositions d'esprit impartiales, car M. de Brannes était fort irrité du meurtre de son garde et son fils Henri ne mettait pas en doute la culpabilité du nommé Robert.

Le jeune capitaine venait d'arriver pour passer quelques jours au château paternel où l'attiraient assez souvent les plaisirs de la villégiature et peut-être aussi la proximité de certain pavillon devant lequel il passait volontiers à cheval deux ou trois fois par jour. Il aimait beaucoup Michel qui lui avait fait tirer jadis son premier perdreau, et la nouvelle de sa mort l'avait exaspéré à ce point, qu'il regrettait tout haut de ne pas s'être trouvé là pour brûler la cervelle à l'assassin.

On sortit de table pour aller fumer dans les allées ombreuses du jardin et là le comte acheva d'expliquer à Julien ce qu'il attendait de lui. Il n'eut pas de peine à en obtenir la promesse de suivre cette affaire et de se mettre à la disposition des magistrats pour compléter l'enquête, et convaincre le coupable. Quand ce fut fait, M. de Brannes prit le bras de son fils, à qui il voulait adresser quelques remontrances intimes, et laissa son neveu à ses réflexions.

Julien, resté seul, se promenait mélancoliquement, lorsqu'il sentit une petite main se poser sur son épaule. Il se retourna et vit Gabrielle.

—Tenez-vous à me plaire? lui demanda brusquement la jeune fille. Oui, n'est-ce pas? Eh bien! il faut m'aider à prouver que ce braconnier est innocent.

Certes, si Julien de La Chanterie s'attendait à entendre sa cousine lui adresser une prière, ce n'était point celle-là. Grâce à cette intuition particulière que possèdent tous les amoureux, il avait bien cru s'apercevoir que mademoiselle de Brannes éprouvait de la sympathie pour la femme du braconnier et peut-être un peu de pitié pour le braconnier lui-même. Mais qu'elle crût à l'innocence de cet homme et qu'elle tînt absolument à le faire acquitter, cela dépassait toutes les prévisions du jeune avocat.

Du reste, si étrange que lui parût ce désir, il se serait prêté bien volontiers à le réaliser; il se serait même plié avec joie à des fantaisies beaucoup plus extravagantes, mais il s'agissait ici d'un cas extraordinaire. La demande de Gabrielle arrivait tout juste au moment où il venait de s'engager avec M. de Brannes dans un sens opposé.

Le père voulait qu'il aidât à faire condamner ce Robert, la fille voulait qu'il le sauvât. Julien se trouvait ainsi jeté dans de terribles perplexités. Quel parti prendre? à qui obéir? Manquer à la promesse faite à son oncle, c'était peut-être se brouiller irrévocablement avec lui. Refuser d'être agréable à sa cousine, c'était bien pis encore, c'était compromettre ses plus chères espérances.

Avec sa nature primesautière, mademoiselle de Brannes, qui s'enthousiasmait tout à coup pour l'innocence très-problématique d'un garnement de la pire espèce, mademoiselle de Brannes pouvait tout aussi bien se fâcher de ce refus et rompre brusquement avec M. de La Chanterie. Pour comble d'embarras, il fallait répondre tout de suite et catégoriquement, car le pauvre Julien savait par expérience que Gabrielle n'admettait ni les hésitations, ni les faux-fuyants.

Il essaya cependant, pour gagner du temps, d'opposer une question à une question.

— Vous vous intéressez donc à ce malheureux? demanda-t-il timidement.

— Sans doute, puisque je vous prie de le défendre, dit la jeune fille sans laisser voir le moindre embarras.

— Vous savez bien, Gabrielle, que je suis prêt à faire toutes vos volontés, reprit Julien de sa voix la plus douce; mais je vous supplie de me dire en quoi vous touche le sort d'un homme accusé d'un meurtre abominable?

— Accusé à tort, affirma mademoiselle de Brannes.

— Qui vous fait penser cela?

6

— J'ai vu sa femme, que mon père a recueillie au château.

— Eh bien ?

— Elle m'a juré qu'il n'était pas coupable.

— Mais elle l'aime. Comment ne chercherait-elle pas à le sauver ?

— Alors, vous croyez donc qu'on peut se tromper sur celui qu'on aime ? dit Gabrielle en regardant son cousin avec ses grands yeux bleus où éclatait toute la loyauté naïve de ses dix-huit ans.

Julien ne savait pas résister à ces regards-là.

— Non, balbutia-t-il, non, sans doute; j'ai été frappé moi-même de l'accent de sincérité avec lequel elle protestait. Je reconnais aussi que ce braconnier, au moment où on l'a arrêté, s'est expliqué avec un calme et une assurance qui ont fait sur moi une très-vive impression, mais depuis...

— Que s'est-il passé, depuis ?

— Les preuves se sont accumulées contre lui.

— Quelles preuves ?

— Hélas ! il y en a de toutes sortes. L'enquête sommaire à laquelle mon oncle assistait avec moi a mis à néant toutes les justifications que produisait l'accusé. Je ne puis pas entrer dans d'horribles détails, vous parler de l'affreuse blessure de Michel, de la bourre de fusil ramassée à côté de son cadavre; mais je voudrais douter encore et je vous jure que cela ne m'est plus possible. La conviction de votre père est aussi entière que la mienne, et tout à l'heure il m'a demandé... il m'a fait promettre...

— Quoi donc ?

— Il m'a fait promettre de le remplacer pour suivre et presser la conduite de cette affaire, dit précipitamment Julien qui avait hâte d'en venir à cet aveu pour couper court à toute insistance de sa trop entraînante cousine.

Gabrielle rougit et dissimula très-mal un mouvement d'impatience, mais elle ne répondit pas tout de suite. Le jeune avocat put même croire un instant qu'il avait touché juste et, pour le détromper, il fallut que mademoiselle de Brannes reprit doucement:

— Vous parlez de preuves accablantes; il me semblait pourtant qu'il y avait aussi en faveur de cet homme certaines circonstances... ne l'a-t'on pas arrêté au moment où il était occupé à pêcher des écrevisses dans la Marne pour les vendre à... à des personnes qui soupaient sous une tente au bord de l'eau?

— Mais...je...je ne sais trop, balbutia Julien, consterné de découvrir que M. de Brannes avait parlé.

— Comment ! s'écria l'impitoyable Gabrielle, vous ne vous souvenez pas qu'il y avait là toute une bande de canotiers ?

— Oui, c'est vrai... je l'avais oublié.

Le pauvre amoureux aurait voulu être au fond de la rivière où il était venu si mal à propos naviguer la veille, car il ne craignait rien tant que de savoir sa cousine au courant de cette expédition joyeuse.

— Alors, continua malicieusement la jeune fille, puisque la mémoire vous revient maintenant, vous conviendrez, je l'espère, qu'un assassin n'aurait eu rien de plus pressé que de fuir, au lieu de s'en aller tranquillement à la pêche, à quelques centaines de pas du bois.

— C'est vraisemblable, en effet, murmura l'infortuné La Chanterie.

— Eh bien, il me semble que, si vous ne voulez pas vous charger de la défense, comme je vous en avais prié, vous pourriez du moins retrouver ces... personnes pour qu'on puisse invoquer leur témoignage.

— Mais c'est que...ce sera peut-être difficile.

— Pourquoi ? Ils étaient très-nombreux, m'a-t-on dit; il y avait même, à ce qu'il paraît, des femmes.

— Gabrielle, je vous jure...

— Et, attendez donc ! on m'a conté qu'ils se donnaient entre eux des surnoms bizarres; cela vous aidera dans vos recherches. Par exemple, l'un d'eux s'appelait le... comment donc?... ah ! le *Bison*...

Mademoiselle de Brannes n'eut pas le temps de prononcer
le nom tout entier, car Julien l'interrompit en s'écriant:

— Gabrielle, je ferai tout ce qu'il vous plaira.

— A la bonne heure ! dit en riant la jeune fille, je savais
bien que je finirais par vous persuader.

Et elle ajouta aussitôt, d'un air ému et sérieux:

— Julien, c'est une bonne action que vous ferez. Et ne
croyez pas que je vous demande d'agir contre votre conscience; non, je vous supplie seulement de chercher la vérité,
de la chercher seul, avec votre esprit et avec votre cœur,
sans vous laisser influencer par l'avis des autres ni décourager par les apparences, car je crois fermement à l'innocence du mari de ma protégée.

— Puissiez-vous avoir raison ! murmura Julien, plus épris
et moins convaincu que jamais.

— Et cette innocence, reprit Gabrielle, je suis sûre que
Dieu vous fournira un moyen de la prouver.

— Que complotez-vous là ? dit M. de Brannes qui se trouva face à face avec les jeunes gens à un détour de l'allée où
ils se promenaient.

— De quoi parlerions-nous, si ce n'est de cette triste histoire? dit vivement Gabrielle pour venir en aide à l'embarras
de son cousin. Mais où est donc mon frère ?

— Henri vient de me quitter pour monter à cheval. A
midi, par cette chaleur, c'est de la folie; mais il est possédé depuis quinze jours d'une véritable rage d'équitation ;
et sur la grande route, encore !

Gabrielle sourit, car elle avait fort bien remarqué que le
capitaine aimait beaucoup à passer devant le pavillon des
Sorbiers.

— Laissons-le se rôtir tout à son aise, continua le comte.
Nous avons malheureusement ici d'autres soucis, et vous allez entrer en fonctions, mon cher neveu. Le brigadier et le
médecin vont venir. J'attends aussi la visite de M. le curé
et probablement celle du juge d'instruction qui doit arriver
de Paris. L'enquête sera terminée ce soir, je suppose, et je
n'en serai pas fâché, car tous ces affreux détails me navrent.
Ah ! j'oubliais que Ledoux, le jardinier, demande à me voir.

Il assure qu'il a un renseignement important à me donner sur la mort de Michel. En vérité, je ne sais pas pourquoi il ne s'adresse pas directement au juge. Mais, tenez, le voici.

En effet, le mari de Jacqueline s'avançait dans la grande allée, de ce pas égal et lent qui n'appartient qu'à l'homme des champs et qu'on pourrait appeler le pas rural. Il avait endossé sa veste la plus neuve et il tenait son chapeau à la main, car le père Ledoux, quoique fort indépendant de caractère, n'était point de ceux qui nient la hiérarchie sociale et rendait volontiers à chacun son dû, — il affectionnait cette expression.

— De quoi s'agit-il, M. Ledoux ? lui demanda poliment le comte en faisant quelques pas à sa rencontre.

— Voilà ce que c'est, monsieur le comte, répondit le jardinier après avoir salué à la ronde ; faut vous dire que, pas plus tard que hier matin, ma femme a reçu une lettre, comme elle allait partir pour prendre le train ; faut vous dire aussi qu'elle ne sait pas lire et que je n'étais pas à la maison quand le facteur est venu ; ça fait qu'elle a emporté le papier à Paris et qu'elle n'est revenue que le soir.

— Pardon, interrompit M. de Brannes que ce préambule beaucoup trop vague impatientait, je ne vois pas très-bien...

— Minute ! monsieur le comte ; j'aurais dû commencer par vous dire que la lettre avait rapport à l'affaire de votre garde...

— Comment ! de Michel ?

— Oui, de Michel. Le pauvre vieux était le cousin de ma femme ; ça fait qu'on s'est adressé à elle pour la prévenir qu'on allait lui faire un mauvais parti.

— Quoi ! on l'avertissait que...

— Tout juste, comme vous allez voir. La v'là, monsieur le comte, dit le père Ledoux en tendant à M. de Brannes un papier plié en quatre.

Gabrielle se rapprocha de Julien et lui dit tout bas :

— Qui sait si ce n'est pas la preuve d'innocence que je demandais à Dieu de nous envoyer ?

— Ma femme voulait que je porte la lettre au brigadier

6.

de gendarmerie, reprit le père Ledoux pendant que M. de
Brannes dépliait le papier; mais je ne tiens pas à lui faire
plaisir, vu qu'il nous a dressé un peu trop de procès-verbaux depuis un an qu'il est à Charly. Alors je me suis dit :
M. le comte sera bien aise d'en avoir l'étrenne, et je suis
venu tout droit ici.

—Vous avez bien fait, mon ami, dit le châtelain après
avoir parcouru des yeux la lettre ; mais il faudra cependant
que ceci soit remis à la justice, car c'est fort étrange.
Écoutez plutôt, Julien.

Et M. de Brannes se mit à lire lentement les quelques
phrases suivantes :

« Une personne qui sait que vous êtes parente du garde-
« chasse qu'on nomme Michel vous avertit qu'on en veut à ses
« jours, et vous *engage de* lui *conseiller* à ne pas sortir ce
« soir dans les bois du château de Chasseneuil. S'il osait s'y
« aventurer seul, il serait perdu. Cela est très-sérieux, et,
« de la diligence que vous ferez pour transmettre cet avis,
« dépend la vie de Michel.

  « Brûlez cette lettre. »

— Fort étrange, en effet, dit le neveu. Et, bien entendu,
ce n'est pas signé ?

— Non. Il n'y a même pas la formule qui termine d'ordinaire les avis anonymes : « Un ami », ou bien : « Quelqu'un
qui vous est dévoué. »

— Avez-vous l'enveloppe? demanda Julien au père
Ledoux ?

— Cette bête de Jacqueline l'a perdue en route.

— De sorte que nous ne pourrons pas savoir où la lettre
a été mise à la poste. C'est très-fâcheux.

— Ma femme se rappelle seulement qu'il y avait dessus un
timbre de quatre sous.

— On pourra interroger le facteur. Peut-être aura-t-il eu
la curiosité de regarder d'où elle venait, et s'en souvien-
dra-t-il.

—Ça ne serait pas impossible tout de même, vu qu'il ne
lui arrive pas souvent d'apporter des lettres à Jacqueline,
et qu'il a dû faire plus d'attention à celle-là qu'aux autres.

— C'est probable, dit le comte ; mais madame Ledoux n'a donc tenu aucun compte de cet avertissement ?

— Ah ! pour ce qui est de ça, c'est moi qui suis fautif. Jacqueline est revenue de Paris à huit heures passées. Elle ramenait un petit gars de l'hospice... une bêtise qu'elle a faite, quoi ! Le temps de le mettre en passant chez mademoiselle Rose, qui tient le *Grand-Vainqueur*, et elle s'en est courue à votre château. Le diable, ça été qu'elle m'a rencontré dans la rue et que je n'étais pas trop solide sur mes jambes, pour avoir trop bu de *kirsch* avec le cocher de M. Wassmann. Alors elle m'en a dit de toutes les couleurs. Nous nous sommes disputés, et pendant la dispute...

— On a tué mon pauvre Michel, interrompit M. de Brannes. Il y a dans tout cela une véritable fatalité ; mais que penser de cette lettre ?

La question était adressée à Julien, qui tenait à la main ce singulier message et l'examinait minutieusement.

— L'écriture est celle d'une femme, dit le jeune avocat, et il ne semble pas qu'elle soit contrefaite. Les lignes sont droites, les caractères fins et penchés à l'anglaise, seulement la main a un peu tremblé à la fin. Le papier est du papier glacé très-mince, et il répand encore une légère odeur de patchouli.

— C'est prodigieux, incompréhensible, murmura le comte ; une femme élégante s'intéressant à Michel, qui était un vieux soldat d'Afrique fumant sa pipe toute la journée.

— Ajoutez, mon oncle, que cette femme élégante est intimement liée avec l'assassin, puisqu'elle avait connaissance de son projet.

— Et cet assassin annonçant à une personne qui le trahit qu'un certain soir, presque à heure fixe, il va tuer mon garde, voilà qui est de plus en plus inouï.

— Et puis, pourquoi cette amie inconnue écrit-elle à madame Ledoux, au lieu d'avertir directement Michel ?

— Ma foi, messieurs, dit le jardinier, je suis comme vous, je n'y comprends goutte. C'est affaire aux juges à débrouiller ça ; moi, je ne m'en mêle pas, et, avec la permission de la compagnie, je vais retourner à mon potager.

— Vous voulez bien nous laisser cette lettre ?

— Puisque je suis venu exprès pour vous l'apporter !

— Je vous en remercie, mon ami, dit chaleureusement M. de Brannes; vous rendez là un grand service à la justice, car cette pièce peut l'aider beaucoup à découvrir la vérité.

— Je ne vois pas trop comment, dit le père Ledoux ; mais enfin, si on a besoin de moi ou de Jacqueline, nous sommes là.

Et le bonhomme, après avoir tiré sa révérence, s'en alla aussi calme qu'il était venu.

— Pensez-vous, mon oncle, demanda Julien, qu'il soit indispensable de remettre cette lettre au juge d'instruction ?

— Sans doute. Pourquoi cette question ?

— Mais parce qu'il me semble que j'en tirerai, moi, un bien meilleur parti. Le juge y attachera probablement une médiocre importance; peut-être même n'y verra-t-il qu'une mystification, tandis que je pourrai conduire l'enquête à ma guise, me renseigner sans bruit, m'informer adroitement dans le pays, me procurer de l'écriture de toutes les personnes qui ont pu connaître Michel et cette femme Ledoux et, par la comparaison avec celle du billet anonyme, parvenir à un éclaircissement qui serait décisif.

M. de Brannes réfléchit un instant et dit :

— Ce serait peut-être plus sûr, en effet ; mais c'est impraticable, et cela pourrait même vous compromettre gravement. Songez donc que tout le village, à l'heure qu'il est, doit connaître l'histoire de cette correspondance mystérieuse et que Ledoux ne manquera pas de raconter qu'il m'a confié le papier.

— C'est juste. Mieux vaut agir régulièrement. Mais avez-vous remarqué le style du donneur ou plutôt de la donneuse d'avis?

— Non, je n'y ai pas fait grande attention; mais si vous me relisiez...

— D'abord, remarquez, mon oncle, que l'orthographe est irréprochable, comme l'écriture. Par contre, il y a dans ces dix lignes deux fautes de français : «engager de»,

« *conseiller à* »; c'est précisément le contraire qu'il aurait fallu dire, et cette confusion indique une bizarre inexpérience de la langue. Et puis, la personne avertit qu'on *en veut aux jours* de Michel et cette formule surannée jure avec le reste.

— Le fait est qu'on ne s'en servait déjà plus dans ma jeunesse, dit le comte. Je trouve comme vous qu'il y a dans ce morceau un certain ton de mélodrame et beaucoup de tournures prétentieuses; par exemple ceci : « S'il osait s'y aventurer seul, il serait perdu.» Cela sent l'emphase des dramaturges et cela ne s'écrit pas quand on est du monde, du vrai monde. En revanche, « la diligence que vous ferez pour transmettre cet avis », c'est du style de douairière et on s'exprimait ainsi du temps du roi Louis XV.

— Puis-je vous demander, mon oncle, ce que vous concluez de ces singularités et de ces contradictions ?

— J'avoue que je ne conclus rien du tout. C'est pour moi une énigme indéchiffrable que cet avertissement envoyé on ne sait d'où à une parente éloignée de l'homme qu'on prétend sauver, alors qu'il eût été si facile de s'adresser directement à lui.

— Ne serait-ce point, dit mademoiselle de Brannes, qui n'avait pas encore pris part à la conversation, quoiqu'elle n'en eût pas perdu un mot, ne serait-ce point que la personne savait que son écriture était connue de Michel et qu'elle ne voulait pas qu'il la vît ? C'est peut-être pour cela qu'elle a mis à la fin : « Brûlez cette lettre. »

— Au fait ! murmura Julien.

— Vous nous écoutiez donc, ma chère Gabrielle? dit le comte en souriant; et moi qui vous croyais dans les nuages !

— Non, non, répondit la jeune fille, je suis tout à fait sur la terre, et je m'intéresse à cette affaire autant que personne au monde.

— En vérité ? je ne vous savais pas tant d'inclination pour les procès criminels; mais, puisque vous y êtes si portée, que pensez-vous de celui-ci ?

— Je pense, dit nettement Gabrielle, que cette lettre dé-

montre jusqu'à l'évidence la complète innocence de ce braconnier.

— Oh ! oh ! prouvez-moi donc cela, je vous prie.

— Bien facilement, mon père. D'abord, vous ne pouvez pas
croire qu'un homme de cette classe ait inspiré de l'intérêt à
une personne qui se sert de papier parfumé et qui a une
écriture anglaise.

—Pourquoi pas ? Il vous en inspire à vous-même, si je ne
me trompe.

— Ce n'est pas tout, continua la jeune fille sans répondre
à l'objection quelque peu malicieuse du comte ; il y a une
raison bien plus forte en sa faveur. N'avez-vous pas dit, pendant le déjeuner, que ce braconnier avait été surpris par
Michel au moment où il venait de tuer un faisan ?

— Peste ! mademoiselle, quelle mémoire !

— Et qu'il n'avait commis son crime que pour éviter
d'être arrêté ? reprit Gabrielle sans se déconcerter.

— C'est infiniment probable, en effet.

— Eh bien, si ce crime a été le résultat d'une rencontre
fortuite, comment l'auteur de la lettre aurait-il pu le prévoir
et l'annoncer à l'avance ?

— Gabrielle, ma chère enfant, dit M. de Brannes, je commence à croire que vous étiez née pour porter la robe et la
toque d'avocat. Où avez-vous pris ces instincts-là, bon
Dieu ? Ce n'est à coup sûr pas dans votre famille, qui a
toujours été d'épée.

Julien regardait sa cousine avec des yeux qui exprimaient
un sentiment très-voisin de l'admiration. Ses aïeux, à lui
aussi, avaient été d'épée, et ce souvenir ne l'empêchait point
de plaider, encore moins d'aimer ; il trouvait que Gabrielle
était la plus charmante des jeunes filles, et, par-dessus le
marché, qu'elle avait raison. Sur ce dernier point, son oncle
n'était pas de son avis.

— Ma chère Gabrielle, dit-il d'un air moitié riant, moitié
fâché, ce problème judiciaire ne ressemble point, je crois,
à ceux qu'on vous donnait à résoudre au couvent, et il n'est
pas trop bon qu'une jeune fille s'occupe longtemps d'une
si vilaine histoire. Voici d'ailleurs le brigadier de gendar-

merie et le docteur Minard qui nous arrivent, et il serait vraiment peu convenable à vous de rester ici pour écouter leurs rapports.

— Oh! je ne tiens point à voir ces messieurs, répondit mademoiselle de Brannes. Auprès d'eux, Julien me remplacera à merveille, ajouta-t-elle en lançant à son cousin un coup d'œil significatif.

Et l'enfant gâtée courut au perron du château, le grimpa lestement et disparut derrière un rideau de soie du Japon qui fermait l'entrée d'un petit salon donnant sur le jardin. Le médecin et le sous-officier, qui arrivaient par une allée latérale, n'eurent pas même le temps de la voir.

Le brigadier paraissait rayonnant, et le médecin avait aussi un petit air satisfait qui ne promettait rien de bon pour l'accusé.

Julien savait, par expérience, que les auxiliaires de la justice mettent volontiers de l'amour-propre à forcer les coupables jusque dans leurs derniers retranchements, et, de la joie qui brillait sur le visage des deux visiteurs, il conclut que le braconnier, accablé par les faits, avait fini par avouer. Cela le désolait à cause de Gabrielle, qu'il croyait bien capable de ne pas lui pardonner un insuccès.

M. de Brannes, lui, ne demandait au contraire qu'à venger la mort de son garde et il eût été ravi d'apprendre que la culpabilité de Robert n'était plus douteuse.

— Eh! bien, messieurs, où en est l'affaire? M. le juge d'instruction est-il arrivé? dit-il, après avoir répondu au salut collectif qui lui fut adressé.

— Arrivé et reparti, monsieur le comte, répondit le brigadier en se frottant les mains. Oh! nous avons été vite en besogne, et je me flatte d'être expéditif. A minuit, mon rapport était fait et je l'envoyais à Paris par un de mes gendarmes. Ce matin, ces messieurs du parquet et de l'instruction arrivaient par le premier train. A huit heures, l'autopsie était faite; à neuf, l'interrogatoire était terminé; à dix, nous nous transportions avec le prévenu dans le bois de la Bélière pour les constatations; à midi, toutes les opérations étaient

finies, et maintenant, il ne me reste plus qu'à expédier
l'homme à Paris. Il couchera ce soir à Mazas.

— Je suis étonné qu'on ne m'ait pas demandé d'assister à
l'enquête, dit M. de Brannes.

— Ces messieurs ont jugé inutile de déranger M. le comte,
mais je sais que demain M. le comte sera appelé au palais.

— Et la femme de ce malheureux n'a pas été interrogée?

— Non, monsieur le comte. On craignait une scène de désespoir, et, d'ailleurs, on espère obtenir davantage d'elle en
évitant de la confronter d'abord avec son mari, qui lui ferait
dire tout ce qu'il voudrait, rien qu'en la regardant. J'ai ordre
de la surveiller et de la conduire à Paris, où elle sera entendue. Monsieur votre neveu sera cité aussi, ainsi que ces messieurs et ces demoiselles du canot et ceux des gens de M. le
comte qui ont vu le corps. On veut mener l'affaire rondement
et arriver le plus tôt possible à une condamnation qui servira
d'exemple. Pour le moment, on s'est contenté de la déposition de M. le curé, qui se trouve être le principal témoin.

— Et, sans doute, on a obtenu des preuves?

— Dix fois plus qu'il n'en faut, monsieur le comte. Demandez plutôt à M. le docteur.

— Oh! mes conclusions ne sont pas longues, dit modes·
tement le médecin. Tout ce que j'ai pu relever comme certain, c'est d'abord que le coup a été tiré, non pas à bout portant, car les vêtements de Michel n'ont pas pris feu, mais
du moins de très-près, car le plomb a fait balle; ensuite qu'il
n'y a pas eu de lutte entre la victime et l'assassin, et enfin
que le plomb trouvé dans la blessure est pareil aux grains
qu'on a pu extraire du corps du faisan.

— Cela suffit et au delà, j'espère, pour que ce misérable
soit condamné comme il le mérite, murmura M. de Brannes.

— Et s'il n'y avait que cela encore! s'écria le brigadier,
mais tout est contre lui et son affaire est claire comme le
jour. Tenez! les bourres sur lesquelles il raisonnait si joliment hier soir... eh! bien, on en a retrouvé encore une dans
les baliveaux où il a tiré son premier coup sur le faisan, et
une autre, qui venait du second coup, à l'endroit où Michel
est tombé. Avec celles que j'avais ramassées hier, le compte

y est ; ça fait quatre en tout, deux par canon de fusil. Et pas moyen de dire que la pluie ou le vent ont emporté le reste ; la nuit a été magnifique. Donc, il n'y a pas eu de troisième coup, comme le chenapan le prétendait.

— C'est évident.

— Inutile de vous dire que le fusil de Michel était encore chargé, preuve que le pauvre garçon a été surpris et n'a pas eu le temps de se servir de son arme.

— Alors, dit timidement Julien, ce n'est pas lui qui a surpris le braconnier, et il ne l'a pas menacé d'un procès-verbal, comme vous l'aviez supposé tout d'abord, menace à laquelle cet homme aurait répondu par un coup de fusil ?

— Oh ! le coquin n'avait pas besoin de cette raison-là ; il est bien capable de l'avoir tué pour se venger de sa première condamnation. Et puis ce n'est encore rien à côté de la déposition de M. le curé.

— Qu'a-t-il donc dit ? demanda le comte. Rien que nous ne sachions déjà, je suppose ?

— Pardon ! hier, M. le curé était si bouleversé qu'il n'avait pas la mémoire très-présente, mais ce matin elle lui est revenue devant M. le juge d'instruction. Il lui a raconté que Michel n'était pas encore mort quand il l'a relevé, que le pauvre homme avait essayé de parler pour nommer son assassin, et...

— Et qu'il n'en a pas eu la force, n'est-ce pas ? acheva le jeune avocat.

— Pas tout à fait, mais il en a dit assez pour qu'on sache à quoi s'en tenir. D'abord, s'il a tâché de l'appeler par son nom, c'est qu'il le connaissait, et, en effet, il connaissait parfaitement ce mauvais gueux, puisqu'il l'avait déjà pincé plusieurs fois.

— Il ne connaissait pas que lui, et ce n'est pas là une preuve suffisante.

— Peut-être ; mais nous avons mieux que ça. Avant de mourir, Michel a dit très-distinctement : « L'assassin, c'est le *bra...* » Il n'a pas fini le mot, mais si ça ne signifiait pas « le braconnier », je consens à perdre mes galons.

— Monsieur le brigadier, je ne suis pas bien sûr d'avoir

7

entendu la syllabe tout entière; Michel a articulé le son *br*...
C'est tout ce que je puis affirmer.

L'auteur de cette rectification était M. Jean, qui avait pu
s'approcher sans qu'on l'entendît venir, tant la causerie sur
ce triste sujet absorbait les causeurs. Le digne prêtre salua
le comte de Brannes, qui l'accueillit avec une politesse pleine
de déférence, serra affectueusement la main de Julien de La
Chanterie, et dit un bonjour amical au docteur et au sous-
officier.

— *Bra* ou *bre* ça se ressemble bien, dit ce dernier, qui
n'aimait pas beaucoup qu'on corrigeât ses assertions.

— Je sais que c'est toujours un indice accablant pour ce
malheureux ; mais, en ces matières, les moindres détails ont
une telle gravité, qu'on ne saurait être trop précis, reprit le
curé de Charly.

— Et d'ailleurs, fit observer Julien, les braconniers sont
fort nombreux dans le pays, et il est très-possible que
Michel voulût en désigner un autre.

Le brigadier haussa légèrement les épaules. Il voyait d'un
assez mauvais œil ce défenseur improvisé qui se permettait
de le contredire sans cesse.

— Messieurs, dit le comte de Brannes, pour couper court
à la discussion, nous ne sommes point des juges, mais nous
avons le devoir d'éclairer la justice. Voici une lettre que
maître Pierre, le jardinier, m'a apportée et qui a été adressée
à sa femme.

— Monsieur le comte, j'allais vous la demander pour la
joindre aux pièces, interrompit le brigadier, je viens de
rencontrer le père Ledoux, qui m'a conté l'affaire et je lui
ai même fait des reproches de ne pas être venu dès hier
soir me remettre le papier.

— Et moi, dit M. Jean, je maudis ma propre négligence.
La femme Ledoux m'avait parlé de l'avis qu'elle avait reçu.
Si, au lieu de m'en rapporter à elle, j'avais couru au château,
peut-être serais-je arrivé à temps pour prévenir un malheur.

— J'avoue, reprit M. de Brannes, que cette lettre anonyme m'inspirerait presque des doutes favorables à l'ac-

cusé. Elle est assez convenablement tournée, et il est difficile de supposer que la personne qui l'a écrite pût être en relations avec un vagabond de cette catégorie.

— Pardonnez-moi, monsieur le comte, dit le brigadier, la chose s'explique très-bien, au contraire, car le susdit vagabond est un gaillard qui n'a pas toujours vécu de maraude. Il a reçu de l'instruction, il a été riche et il a mangé son argent, ou plutôt celui de sa femme, en faisant les quatre cents coups à Paris. Ça n'aurait rien d'étonnant qu'il eût des connaissances huppées parmi les petites dames, et même j'ai dans l'idée que cette lettre-là a été écrite par quelque bonne amie à lui. Vous verrez qu'on finira par la trouver.

— Comment s'est-on procuré ces renseignements sur son compte? demanda M. de Brannes assez surpris.

— On les a eus à la préfecture. Vous pensez bien, monsieur le comte, qu'un chenapan comme celui-là devait avoir son casier judiciaire. J'ai vu le dossier; il est joli ! Martin (Robert-Ernest), engagé volontaire au 8e hussards, passé sous-officier et cassé de son grade pour inconduite; accusé de détournement de mineure et renvoyé des fins de la plainte par suite du désistement du père de la jeune fille qu'il a épousée. C'est la chanteuse, comme vous savez. Après sa libération du service militaire, directeur d'une agence de remplacement; cinq ans après, poursuivi pour dettes; compromis ensuite dans un complot politique et condamné par contumace ; — il a réussi à passer en Angleterre ; — rentré en France après la dernière amnistie ; plus, trois condamnations correctionnelles pour délits de chasse ou de pêche.

— Voilà qui suffit amplement à tout expliquer, interrompit le comte.

— Mais, demanda M. Jean, dans ce dossier, il n'y a rien, n'est-ce pas, contre cette pauvre femme qui a eu le malheur de l'épouser?

— Rien du tout, monsieur le curé. Le gredin l'a mise sur la paille et ses deux enfants aussi. Ce n'est pas sa faute si elle est obligée de chanter dans les rues pour vivre.

— Alors, elle ne sera point inquiétée à cause de cette triste affaire?

— Non, monsieur le curé. Elle devra seulement se tenir
à la disposition du juge d'instruction, qui aura peut-être besoin de l'interroger plusieurs fois. Et, comme l'envie pourrait lui prendre de filer pour ne pas charger son gueux de
mari, elle sera surveillée. Il serait même bien possible qu'on
la gardât provisoirement au dépôt.

—· Mais, si je me chargeais, moi, de la placer chez de
braves gens qui lui procureraient du travail ? Si je répon-
dais d'elle ?

— Ah ! pour ça, monsieur le curé, il faudrait voir M. le
juge d'instruction. Je la conduirai demain à son cabinet, et
comme vous êtes cité aussi...

— J'irai et je lui demanderai cette autorisation, qu'il ne
me refusera pas, je l'espère. Aujourd'hui, monsieur le comte,
voulez-vous me permettre d'aller lui porter des consolations
dont elle doit avoir grand besoin ?

— J'allais vous le proposer, monsieur le curé, dit M. de
Brannes, en s'acheminant doucement vers le perron, ce qui
était une façon détournée et polie de congédier les visiteurs.

Le médecin et le brigadier comprirent et se retirèrent.
Le comte accompagna M. Jean jusqu'au bas de l'escalier des
communs où on avait logé la chanteuse, et Julien, poussé
par une idée fixe, sortit du jardin par une grille qui donnait
sur le bois de la Bélière.

Il ne se dissimulait point qu'il lui restait fort peu de
chances de plaire à sa cousine, si, pour y parvenir, il lui
fallait démontrer l'innocence du braconnier. Les preuves
s'accumulaient contre ce malheureux, et, pour peu qu'on
eût quelque expérience des affaires criminelles, on ne
pouvait se faire la moindre illusion sur le sort qui l'attendait.

Le jeune avocat n'en avait aucune, et, en se glissant
hors du jardin, il maudissait de bon cœur l'étrange caprice de
mademoiselle de Brannes. Gabrielle en usait avec lui comme
les méchantes fées des contes de Perrault avec les pauvres
princesses qu'elles condamnent à trier des grains de blé, de
sésame et d'orge confondus en un énorme tas, ou bien à
débrouiller d'immenses écheveaux composés de laines de

toutes les couleurs. Elle lui imposait une tâche impossible.

Et pourtant il était décidé à essayer de la remplir, ou du moins à lutter jusqu'au bout, même contre l'évidence.

La lettre anonyme lui avait donné une lueur d'espoir. Il paraissait étrange en effet que le braconnier eût des confidentes capables d'écrire dans ce style. Mais les renseignements apportés par le brigadier de gendarmerie avaient tout remis en question. Robert, avec ses antécédents de viveur dépensier, pouvait fort bien avoir conservé des relations dans le monde interlope qu'il fréquentait autrefois. Rien n'empêchait qu'il eût parlé de ses projets de vengeance à une femme et que cette femme, effrayée, les eût dénoncés. L'objection tombait donc d'elle-même.

Cependant, à force de réfléchir, Julien finit par apercevoir un côté de la question qu'il n'avait pas envisagé tout d'abord. En admettant que l'avis vînt d'une amie de cet homme, il fallait supposer que l'amie en question connaissait la parenté de Jacqueline avec Michel, puisqu'elle s'était adressée à la femme du maraîcher, au lieu de prévenir tout simplement le garde. Elle devait avoir eu aussi des raisons toutes particulières pour agir ainsi. Donc, l'amie n'était point une Parisienne quelconque, mais une personne habitant Charly ou tout au moins fort bien instruite des cousinages des gens de Charly.

De ce raisonnement, à peu près irréfutable, il suivait que les recherches devaient se concentrer dans un cercle très-restreint. Et même, à bien prendre, la lettre constituait plutôt une preuve en faveur du braconnier, car il se montrait rarement dans le village et surtout il n'y fréquentait personne. Il venait rôder la nuit dans les bois et, quand il ne vendait pas son gibier à des canotiers de passage, il le portait à Paris, mais il se serait bien gardé d'aller l'offrir aux bourgeois de l'endroit. D'où il était permis de conclure que la correspondante de Jacqueline n'avait aucun rapport avec lui.

Dans tous les cas, pour arriver à la découverte de la vérité, quelle qu'elle fût, il fallait d'abord trouver cette

correspondante. La solution du problème était là tout entière. Si on parvenait à savoir quelle main avait tracé les dix
lignes de fine écriture anglaise que le brigadier avait empor-
tées pour les joindre au dossier, on devait savoir bientôt le
nom du coupable.

L'esprit juste et sagace de Julien fut vivement frappé de
ce nouvel aspect de la question et il se dit qu'il lui fallait
diriger dans ce sens l'enquête exigée par Gabrielle. Mais
l'entreprise n'en restait pas moins ardue, surtout pour lui
qui n'habitait que passagèrement le château et qui y vivait
d'ailleurs sans relations d'aucune sorte avec les naturels de
Charly. Comment faire pour entrer en communication avec eux
à moins de se résigner à subir la partie de dominos du *Grand-
Vainqueur?* M. de La Chanterie pensa que, sans en venir
à cette extrémité, il pourrait du moins aller voir la femme
Ledoux, essayer discrètement d'en tirer quelques indications,
et encore prier le bon curé de s'informer de son côté. Il y
avait aussi le hasard sur lequel on peut toujours compter un
peu dans les affaires de ce bas monde. Minces espérances
assurément que celles-là, mais Julien était bien obligé de
s'en contenter, car il n'avait pas le choix des moyens.

Il songeait à tout cela en avançant assez péniblement à
travers le taillis du petit bois de la Bélière qui touchait à la
grille du jardin.

Avant de se lancer dans la recherche des personnes, il
voulait étudier sur place les circonstances du crime,
revoir la clairière où Michel était tombé, parcourir le chemin par où il était venu, suivre les traces du passage de
l'assassin; en un mot, refaire pour son propre compte l'enquête si magistralement menée par les représentants de
l'autorité judiciaire.

La veille, alors que le corps ensanglanté du malheureux
garde gisait encore sur la mousse, Julien n'avait eu ni le
temps ni la liberté d'esprit nécessaires pour examiner toutes
choses avec sang-froid. Ce jour-là, il voulait compléter
l'étude du terrain, inspecter minutieusement les sentiers et
les buissons, scruter les feuilles et l'écorce des arbres.

Il avait d'ailleurs pris la résolution de garder pour lui ses découvertes, s'il en faisait de nouvelles, et d'opérer désormais tout seul. Il était bien naturel vraiment qu'il voulût se passer de l'aide du brigadier de gendarmerie, puisqu'il méditait d'entreprendre une sorte de contre-instruction, c'est-à-dire de rassembler des matériaux pour la défense, comme le zélé sous-officier en avait rassemblé pour l'accusation.

Julien connaissait à merveille ce bois de la Bélière, qui n'était qu'une prolongation du parc de son oncle et servait de réserve aux faisans de la forêt d'Apilly. Il y avait chassé plus d'une fois, pas aussi souvent cependant qu'il l'aurait voulu, car M. de Brannes était assez ménager de son gibier et ne permettait que dans les grandes occasions l'usage de ses *tirés* particuliers.

Il savait que le taillis couvrait la pente du coteau jusqu'à l'extrémité du village, et même un peu au delà. Du côté de la grande route, ou plutôt de la grande rue de Charly, une haie assez épaisse et un saut de loup assez profond en défendaient l'accès. Au contraire, vers le bas de la colline, le long du chemin de halage, il n'était protégé par aucune espèce de clôture.

Bordé, à un bout, par le mur du jardin et du parc de Chasseneuil, le bois finissait, à l'autre bout, par une prairie ondulée qui s'en allait jusqu'aux dépendances du pavillon des Sorbiers. Pas de barrière non plus sur cette face du carré.

A moins de franchir des obstacles assez difficiles, on n'y pouvait donc entrer et on n'en pouvait sortir que de deux côtés, par le sentier qui suivait le cours de la Marne ou par la prairie. Le braconnier était entré et sorti par le chemin du bord de l'eau, cela ne faisait pas question, puisque lui-même ne le contestait pas. Le garde Michel, quand il avait été frappé, venait du château par la grille du jardin. Restait à savoir si quelqu'un, qui n'était ni le braconnier ni le garde, avait pénétré dans le bois et avait pu s'y trouver en même temps qu'eux.

Julien commença par chercher l'endroit où le faisan avait

116   **LE COUP DE POUCE**

été tué et il le reconnut sans peine. Arrivé au pied des
trois grands arbres désignés par Robert, il constata par ses
yeux de légères éraflures produites par les grains de plomb
sur le tronc et sur les basses branches; puis il se mit à
mesurer la distance entre les baliveaux et la clairière. Il y
avait au moins trente pas et aucun chemin frayé. S'il avait
suivi la ligne droite, le meurtrier avait dû laisser des traces
de son passage. M. de La Chanterie n'en aperçut aucune. Il
est vrai que les gendarmes, le curé, M. de Brannes et lui-
même accompagnant l'accusé la veille au soir, n'en avaient
pas laissé davantage, peut-être parce qu'ils s'étaient appli-
qués à marcher lentement et avec précaution.

En revanche, des baliveaux au chemin de halage, on pouvait le suivre presque pied à pied, en se guidant sur les
branches cassées, les fougères arrachées et les herbes fou-
lées. Robert, tout semblait l'indiquer, s'était hâté de fuir
après avoir ramassé le faisan, et il avait traversé le taillis
tête baissée, brochant à travers les fourrés comme un san-
glier et ne songeant qu'à gagner le large.

Cette première exploration fut donc entièrement favorable
à l'accusé, et cet heureux résultat mit Julien en goût de
continuer. Il revint à la clairière, examina la place où Michel était tombé et n'y vit rien de particulier.

Le gazon avait bu le sang du pauvre garde, les petites
fleurs sauvages que le poids de son cadavre avait courbées
s'étaient déjà redressées et les petits oiseaux chantaient
dans la feuillée. Nul n'aurait soupçonné qu'un crime avait
été commis là, sous ce dôme de verdure, sur ce tapis de
mousse, et Julien fut obligé de faire un effort sur lui-même
pour se rappeler qu'il n'était pas venu admirer dans le bois
de la Bélière les splendeurs de la nature, toujours indifférente aux scélératesses des hommes.

Il compléta ses investigations en fouillant la partie du
taillis qui s'étendait vers les prairies, et il reconnut bientôt,
avec une très-vive satisfaction, qu'un homme avait dû passer par là. Les broussailles étaient froissées et les ronces
piétinées derrière une grosse souche très-propre à cacher
un homme embusqué. Devait-on croire que l'assassin avait

attendu à cette place le moment où Michel passerait à sa portée? Julien se le demandait, et il s'étonnait que le brigadier n'eût pas signalé ce détail important.

En se baissant pour regarder de plus près le pied de la souche, il aperçut sous une touffe d'herbes sèches un papier qu'il se hâta de ramasser et du premier coup d'œil, à la façon dont ce papier était roulé en boule, Julien reconnut qu'il avait dû servir à bourrer un fusil.

La découverte avait par elle-même une grande importance et le jeune avocat en comprit aussitôt toute la valeur. Si cette bourre était sortie du canon d'une arme à feu, il devenait évident que trois coups de fusil étaient partis dans le bois, un de plus que ne voulait l'admettre l'accusation. Par le fait seul de cette trouvaille, tout le système du brigadier de gendarmerie s'écroulait, et M. de La Chanterie, qui avait l'imagination prompte, en était déjà à regretter de ne pas avoir de témoins sous la main pour la constater, car il devinait qu'on élèverait des doutes sur son authenticité.

Faute de pouvoir la montrer, il se mit à l'examiner en connaisseur. Le papier portait d'un côté l'empreinte de la charge de plomb à laquelle il avait été superposé dans le canon.

Sous la pression énergique de la baguette qui avait enfoncé la bourre, les grains s'y étaient moulés en creux. Mais la poudre ne l'avait ni déformée, ni même noircie, preuve que le coup n'avait pas été tiré. Nouvelle déception, qui remettait les choses en l'état et donnait encore une fois raison au brigadier. Julien n'y comprenait plus rien.

A force pourtant de tourner et de retourner le papier, il finit par remarquer, sur la surface opposée à celle qui avait été en contact avec le plomb, de légères déchirures.

— Sot que je suis! murmura-t-il, c'est un tire-bourre qui a fait cela.

En y regardant de plus près, il reconnut qu'il n'y avait plus à en douter : l'assassin avait débourré son fusil et substitué au papier les rondelles de feutre qui s'étaient retrouvées près du cadavre. Pour qu'il eût eu l'idée et le loisir de prendre cette précaution, il fallait qu'il eût guetté lon-

7.

guement à cette place l'arrivée de Michel, et cette conclusion était favorable au braconnier, qui ne se serait certainement pas avisé de cette ruse et qui, au surplus, n'aurait pas
eu le temps de la mettre en pratique.

Maintenant, dans quel but le coupable, quel qu'il fût,
s'était-il donné la peine de modifier au dernier moment la
charge de son arme? Évidemment, parce qu'à ce moment-là
seulement il s'était souvenu que le papier de la bourre pou-
rait le compromettre s'il venait à être retrouvé. Alors, sans
perdre une seconde, il l'avait extrait du canon.

On pouvait s'étonner qu'il ne l'eût pas remis dans sa
poche, au lieu de le jeter dans un buisson; c'était là une maladresse inexplicable de la part d'un coquin si prudent.
Mais qui prouvait qu'il l'avait commise volontairement? Rien
n'empêchait que, dans la précipitation de ses mouvements, il eût laissé tomber cette bourre et que l'obscurité l'eût dérobée à ses recherches.

Tous ces raisonnements, d'une logique très-serrée, mais
très-subtile, Julien les fit en beaucoup moins de temps qu'il
n'en faut pour les écrire, et sa conclusion finale fut que le
papier devait nécessairement porter de l'écriture. Sans cela,
en effet, pourquoi le meurtrier aurait-il tant tenu à l'enlever?

Enchanté de sa propre sagacité et plein d'espoir maintenant dans le résultat de ses ingénieuses opérations, le jeune
avocat se hâta de dérouler cette boule qui contenait peut-
être le mot de l'énigme. Il eut soin d'ailleurs de se servir de
ses doigts assez délicatement pour ne pas déchirer en dépliant.

Le papier était très-fin et très-souple, et Julien vit bientôt
qu'il avait deviné et que ce papier avait servi à écrire une
lettre. Par malheur, de cette lettre il ne restait que la moitié
d'un feuillet, et encore ce feuillet n'était-il écrit que d'un
seul côté, probablement parce qu'il contenait la fin de l'épître.

A peine M. de La Chanterie y eut-il jeté les yeux qu'il
reconnut avec une indicible émotion l'écriture de l'avis anonyme adressé à Jacqueline Ledoux. Il ne pouvait pas s'y trom-

per, car il lui semblait voir encore ces caractères fins et pen-chés, ces pattes de mouches de la correspondance inconnue, et, avec ceux qu'il avait sous les yeux, la resemblance était frappante.

Il lui tardait de vérifier si le style était le même et, quand, avec des précautions infinies, il eut étalé le fragment sur le dos de sa main, il put lire une vingtaine de lignes incom-plètes et irrégulièrement tronquées par le hasard d'une lacération rapide.

La lettre avait dû être froissée avec impatience, après avoir été lue, puis déchirée brusquement en plusieurs mor-ceaux dont un seul avait été introduit dans le canon du fusil, à moins que les autres n'eussent formé la seconde bourre, celle qui ne se retrouvait pas, peut-être parce qu'elle avait été brûlée par la poudre. Il était même permis de supposer que l'assassin avait reçu ce message importun au moment ou il se préparait à partir pour son abominable expédition noc-turne.

Quoi qu'il en fût, ce débris de missive présentait l'aspect fidèlement reproduit ci-dessous :

« Depuis que j'ai tout quitté pour te
« n'ai pas cessé un seul jour de
« mon dévouement. J'ai supporté
« humiliations, toutes les tortures
« fausse, sans me plaindre, sans
« un reproche. Mais le sacrifice
« et je n'aurai jamais le courage
« une infamie; car ce serait une
« de laisser croire à ce
« suis libre. Il y a des moments
« me demande si ton projet n'est
« de moi, si tu ne me hais pas, si
« méprises pas, car enfin, ô
« m'aimais, tu ne me commanderais pas
« ce jeune homme si loyal
« l'attirer pour lui arracher
« des jours où tu me fais peur, quand
« de te défaire de ce garde qui

« autrefois en Alsace. Je t'en supplie,
« renonce à ce criminel
« dire que je suis folle.
« demande en grâce de
« quitterons ce pays. Oh ! si
« comme nous serions heureux !
« un seul mot, et je

Quand Julien eut achevé de lire rapidement ces phrases coupées en deux, il ne se trouva pas beaucoup plus éclairé qu'avant d'avoir fait cette trouvaille de la bourre qu'il croyait si précieuse. Au lieu d'être résolu, le problème se compliquait.

Quel sens précis pouvait-on tirer de mots presque sans suite, de lignes qui commençaient et qui ne finissaient point? Comment relier entre elles des pensées partagées en tronçons irréguliers ? Que conclure de ce rébus ? Où trouver l'explication de ce grimoire ? Tout d'abord, Julien crut qu'il n'y parviendrait jamais. Avec un peu plus de réflexion, il se dit qu'un savant français avait bien réussi à déchiffrer les hiéroglyphes et qu'à tout prendre il était beaucoup moins difficile de compléter ce fragment de lettre que de retrouver la langue des prêtres d'Isis.

En relisant attentivement le papier déchiré, il parvint bien vite à en dégager la signification générale. La lettre était d'une femme, et d'une femme malheureuse, cela sautait aux yeux. Cette femme s'adressait à l'homme qu'elle aimait et qui la faisait souffrir. Il était tout aussi évident que l'homme en question ne pouvait être qu'un abominable gredin, capable d'abuser odieusement de l'amour de cette infortunée créature. Il y avait des lignes entre lesquelles on pouvait lire des infamies; le mot, du reste, s'y trouvait en toutes lettres. Il résultait aussi des dernières phases que ce couple assez mal assorti n'était pas fixé à tout jamais à Charly-sous-Bois, quoiqu'il y habitât, ou tout au moins qu'il s'y trouvât momentanément.

Toutes ces indications, si incomplètes qu'elles fussent, avaient une grande importance, et elles pouvaient, avec le temps, conduire à la découverte de la vérité tout entière.

Mais ce qui importait bien plus que tous ces demi-éclaircis-
sements, c'était la preuve que cette lettre avait été adressée à l'assassin de Michel, preuve qui ressortait d'un certain
bout de ligne où on lisait ces mots significatifs : « *de te défaire
de ce garde...* » Et plus bas : « *renonce à ce criminel...* » le
mot « *projet* » complétant évidemment cette adjuration.

Il n'en fallait pas davantage pour être fixé sur ce point important, et, dès lors, on s'expliquait très-bien que la même
femme qui demandait grâce pour Michel eût essayé de le
faire avertir du sort qu'on lui réservait, tout en se gardant
de désigner le meurtrier qui lui touchait de près. Mais ce
meurtrier n'était point nommé, ni même indiqué d'une façon
quelconque, car ce qui se rapportait à sa personne était très-
vague.

Son nom avait pourtant figuré dans la lettre, comme le
démontrait la syllabe: « ô » après laquelle, par la plus ma-
lencontreuse fortune, le papier était coupé. Après cet « ô »
venait certainement un nom, ou plutôt un prénom qui aurait
éclairci tout le mystère, et Julien maudit la fatalité qui
l'avait arraché.

D'ailleurs, l'emploi de ce vocatif solennel concordait parfaitement avec le style emphatique du billet à Jacqueline.

De qui venaient les deux écrits sortis de la même main ?
voilà ce qu'il s'agissait de savoir, et le jeune avocat résolut
de garder par devers lui ce précieux papier et de ne le montrer à personne, pensant avec raison que, dans une affaire
aussi embrouillée, le secret le plus absolu était la première
condition du succès.

Avec les éléments qu'il possédait maintenant, il lui paraissait presque impossible de ne pas arriver assez vite à une
certitude, et il cherchait déjà dans sa tête à qui ces embryons
de renseignements pouvaient bien se rapporter parmi les
habitants du petit village de Charly, lorsqu'il lui vint à l'esprit une idée qui le jeta dans une véritable consternation,
car, si elle se trouvait juste, toutes ses espérances s'éva-
nouissaient du même coup.

— Et si cette lettre était de la femme du braconnier ? murmura Julien.

La supposition n'avait rien de trop invraisemblable, et il s'étonna même qu'elle ne se fût pas présentée plus tôt à son esprit. Si elle était fondée, plus de doute possible. L'assassin ne pouvait être que Robert.

En cherchant des preuves de l'innocence du singulier protégé de Gabrielle, l'avocat venait de mettre la main sur une pièce qui suffisait amplement à faire condamner cet intéressant personnage. C'était en vérité jouer de malheur.

Désolé maintenant de cette trouvaille qui, tout à l'heure encore, le transportait de joie, il regardait d'un air piteux l'écrit tout froissé, dont les lignes incomplètes contenaient peut-être un arrêt de mort. Il se mit alors à rapprocher les faits et à repasser dans sa tête tout ce qu'il savait de la chanteuse ambulante qui avait su inspirer tant de sympathie à mademoiselle de Brannes.

Le curé de Charly lui avait dit, la veille, que cette femme, avant de tomber si bas, avait vécu dans un monde avouable, qu'elle était d'une honnête famille et qu'elle avait été bien élevée. Dès lors, il se pouvait qu'elle écrivît correctément, et Julien trouvait même que les tournures un peu emphatiques et prétentieuses des deux lettres allaient à merveille avec le degré de valeur intellectuelle qu'il lui supposait.

Il fallait admettre, il est vrai, que cette virtuose du pavé connaissait la ménagère du père Ledoux et sa parenté avec Michel, mais la chose n'était point matériellement impossible. Si la chanteuse ne demeurait pas à Charly, elle avait pu y venir maintes fois pour exercer son industrie errante, et rien n'empêchait qu'elle se fût renseignée adroitement sur les habitants.

Le reste allait tout seul, car presque toutes les phrases tronquées semblaient présenter un sens très-conforme à la situation du braconnier Robert et de sa femme Eugénie. L'auteur de la lettre parlait de *son dévouement*, de *ses humiliations*, de *sacrifice* accompli ou à accomplir. Ces mots avaient dû venir naturellement sous la plume d'une pauvre créature tyrannisée et maltraitée depuis des années.

Il était question *d'une infamie* que, sans doute, il lui proposait de commettre. Rien de moins surprenant de la part d'un pareil chenapan.

Plus loin, venait une humble prière: on demandait *en grâce de quitter le pays.* Souhait très-explicable d'une malheureuse qui tremblait à tout instant de se voir compromise avec ses enfants dans une affaire criminelle.

Il n'était pas jusqu'à ces mots: « *Autrefois en Alsace,* » qui ne se pussent expliquer assez bien.

Michel était né à Colmar, ville de garnison pour la cavalerie. Robert, qui avait servi jadis dans un régiment de hussards, avait pu y rencontrer le garde, et c'était probablement à cette circonstance que sa femme faisait allusion.

Restait ce passage où il s'agissait de *secrets à arracher* a quelqu'un. Celui-là présentait un sens énigmatique, mais le reste était fort clair, ou du moins paraissait tel à M. de La Chanterie, qui perdait du coup tout espoir.

Comment se représenter jamais devant mademoiselle de Brannes pour lui montrer ce malheureux résultat de ses recherches? Elle était déjà assez portée à se moquer de ses succès de palais: que dirait-elle donc d'un avocat qui, pour son début dans la carrière, envoyait son client tout droit à l'échafaud?

Il n'avait garde de s'exposer à son ressentiment, qu'il redoutait beaucoup plus que ses railleries. Mieux valait cent fois garder par devers lui cette pièce accusatrice et même la brûler dès qu'il aurait acquis la certitude qu'elle venait de la chanteuse. Par malheur, sa conscience lui disait aussi que ce serait là un acte des plus graves; que nul n'a le droit de supprimer un document judiciaire, et que son devoir professionnel, à lui, l'obligeait à le produire pour éclairer les magistrats.

Julien commençait à s'apercevoir qu'on a toujours tort de se jeter dans les voies ténébreuses, et qu'il aurait beaucoup mieux fait de décliner la mission secrète à lui imposée par sa charmante cousine. Il finit pourtant par se dire que tout n'était pas encore irrévocablement perdu, qu'il fallait du moins comparer l'écriture de la femme du braconnier à celle de la lettre, et que le temps pouvait apporter de nouveaux éclaircissements à ce mystère.

Il en était là de ses réflexions et il venait de serrer le précieux fragment dans son portefeuille, quand il crut entendre derrière lui quelque chose remuer dans le taillis. Il se retourna vivement et il ne vit personne.

Il y avait un grand quart d'heure qu'il méditait, le dos appuyé au tronc d'arbre au pied duquel il venait de ramasser le papier, et il se croyait bien seul. Au milieu du jour, et par la chaleur qu'il faisait, il fallait avoir comme lui des motifs tout particuliers pour parcourir le bois de la Bélière, fort peu propre d'ailleurs à la promenade. Les sentiers y étaient rares et la seule allée droite qu'on y rencontrât longeait le mur du parc. C'était là que le comte plaçait ses invités quand il leur faisait les honneurs d'une battue au faisan, et la place était belle pour tirer. Mais l'autre partie du bois, la plus éloignée du château, n'était qu'un fourré très-épais où le gibier pouvait se remiser en toute sécurité, car M. de Brannes, grand chasseur et fort riche, n'exploitait pas ses coupes afin d'avoir de plus belles ouvertures en octobre, quand la plaine commençait à se dépeupler. Il n'y avait donc guère à pénétrer dans ces broussailles que les rabatteurs aux jours de chasse solennelle, et en tout temps les gardes pour en éloigner les braconniers.

Michel avait été frappé à l'endroit précisément où le taillis, plus clair-semé du côté du parc, cessait d'être facilement praticable, et Julien se trouvait placé tout près de la lisière où commençaient les buissons. Il pensa tout naturellement que le bruit qui venait de le tirer de sa rêverie était produit par quelque lapin regagnant son terrier ou par quelque vieux coq faisan troublé dans ses méditations. Cependant, il continua machinalement à prêter l'oreille, et il perçut bientôt des sons plus distincts et plus caractérisés.

Les branches craquaient faiblement et les feuilles sèches crépitaient sous un pas lourd et prudent qui n'était certainement point le pas d'un animal.

Julien avait l'ouïe très-fine, et il crut même reconnaître le grincement particulier des épines s'accrochant aux habits d'un homme qui se glisse sous un hallier. Il n'y avait plus à en douter, quelqu'un marchait tout près de lui, et marchait avec précaution pour qu'on ne l'entendît pas.

Cela lui parut étrange que ce promeneur cherchât à se ca-

cher en plein midi comme un maraudeur nocturne, et il se
demandait ce que cela voulait dire, quand tout à coup l'idée
lui vint qu'on l'épiait. Qui et dans quel but? Il ne le devinait
pas encore et il se tenait coi, attendant que le mouvement
se prononçât davantage. On continuait à cheminer doucement, mais au lieu de se rapprocher, le bruit semblait s'éloigner.

— Si c'était l'assassin, finit-il par se dire, l'assassin venu
là pour chercher la bourre compromettante qu'il se sera
souvenu d'y avoir perdue, l'assassin se sauvant parce qu'il
m'a vu. Mais alors... alors ce ne serait donc pas le braconnier.

Pour couper court à ses incertitudes, M. de La Chanterie
se mit à crier:

— Qui est là?

On ne répondit pas, mais les craquements redoublèrent
d'intensité et le pas s'accéléra sensiblement. Pour le coup,
c'était clair, l'homme avait des raisons majeures pour ne pas
se montrer, et il cherchait à prendre le large.

— Ah! cette fois, du moins, je saurai à quoi m'en tenir,
dit Julien en se jetant tête baissée dans les broussailles.

Il fallait être à l'âge où on ne doute de rien, et amoureux
par-dessus le marché, pour se lancer sans hésiter dans une
aventure pareille. Le fuyard, quel qu'il fût, n'était, selon
toute apparence, animé que de mauvais desseins; il se
pouvait donc fort bien qu'il eût sur lui des armes et qu'il
s'en servît plutôt que de se laisser prendre. Julien n'avait
pas même une canne pour se défendre, et, de plus, il était si
légèrement vêtu, que rien qu'en traversant le fourré, il exposait sa peau à de terribles accrocs. Rien ne l'arrêta, pas
même la perspective, fort dé-agréable pour un jeune et joli
garçon, de revenir de cette chasse à l'homme avec une joue
balafrée, un nez endommagé, voire même un œil crevé
par une ronce.

L'individu poursuivi s'était mis à détaler énergiquement,
et de ce moment commença une course effrénée. M. de La
Chanterie n'eut pas le dessous, en ce sens qu'il maintint sa
distance, au prix d'efforts inouïs et d'innombrables piqûres,
mais il ne réussit pas à gagner sur son adversaire. Il le sui-

vait *au jugé*, comme disent les chasseurs, c'est-à-dire qu'il se dirigeait sur le bruit, car le fourré trop serré l'empêchait de le voir.

Deux ou trois fois cependant, il aperçut un pan de blouse bleue arrêté au passage par les épines et aussitôt dégagé, mais ce fut tout. Le corps ne se montra point et encore moins la figure.

Julien, cependant, ne se décourageait pas Il avait remarqué que l'homme se sauvait du côté où le bois finissait au bord d'un pré d'une largeur très-respectable, et il se disait qu'une fois acculé à la lisière, le drôle serait bien obligé de débûcher et de se laisser voir en traversant ce vaste espace découvert.

Un garçon prudent aurait peut-être réfléchi que là justement était le danger et que le fuyard, forcé dans ses derniers retranchements, se retournerait contre le chasseur, comme un loup qui fait tête aux chiens. Mais Julien ne pensait qu'à obéir à Gabrielle, et Gabrielle avait dit: Il faut m'aider à prouver que le braconnier est innocent.

Julien redoubla donc d'efforts. Il ne doutait plus d'être sur la piste de l'assassin, ou tout au moins d'un complice de l'assassinat, et il était prêt à risquer sa vie pour voir le visage de cet homme.

Le moment décisif approchait, car cette poursuite enragée durait depuis dix minutes, sans avantage ni de part ni d'autre, et la prairie ne devait plus être bien éloignée. Le taillis devenait un peu moins serré, et Julien qui s'en aperçut, se réjouissait déjà de toucher au but, lorsqu'il crut remarquer aussi que le fuyard changeait de direction et obliquait à droite, c'est-à-dire vers la partie inférieure du bois. Bientôt il n'en douta plus, car le bruit venait maintenant des halliers qui couvraient la pente un peu plus bas.

Il se retourna de ce côté, quoique ce brusque crochet l'inquiétât un peu. Le drôle avait-il le projet de se faire battre ainsi par les buissons comme un chevreuil lancé et de lasser son adversaire par des détours répétés? Julien commençait à le craindre; mais, quoique déjà très-fatigué et encore plus essoufflé, il était bien résolu à tenir jusqu'au bout, c'est-à-dire tant que ses jambes pourraient le porter.

Heureusement, la chasse ne tourna point ainsi. Tout au contraire, le chassé prit un parti et se mit à descendre en ligne droite vers le bas du coteau.

Ce chemin-là devait le mener assez promptement au bord de la Marne, qui coulait au pied du bois de la Bélière. Il allait être encore obligé de débûcher; seulement, au lieu de se trouver dans la nécessité de traverser à découvert un pré très-étendu, il devait arriver sur une berge étroite. Là, il n'aurait plus que le choix entre une course sur un sentier assez fréquenté ou un saut dans la rivière, deux alternatives qui ne lui laissaient guère de chances d'échapper à Julien. Il comprenait sans doute le danger, car il accéléra encore son allure, probablement dans le but de gagner assez d'espace pour se donner le temps de disparaître à un détour du chemin de halage, avant que son adversaire fût sorti du bois. Il passait maintenant comme un boulet de canon à travers les massifs les plus serrés, et il bondissait comme un cerf par-dessus les plus hauts buissons. Encore quelques secondes, et il allait atteindre la lisière. Julien sentait bien que l'instant était critique, et il rassemblait toute son énergie pour tenter un effort suprême, comme un cheval de course qui se lance au dernier tournant pour rattraper avant le poteau d'arrivée un rival en avance de deux ou trois longueurs. Il prit un tel élan et il y alla avec tant d'ardeur, qu'il aurait très-probablement rejoint le fuyard au moment même où il arrivait sur la route. Mais, par malheur, au beau milieu d'un dernier saut plus prodigieux que tous les autres, son pied s'embarrassa dans une racine, et il tomba en avant et les bras étendus.

La chute fut d'autant plus rude que le terrain s'abaissait en pente très-rapide, et, pour comble de malencontre, le jeune et intrépide avocat alla s'étaler tout de son long sur un lit peu moelleux de chardons et de ronces. Peu s'en fallut qu'il ne s'éborgnât, et, s'il échappa à ce malheur, il n'évita point de douloureuses écorchures aux mains et à la figure.

Il conserva pourtant assez de sang-froid pour chercher à se relever prestement, mais ce n'était pas chose aisée. Les points d'appui qui se trouvaient à sa portée n'étaient que des branches flexibles et hérissées d'épines. Elles cédaient sous son poids quand il les saisissait, et il n'aboutissait qu'à se piquer odieusement les mains. Par surcroît, ses jambes s'étaient enchevêtrées dans le hallier, et plus il tentait de les dégager, plus les lianes piquantes s'y enroulaient comme des serpents revêtus de l'armure d'un porc-épic. On aurait dit que le diable s'en mêlait.

Et, comme pour achever de désespérer Julien, le bruit de la course enragée de l'homme poursuivi avait déjà cessé. Il était évident qu'il avait réussi à se tirer du fourré, et qu'il fuyait maintenant à toutes jambes sur un chemin uni.

Tout n'était pas perdu cependant, et il y avait encore chance de le rattraper en plaine, après l'avoir manqué au bois. Julien, surexcité par cet espoir, rua et se démena si bien, qu'il réussit enfin à rompre ses liens et à se remettre sur pied, non sans laisser aux broussailles des lambeaux de ses vêtements et même de sa peau. Alors, il se lança furieusement vers la lisière du taillis qu'il apercevait à quelques enjambées au-dessous de lui et que le fugitif venait à peine de franchir. Pour mettre toutes les chances de son côté, il commença même à crier de toute la force de ses poumons : Arrêtez ! Au voleur ! A l'assassin ! espérant ainsi avertir les passants, s'il s'en trouvait sur la berge, et les engager à prendre au collet le gaillard qui détalait si rondement. Il augurait assez bien de cet appel, car, dans tous les pays du monde, un homme qui se sauve est par cela même suspect, et il ne manque jamais, surtout en France, de gens disposés à arrêter leur semblable.

Il arriva donc, très-ému, mais pas du tout découragé, au bord du bois, et il sauta aussitôt au milieu du sentier, où l'attendait, hélas ! une déception colossale. A droite et à gauche, le chemin de halage s'allongeait, comme un interminable ruban jaune cousu à la robe verte de la berge, et se déroulait à perte de vue, sans accidents de terrain, ni détours, ni obstacles d'aucune sorte.

En face coulait la Marne, paisible et silencieuse, comme une honnête rivière qu'elle est, aux heures où les canotiers n'infestent pas ses eaux. Ni à droite, ni à gauche, ni en face, pas un seul être vivant ne se montrait dans ce paysage inondé d'une lumière aveuglante. On n'entendait d'autre bruit que le chant grêle des cigales célébrant à leur façon cette chaleur saharienne. Cela tenait en vérité du prodige. Le fuyard avait disparu sans laisser plus de traces de son passage qu'une ombre ou une vapeur, quoiqu'il fût assurément pourvu d'un corps, et même d'un corps très-solide et très-résistant, à en juger par la façon brutale dont il perçait les taillis.

Stupéfait, abasourdi, consterné, Julien se serait peut-être figuré qu'il avait rêvé, si ses mains et son visage en sang n'eussent attesté la désagréable réalité de cette bizarre aventure. Il eut beau rappeler son sang-froid, examiner le terrain et réfléchir à toutes les suppositions auxquelles se prêtait sa configuration, il n'arriva à aucune conclusion sensée.

La prairie commençait assez près de là, mais trop loin cependant pour que l'homme eût eu le temps de s'y jeter. Il y avait aussi le bois, où il aurait pu avoir l'idée de rentrer pour s'y tapir et y rester coi pendant que son ennemi courait après lui. Mais cette rentrée aurait nécessairement fait du bruit, et M. de La Chanterie se croyait parfaitement sûr de n'avoir rien entendu que des pas qui s'éloignaient sur la route plane.

Il allait pourtant se remettre bravement en quête dans le taillis, car il ne croyait pas aux fantômes, et il savait bien que le fugitif devait être caché quelque part; mais en suivant le fossé qui bordait le sentier, il aperçut bientôt des indices inespérés.

Au milieu d'une touffe d'orties apparaissait un paquet de vêtements sur lequel il se jeta avec l'empressement de Robinson se baissant pour vérifier l'empreinte d'un pied humain marqué sur le sable de son île. Ce paquet, évidemment fait à la hâte, se composait d'une blouse bleue et d'un pantalon de grosse toile pareil à ceux que les ouvriers à l'atelier portent par-dessus leurs habits de ville. Il y avait aussi un large mouchoir de coton à carreaux percé de deux trous

ronds symétriquement espacés. Ces misérables hardes
étaient criblées de déchirures qui ne laissaient aucun doute
sur l'usage récent auquel elles avaient servi. Le fuyard
s'en était certainement affublé pour courir le bois de la Bélière, et il venait de s'en débarrasser, peut-être afin de mieux
courir, ou, plus probablement, afin de faire peau neuve et de
dérouter les recherches. Le mouchoir, troué volontairement, avaient dû lui servir de masque pour se cacher la figure, tout en lui permettant d'user de ses yeux.

Julien se rappela même que ce procédé de déguisement
était assez souvent employé par les braconniers qui ne veulent pas être reconnus des gardes, et il se demanda s'il n'a-
vait pas affaire à un complice de Robert, le triste protégé de
mademoiselle de Brannes. Dans tous les cas, la découverte était
précieuse, et il était presque permis d'espérer qu'on retrouverait plus tard le marchand qui avait vendu ces loques ;
mais il s'agissait d'abord de rattraper leur propriétaire.

Ce rusé compère qui se transfigurait ainsi en un clin-d'œil
quand il se voyait traqué de trop près, n'avait certainement
pas pu s'enfuir bien loin, et il ne s'agissait que de le dépister
dans sa cachette. Le lieu se prêtait fort mal aux embus-
cades, puisque en dehors du bois le sol était partout ras
et uni. L'idée vint alors à Julien que le drôle avait pu se glisser
tout doucement dans la rivière et en descendre le cours en
nageant le long de la rive pour s'en aller aborder beaucoup
plus bas. En cette saison, l'entreprise n'avait rien d'impraticable et n'offrait d'autre désagrément que celui d'obliger le
nageur à se sécher au soleil avant de se remettre en route.

En se hâtant, M. de La Chanterie pouvait peut-être encore
le surprendre en pleine eau. Il ne perdit pas de temps, et,
laissant là cette défroque, il traversa vivement le chemin et
courut à la berge.

Il allait descendre en courant jusqu'au bord de l'eau, mais
à peine eut-il jeté les yeux au-dessous de lui qu'il s'arrêta,
cloué sur place par la surprise.

La berge de la Marne, en cet endroit, était coupée à pic
et surplombait presque les eaux tranquilles de la rivière ; mais
tout près de là, à dix pas en amont, elle s'abaissait en pente

douce jusqu'à former tout au bord du courant une petite esplanade gazonnée. Quelques aulnes au tronc noueux om-
brageaient de leur feuillage sombre ce recoin protégé sur ses
flancs par des touffes de roseaux pointus et tranchants
comme des sabres.

La place semblait aménagée tout exprès pour y rêver à
l'aise, pour y parler d'amour ou même pour y pêcher à la
ligne ; mais ce jour-là elle était occupée par un personnage
qui n'était ni un rêveur, ni un amoureux, ni un persécuteur
des goujons.

Assis sur un pliant, abrité par un immense parasol fiché
dans la terre molle, cet amateur de la belle nature avait devant lui une toile posée sur un chevalet, tenait de la main
gauche une palette et de la main droite un pinceau dont il
s'escrimait avec une ardeur sans pareille. Sa tête allait et
venait sans cesse, mue par ce mouvement automatique si familier aux paysagistes, obligés de regarder alternativement
leurs couleurs, leur tableau et le site qui leur sert de modèle.

Julien, qui le voyait à profil perdu, n'apercevait guère de
son visage qu'un bout de favori d'une nuance dorée, mais
il ne perdait pas un détail de son costume, et ce costume lui
paraissait d'une élégance et d'une fraîcheur irréprochables.

Un chapeau de paille très-fine, orné d'un ruban bleu, un
caban de laine blanche comme en portent les officiers d'A-
frique, un pantalon de coutil à raies, des guêtres pareilles
et des souliers vernis, composaient la mirifique toilette de
cet artiste, — un artiste comme on n'en rencontre guère en
plein vent. On aurait dit qu'il sortait d'une boîte, et cette
tenue ressemblait si peu à celle d'un *rapin* sérieux, qu'à
première vue elle inspira des soupçons à M. de La Chanterie.

C'était encore moins, il est vrai, celle d'un coureur des
bois, et il semblait insensé de supposer que ce peintre tiré à
quatre épingles sortait des taillis épineux de la Bélière. La
blouse et le pantalon de travail laissés dans le fossé du chemin n'étaient pas d'une telle consistance qu'ils eussent pu
faire office de cuirasse et préserver les beaux habits du monsieur bien vêtu. Et puis, les souliers vernis ! ils   seraient

restés dans les halliers, si leur propriétaire eût été l'homme
auquel Julien venait d'appuyer une si vigoureuse chasse.

D'un autre côté, quelle idée singulière avait ce paysagiste
de venir peindre d'après nature, au beau milieu de la journée, à l'heure où le soleil vertical écrase le site le plus mer-
veilleux en effaçant toutes les oppositions d'ombre et de
lumière !

Le jeune avocat n'était pas sans avoir fréquenté les artistes,
et il s'étonnait de ce choix excentrique ; mais, ce qui le
frappait surtout, c'était la coïncidence de cette rencontre
avec la disparition du fuyard. Un maraudeur en guenilles
s'évanouissait au moment où Julien allait le saisir. Un peintre habillé de neuf apparaissait tout juste à ce même moment et à peu près à la même place. Cela ne se passe ainsi
que dans les *Pilules du Diable* et autres féeries où l'on ne
voit que citrouilles changées en carrosses, et mendiants
transformés en princes par la grâce du machiniste. Ni les
rives quelque peu dénudées de la Marne, ni le fossé du chemin de halage ne pouvaient être soupçonnés de recéler des
trucs de cette force. M. de La Chanterie le savait bien, et
pourtant cet inconnu lui paraissait suspect.

Dans tous les cas, il fallait que le peintre fût très-absorbé
par sa peinture pour ne s'être point dérangé après le tapage
qu'on avait fait tout près de lui. Le bruit des branches cassées, celui des pas retentissants sur la route, et surtout les
cris poussés par Julien du fond des broussailles avaient dû
forcément attirer son attention, et il n'aurait pas bougé ! et
il aurait laissé à ce coquin le temps de changer de costume
sans daigner se déranger, alors qu'à cinquante pas de son
chevalet on appelait à l'aide, à l'assassin ! Quant à croire
qu'il n'avait rien entendu, la supposition n'était pas admissible une minute. Il fallait absolument se contenter de
penser que ce bel indifférent était doué d'un sang-froid ex-
ceptionnel, à moins qu'il n'y eût là-dessous quelque mystère.

Julien, qui penchait pour ce dernier avis, voulut en avoir
le cœur net. Il s'avança rapidement sur la berge, et, quand
il fut arrivé à peu près à la hauteur de l'endroit où travaillait
l'homme au chevalet, il se mit à l'appeler :

— Monsieur ! monsieur !

L'homme tourna la tête, mais sans se presser, et montra un visage frais et reposé, dont les traits n'étaient pas connus de M. de La Chanterie, quoiqu'il se souvînt vaguement de les avoir vus quelque part. Puis, après avoir toisé d'un coup d'œil celui qui l'interpellait, il haussa les épaules et se remit à la besogne de l'air le plus indifférent du monde.

Le procédé était leste et mit Julien en colère, alors qu'il aurait eu grand besoin de rester calme.

Il faut avouer que ce personnage en usait avec lui comme avec le premier polisson venu qu'on laisse passer son chemin sans lui répondre. Or, le neveu de M. le comte de Brannes avait toujours vécu dans un monde où il ne s'était point accoutumé à tolérer de semblables façons, et de plus, il avait naturellement le sang très-vif. Aussi oublia-t-il en un instant la poursuite, le fuyard et la lettre pour ne plus penser qu'à donner une leçon de politesse au manant qui se permettait de le traiter de la sorte. En trois enjambées, il arriva tout près de lui, et lui dit d'un ton rude :

— Monsieur, je vous ai déjà fait l'honneur de vous adresser la parole, et j'entends que vous me répondiez.

L'imperturbable paysagiste le regarda en face et se mit à siffler tout bas, mais il n'articula pas un seul mot, et il allait tourner le dos encore une fois, lorsque Julien exaspéré allongea la main pour le saisir au collet et le forcer à se lever. Aussitôt, avec une rare prestesse, ce silencieux individu fit passer son pinceau dans sa main gauche, et de la droite, restée libre, tira de sa poche un joli revolver à crosse d'ivoire, dont il dirigea le canon vers la poitrine de l'indiscret qui osait le déranger.

Peu s'en fallut que l'impétueux jeune homme ne se précipitât sur le brutal, car cet accueil à l'américaine ne fit que surexciter sa rage, et il tint à bien peu de chose que le territoire de Charly ne servît de théâtre à un nouveau drame aussi meurtrier que celui de la veille. Un éclair de bon sens montra à Julien le danger d'une lutte sans témoins et sans armes contre un sauvage si prompt à jouer du pistolet, et, par un effort suprême, il se contint.

8

— Monsieur, dit-il vivement, je ne vous donnerai point de prétexte pour m'assassiner, comme vous semblez en avoir fort envie, mais je vous jure que les choses n'en resteront pas là entre nous, et que vous me rendrez raison de votre insolence.

Cette fois, le peintre muet poussa une espèce de ricanement sec et, tout en remettant son revolver dans sa poche, il dit en scandant ses mots :

— Vous rendre raison, à vous ?

— Oui, à moi, monsieur. Pour qui me prenez-vous donc ? s'écria M. de La Chanterie stupéfait de ce début.

— Je vous prends pour un fou. Tout à l'heure, je vous prenais pour un mendiant ou pour un vagabond.

Cette froide réponse fit faire à Julien un retour sur lui-même. Qu'il eût l'air d'un fou, cela n'était que trop probable ; d'un mendiant ou d'un vagabond, cela se pouvait fort bien aussi : il n'eut, pour s'en convaincre, qu'à jeter un coup d'œil sur le délabrement de son costume.

L'intrépide chevalier de mademoiselle de Brannes avait parfaitement oublié qu'en cherchant à accomplir la tâche à lui imposée par l'enthousiaste Gabrielle, il s'était mis dans l'état le plus piteux. Ses habits en lambeaux avaient pris l'aspect pittoresque des guenilles que traînent si fièrement les gueux de Callot, et il était bien impossible de deviner qu'ils venaient de chez le bon faiseur. Son pantalon était taillé par le bas en dents de scie, sa jaquette avait des crevés sur les manches, comme un pourpoint du temps de François Ier, et, de ces deux chefs-d'œuvre du tailleur à la mode, il ne restait que de lamentables débris. Sa figure balafrée, ses mains écorchées, ses cheveux entremêlés de brins d'herbe et parsemés de feuilles comme la barbe d'un Sylvain, lui donnaient l'air d'un rôdeur des bois et même de quelque chose de pis.

Il dut s'avouer à lui-même que son premier abord n'avait pas dû inspirer grande révérence, ni même grande confiance à cet artiste si correct dans sa toilette. Cela fit qu'il radoucit un peu sa voix pour dire :

— Je conçois, monsieur, que le désordre où je suis vous

ait d'abord mis en garde contre moi, mais ma figure et mon langage suffisaient, je pense, pour vous tirer d'erreur, et quand je vous aurai dit mon nom...

— Je ne tiens pas à le savoir, interrompit le paysagiste qui s'était remis à la besogne avec plus d'acharnement que jamais ; je veux bien oublier le malentendu, puisque vous prétendez que c'en est un, mais je ne vois pas la nécessité de prolonger la conversation.

— Soit ! dit sèchement Julien, je ne tiens pas plus que vous à continuer cet entretien, mais j'ai un renseignement à vous demander, et je vous prie de me le donner sur-le-champ. Vous avez dû voir passer tout à l'heure un homme qui courait.

— Je n'ai vu personne, et cela par la très-bonne raison que je n'ai pas bougé de la place où je suis assis, à dix pieds au moins en contre-bas de la route qu'il est impossible d'apercevoir d'ici.

— Mais, au moins, vous avez dû l'entendre ?

— C'est possible, c'est même probable ; seulement, je n'y ait fait aucune attention, n'ayant pas plus de raisons pour m'occuper de ce passant que du cavalier dont j'entends là-bas trotter le cheval.

— Un cavalier ! s'écria Julien, il a peut-être rencontré l'homme.

— Ce cavalier vient vers nous, et, au train dont il va, il sera ici dans deux ou trois minutes, dit froidement l'artiste; je vous engage à lui demander des nouvelles de l'homme que vous cherchez, car, pour moi, je ne saurais vous renseigner en aucune façon.

Julien ne répondit pas plus qu'il ne bougea. Il écoutait le trot d'un cheval qui venait du côté de la prairie et se rapprochait rapidement, et il pensait l'arrêter au passage. Mais, quoique le paysagiste eût évidemment l'intention de couper court au dialogue, le jeune avocat ne l'en tenait pas quitte.

De cet homme, tout lui semblait suspect : sa manie de peindre en plein midi, son insolence exagérée d'abord, puis son indifférence affectée de ce qui se passait autour de lui.

C'était à croire, en vérité, que les hardes jetées dans le

fossé lui appartenaient, qu'il avait eu le temps de s'en débarrasser et de s'installer le pinceau à la main sur son pliant, pendant que son ennemi se débattait au fond du hallier où il avait si malencontreusement fait la culbute.

M. de La Chanterie l'examinait d'un œil soupçonneux, mais il avait beau chercher à surprendre dans quelque partie de son costume un désordre révélateur, il n'apercevait rien que de soigné, d'harmonieux, de correct. Le nœud de la cravate était intact, le linge ne faisait pas un pli, la peau n'avait pas une éraflure ; les cheveux et les favoris, soigneusement peignés, semblaient sortir des mains d'un coiffeur.

L'examen de la chaussure aurait suffi pour repousser tout soupçon d'une course à travers les broussailles. Ces escarpins dont le vernis miroitait au soleil, ces chaussettes de soie coquettement tirées n'avaient certes pas subi le contact des ronces. Un homme ainsi équipé n'était évidemment pas le fuyard du bois de la Bélière. Seulement, il se pouvait qu'il le connût et il importait de ne pas le lâcher avant de savoir qui il était, d'où il venait, et pourquoi il se trouvait là.

Le moment était bien choisi pour l'interpeller de nouveau, car le cavalier qui arrivait au grand trot devait arriver là tout à point pour servir de témoin à Julien et même pour lui prêter main-forte en cas d'altercation violente.

— Monsieur, reprit d'un ton ferme le jeune avocat, je ne manquerai pas de suivre votre conseil en interrogeant la personne qui va passer tout à l'heure ; mais, en attendant qu'elle soit là, je vous prie de m'expliquer comment il se fait que vous ne m'ayez pas entendu quand j'ai crié de toutes mes forces : A l'assassin !

— C'est que, sans doute, le vent venait de l'est, à contresens de votre voix, dit avec une évidente intention de raillerie, le peintre, qui semblait fort occupé à piquer des touches blanches dans le ciel un peu trop indigo de son paysage.

— Fort bien, mais il ne souffle plus maintenant, et vous entendez qu'il s'agit d'un crime.

— Bah ! vraiment ?

— Oui, d'un crime dont je viens de poursuivre l'auteur... ou le complice.

— Vous êtes donc un agent de police?

— Non, monsieur, mais tout honnête homme a le devoir d'aider la justice ; c'est ce que je fais en ce moment, et faute par vous de me seconder, j'aurais le droit de croire que vous prenez le parti de cet homme.

— Quel homme ?

— Celui qui est sorti précipitamment du bois, il n'y a pas un quart d'heure, et qui a dû passer tout près de vous.

— Je vous ai déjà dit que je n'avais rien vu, rien entendu, et que tout cela ne m'intéressait point, mais j'avoue que vous finissez par piquer ma curiosité. Quel forfait a donc commis ce pauvre diable que vous chassez comme un lièvre ?

— Un meurtre.

— Quoi ! on vient de tuer quelqu'un dans ce taillis ? à l'instant ?

— Non, c'est hier soir qu'on a tué quelqu'un, et pas de ce côté du bois. Mais le coupable est revenu aujourd'hui chercher une pièce de conviction qu'il avait eu l'imprudence de laisser à la place où il a frappé sa victime ; je l'y avais devancé ; je l'ai surpris au moment où il se glissait à travers les buissons, j'ai couru après lui, et j'allais l'atteindre, lorsque le pied m'a manqué...

— Savez-vous, monsieur, que votre récit commence à m'intéresser? dit le paysagiste d'un air très-sérieux. Puis-je vous demander ce que c'était que cette pièce de conviction si importante?

— Une lettre, monsieur, une lettre à lui adressée dont il s'est servi pour bourrer son fusil.

— Comment savez-vous cela?

— Je le sais, parce que je l'ai trouvée, cette lettre, parce que je l'ai, là, dans mon portefeuille, et je vous réponds que je parviendrai à en découvrir l'auteur, dussé-je faire écrire sous mes yeux tous les habitants de Charly les uns après les autres.

A ce moment, le cavalier que l'avocat avait oublié arrivait à portée et une voix se mit à crier :

— Julien !

M. de La Chanterie se retourna et vit son cousin, le capi-

taine Henri de Brannes, monté sur une magnifique jument
de demi-sang qu'il avait bien de la peine à mettre au pas.

— Que diable fais-tu là? reprit l'officier, et d'où sors-tu
donc? Tu ressembles à Frédérick Lemaître jouant l'*Auberge
des Adrets*. Qui t'a arrangé de la sorte? Est-ce qu'on a
voulu t'assassiner aussi?

Ravi du secours qui lui arrivait en la personne de son ami et
cousin, Julien allait répondre en lui soumettant le cas, mais
Henri ne lui en laissa pas le temps. A peine eut-il aperçu l'é-
légant paysagiste qu'il le salua avec une politesse marquée,
et, mettant aussitôt pied à terre pour l'aborder plus courtoisement, il prit son cheval par la bride et s'avança en disant :

— Pardonnez-moi, monsieur, je ne vous avais pas aperçu, je m'attendais si peu à vous rencontrer ici... mais j'en
suis d'autant plus heureux que je viens précisément de me
présenter chez vous.

— Je regrette, dit le personnage, que vous ayez pris inutilement cette peine. Je suis sorti ce matin de très-bonne
heure, et...

— Oh! je vous demanderai la permission de revenir, interrompit le bouillant capitaine, mais il faut d'abord que je
vous présente M. Julien de La Chanterie, mon cousin-ger-
main; à moins que vous ne le connaissiez déjà.

— C'est la première fois que le hasard me procure le
plaisir de voir monsieur.

— Alors, je suis charmé de l'occasion de le mettre en relations avec vous.

— M. de La Chanterie, avocat, docteur en droit, reprit Henri
en poussant par les épaules son jeune parent, qui se laissa
faire sans le moindre enthousiasme.

Et il ajouta, pour compléter les formules consacrées :

— M. Wassmann, officier au service de Sa Majesté l'empereur d'Autriche, et notre plus proche voisin.

— Quoi! s'écria Julien, c'est monsieur qui habite le pavillon des Sorbiers?

— Oui, monsieur, dit l'étranger en saluant, et, si j'avais
su avoir l'honneur de parler au neveu de M. le comte de

Brannes, je vous prie de croire que mon accueil eût été tout autre, mais je ne pouvais pas vous deviner sous ce costume.

— Parbleu! non, reprit Henri, et je n'y comprends rien moi-même. Voyons, cher ami, que t'est-il arrivé?

— Une chose étrange, répondit Julien en regardant M. Wassmann du coin de l'œil. Je me promenais dans le bois de la Bélière, à l'endroit où ce pauvre Michel a été assassiné. J'ai entendu marcher avec précaution, j'ai appelé, on ne m'a pas répondu et on s'est mis à fuir, j'ai poursuivi le fuyard, qui s'est fait battre longtemps dans le taillis et a fini par débûcher de ce côté, avant que j'aie pu le rejoindre.

— Et en sortant du bois, tu n'as vu personne?

— Personne, excepté monsieur.

— Comment?

— Mon Dieu, oui, dit en souriant M. Wassmann; j'étais là depuis une heure occupé à peindre un coin de cette charmante rivière, car j'ai la rage de gâter de la toile, et cette manie bien innocente a été cause que M. de La Chanterie m'a pris, je le crains bien, pour un grand criminel.

— En vérité? s'écria le capitaine. Ma foi! le quiproquo est drôle, mais il ne faut pas en vouloir à mon cousin. Cet abominable meurtre a fait perdre la tête à tout le monde au château, et nous ne rêvons plus qu'enquête, instruction criminelle et le reste. Julien, en sa qualité d'avocat, a pris la chose encore plus à cœur, et...

— Oh! monsieur n'a pas besoin d'être excusé, interrompit l'étranger d'un air tout à fait gracieux; mais il me semblait... je croyais avoir entendu dire que le coupable était arrêté.

— Oui, oui, nous le tenons, Dieu merci!

— Mais il peut avoir des complices, dit vivement Julien.

— Sans doute, appuya M. Wassmann, et on ne saurait trop les rechercher; mais on parviendra, je l'espère, à les saisir, car ce crime a indigné toute la population de Charly. Au moment où il s'est commis, à neuf heures, hier soir, je me trouvais par hasard dans un cabaret du village, et c'est en revenant chez moi que j'ai appris l'événement. Tous les braves gens que j'ai rencontrés dans la rue maudissaient l'assassin.

— Quoi ! monsieur, s'écria Julien, vous saviez qu'un des gardes de mon oncle avait été assassiné cette nuit, et tout à l'heure, quand je vous ai interrogé au sujet d'un homme qui se sauvait, vous avez refusé de me répondre ?

— Permettez-moi de vous faire observer, monsieur, dit doucement M. Wassmann, que je ne vous connaissais pas et que, de plus, vous m'avez interpellé dans des termes un peu vifs.

Ce changement de ton fit faire à M. de La Chanterie un retour sur lui-même. Un homme bien élevé n'est jamais indifférent à la modération du langage et à la courtoisie des formes, et Julien, si irrité tout à l'heure, en vint promptement à se demander s'il ne s'était pas mis dans son tort vis-à-vis de cet étranger. Cependant ce scrupule ne pouvait pas tenir longtemps contre le souvenir de la singulière attitude du châtelain-paysagiste au moment de leur rencontre.

Le jeune avocat prit le parti de se montrer plus réservé dans ses attaques, mais d'insister néanmoins pour avoir des explications catégoriques.

— Monsieur, dit-il poliment, mais froidement, je regrette de m'être laissé ainsi emporter par un mouvement d'impatience assez naturel, convenez-en. J'ignorais, moi aussi, qui vous étiez, et je ne pouvais certes pas le deviner, à la façon évasive dont vous me répondiez. Et même encore maintenant, je dois vous l'avouer, je m'étonne que vous m'ayez poussé à vous raconter en détail l'histoire de l'assassinat du garde de mon oncle, alors que vous la saviez parfaitement.

— Pardonnez-moi, répondit M. Wassmann sans s'émouvoir ; je n'en savais que ce que la rumeur publique m'en avait appris et les questions que vous me posiez n'étaient pas de nature à m'éclairer beaucoup. Vous me parliez tout à la fois d'une lettre trouvée par vous dans le bois, d'un homme qui se sauvait et qui avait dû passer par ici...

— Je suis sûr qu'il y a passé, interrompit Julien.

— Et moi, je suis sûr que je ne l'ai pas vu. Tout s'explique, d'ailleurs. Celui que vous poursuiviez a fort bien pu

uivre le chemin de halage ou se jeter dans le pré sans que
e m'en sois aperçu. J'étais tout entier à la recherche d'un
naudit ton qui ne venait pas et je ne m'occupais guère de ce
qui se passait derrière moi. Mais, j'y pense, si le fuyard
st allé de ce côté, M. de Brannes, qui en vient, a dû le rencontrer.

L'étranger désignait du doigt le bouquet d'arbres qui mas-
quait le pavillon des Sorbiers.

— Je n'ai rencontré personne, dit le capitaine, personne,
quoique j'aie fait le tour par la grande route.

— C'est donc que le drôle aura descendu le cours de la
Marne, reprit avec calme M. Wassmann. Il sera sans doute
entré à Paris par le chemin de fer.

— Je renonce à courir après lui, mais non à le retrouver
plus tard, car il a laissé des dépouilles qui aideront à le convaincre, quand on l'aura pris, dit Julien en appuyant sur la
dernière phrase.

— Je le souhaite de tout mon cœur, monsieur, et je suis
vraiment désolé de ne pouvoir prolonger un entretien qui
m'intéresse au plus haut point, mais j'aperçois là-bas
une voiture et je reconnais l'allure des deux trotteurs que
j'ai achetés l'an dernier au premier secrétaire de l'ambassade russe. C'est ma fille qui vient me prendre en passant pour m'emmener à Paris. Vous m'excuserez donc,
messieurs, de vous fausser compagnie, et vous me ferez, je
l'espère, le plaisir de venir un de ces soirs fumer un cigare
chez moi; j'en ai d'excellents qu'un capitaine de vaisseau
de mes amis a rapportés de la Havane, et je vous offrirai
aussi du *kümmel*, à moi envoyé de Riga par notre consul.

— Bien volontiers, répondit Henri de Brannes, en dépit
des coups de coude dont le gratifiait son cousin.

— Si je n'avais craint d'être indiscret, reprit tranquillement l'étranger, je me serais présenté depuis longtemps au
château de Chasseneuil; mais je vous prie, capitaine, de dire
à M. le comte, votre père, que je compte aller le saluer chez
lui dès demain.

— Mon père sera très-flatté assurément, balbutia le jeune
officier.

— Ma fille Catherine s'estimerait très-heureuse aussi d'entrer en relations avec mademoiselle de Brannes.

Cette fois, le capitaine n'osa pas formuler une approbation
bien nette, car il n'était rien moins que sûr du consentement
paternel, et il savait à merveille que sa sœur Gabrielle ne se
souciait nullement de voir mademoiselle Wassmann. Il se borna
donc à s'incliner en signe d'acquiescement, et ce, à la grande
indignation de Julien, qui ne partageait pas sa faiblesse pour
les hôtes du pavillon des Sorbiers. Du reste, cet intraitable
Julien eut aussi son lot, car l'étranger reprit, en s'adressant
à lui :

— Je serai charmé, monsieur, de vous rencontrer chez
M. de Brannes, ne fût-ce que pour vous prier de me renseigner sur les progrès de l'enquête. Je m'intéresse à cette
affaire et j'espère que, grâce à vous, le coupable sera puni
comme il le mérite.

La Chanterie rougit de colère et ne répondit que par une
espèce de grognement inarticulé que M. Wassmann feignit de
prendre pour un remerciment poli.

Cependant les trotteurs russes avaient dévoré l'espace, et
la voiture, une élégante et légère victoria bleu clair, venait
de s'arrêter avec une précision qui faisait honneur à l'habileté de son cocher. La mauvaise humeur de Julien n'alla pas
jusqu'à l'empêcher d'y jeter un coup d'œil, et il y vit une ravi-
sante personne. Nonchalamment étendue sur les coussins
et abritée sous son ombrelle blanche, mademoiselle Wassmann
lui parut cent fois plus jolie qu'il ne se l'était imaginé.
Il s'attendait à envisager une belle créature bien fraîche,
bien grasse et bien blonde, comme toutes les Allemandes, et
il admirait une grande et svelte jeune fille qui avait des
cheveux châtains, de grands yeux noirs et doux, un teint
pâle, des traits fins et réguliers, une physionomie expres-
sive et mélancolique. Ces grâces, assurément, ne se pouvaient comparer à la fière beauté et au charme pénétrant
de Gabrielle de Brannes, mais cependant Julien se sentait
déjà plus disposé à excuser les accointances de son cousin
avec le père de cette merveille étrangère.

M. Wassmann avait fait signe à un grand laquais assis à

côté du cocher, et le chevalet, la palette, les pinceaux, la toile, tout l'attirail, en un mot, du paysagiste, proprement et promptement emballés, étaient déjà enfermés dans un coffre placé tout exprès sous le siége.

Le maître de toutes ces belles choses ne jugea point à propos de procéder à des présentations en règle. Il se contenta de serrer la main au capitaine, d'adresser à l'avocat un salut plein d'aménité, et, après avoir pris place à côté de sa fille, il envoya aux deux jeunes gens un « au revoir, messieurs » qui parut à Henri plein de promesses, et que Julien trouva révoltant d'impudence. La charmante Catherine s'était à peine inclinée, mais ses yeux avaient brillé à travers les dentelles de son ombrelle et ce n'était pas M. de La Chanterie qu'ils regardaient.

La victoria fila comme une flèche et les cousins restèrent en face l'un de l'autre et assez embarrassés de leur contenance. Julien, qui avait la tête pleine de faits, de comparaisons, de raisonnements et de conjectures, sentait bien qu'il n'avait pas eu l'avantage dans son explication avec l'étranger. Henri se disait qu'il s'était beaucoup trop avancé en promettant à M. Wassmann un bon accueil au château paternel, non qu'il crût le moins du monde aux agissements ténébreux du personnage, mais parce qu'il savait que le comte n'entendait pas raillerie sur le chapitre des relations sociales.

C'était du reste un type assez complet d'étourdi que le capitaine Henri de Brannes, et, s'il était venu au monde cent ans plus tôt, il aurait fait très-bonne figure dans la maison militaire du roi Louis XV, où d'ailleurs plus d'un parmi ses aïeux avait servi jadis et laissé de brillants souvenirs. D'abord il possédait tous les avantages physiques de l'emploi : une taille élancée et mince à tenir dans un ceinturon d'enfant de troupe, une coupe de visage aristocratique, des yeux fendus tout exprès pour exprimer tour à tour la passion la plus tendre et la volonté la plus énergique, une main fine, un pied cambré, la force, l'adresse et la grâce. Puis, il avait l'esprit et la bravoure d'autrefois, du bon temps, l'esprit naturel et la bravoure

gaie; pas trace de ce travers moderne qu'on appelle *la pose;*
pas de tendance non plus aux exaltations sentimentales.

Généreux comme un vrai grand seigneur, amoureux de
femmes, de chevaux et de batailles, ce capitaine Charmant
était adoré de ses camarades et coté par ses chefs comme un
officier d'avenir; mais la vie d'aide de camp ne lui convenait
guère en temps de paix, et, en attendant l'occasion d'une
campagne, il n'avait encore fait à peu près que des sottises.
La plus grosse de toutes eût été assurément de se marier
contre le gré de son père, qui payait sans trop se faire prier
les dettes de jeu, fermait les yeux sur les duels et les amou-
rettes, mais n'aurait pas pardonné une mésalliance. Henri,
fort heureusement, n'en était pas encore là, et sa passion pour
la beauté germanique du pavillon des Sorbiers n'affectait
point ce caractère tragique : car, symptôme rassurant, elle
n'avait point altéré son humeur joyeuse.

— Dis donc, Julien, parions que tu n'as jamais vu une si
jolie femme, s'écria-t-il tout à coup en frisant sa longue moustache blonde.   .

— C'est possible, riposta Julien, mais je n'ai jamais vu un
homme qui me soit aussi antipathique que monsieur son
père.

— Bah ! il ressemble à tous les Allemands possibles et
imaginables. Vas-tu pas me soutenir que c'est un brigand
déguisé, comme tu le lui as dit tout à l'heure, ou peu s'en
faut ?

— Si je l'ai dit, c'est que j'ai des raisons pour le penser.
Tu parles de déguisement ; quand tu auras vu celui que j'ai
trouvé là-bas dans le fossé...

— Un déguisement ! Ces bottes-là en sont-elles? demanda
le capitaine en montrant du bout de sa cravache un objet qui
flottait sur l'eau.

Les fous ont quelquefois l'œil plus clairvoyant que les
sages, et le calme Julien n'avait point aperçu l'objet que son
étourneau de cousin venait de lui signaler. Cet objet, qui s'en
allait tout doucement au fil de l'eau, rasant le bord et s'arrê-
tant parfois dans les joncs, cet objet, fort impropre à la na-
vigation, était une botte à l'écuyère.

Le jeune avocat se précipita sur cette nouvelle pièce de conviction avec une ardeur qui fit rire aux éclats Henri de Brannes. Il lui fallut, pour la saisir, entrer dans l'eau jusqu'au genou, s'accroupir de la façon la plus grotesque et s'éclabousser outrageusement.

Par bonheur, Gabrielle n'était pas là pour contempler son cavalier bravant tout pour exécuter ses commandements, tout, même le ridicule, plus redoutable cent fois que les moulins à vent de don Quichotte.

L'intrépide Julien fut bien payé de ses peines. La botte était d'un cuir jaune et souple, et, selon toute apparence, de fabrication étrangère. Elle n'était point munie d'éperons, mais elle portait des traces nombreuses et récentes d'un contact répété avec des pierres pointues, des bois épineux et autres corps tranchants et piquants. Evidemment elle n'avait pas servi à monter à cheval, mais elle avait fait office de cuirasse pour protéger des jambes aventurées dans des chemins difficiles. Quelles jambes? Celles de M. Wassmann, sans aucun doute, et ainsi s'expliquait la fraîcheur immaculée des souliers vernis et des chaussettes en soie qui complétaient son costume d'amateur de paysages.

Pendant que Julien tournait et retournait en tout sens cette trouvaille bizarre, le capitaine riait à se tenir les côtes.

— C'est trop fort, disait-il entre deux éclats ; est-ce que tu as envie de collectionner les épaves de la cordonnerie, ou bien de jouer le rôle de Brasseur dans la *Vie Parisienne?*

Et il se mit à répéter, en imitant les intonations de l'acteur du Palais-Royal :

— *Ça, des bottes? ça, des bottes ?*

— L'autre ! il me faut l'autre ! s'écria Julien sans s'inquiéter le moins du monde des plaisanteries de son cousin.

L'autre n'était pas loin. Il la trouva enfoncée dans la vase à dix pas au-dessus de l'endroit où le peintre avait planté son chevalet. La paire complète avait dû être lancée là à toute volée, et dépareillée ensuite par le courant qui avait fini par en entraîner une. M. de La Chanterie revint avec ce singulier trophée, plus content que s'il eût rapporté les dépouilles d'un géant félon occis de sa main pour les beaux yeux de Gabrielle.

— Voyons, mon petit Julien, lui dit Henri après s'en être donné à cœur joie de pouffer, apprends-moi, je t'en prie, ce que tu veux faire de ces vénérables chaudrons.

— Viens, tu vas le savoir, répondit Julien de l'air le plus sérieux.

Il remonta sur la berge, traversa le chemin et descendit dans le fossé qui traversait le bois. Le capitaine, tirant son cheval par la bride, le suivit et vit qu'il jetait les bottes sur des hardes en loques.

— Tu avais deviné tout à l'heure, j'apporte le reste du déguisement. Tu vois ces guenilles. Eh! bien, l'homme que j'ai poursuivi à travers le taillis s'en était affublé pour ne pas être reconnu ; il s'est déshabillé ici en un tour de main et débotté sur le bord de la Marne. Est-ce clair ?

— Clair tant que tu voudras. Je ne nie point qu'un mauvais drôle de braconnier, un complice de l'assassin si tu veux, t'ait fait courir et se soit moqué de toi, mais jamais je ne croirai qu'un gentleman, orné de plusieurs millions, s'amuse à tuer les gardes de mon père et à jouer les Fra Diavolo dans le département de la Seine.

Julien aurait eu bien des choses à répondre à son cousin, mais il comprenait de reste que les charmes de mademoiselle Wassmann influenceraient toujours assez Henri pour l'empêcher de se rendre même à l'évidence, et, au lieu de chercher à le convaincre, il aima mieux se contenter d'en tirer quelques renseignements utiles. Il s'affermissait d'ailleurs de plus en plus dans sa résolution d'agir seul, sans auxiliaire et sans confident. Il jugea même qu'il serait prudent de ne pas montrer au capitaine la lettre qui avait servi à bourrer le fusil du meurtrier, et il la garda dans sa poche.

— Mon cher Henri, dit-il avec un calme qui n'était pas dans son cœur, je n'ai pas plus que toi maintenant l'envie d'accuser M. Wassmann. Sa fille est, parbleu ! bien trop jolie pour avoir un père scélérat. Seulement je tiens une piste que je veux suivre jusqu'au bout.

— Quelle diable de vocation as-tu donc pour la police ?

Pourquoi ne pas rester en repos, puisque ce gredin de braconnier est pris ?

— Parce que je suis sûr qu'il a des complices, un au moins.

— Eh bien ! que t'importe ? C'est l'affaire des juges, des greffiers et autres porte-robes.

— C'est aussi un peu la nôtre, car mon oncle attache une grande importance à ce qu'il soit fait un exemple, et je lui ai promis de suivre cette affaire.

— A ton aise, cher ami, pourvu que tu ne voies pas des coupables partout, pourvu surtout que tu ne jettes pas de pierres dans mon jardin, c'est-à-dire par dessus les murs du pavillon des Sorbiers.

— A Dieu ne plaise ! mais dis-moi, Henri, tu es donc pris sérieusement ?

— Tout ce qu'il y a de plus sérieusement, mon cher. Elle est assez jolie pour qu'on en soit amoureux tout de bon.

— Oh ! d'accord. C'est une vraie merveille de beauté et même de grâce, ce qui est plus rare et ce qui vaut mieux. Mais... tu n'as pas d'engagement, je suppose ?

— Cela dépend. De quelle espèce d'engagement parles-tu ?

— Je te demande s'il a été question de mariage entre toi et cette charmante personne, si tu comptes demander un jour ou l'autre sa main à monsieur son père, en un mot, si tu es assez épris d'elle pour vouloir l'épouser.

Le capitaine, avant de répondre, mordit sa moustache et fouetta son pantalon avec sa cravache. Evidemment la question l'embarrassait.

— Sais-tu, mon petit Julien, dit-il enfin, que tu tournes décidément au juge d'instruction ? Tu deviens précis et catégorique comme un article du code. Comment diable ! veux-tu que je te dise au juste où j'en suis avec mademoiselle Wassmann, quand je n'en sais rien moi-même ? Où as-tu pris qu'au début d'une passion quelconque, on se préoccupe du dénoûment qu'elle aura ? Ah ça, tu n'as donc jamais aimé que des couturières ?

La Chanterie n'aurait pas été embarrassé de prouver qu'il plaçait mieux son cœur, mais il se défiait de la discrétion du capitaine, et surtout il lui répugnait de mêler à cette conversation le nom de Gabrielle. Il éluda la difficulté en entamant une série de sages remontrances, moyen détourné d'atteindre son but, qui était de se renseigner sur M. Wassmann.

— Je ne te demande pas cela par curiosité, reprit-il, mais parce que je crains fort qu'au cas où il te prendrait fantaisie d'aller jusqu'au mariage, ton père n'apprécie pas suffisamment l'honneur d'une pareille alliance.

— Elle ne serait pas si à dédaigner pourtant, car on ne trouve pas tous les jours un aussi riche parti.

— Voilà une raison que le comte de Brannes ne goûtera guère.

— Au surplus, nous n'en sommes pas là, et il se peut que les choses tournent tout autrement.

— Ce serait encore pis ; mais il me semble qu'elles sont plus avancées que tu ne parais le croire. M. Wassmann n'a-t-il pas annoncé pour demain sa visite à Chasseneuil ? N'a-t-il pas parlé même de présenter sa fille à ta sœur ?

— Et bien ! quand il le ferait ? quand il viendrait au château ? je n'y vois pas d'inconvénient.

— J'ai de fortes raisons de penser que mon oncle et ma cousine ne sont pas de ton avis.

— Et pourquoi ?

— Mais parce qu'ils sont, comme toi, comme moi, d'un monde où on tient à connaître à fond les gens qu'on reçoit. Voyons, Henri, franchement, où as-tu rencontré cet étranger et quelle garantie peux-tu fournir de son honorabilité ?

— Mon cher, dit vivement le jeune officier, je te prie de croire que je ne verrais pas M. Wassmann, si je n'étais parfaitement renseigné sur son compte. Il a été présenté cet hiver à mon cercle, où on est horriblement difficile sur les admissions, et il n'a pas eu contre lui une seule boule noire. Notre président avait pris des informations à l'ambassade. M. Wassmann a été major dans l'armée autrichienne, dans un régiment de cuirassiers, à ce que je crois. Il a quitté le service tout récemment pour s'occuper de la gestion de son immense fortune. Il possède des mines en Bohême, des terres en Moravie et des capitaux partout. Il est veuf et n'a qu'une fille, laquelle est ravissante, comme tu viens de le voir. Enfin, il est gentilhomme de vieille race.

— Vraiment ? avec ce nom de bottier ?

— Que fait le nom ? Tu n'as pas la prétention, monsieur l'avocat, de savoir par cœur l'armorial de la noblesse allemande ?

— Non, mon cher ami, et j'accorde très-volontiers que cet étranger a tous les avantages que tu viens de m'énumérer, y compris celui de remonter aux croisades. Peut-être sera-t-il moins facile de convaincre ton père et ta sœur, et....

— Bon, je m'en charge. Mais que diable fais-tu là ?

— Je ramasse toute cette défroque et je vais l'emporter chez moi en souvenir de ma chasse à l'homme.

— Tu pars donc ?

— Je ne me soucie pas de me montrer au château fait comme je le suis. Je vais prendre le train et je reviendrai pour dîner. Ne parle pas de tout cela à mon oncle. C'est inutile.

— Ni à Gabrielle non plus, sois tranquille.

— Ah ! à propos, M. Wassmann a-t-il un domicile à Paris ?

— Oui, parbleu ! un magnifique hôtel, rue de Presbourg, 44.

— Je te demande cela parce qu'il pourrait peut-être me donner un renseignement dont j'ai besoin aujourd'hui même.

— Il te le donnera, s'il le peut, car c'est, quoi que tu en penses, un très-galant homme, dit le capitaine qui venait de remonter à cheval.

Et il piqua des deux en criant à son cousin :

— Bonne chance, chercheur de pistes ! Et à ce soir !

CHAPITRE V

Huit jours s'étaient écoulés depuis l'assassinat du garde, et le calme était revenu dans le village, que cet affreux événement avait troublé pour toute une semaine. On en parlait encore au café du *Grand-Vainqueur*, entre deux parties de domino, mais la politique commençait à reprendre le dessus dans les conversations des habitués.

Il est vrai que, pendant les premières soirées, ils s'en étaient donné à cœur joie de gloser sur les opérations de la justice et qu'ils avaient épuisé tous les commentaires et ressassé toutes les conjectures. A ce point que mademoiselle Rose, avec sa nature de sensitive, avait eu beaucoup à souffrir d'entendre, bien malgré elle, les dissertations du légiste Verduron sur les terribles effets du Code pénal et les détails de l'autopsie dix fois expliqués par le savant Digonnard.

L'infortunée demoiselle en était venue à supplier ces messieurs de ménager ses nerfs et de parler un peu moins souvent de dissection, de bagne et de guillotine.

Après s'être moqués de ce qu'ils appelaient sa sensiblerie, ils avaient fini par écouter sa prière d'autant plus volontiers, que leur opinion était faite sur cette grave affaire. La culpabilité du braconnier n'était plus mise en doute par personne, et on s'accordait même à louer la façon dont le brigadier avait mené l'enquête. Seulement, le rigide pharmacien avait pris texte du crime pour déclamer contre la loi sur la chasse, qu'il qualifiait de féodale et qu'il accusait de pousser les prolétaires à la révolte. Mais mademoiselle Rose n'avait pas retrouvé la paix du cœur. Elle maigrissait à vue d'œil et se plaignait de rêves affreux qui troublaient son sommeil.

C'était principalement à son amie Jacqueline Ledoux qu'elle faisait ses tristes confidences. La femme du maraîcher n'avait pas sujet non plus d'être gaie, et la mort funeste de son cousin Michel lui avait porté un coup dont elle ne s'était pas encore relevée. Elle ne se consolait point d'être arrivée trop tard, en cette fatale soirée, et ne tarissait pas en récriminations contre le sort, qui s'était plu à accumuler les obstacles pour l'empêcher d'avertir à temps le malheureux garde. Jacqueline avait encore d'autres sujets de chagrin, car son mari ne se montrait pas très-bienveillant pour l'enfant de l'hospice. Dans un premier mouvement de colère, il avait même déclaré qu'il allait le renvoyer à Paris, et il ne s'était radouci que sur la promesse formelle de la ménagère de rendre le petit à l'administration si on n'en pouvait tirer, après un mois d'essai, aucun travail utile.

Marcel, cependant, se montrait doux, intelligent et plein de bonne volonté; il avait commencé par tailler des rosiers et par arroser les fleurs, mais les forces lui revenaient à vue d'œil et il pouvait déjà bêcher un peu les plates-bandes. Le bon curé ne manquait guère de venir voir tous les jours son jeune protégé; il s'émerveillait de ses progrès, et il s'attachait à lui de plus en plus, mais ses efforts tendaient surtout à le faire rentrer en grâce auprès du père Ledoux. Le bonhomme, dont la fréquentation de Vétillet et consorts avait quelque peu gâté l'excellent naturel, n'avait pas vu d'abord d'un très-bon œil les visites de M. Jean. Il se piquait de libre pensée, comme on sait, et n'aimait pas les prêtres; mais celui-là parlait si simplement et avait le regard si franc, que le père Ledoux ne lui tint pas longtemps rigueur.

Le curé de Charly ne cherchait point à convertir son paroissien récalcitrant; seulement, il entendait fort bien le jardinage, il était en état de donner de bons conseils sur toutes sortes de sujets, et il ne les épargnait pas. D'où il arriva que, peu à peu, le maraîcher s'accoutuma à recevoir M. Jean et même à prendre plaisir à ses conversations, ce qui lui valut force brocards de son ami le pharmacien.

Digonnard eut beau lui dire que ces gens-là se fourraient partout, lui citer les vers de La Fontaine :

Laissez-leur prendre un pied chez vous.
Ils en auront bientôt pris quatre,

le père Ledoux répondit qu'il serait toujours temps de fermer sa porte au curé si jamais il abusait de son hospitalité. Digonnard essaya d'insinuer que M. Jean était soudoyé par l'administration des hôpitaux pour lui conseiller de garder chez lui *ce déplorable fruit du vice de la capitale*, — c'était le jeune Marcel qu'il désignait par cette pompeuse périphrase, — Ledoux déclara que l'accusation n'avait pas le sens commun, attendu que le curé vi··· ··· pauvrement et non comme un homme soudoyé · ·j·ut· r·ème, qu'à sa connaissance, M. Jean s'imposai· ··· plus dures privations pour secourir les pauvres, sur · ·oi le pharmacien s'écria avec indignation que faire l'aumône, c'était encourager la mendicité.

En fin de compte, Digonnard avait été battu, et le brave jardinier continuait à bien accueillir M. Jean, et même, sous l'influence de ses conseils, il commençait à prendre à gré le pauvre enfant de l'hospice.

Les choses en étaient là le lundi de la semaine qui suivit celle du crime. Le matin de ce jour, le curé de Charly, qui avait reçu la veille une assignation pour se rendre à Paris au cabinet du juge d'instruction, était venu de très-bonne heure faire une courte visite à Marcel, et il avait eu l'agréable surprise de trouver chez la mère Ledoux, Antoine Cormier, l'ébéniste du faubourg Saint-Antoine. Ce n'était pas la première fois qu'il le revoyait depuis leur rencontre dans l'omnibus de la Madeleine à la Bastille, car, dès le lendemain du meurtre de Michel, M. Jean avait eu l'occasion de recourir de nouveau au brave ouvrier dont il s'était fait un ami. Ayant obtenu sous sa propre responsabilité que la femme du braconnier resterait libre, le bon curé avait pensé tout de suite à l'établir dans la maison de la rue de Charonne en la recommandant au ménage Cormier.

Ce charitable projet fut presque aussitôt exécuté que conçu.

M. Jean était connu à Paris de quelques familles riches et pieuses auxquelles il lui suffisait de signaler une infortune pour en obtenir immédiatement les moyens de la soulager. En vingt-quatre heures, un logement décent était loué et meublé pour la pauvre chanteuse et ses enfants, au cinquième étage du corps de logis dont les Cormier occupaient le rez-de-chaussée.

La connaissance fut bientôt faite et la malheureuse créature retrouva des amis, presque une famille. Elle savait broder dans la perfection. Le jour même, toujours par les soins de M. Jean, elle reçut des commandes de broderie et put gagner sa vie et celle des siens. Le curé de Charly était donc rassuré sur son sort présent, mais il lui tardait de connaître plus complètement le passé de sa protégée, avant de s'occuper d'assurer son avenir définitif, et, depuis les premiers événements, il n'avait pas eu le loisir de s'absenter un seul jour. On peut juger s'il eut du plaisir à rencontrer chez la mère Ledoux Antoine Cormier qui, sans aucun doute, lui apportait des nouvelles de la rue de Charonne. L'ouvrier venait tout justement d'arriver par le premier train; il en était encore avec Jacqueline et Marcel aux compliments de bienvenue, quand M. Jean entra. Sa figure s'éclaira dès qu'il l'aperçut, et il vint à lui les deux mains ouvertes.

— Faut pas m'en vouloir, si je suis pas allé chez vous tout droit, monsieur le curé, dit-il en échangeant avec M. Jean une étreinte cordiale; j'avais promis à ma femme et aux mioches que ma première visite serait pour le petit.

— Et pourquoi *que* vous ne les avez pas amenés, votre femme et vos mioches? s'écria Jacqueline.

— Louise ne peut pas quitter la maison *de* ce moment-ci, répondit l'ouvrier avec un air triste qui n'échappa point au curé.

— Ça sera donc pour lundi prochain, si l'ouvrage ne presse pas trop, et, en attendant, vous allez manger la soupe avec nous. Pierre n'est pas encore revenu de la halle, mais il sera ici dans une heure, et *ben* content de vous voir.

— Pas moyen, m'ame Ledoux, dit Cormier, pas moyen pour aujourd'hui, vu que j'ai affaire tantôt chez un fabricant

du faubourg. Je ne suis venu ce matin que pour parler à
M. le curé, mais, soyez tranquille, nous reviendrons dans la
semaine, car, malheureusement, ce n'est pas l'ouvrage qui
nous retiendra.

— Avez-vous quelque chose de pressé à me dire, mon
ami? demanda à demi-voix M. Jean.

— Oh ! c'est de la part de cette pauvre femme, et ce ne
sera pas long; seulement...

— Si c'est des secrets, je m'en vas, interrompit Jacqueline,
justement j'ai affaire dans le jardin avec le petit.

Et elle emmena Marcel sans attendre la réponse de ses
hôtes.

— Est-ce que vous m'apportez de mauvaises nouvelles de
cette malheureuse famille? dit vivement le curé.

— Non, non; les enfants se portent comme des charmes,
et la mère n'est pas malade, car elle travaille jour et nuit,
mais elle veut absolument vous voir tout de suite et,
comme elle n'osait pas vous écrire, elle m'a tant prié de
venir, que je n'ai pas pu la refuser.

— Cela se trouve à merveille, puisque je suis précisément appelé à Paris aujourd'hui; mais savez-vous ce qu'elle
peut avoir à me dire?

— Ma foi, non. J'ai dans l'idée pourtant qu'il s'agit de son
gueusard de mari, car il faut que vous sachiez qu'elle ne
pense qu'à lui et qu'elle ne parle que de lui. Nous avons
beau la raisonner, Louise et moi, elle nous soutient *mor-
dicus* qu'il est innocent, qu'il a mauvaise tête, mais qu'il a
bon cœur, que c'est une injustice de l'avoir mis en prison, et
que si les jurés ne se laissent pas entortiller, il sera acquitté.

— Hélas ! je crains bien qu'elle ne se trompe, murmura
M. Jean.

— Moi aussi; mais, que voulez-vous? je n'ai pas le courage de la contredire; ma femme encore moins; si bien
qu'elle se met un tas de chimères dans la tête. Croiriez-
vous qu'elle sort régulièrement tous les matins et toutes les
après-midi pour s'en aller regarder les murailles de Mazas?
Elle ne nous l'avoue pas, mais Louise l'a surprise deux ou
trois fois rôdant par là, et tenez! je parierais que si elle

tient tant à vous parler, c'est pour que vous lui fassiez obtenir la permission de voir son homme au parloir.

— Ce sera bien difficile, et je ne sais pas même s'il faut le souhaiter, car, dans l'état d'exaltation où elle est...

Le curé fut interrompu par le bruit de la porte qui s'ouvrit avec violence. C'était mademoiselle Rose qui entrait, mademoiselle Rose agitée, éperdue, mademoiselle Rose encore plus émue et plus troublée peut-être que le soir de la visite de M. Wassmann au café du *Grand-Vainqueur*.

Antoine Cormier n'avait jamais vu mademoiselle Rose, et le curé la connaissait à peine pour l'avoir rencontrée une ou deux fois chez Jacqueline Ledoux. Ils ne comprirent donc rien à cette entrée en tourbillon et encore moins à l'agitation qui se peignait sur les traits de la vieille fille. L'ouvrier crut avoir affaire à une folle, et M. Jean, mieux édifié sur l'état mental de cette intéressante personne, pensa que le feu était au *Grand-Vainqueur* ou qu'un nouveau crime venait d'être commis dans le village. Du reste, ils n'eurent pas le temps de questionner la demoiselle : car la scène se passait dans une salle ouverte sur le jardin, et la mère Ledoux, qui était occupée à écheniller ses rosiers, aperçut sa voisine et se hâta d'accourir. L'enfant la vit bien aussi, mais il montra beaucoup moins d'empressement ; il détourna les yeux et se remit à sa besogne qui consistait pour le moment à sarcler un plant de fraisiers.

— Seigneur, mon Dieu ! qu'est-ce que vous avez, mam'zelle? cria la bonne Jacqueline ; vous v'là pâle comme un linge. Est-ce qu'il y a une révolution? ou bien *c'est-il* que M. le maire va faire fermer votre établissement?

— Ah ! m'ame Ledoux, si ce n'était que ça ! soupira la demoiselle.

— Que ça ! mais vous me tournez le sang ! quoi donc, alors ?

— Bien pis, m'ame Ledoux. Croiriez-vous que Piédouche, le gendarme, vient de m'apporter un papier où il est dit que je suis citée devant le juge pour l'affaire...

— Quelle affaire ?

— L'affaire de ce... du braconnier qui a tué votre cousin.

— Pas possible !

— C'est comme je vous le dis, car c'est écrit sur le papier avec mon nom en toutes lettres.

— Eh ! *ben*, mais c'est pas une raison pour vous mettre comme ça dans tous vos états.

— Comment, pas une raison ! vous ne comprenez donc pas que c'est épouvantable pour une pauvre femme qui n'a jamais rien eu à se reprocher ? Ah ! mon Dieu, quand j'y pense ! aller devant la justice après trente et un ans d'une vie pure !

L'émotion de mademoiselle Rose ne l'empêchait point de se rajeunir d'une dizaine d'années, mais cette émotion n'en était pas moins réelle et si vive, que M. Jean s'en étonna.

— Mais, mademoiselle, dit-il doucement, c'est en témoignage que vous êtes appelée, et il n'y a rien dans ce fait qui puisse nuire à votre réputation.

— Ah ! monsieur le curé, pensez donc ! moi qui suis si timide ! je n'oserai jamais et bien sûr que je m'évanouirai au lieu de répondre.

— Pourquoi ? demanda M. Jean, qui ne put s'empêcher de sourire de cette timidité quadragénaire; le juge qui vous interrogera n'a rien d'effrayant; je l'ai vu déjà deux fois dans son cabinet et je puis vous assurer que c'est un homme très-doux et très-bienveillant.

— Ah ! je voudrais l'espérer, soupira la demoiselle; mais ce n'est pas encore tant cela qui me tourmente.

— Il me semble cependant que vous n'avez rien autre chose à redouter.

— Sans doute, seulement, je me demande sur quoi on va m'interroger.

— Au fait, il est assez singulier que vous soyez citée comme témoin : car vous n'avez pas, que je sache, assisté à cet affreux événement.

— Je n'ai pas bougé de mon comptoir de toute la soirée; madame Ledoux et mes clients sont là pour le dire.

— Et vous ne connaissez pas l'accusé ?

— Moi ! que le bon Dieu m'en préserve, de connaître un

pareil gredin! s'écria la vieille fille avec une indignation véhémente.

— Alors, dit M. Jean, je ne m'explique pas trop... à moins qu'il ne s'agisse de la lettre anonyme que madame Ledoux vous a montrée, je crois.

— Oh! non, car madame Ledoux n'est pas appelée.

— Ça, c'est vrai que je n'ai pas reçu de papier, dit Jacqueline; et pourquoi *que* j'en recevrais? puisque j'ai tout conté au juge quand il est venu à Charly, même que son greffier a tout couché par écrit.

— Et ce qu'il y a de plus extraordinaire, reprit mademoiselle Rose, c'est que tous ces messieurs sont mandés aussi pour aujourd'hui, M. Digonnard, le pharmacien, M. Vétillet, l'adjoint, M. Verduron, M. Cruchot, enfin tous mes habitués.

— Raison de plus pour ne pas vous inquiéter, ma chère demoiselle, dit gaiement le curé; vous comparaîtrez en bonne compagnie et je puis même vous apprendre que je me rencontrerai probablement avec vous dans le cabinet ou au moins dans l'antichambre de M. le juge d'instruction, car je suis cité pour deux heures...

— Comme moi, comme ces messieurs.

— Mais j'ai d'autres affaires à Paris, reprit M. Jean, et je vais prendre congé de madame Ledoux, afin de ne pas manquer le train.

— Et je pars avec vous, monsieur le curé, dit Cormier.

La paysanne essaya bien de retenir ses hôtes, mais ils lui firent comprendre qu'il s'agissait de choses trop importantes pour qu'il leur fût permis de s'attarder. Marcel embrassa ses deux amis, et on se quitta avec force promesses d'un prompt retour d'une part et, de l'autre, avec force exclamations de Jacqueline et force doléances de mademoiselle Rose sur la redoutable épreuve qu'elle allait être forcée de subir.

De la maison Ledoux à la gare, il n'y avait pas loin; le curé et l'ouvrier, qui marchaient tous deux d'un bon pas, arrivèrent juste pour le passage du train et n'eurent que le temps de grimper sur l'impériale. La matinée était superbe et il faisait déjà très-chaud. Les deux voyageurs ne furent donc pas fâchés de choisir les places où on jouissait du grand air, sans parler de la petite économie réalisée en prenant les secondes, économie que ni l'un ni l'autre n'était en situation de dédaigner.

— Je suis vraiment un peu surpris de toutes ces citations pour le même jour et la même heure, dit M. Jean pendant que la locomotive commençait à souffler. Il se pourrait bien qu'il fût survenu quelque incident dans l'instruction, et Dieu veuille que ce soit en faveur de ce malheureux !

— Ma foi ! monsieur le curé, s'écria Cormier, je plains sa femme, mais, lui, je ne le plains pas.

— Il faut toujours plaindre ceux qui souffrent, même quand ils ont mérité de souffrir.

— Je ne dis pas non; seulement, je ne peux pas m'empêcher de penser qu'il y a de braves ouvriers qui ont travaillé toute leur vie sans faire tort à personne, et qui tombent dans la misère, et qui finissent par crever de faim, pendant qu'un chenapan comme celui-là trouve de bonnes âmes pour s'intéresser à lui.

— Beaucoup moins qu'à vous, assurément, mon cher Cormier, s'empressa de dire M. Jean.

Le brave ouvrier n'avait pas coutume de s'exprimer avec tant d'amertume et le curé, frappé de ce changement, voulut en connaître la cause.

—. Auriez-vous quelque chagrin grave, mon ami ? lui demanda-t-il avec une douceur infinie. Vous me semblez aigri, irrité...

— Dame ! il y a bien de quoi. Une facture de trois mille cinq cents francs qui me revient impayée, une facture de meubles livrés pour l'exportation... allez donc courir après !

— Plaie d'argent n'est pas mortelle, et, lorsque comme vous un ouvrier est arrivé à l'aisance par son travail et sa bonne conduite, il est, Dieu merci, assuré à tout jamais contre la misère.

— Ah ! monsieur le curé, on voit bien que vous ne connaissez pas le faubourg. Assuré contre la misère ! ah bien ! n'y en a pas de ces assurances-là dans notre état.

— Pourtant, il me semblait…

— Tenez ! voulez-vous savoir comment ça se passe ? Je vas vous le dire, moi. Vous faites de bonnes affaires pendant un an, deux ans, et vous mettez de côté pour les mauvais jours, tout en vivant bien. C'est superbe, et on croit que ça durera toujours. Patatras ! un beau matin, v'là la politique qui s'en mêle ou bien une crise commerciale, comme les banquiers appellent ça, et alors rien ne va plus. On ne vend rien. L'ouvrier qui n'a plus de commandes se met à flâner et à boire. Ceux comme moi qui ont déjà amassé quelque chose tiennent bon. On se remonte la tête, on se dit que ça ne durera pas, que c'est un mauvais temps à passer. Et puis ça dure des semaines et des mois. Alors on commence à retirer peu à peu les quatre sous qu'on avait chez le banquier. Il faut entamer son petit capital. On vivrait encore longtemps dessus, mais il faut bien acheter un peu de bois des îles, ou du chêne, ou du noyer. On trouve une bonne occasion, on se laisse tenter. Dès qu'on s'est dégarni, v'là les coups de la fin qui commencent. C'est des billets que vos pratiques ont faits et qui vous reviennent protestés. Là, il n'y a pas à dire, il faut payer. Il en revient un, il en revient deux, il en revient dix. Et puis c'est un marchand de bois en gros qui avait fait crédit et qui réclame son argent; un client riche qui devait vous payer à jour fixe et qui vous écrit qu'il a acheté une paire de chevaux de six mille francs et qu'il réglera votre facture dans six mois; ça m'est arrivé, ça, à moi. Alors, la rage vous prend, et on se laisse aller; au lieu de travailler, on va promener et on rencontre des amis qui vous font entrer au café. L'habitude est bientôt prise et…

— Mon cher Cormier, ce n'est pas vous qui en viendrez jamais là, j'en suis sûr.

— On ne sait pas, dit l'ouvrier d'un air sombre; mais laissez-moi vous finir ça, c'est trop curieux. V'là donc qu'on se met à boire pour s'étourdir et que l'argent qui restait dans les tiroirs file chez le marchand de vins. Quand il n'y en a plus, c'est les bijoux qui s'en vont *au clou*, la montre d'abord, et puis la chaîne de cou de la femme, et puis les couverts, quand il y en a. Une fois que c'est commencé, ça ne s'arrête plus, c'est comme les moutons de Panurge. On porte les hardes *chez ma tante* l'une après l'autre, les châles et les robes; les enfants couchent sur la paille, et ils ont froid la nuit. Alors... alors, continua Cormier en baissant la voix, on sort un soir où il n'y a pas de pain à la maison, on sort pour ne pas entendre pleurer les petits; on a encore une vingtaine de sous dans sa poche, on avale un demi-litre de mauvaise eau-de-vie, et puis on s'en va sur un pont où il ne passe personne, on se met à regarder couler l'eau, et...

— N'achevez pas, mon ami, je vous en supplie, s'écria M. Jean; le suicide est toujours un crime et, quand on est père de famille et qu'on se tue, on commet une lâcheté.

Antoine Cormier allait répondre, mais il avait mis du temps à dérouler ce sombre tableau des misères du faubourg, et le train arrivait à la dernière station, celle de Bel-Air, où il s'arrête à peine une minute. Quatre ou cinq voyageurs seulement attendaient sur l'embarcadère, et parmi eux une femme.

— Est-ce que je me trompe? murmura l'ouvrier en la regardant avec attention. Mais non, ma foi! c'est elle! Qu'est-ce qu'elle peut bien être venue faire ici?

M. Jean, ne comprenant rien tout d'abord à ces exclamations, se mit à regarder aussi les rares voyageurs dispersés sur l'embarcadère, et il vit une femme très-simplement vêtue grimper sur l'impériale du wagon qui précédait celui où il était assis avec l'ouvrier.

On sait que, sur les lignes de banlieue, les hommes ne jouissent pas seuls du privilége de voyager au grand air et que les voitures sont munies d'escaliers qui rendent l'ascension facile. Cette personne montait en tournant le dos au curé, si bien qu'il ne la reconnaissait pas encore; mais quand elle fut arrivée sur la galerie supérieure du wagon, elle se présenta de face et montra le visage pâle et amaigri de la femme du braconnier.

— Voilà qui est assez singulier, en effet, murmura M. Jean, et je ne devine pas plus que vous le motif qui l'attire dans ce village à la porte de Paris... car je ne puis supposer qu'elle y soit venue exercer son ancien métier de chanteuse ambulante.

— Oh ! non, il n'y a pas de danger, dit Cormier ; elle n'a jamais joué de la guitare dans les rues pour son plaisir, et maintenant qu'elle peut gagner sa vie autrement, elle est trop fière pour recommencer.

— Alors, elle connaît peut-être quelqu'un à Bel-Air.

— Ça m'étonnerait, car elle ne nous en a jamais parlé, ni à ma femme, ni à moi. Au contraire, elle a dit vingt fois à Louise qu'elle n'avait plus un parent sur la terre, pas même un ami.

— Et, depuis qu'elle habite votre maison, vous n'avez jamais su qu'elle prenait le chemin de fer de Vincennes ?

— Jamais. Toutes les fois qu'elle sort, elle va du côté de la gare ; mais la prison aussi est là, et nous pensions que c'était pour se donner la consolation de regarder les murs derrière lesquels son mari est enfermé. Au surplus, nous pourrons observer où elle ira en descendant du train, car elle ne nous a pas vus ; la voilà installée sur son impériale et elle ne se doute pas que nous sommes là à dix mètres en arrière et qu'elle ne peut pas bouger sans notre permission.

— A Dieu ne plaise que je cherche à la surveiller en cachette, dit vivement le curé ; d'abord, je n'en ai pas le droit, et puis il me serait trop pénible de découvrir qu'elle ne mérite pas les sympathies qu'elle inspire.

— Moi, ça me vexerait aussi, car à la maison tout le monde l'aime et il nous semble déjà que nous la connaissons depuis dix ans. Nous ferons mieux de l'accoster en sortant de la gare et elle nous dira peut-être d'où elle vient, sans que nous le lui demandions.

— Vous avez raison, mon ami ; d'ailleurs nous n'attendrons pas longtemps, car nous sommes déjà dans Paris.

— Et justement, voilà que nous arrivons devant Mazas. Pauvre femme ! Ça doit lui donner un coup de voir ça.

Le train entrait en effet sur le long viaduc qui aboutit à la place de la Bastille, en passant tout à côté de cette prison que le hasard a décorée du nom d'un brave colonel tué à Austerlitz (1).

(1) Valbubert, général de brigade. Morland, colonel des chasseurs

Du haut de la voie ferrée, on domine les sombres construc-
tions de ce triste édifice dont l'ensemble affecte la forme
d'un éventail ouvert. Le voyageur étranger aux mystères
parisiens voit se dresser tout à coup devant lui de longs
corps de logis, symétriquement percés de fenêtres masquées
par des blindages en bois, et il ne s'explique pas très-bien
d'abord la destination de cette étrange architecture. Il se
demande surtout à quel usage peut servir le petit bâtiment
rond bizarrement planté au centre de chacune des cours
qui séparent entre elles les six branches de l'éventail de
pierre. En termes de géométrie, on dirait un cercle inscrit
au milieu d'un triangle. Ce cercle est divisé lui-même en un
certain nombre de compartiments triangulaires fermés à la
circonférence par une grille et aboutissant au sommet à une
rotonde centrale. D'en haut, cela a l'aspect d'une roue posée
à plat, dont les murs diviseurs figurent les jantes et la rotonde
l'essieu.

C'est le promenoir des prisonniers, qui viennent là à tour
de rôle passer une heure, aussi isolés que dans leurs cellules,
car ils ne peuvent ni se parler, ni se voir. Tout au plus en-
tendent-ils le bruit de leurs pas qui fait crier le sable du
préau. Un gardien circule extérieurement le long des grilles;
au milieu, un autre geôlier veille dans une espèce de lanterne
très-élevée. Pas d'autre distraction que l'oiseau qui vole ou
le nuage qui passe au ciel. Tout a été minutieusement prévu,
tout a été savamment calculé pour que la séparation d'avec
le monde des vivants fût complète, absolue. L'empereur du
Japon, au fond de son palais invisible, n'est pas mieux pré-
servé du contact de la ville que l'homme pris dans cet ingénieux engrenage du système cellulaire. Seulement, lorsqu'on
a conçu le plan de la prison, il n'était pas encore question
du chemin de fer, et on n'a pas prévu qu'un jour viendrait
où les trains de plaisir passeraient par-dessus les maisons.
D'où il est résulté que, de la ligne de Vincennes, on voit les

de la garde impériale, Mazas, colonel du 14ᵉ de ligne, et Bourlon,
colonel du 11ᵉ dragons, tous les quatre, morts glorieusement le
2 décembre 1805, ont donné leur nom à une place, à un quai et à
deux boulevards aux abords du pont d'Austerlitz.

promenoirs, bien incomplétement et bien rapidement, il est vrai, mais enfin on les voit. On les voit surtout quand on est placé sur l'impériale, comme l'étaient le curé de Charly, l'ouvrier du faubourg et la femme du braconnier.

— Ce malheureux est peut-être en ce moment dans une de ces cages à ciel ouvert, dit tristement M. Jean, et il ne se doute pas que la pauvre créature qui l'aime tant passe si près de lui.

— Qui sait? répondit Antoine Cormier, qui sait si elle n'a pas fait le voyage tout exprès pour qu'il s'en doute.

— Oh! quelle apparence?

— Tenez! je ne croyais pas si bien dire. La voyez-vous se lever de sa banquette? elle se tient tout debout sur le rebord du wagon.

— Ah! mon Dieu! mais elle va se tuer!

— Non, non. Elle sait bien ce qu'elle fait, allez! Là! qu'est-ce que je vous disais? Voyez-vous maintenant! voyez-vous?

— Oui, elle tient un mouchoir à la main, elle l'agite...

— Parbleu! c'est un signal.

— Auquel on ne répond pas, auquel on ne répondra jamais.

— Savoir! puisque nous apercevons les préaux, rien n'empêche que ceux qui sont dedans nous aperçoivent.

— Je vous avoue que je ne distingue rien du tout.

— Moi, il me semble bien que quelqu'un a remué dans celui-là.

— Mais c'est déjà loin, nous avons dépassé le grand bâtiment noir, et voici une autre cour, un autre promenoir, exactement pareil; comment saurait-elle où il lui faut regarder?

— La preuve qu'elle le sait très-bien, c'est qu'elle a replié son mouchoir et qu'elle se rassied.

— Enfin! murmura M. Jean en poussant un soupir de soulagement, il ne lui est rien arrivé de fâcheux; elle m'effrayait à se pencher ainsi; une voûte, un poteau, et elle se brisait la tête. Tout à l'heure, je lui ferai des reproches de

son imprudence et j'espère lui faire comprendre que c'est
là une véritable folie.

— Voilà donc pourquoi elle était allée se promener à Bel-
Air, s'écria Cormier. Maintenant je parierais qu'elle y va tous
les jours.

— C'est incroyable, en vérité, et il faut qu'elle soit poussée par un amour bien puissant.

— Oh ! quand il s'agit d'un mauvais garnement, les femmes
sont toujours prêtes à faire des sottises.

M. Jean n'était pas d'humeur à combattre cet axiome, que
l'ouvrier n'aurait peut-être pas formulé s'il eût été moins
tourmenté par ses préoccupations d'affaires, car il était fort
heureux en ménage. Le bon curé se contenta de plaindre
le triste sort de sa protégée, que les méfaits d'un indigne
mari poussaient à de semblables extrémités. L'entretien, du
reste, prit fin de lui-même, car le train entrait en gare. Pendant que la locomotive renâclait comme un cheval essoufflé
et que les voyageurs se précipitaient vers l'escalier de
sortie, Antoine Cormier prit congé de M. Jean en disant:

— Ma foi, monsieur le curé, ce n'est pas trop la peine que
je me mêle de la conversation, d'autant que Louise m'attend
à la maison pour régler un compte avec un marchand d'argent
qui nous fait des misères. La voisine voulait absolument vous
voir aujourd'hui, puisqu'elle m'a demandé en grâce d'aller
à Charly et de vous ramener. Nous la rencontrons en route,
c'est une vraie chance, et voilà ma commission faite mieux
que je ne l'espérais.

— Peut-être en effet vaut-il autant que je la voie seul d'a-
bord, répondit M. Jean, mais je ne partirai point ce soir
sans passer par la rue de Charonne.

Le prêtre et l'ouvrier se serrèrent la main et se séparèrent.
La chanteuse ne les précédait que de quelques pas, et M. Jean
la rejoignit bientôt, pendant que Cormier s'esquivait. En le
voyant, elle rougit, et parut d'abord assez embarrassée de
sa contenance, mais elle se remit assez vite et remercia en
fort bons termes son protecteur d'être venu.

— J'étais sur l'impériale, tout près de vous, dit avec inten
tion le curé de Charly.

— Vous m'avez vue ? demanda-t-elle en rougissant encore davantage.

— Oui, et je ne puis vous cacher que vous m'avez effrayé, et un peu affligé.

— Pourquoi ? Fais-je donc du mal en cherchant à le voir ?

— Du mal ! non, pas précisément. Mais vous commettez tout au moins une grave inconséquence, et je ne puis m'empêcher de vous dire qu'il serait plus sage d'employer votre temps autrement.

— Si c'est une faute que de dérober chaque jour une heure à mes enfants, je la répare en travaillant la nuit.

— Quoi ! vous faites ce trajet tous les jours ?

— Oui, dit tristement la pauvre femme, et il n'a pas encore aperçu mon signal, ou du moins il ne m'a pas encore répondu. Mais, puisque vous vous êtes rendu à ma prière, puisque vous venez à mon secours, je ne désespère plus.

— Qu'attendez-vous donc de moi ? demanda M. Jean, non sans un peu d'inquiétude.

— Que vous m'obteniez la permission de voir Robert au parloir de la prison.

— Si la faveur que vous demandez ne dépendait que de moi, dit M. Jean, vous l'auriez déjà obtenue, mais je suis presque certain qu'on la refusera, du moins tant que l'instruction ne sera pas close.

— Ah ! ils n'ont pas de cœur, ces juges, murmura la chanteuse.

— Vous vous trompez, madame, reprit doucement la curé de Charly ; le magistrat qui est chargé de cette affaire est au contraire on ne peut plus bienveillant ; il compatit à votre triste situation, et il est tout disposé à l'adoucir autant qu'il est en lui ; ainsi j'espère qu'il vous accordera du moins la permission d'écrire à votre mari.

— Pas sans que mes lettres soient lues, dit avec amertume la femme du braconnier.

— Hélas ! c'est une règle inflexible, et vous devez comprendre qu'on ne peut laisser un accusé communiquer librement avec ses amis du dehors ; on ne veut pas qu'ils se concertent pour égarer la justice.

— Ou plutôt on veut enlever à Robert tout moyen de se défendre et jusqu'à la consolation de voir ceux qui s'intéressent encore à lui.

— Le malheur vous rend injuste, et je souhaite de tout mon cœur que le juge se rende aux raisons que je ferai valoir.

— Vous me promettez donc de lui demander cette grâce ?

— Je vous le promets, parce que je crois pouvoir répondre que vous n'en abuserez pas. A votre tour, vous vous engagerez, je l'espère, à ne plus vous livrer à de folles tentatives...

— Si on me permet de lui parler, je ne recommencerai pas ; mais, si on me le défend, je reviendrai jusqu'à ce qu'il m'ait vue, jusqu'à ce qu'un signe, un geste, un mouvement m'ait appris qu'il sait que je pense à lui.

— Mais c'est insensé! vous ignorez jusqu'à la place qu'il occupe dans ces affreux préaux, jusqu'à l'heure où il s'y promène.

— Non, je ne l'ignore pas. Je sais que sa cellule se trouve dans la troisième galerie. Je sais donc où est la cour. Je me suis informée à des gens qui fournissent les prisonniers. Ils m'ont appris que Robert sortait le matin, et, depuis qu'ils m'ont dit cela, je n'ai pas manqué un seul jour de passer avec le chemin de fer. Si vous saviez comme j'attends le moment avec angoisse, comme mon cœur bat quand le train approche de la prison, comme il se serre quand je ne vois plus ces tristes murailles. Ah! je ne vivrais pas, si je n'espérais plus. Tenez! aujourd'hui, j'ai remarqué une fenêtre dans les combles d'une maison qui touche au viaduc et il m'a semblé que de là on devait dominer le préau ; eh! bien, pour avoir le droit de rester tout le jour à cette fenêtre, je donnerais ma vie.

— Vous oubliez que vous êtes mère, dit sévèrement M. Jean.

La femme du braconnier tressaillit, baissa les yeux et se tut, mais de grosses larmes roulèrent sur ses joues. Cet entretien avait lieu sur le trottoir planté d'arbres qui borde le canal entre la place de la Bastille et la Seine. Le curé de

harly, en sortant de la gare, s'était dirigé de ce côté-là
our se tirer de la foule et causer plus tranquillement. Il con-
nua à suivre l'allée solitaire. La chanteuse marchait à côté
e lui tristement, silencieusement. Ils firent ainsi plus de
ent pas sans prononcer une parole. Enfin M. Jean pensa
u'il était de son devoir d'insister pour ramener dans le
roit chemin la pauvre égarée.

—Madame, dit-il, je ne me sens pas le courage de vous
eprocher l'excès de votre dévouement. Je vous supplie seu-
ement de songer à vos enfants qui n'ont que vous en ce
monde. Si ces manœuvres autour de la prison venaient à
tre surprises, vous seriez peut-être arrêtée. Dans tous les
as, vous compromettriez gravement votre mari.

— Au nom du ciel, monsieur, faites que je puisse pénétrer
usqu'à lui, murmura-t-elle d'une voix étouffée.

— Ecoutez-moi, reprit le prêtre avec fermeté. Je me rends
n ce moment au palais, où je suis appelé par le juge de qui
épend cette autorisation. Je veux bien la lui demander; je
n'engage même à faire valoir en faveur de l'accusé les côtés
mystérieux de cette affaire qui permettent encore de
croire à son innocence, car vous y croyez, n'est-ce pas?

—Si j'y crois! ah! que ne puis-je expliquer au juge le ca-
actère de Robert, lui raconter sa vie, lui faire comprendre
cette nature étrange.

— Eh! bien, ce que vous diriez au juge vous pouvez me le
dire, à moi, et vous sentez combien il importe que je par-
age votre conviction pour plaider la cause de votre mari. Je
ne connais de sa vie, de la vôtre, que le peu que vous m'en
avez appris, et si je vous inspire assez de confiance...

— A qui me fierais-je donc, si ce n'est à vous? dit vivement la chanteuse. Vous allez tout savoir et je jure devant
Dieu que je n'altérerai en rien la vérité, quoi qu'il m'en
coûte de revenir sur ce triste passé. Je m'appelais Eugénie
Giraud et mon père était fermier. Nous habitions la Brie où
il cultivait une ferme de quinze cents arpents. Il était riche et
Il n'avait que moi d'enfant; ma mère était morte en me mettant
au monde; il m'envoya en pension à Meaux avec des filles de
bourgeois et de nobles, et j'y reçus une excellente éducation.

— Je l'avais deviné avant que vous me l'eussiez appris, murmura M. Jean.

— J'avais seize ans, reprit Eugénie, et j'allais revenir chez mon père, quand un régiment de hussards vint en garnison dans la ville. Robert y était sous-officier... il me vit à la promenade... il m'écrivit... je ne savais rien de la vie et déjà... oui, déjà je l'aimais follement ; j'eus l'imprudence de lui répondre... un mois après, je fuyais avec lui.

— Malheureuse enfant !

— Oui, bien malheureuse, car, à dater de ce jour funeste, ma vie n'a été qu'une longue torture. Robert m'avait emmenée à Paris et c'est là seulement que je compris la gravité de ma faute. Bientôt il m'avoua qu'il était recherché comme déserteur, menacé de passer devant un conseil de guerre ; alors je le suppliai de venir avec moi implorer le pardon de mon père et il y consentit.

— C'était là un bon mouvement.

— Oui ; et pourtant mieux eût valu peut-être que je fusse morte alors dans ma honte ; j'aurais souffert moins, longtemps. Mon père m'adorait ; il comprenait que si je n'épousais pas l'homme qui m'avait séduite, j'étais perdue. Il alla trouver le colonel et il obtint que l'affaire de désertion serait étouffée, à condition que le coupable quitterait immédiatement le service. Le lendemain, Robert était remplacé au régiment, et quinze jours plus tard nous étions mariés.

— Et fixés chez votre père ?

— Non. Je l'aurais ardemment souhaité, mais Robert ne le voulait pas. Il me dit qu'il mourrait d'ennui s'il était forcé de vivre à la ferme, et il me persuada qu'avec son activité et son intelligence il était certain de faire à Paris une fortune rapide ; il ne lui fallait pour réussir qu'une chose que mon père pouvait facilement lui donner, un capital...

— Qui sans doute fut promptement dévoré ?

— En moins de trois années. Je relevais de mes premières couches, quand mon mari m'apprit un jour que nous n'avions plus rien et qu'il était poursuivi pour dettes.

— Mais sa ruine était due sans doute à des désordres de conduite impardonnables ?

— Non, dit vivement Eugénie, Robert avait été victime de misérables auxquels il s'était imprudemment associé pour l'exploitation d'une entreprise. Le désir de briller l'avait entraîné aussi à des dépenses exagérées, mais il m'aimait encore. Pour arrêter les poursuites, il fallait cent mille francs. Je ne pouvais les demander qu'à mon père. J'étais épuisée de fatigue, brisée de douleur, et cependant je partis pour la ferme.

— Et votre père céda?

— Il s'emporta d'abord, il me supplia de consentir à une séparation de corps et de biens qu'il se chargeait d'obtenir, il m'offrit d'habiter chez lui avec mon enfant. Mais je lui jurai que Robert se repentait et qu'il était prêt à travailler énergiquement pour réparer le passé; mon pauvre père se laissa toucher.

— Il mentait donc cet homme que vous voulez excuser, il mentait donc quand il promettait d'expier sa faute?

— Non, il était sincère alors, mais il ne savait pas résister à des entraînements qui devaient le perdre. Deux ans après, mon père mourut de chagrin et le bien qu'il me laissa, quoique fort entamé déjà, pouvait encore suffire à nous faire vivre honorablement. Mais Robert était possédé de l'amour du luxe et il eut tôt fait d'achever notre ruine.

— Direz-vous encore qu'il vous aimait? demanda tristement M. Jean; prétendez-vous l'excuser, lui que la pensée de réduire ses enfants à la misère n'a pas arrêté sur la pente fatale?

— Oui, il m'aimait, dit Eugénie avec exaltation, car il était jaloux et sa jalousie seule a amené la catastrophe qui nous a séparés. Dieu sait si ses soupçons étaient injustes! Mais il était aigri par le malheur, et puis il y avait un homme, son mauvais génie, un homme qui l'entraînait dans un complot politique, et qui ne cessait de l'exciter contre moi par d'odieuses calomnies. Robert reçut une lettre anonyme, provoqua celui qu'on lui dénonçait comme son rival, et le tua.

— Déjà une fois meurtrier! dit tout bas M. Jean.

— Il le tua en duel, et le combat fut loyal; mais le jour

10

même où il se battit, le complot était dénoncé par un traître. Il n'eut que le temps de fuir et de passer en Angleterre.

— Et vous croyez à l'innocence de celui qui vous a lâchement abandonnée pour se mettre en sûreté?

— Je vous ai dit qu'on m'avait calomniée, mais à ses yeux j'étais coupable. Il partit en me maudissant, et le soir où la fatalité m'a conduite à le dénoncer involontairement, j'ai lu dans ses yeux qu'il ne m'avait jamais pardonné.

—- Triste excuse à tant de dureté de cœur et que je me garderai bien de faire valoir. Essayerez-vous de justifier la vie de vagabondage et de maraude qu'il a menée depuis sa rentrée en France?

— Non, et je sens bien que je ne vous ai pas convaincu; mais je vous jure devant Dieu que Robert qui m'a ruinée, que Robert qui me hait injustement et qui vit depuis des années en état de révolte contre les lois, je vous jure, sur la vie de mes enfants, que Robert est incapable de commettre un assassinat.

La femme du braconnier lança cette protestation avec un tel accent, qu'elle fit une vive impression sur M. Jean.

— Dieu ne permettrait pas qu'un scélérat fût aimé ainsi, murmura-t-il.

« Ecoutez-moi, madame, reprit-il doucement, toutes les apparences sont contre votre mari, je ne puis vous le cacher, et je crains bien que l'histoire de son passé ne lui nuise dans l'esprit de ses juges, au lieu de plaider en sa faveur, comme vous l'espérez; mais il ne sera pas dit que j'aurai négligé une seule chance de le sauver. Vous savez que je suis appelé aujourd'hui devant le juge d'instruction. Je vais profiter de mon entretien avec lui pour le supplier de ne rien précipiter. Je puis bien vous le dire, d'ailleurs, il se pourrait qu'un incident nouveau fût survenu, car plusieurs témoins qui n'ont pas encore été entendus sont cités comme moi pour ce matin, et, circonstance à noter, aucun de ces témoins n'a, que je sache, assisté au meurtre de Michel ou à l'arrestation de votre mari, aucun même ne le connaît.

— Oh! mon Dieu, aurait-on découvert le vrai coupable?

— Je n'ose pas l'espérer, mais ce changement de direction

de l'enquête n'en est pas moins de bon augure, à ce qu'il me semble. Du reste, je saurai bientôt à quoi m'en tenir et je vous promets de vous en informer aujourd'hui même. Quant à la permission que vous désirez tant, je ferai, je vous l'ai déjà dit, tout ce que je pourrai pour l'obtenir ; mais ne craignez-vous pas de votre mari un mauvais accueil ? S'il est encore influencé par le souvenir des calomnies lancées autrefois contre vous, s'il ne vous a pas pardonné, qu'espérez-vous de cette entrevue ?

— Rien ! Rien que le bonheur de le voir.

— Le voir ! hélas ! vous ne savez pas sans doute à quelles pénibles restrictions sera soumis ce bonheur, si on vous l'accorde. J'ai eu plusieurs fois l'occasion de visiter des prisonniers qui avaient réclamé mon ministère, et je puis vous apprendre, si vous l'ignorez, que vous ne serez pas un instant seule avec votre mari, qu'une grille vous séparera de lui.

— Qu'importe ! je le verrai.

— Et s'il vous rebute, s'il a la cruauté de vous reprocher le passé, ou, qui sait ? le mal involontaire que vous lui avez fait en contribuant à mettre sur ses traces ceux qui le cherchaient.

— Je me jetterai à ses pieds, je le prierai à genoux ; il est bon, généreux, il se souviendra qu'il m'a aimée et il abjurera sa haine; et puis je lui dirai qu'on ne l'abandonne pas, que vous vous intéressez à lui, que nous veillons et que tout ce qui pourra être tenté pour le sauver, nous le tenterons.

— Vous lui parlerez aussi de ses enfants, n'est-ce pas ? demanda M. Jean d'une voix émue.

— Oui, oui, dit Eugénie en baissant la tête, je lui rappellerai qu'il les chérissait autrefois. Le plus jeune, hélas ! il l'a connu à peine, car la catastrophe qui l'a forcé de s'expatrier a suivi de près la naissance de notre dernier fils, et puis, il l'a peut-être maudit... alors, il me croyait coupable... mais je lui parlerai de son premier né, de celui qu'il a vu grandir, de celui qui prie pour lui chaque soir.

— Pauvre petit ! murmura M. Jean, quand il se serrait peureusement contre sa mère, là-bas, au bord de la Marne, lors de cette funeste rencontre, son père ne lui a pas tendu les bras, son père l'a regardé d'un œil sec.

— Il ne le voyait pas, dit vivement Eugénie, il ne voyait que moi, et il était bien naturel qu'il éprouvât un mouvement de colère; il comprenait que c'était ma fatale légèreté qui le perdait. Ah! je mérite bien de souffrir, car, si je n'avais pas parlé, si je ne vous avais pas dit qu'un homme venait de sortir du bois, personne n'aurait pensé à Robert.

— Vous vous trompez, et je puis vous affirmer que vous n'avez rien à vous reprocher. On soupçonnait déjà votre mari, les gendarmes avaient son signalement, et il ne leur aurait certes pas échappé longtemps.

Eugénie fit un geste désespéré. Évidemment, elle n'était pas disposée à entendre raison sur ce point, et le curé aurait perdu son temps en cherchant à la consoler. Or, l'heure s'avançait et il tenait beaucoup à ne pas se faire attendre chez le juge d'instruction.

— Madame, dit-il, je suis obligé de vous quitter et je vous demande de prendre patience jusqu'à ce soir. Je ne rentrerai point à Charly sans vous avoir appris le résultat de la démarche que je vais tenter. Si ce résultat n'est pas tel que vous le souhaitez, si vous n'êtes point autorisée à voir votre mari, je crois que j'obtiendrai du moins cette autorisation pour moi personnellement, et, dans ce cas, je m'efforcerai de vous être utile à tous les deux. Me promettez-vous de ne pas commettre d'imprudence jusqu'à mon retour?

— Je vous promets de ne pas quitter mes enfants avant de vous avoir vu, murmura la pauvre créature, qui comprenait enfin la nécessité de se résigner.

M. Jean lui dit encore quelques bonnes paroles et la quitta le cœur gros. Depuis trente ans qu'il passait sa vie à soulager les malheureux et à réconforter les affligés, il n'avait jamais rencontré d'infortune qui l'eût aussi profondément ému, et en vérité il n'en était guère de plus touchante.

Cette mère abandonnée, dont l'existence n'avait été qu'un long supplice, et qui avait su pâtir sans se plaindre, cette épouse torturée qui n'aspirait qu'à se dévouer pour son bourreau, méritait bien que le bon curé de Charly s'intéressât à

son sort. Dans sa charité infinie, il ne se demandait pas si
elle n'avait rien à se reprocher, si Dieu ne réprouvait pas
cette passion insensée pour un grand coupable. Elle aimait et
elle souffrait. C'en était assez pour qu'il ne lui marchandât
point son appui. Et cependant, en cheminant sur les quais
pour gagner le Palais de Justice, il ne pouvait s'empêcher de
penser que, dans la triste histoire qu'il venait d'entendre, il
y avait bien des points obscurs.

A travers les réticences et les demi-aveux de la victime, il
entrevoyait des drames intimes où elle avait peut-être joué
un rôle blâmable. La jalousie de ce mari était-elle sans
cause et pouvait-on supposer que sa haine était venue sans
raison et sans preuve ? M. Jean n'avait point assez de connaissance de leur passé pour résoudre cette question, qu'il lui
répugnait d'ailleurs d'examiner de trop près. Il préféra reporter sa pensée sur les mystères de la cause criminelle à laquelle le hasard l'avait mêlé et qui menaçait de devenir une
cause célèbre.

Il s'était d'abord refusé à croire à la culpabilité de Robert.
La lettre anonyme adressée à Jacqueline Ledoux lui paraissait
surtout inexplicable, si on admettait que le meurtre eût été
commis par cet homme surpris en flagrant délit de braconnage. On ne peut pas annoncer d'avance un crime causé par
une rencontre fortuite. Mais il s'était laissé convaincre peu à
peu par les résultats de l'enquête que le brigadier s'était plu
à lui exposer jusque dans les plus petits détails, et il lui restait fort peu de doutes. Néanmoins, la citation qu'il avait
reçue en même temps que la dame de comptoir et les habitués du *Grand-Vainqueur* lui donnait à réfléchir, et il était
tenté d'y voir un symptôme favorable.

Il entra donc au palais avec l'espoir un peu vague d'y apprendre que les choses avaient changé de face et que la condamnation du braconnier n'était plus aussi certaine. Il y était
déjà venu et il n'avait plus besoin de guide pour se diriger
dans le dédale des cours et des corridors de l'immense édifice, où ont siégé depuis des siècles toutes les justices, même
celle du tribunal révolutionnaire. Il alla donc tout droit au
cabinet du juge d'instruction, qui était situé dans le corps de

bâtiment nouvellement construit en face du chevet de la Sainte-Chapelle, au troisième étage et au fond d'un couloir interminable.

L'escalier et le passage qui y conduisaient, offraient ce jour-là le curieux spectacle des allées et venues d'un public spécial : avocats en robes trottinant d'un air affairé avec un gros portefeuille sous le bras, témoins ahuris cherchant leur chemin et se cassant le nez contre des portes fermées, gardes de Paris escortant un pauvre diable de prévenu, qui s'avançait le mouchoir à la bouche et le chapeau enfoncé jusque sur les yeux pour cacher sa figure.

M. Jean n'était point d'humeur à prendre plaisir à ce tableau, assez mélancolique d'ailleurs, car il ne présentait guère que des échantillons variés des agitations et des misères humaines. Il venait de s'apercevoir qu'il était arrivé bien avant l'heure fixée et il n'envisageait pas sans quelque contrariété la perspective de promener en pareil lieu son habit ecclésiastique.

L'excellent prêtre se sentait déplacé au milieu de ces empressés, de ces indifférents, de ces dégradés qui passaient à côté de lui en le regardant avec une certaine expression de surprise défiante. Lui qui n'aurait pas craint d'entrer dans le cachot d'un condamné à mort pour lui parler de Dieu, il lui semblait presque qu'il se compromettait dans cette antichambre de l'instruction criminelle, où il n'y avait personne à consoler.

Une rencontre inespérée autant qu'inattendue le tira d'embarras. Au détour d'un corridor où il errait assez tristement, il se trouva face à face avec M. Julien de La Chanterie.

Le jeune avocat n'était point en tenue d'audience ; sa toilette recherchée, aussi bien que sa tournure élégante et l'air ouvert et joyeux de son visage, contrastaient avec la négligence de costume et la mine renfrognée de tous ces gens amenés là par les nécessités judiciaires. Il reconnut aussitôt M. Jean et le salua avec une déférence pleine de cordialité.

— J'ai à vous annoncer, monsieur le curé, dit-il après les premiers compliments, une nouvelle qui vous sera certainement agréable, car je sais que vous vous intéressez comme moi à ce malheureux braconnier.

— Quoi! s'écria M. Jean, aurait-on découvert quelque indice en sa faveur?

— Mieux que cela, monsieur le curé ; la preuve de son innocence, la preuve absolue, incontestable.

— Ah ! monsieur, que vous me causez de joie! Je suis d'autant plus heureux de ce que vous m'apprenez là, que je ne croyais pas qu'on pût le sauver. Mais qui donc a fait ce miracle ?

— J'y ai un peu contribué, dit Julien en souriant, car c'est moi qui ai mis le juge d'instruction sur la trace du vrai coupable.

— Le vrai coupable! quoi! vous le connaissez? s'écria M. Jean.

— Je le connais.

— Et il est arrêté?

— Pas encore, mais il va l'être.

— Quand ?

— Aujourd'hui , je l'espère.

— Il est donc sous la main de la justice ? Il n'a donc pas les moyens de fuir?

— Il l'essayerait inutilement, car il est surveillé de près; mais il se gardera bien d'essayer, parce qu'il espère encore qu'on n'osera pas aller jusque-là. Il a été interrogé avec beaucoup de prudence afin de ne pas lui donner l'éveil, et il a mis en avant, pour se justifier, certaines assertions qui vont être vérifiées. Si, comme je n'en doute nullement, elles sont fausses, le mandat d'amener sera lancé sur-le-champ et mis à exécution ce soir même.

— Mais, alors ce malheureux qui est en prison sera remis aussitôt en liberté. Quelle joie pour sa pauvre femme !

— Oh! monsieur le curé, dit en riant La Chanterie, les choses n'iront pas tout à fait aussi vite que vous le pensez. Il y a les formalités, qui sont nombreuses et compliquées. On voudra, d'ailleurs, examiner si le braconnier Robert ne serait pas complice, à un degré quelconque, de l'auteur principal, et, fût-il même innocenté de toute participation à l'assassinat, il serait toujours sous le coup d'une condamnation correctionnelle pour délit de chasse. Or, il

sera traité sévèrement par le tribunal, à cause de ses antécédents et aussi pour le punir d'avoir contribué à égarer la
justice, même involontairement.

— Mais il l'a déjà été, ce me semble, et d'une façon cruelle;
il ne serait pas équitable de lui faire payer une erreur dont
il a été la première victime.

— Je ne me permets jamais de juger les juges, dit gaiement le jeune avocat, et vous conviendrez comme moi que
ce Robert doit s'estimer heureux d'en être quitte à si bon
marché.

— Sans vous, monsieur, il était perdu, et sa femme serait
morte de douleur. En vérité, je ne sais comment vous remercier en son nom, au nom de ses pauvres petits enfants.

— Ce n'est pas à moi qu'ils doivent de la reconnaissance,
je vous assure. Quelqu'un a pris en main leur cause et m'a
ordonné de la gagner. J'ai eu le bonheur de réussir, mais je
n'ai fait qu'éxécuter une mission.

— Fort difficile, assurément, monsieur, car tout accablait
Robert, et je me demande par quel prodige de sagacité vous
êtes parvenu à découvrir la vérité.

— Le hasard m'a beaucoup servi, dit modestement Julien;
et puis, il y a huit jours entiers que je ne m'occupe pas d'autre chose. J'avais de plus le coupable tout à fait à ma portée,
et, une fois sur la piste, je n'ai pas eu de peine à le suivre.

— C'est donc un habitant de Charly? dit tristement M.
Jean. J'avais espéré que dans ma chère paroisse il ne se
trouverait personne qui fût capable de...

— Rassurez-vous, monsieur le curé. L'assassin habite
Charly, mais je doute fort que vous le comptiez au nombre
de vos paroissiens, et quand vous saurez son nom...

— Est-il indiscret de vous le demander?

— Non, certes! et d'autant moins, que vous allez l'apprendre tout à l'heure dans le cabinet du juge d'instruction,
car, si je ne me trompe, vous êtes précisément appelé aujourd'hui, monsieur le curé, pour déposer sur des fait invoqués
par ce misérable pour sa justification.

— Moi! s'écria M. Jean stupéfait; moi, témoigner en sa
faveur! mais c'est impossible! je ne le connais pas, et,

uand je le connaîtrais, je ne sais rien à sa décharge.
époser, mon Dieu! et sur quoi?

— Pour cela, monsieur le curé, il m'est impossible de
ous le dire, par la raison que je l'ignore. M. le juge d'ins-
uction, qui m'a fait hier l'honneur de m'entendre longue-
ient, a bien voulu m'apprendre qu'il avait fait citer pour
ujourd'hui plusieurs témoins très-importants, et vous êtes
u nombre. Il m'a aussi annoncé qu'après les avoir inter-
ogés il prendrait une décision définitive et immédiate, et
 m'a même invité à me tenir à sa disposition toute cette
près-midi pour le cas où il aurait besoin de compléter
s renseignements que je lui ai fournis. C'est ce qui m'a
mené au palais, et je me réjouis d'y être venu de bonne
eure, puisque j'ai l'honneur de vous y rencontrer. J'espère
u'une journée si bien commencée, finira bien, ajouta gaie-
ient Julien de La Chanterie, et que la pauvre famille du
raconnier vous bénira ce soir.

— Que Dieu vous entende, monsieur! Il me tarde main-
enant d'avoir cette audience du juge qui m'inquiétait, qui
l'effrayait presque.

— Mais j'espère que vous n'attendrez pas longtemps.
ous avons affaire au magistrat le plus exact du tribunal, et
 ne serais pas étonné qu'il devançât l'heure.

— Alors, reprit M. Jean, vous pensez, monsieur, que je
ais connaître le nom de cet homme qui a failli faire con-
amner à sa place un innocent? Excusez-moi d'y revenir,
e n'est pas seulement la curiosité, c'est l'intérêt que je porte
 mes protégés qui me pousse à vous demander...

— Comment se nomme l'assassin de Michel? Vous me
appelez que j'aurais déjà dû vous le dire; mais vous allez
tre bien étonné quand je vous apprendrai que ce misérable
st...

Il était écrit sans doute que la confidence de M. de La
Chanterie n'irait pas jusqu'au bout : car, au moment de la
ompléter en prononçant le nom du meurtrier, il s'arrêta,
orta vivement la main à son chapeau et salua avec respect
n personnage tout de noir vêtu qui venait d'apparaître
ans le corridor. M. Jean reconnut aussitôt ce nouveau venu,

qui n'était autre que le juge d'instruction et qui, après avoir
fait un signe amical au jeune avocat, s'avança d'un air plein
de déférence.

— Monsieur le curé, dit-il courtoisement, je vous remercie
d'avoir eu la pensée de venir ici avant l'heure que j'ai fixée
aux autres témoins. Cela me permettra de m'entretenir plus
longuement avec vous et de m'éclairer de vos lumières pour
décider d'un cas très-embarrassant.

Le curé s'inclina; il ne s'attendait pas à ce début et il le
trouvait de bon augure.

— Si vous voulez me faire l'honneur d'entrer dans mon
cabinet, reprit le juge, nous aurons tout le temps d'y causer
avant l'arrivée de mon greffier. Quant à vous, mon cher maître,
ajouta-t-il en s'adressant à Julien, je compte que vous ne
vous éloignerez pas du palais; vous savez que j'aurai besoin
de vous revoir après cette séance qui sera peut-être longue,
et je vous ferai appeler dès qu'elle sera terminée.

Et le magistrat, ouvrant la porte de son cabinet, fit passer
devant lui M. Jean.

La pièce où il l'introduisit ressemblait à toutes celles qui
ont pour destination de servir de théâtre aux premières
escarmouches entre la justice et les prévenus. Naturellement,
dans ce duel, la justice a le choix de la place et l'avantage
du soleil, c'est-à-dire que le juge siége le dos au jour, qui
frappe au contraire le patient en plein visage. D'où résulte
dans la disposition des meubles un arrangement à peu près
invariable. Un vaste bureau avec le fauteuil classique en
maroquin vert pour le magistrat, qui s'assied le plus près
possible de la fenêtre. A côté, une table et une chaise plus
modestes pour le greffier. En face, un autre siége isolé qui
sert de sellette au prévenu ou au témoin interrogé. Plus loin,
près du mur, la place du gendarme de service qui n'en use
guère que pour dormir.

Pour cette fois, le juge, dérogeant aux coutumes de l'instruction, avança un fauteuil au curé de Charly et le fit
asseoir près de lui. C'était un homme du monde recevant un
prêtre vénérable et non plus un magistrat requérant un
témoignage.

— Monsieur le curé, dit-il en mettant son langage à l'unisson de ses manières, je ne vous aurais pas imposé l'obligation de quitter pour toute une journée le presbytère de Charly-sous-Bois, s'il n'y avait pas eu nécessité absolue. Il s'agit, bien entendu, de l'affaire Robert Martin.

— J'ai dit tout ce que je savais, s'empressa de répondre M. Jean.

— Je n'en doute nullement, monsieur le curé. Aussi n'est-ce pas pour vous interroger de nouveau que je vous ai fait citer, mais bien plutôt pour vous demander certains renseignements.

— Sur la famille de ce braconnier? Ah! monsieur, je m'intéresse vivement à elle, je l'avoue, et, s'il était possible de faire fléchir en sa faveur les rigueurs du règlement des prisons, je vous en serais bien reconnaissant. La pauvre créature qu'il a épousée sollicite la permission de voir son mari, et je crois pouvoir répondre que sa visite n'aurait aucun inconvénient.

— En ce moment, et tant que l'instruction ne sera pas terminée, c'est chose impossible, mais il se peut que bientôt, demain par exemple, cette autorisation ne soit plus nécessaire.

— Le neveu de M. le comte de Brannes ne se trompait donc pas, lorsque, tout à l'heure, il m'a fait espérer...

— Que je rendrais au profit de ce Robert une ordonnance de non-lieu, n'est-ce pas?

— En effet, M. de La Chanterie m'a donné à entendre que l'innocence de ce malheureux avait été reconnue.

— Oh! nous n'en sommes pas encore là. Seulement, il est bien vrai que l'instruction est sur la trace de faits nouveaux et que, si certains soupçons se trouvaient vérifiés, le prévenu pourrait être mis en liberté.

— Ce jeune homme m'a dit que le coupable était découvert.

— Le coupable! c'est aller un peu trop vite; mais enfin il y a des présomptions assez graves contre un homme qui n'a certainement jamais eu la moindre relation avec le braconnier et que vous connaissez parfaitement, monsieur le curé.

— Moi, monsieur !

— Vous l'avez même vu de très-près dans une circonstance récente : car cet homme, c'est le riche étranger qui habite à Charly une propriété qu'on appelle dans le pays le pavillon des Sorbiers.

— Quoi ! il s'agirait de M. Wassmann ? s'écria le curé stupéfait.

— Mon Dieu ! oui, dit le juge, et je vois que vous êtes aussi étonné de cette accusation que je l'ai été moi-même quand M. de La Chanterie l'a formulée devant moi.

— En effet, je n'aurais jamais pensé qu'un homme placé dans les rangs élevés de la société...

— Ce ne serait point une raison absolue pour qu'il soit innocent, et l'expérience m'a appris qu'une grande situation dans le monde n'était pas toujours une garantie d'honnêteté, pas plus que la richesse ; mais l'étranger dont il s'agit a toujours joui d'une excellente réputation dans le village de Charly... du moins, on me l'assure, et je vous serais très-obligé, monsieur le curé, de me faire connaître votre opinion sur son compte,

— Mon opinion ! je n'en ai aucune, je n'en puis pas avoir, car c'est à peine si j'ai aperçu deux ou trois fois cet Allemand.

— Pardon, ne se trouvait-il pas, quelques heures avant l'assassinat, dans une voiture qui a failli écraser un enfant sur la place de la Bastille ?

— C'est parfaitement exact, monsieur, dit M. Jean. Le pauvre petit était tombé sous les pieds des chevaux, et la brave femme qui le conduisait avait perdu la tête. Heureusement, ils en ont tous deux été quittes pour la peur.

— Vous oubliez d'ajouter, monsieur le curé, que cet enfant a dû la vie à votre courageux dévoument.

— Oh ! monsieur, je n'ai fait que mon devoir.

— Un devoir périlleux et héroïquement accompli ; mais M. Wassmann a-t-il fait le sien ? Quelle a été son attitude après l'accident ?

— Un peu plus indifférente peut-être qu'il ne convenait. Il n'avait pas, je crois, compris d'abord toute la gravité de la chute de Marcel. Mais il a fini cependant par s'émouvoir; il s'est enquis du domicile de la femme Ledoux...

— La cousine du malheureux garde?

— Oui, monsieur, celle qui avait reçu le matin même cet étrange avis anonyme. Je dois ajouter que M. Wassmann s'est empressé, m'a-t-on dit, de venir dans la soirée remettre à l'enfant une somme assez importante pour l'indemniser de sa frayeur.

— Je savais cela, dit le juge d'un air distrait. Puis-je vous demander maintenant, et en ce moment c'est l'homme et non le magistrat qui s'adresse à votre loyauté, puis-je vous demander si, en votre âme et conscience, vous croyez que M. Wassmann a pu commettre le crime que je suis chargé de poursuivre.

— Non, monsieur, non, assurément. Je ne m'explique même pas, à vrai dire, une accusation que rien ne semble justifier, car il est impossible d'apercevoir le moindre motif à une pareille action. Cet étranger ignorait peut-être jusqu'à l'existence de Michel. Pourquoi l'aurait-il tué?

Le juge d'instruction sourit et reprit en hochant la tête:

— Vous raisonnez, monsieur le curé, d'après un axiome judiciaire dont l'application est le plus souvent fondée. *Is fecit cui prodest*, l'auteur du crime est celui à qui le crime a été utile, disaient les anciens légistes, et ils n'avaient pas tort. Mais il ne faut pas oublier cependant que le grand mobile des actes coupables, l'intérêt, n'apparaît pas toujours bien clairement, surtout au début d'une affaire. On ne sonde pas du premier coup la conscience d'un homme, pas plus que son passé. Il faut, pour y réussir, du temps, de la patience, de la sagacité, et même un peu de bonheur. Pas plus que vous, je n'imagine quelle espèce de bénéfice un Allemand fixé tout récemment en France pouvait retirer du meurtre d'un garde-chasse de M. le comte de Brannes. Rien ne prouve néanmoins que plus tard nous ne découvrirons pas qu'il a existé entre eux des relations d'où ont pu naître des haines, et même des vengeances.

M. Jean avait écouté avec toute l'attention qu'il méritait

11

ce cours abrégé de droit criminel, mais il n'était pas beaucoup plus convaincu de la culpabilité de M. Wassmann.

— Je suis très-vivement frappé, monsieur, de la justesse de vos appréciations, dit-il en hésitant un peu, mais me sera-t-il permis de vous demander si les présomptions contre cet étranger se fondent sur des preuves positives, sur des faits actuels?

— Oui, monsieur le curé, et pour que vous n'en doutiez pas, je vais vous mettre au courant de l'état de l'instruction et de la marche qu'elle a suivie. Vous savez que les preuves matérielles abondent contre le nommé Robert Martin. Sa présence dans le bois de la Bélière au moment de l'assassinat, les deux coups de son fusil tirés l'un après l'autre, la similitude parfaite du plomb extrait de la blessure avec celui qu'on a trouvé dans le corps du faisan, les bourres ramassées près du cadavre. Il y a dans tout cela de quoi le faire condamner dix fois, sans parler de ses antécédents qui sont détestables.

Un seul fait s'expliquait assez difficilement, celui de la lettre anonyme. J'ai donc porté sur ce point toute mon attention et ordonné les recherches les plus étendues pour retrouver l'auteur de cet avis compromettant; mais on n'a pu tirer aucun éclaircissement de la comparaison de l'écriture avec celle de toutes les personnes qu'un lien quelconque pouvait rattacher à cette affaire.

J'en étais arrivé à penser, et le contraire ne m'est pas encore démontré, que la lettre venait de quelque créature perdue dans les bas fonds parisiens fréquentés par ce Robert, et je dirigeais déjà mes investigations dans ce sens, lorsque j'ai reçu la visite de M. de La Chanterie. Ce jeune homme est fort aimé et fort estimé au palais. Il a déjà montré beaucoup de talent au barreau, il occupe une très-belle situation dans le monde, et il est le neveu de M. de Brannes. J'en fais, pour ma part, le plus grand cas et je devais tenir compte des indications nouvelles qu'il m'apportait.

— Est-ce qu'il a découvert l'origine du billet mystérieux?

— Non. Il affirme seulement qu'il est sur la trace de cette origine; mais il est venu me raconter un fait, à lui personnel, duquel il semble résulter que M. Wassmann est tout au moins complice de l'assassinat. Et ce fait, il l'a appuyé de preuves matérielles et d'affirmations tellement catégoriques et précises, qu'il était de mon devoir de l'éclaircir immédiatement.

La question était cependant fort délicate car, si je donnais suite à la déclaration de M. de La Chanterie, un homme considérable et considéré allait se trouver sous le coup d'une accusation capitale, et cela, par suite de circonstances aussi singulières qu'imprévues. J'ai donc tenu à agir avec une extrême circonspection, et j'ai commencé par faire prendre secrètement des informations sur cet étranger. Les renseignements obtenus n'ont pas été défavorables, en ce sens qu'ils ont été à peu près nuls. M. Wassmann est presque inconnu à l'ambassade d'Autriche, quoiqu'il prétende avoir occupé un grade assez élevé dans l'armée autrichienne. Tout ce qu'on a appris sur son compte, c'est qu'il est arrivé en France au printemps de 1869 avec un passe-port délivré à la chancellerie de Vienne, et que ce passe-port lui donnait simplement la qualité de propriétaire.

De ce côté on a jugé inutile d'insister, et on a su à son domicile de Paris, un fort bel appartement rue de Presbourg, qu'il menait une très-large existence et ne paraissait avoir d'autre occupation que le plaisir. Il s'est fait recevoir dans un des grands cercles de Paris, où, ceci entre nous, on accepte un peu trop légèrement les étrangers riches, et il le fréquente assidument.

Sa fille vit au contraire très-retirée, n'allant point dans le monde et n'accompagnant que très-rarement M. Wassmann au théâtre ou au bois. A Charly, où il passe l'été pour la seconde fois, le locataire du pavillon des Sorbiers s'adonne avec ardeur à la peinture et passe une partie de ses journées à ébaucher des paysages. Il ne reçoit personne, et ses domestiques, étant tous Allemands, n'entretiennent que fort peu de rapports avec les habitants du village. Voilà exactement tout ce que m'a révélé l'enquête.

— Il me semble, murmura M. Jean, qu'il est bien difficile d'en rien conclure contre cet étranger.

— Rien de positif. Il y a cependant des lacunes assez étranges dans ces renseignements. On n'est fixé ni sur le passé, ni même sur la nationalité de ce personnage. On ignore pourquoi il est venu habiter la France, s'il compte y rester et ce qu'il y fait. On sait qu'il dépense beaucoup d'argent, mais on ne sait pas au juste d'où cet argent lui vient. Or, l'expérience que j'ai des informations par voie diplomatique m'a appris depuis longtemps qu'un étranger riche, comme paraît l'être M. Wassmann, est toujours parfaitement connu à la légation de son pays d'origine. Les chancelleries équivalent à une sorte de préfecture de police européenne, et tout homme un peu marquant y a son casier, qu'il vienne de Pétersbourg ou de Lisbonne. Si M. Wassmann est sans notoriété apparente, c'est que peut-être il en a une qu'il cache avec soin.

— En effet, dit le bon curé, tout émerveillé de cette logique, il y a là quelque chose de mystérieux...

— Et de suspect, reprit le magistrat. C'est pourquoi je n'ai pas hésité à faire appeler dans mon cabinet M. Wassmann.

— Et il est venu?

— Hier, et j'ai causé avec lui plus d'une heure. Je dis : causé, parce qu'en l'état des choses, il ne pouvait pas être question d'un interrogatoire en forme. Il n'y a jusqu'à présent que des présomptions, assez graves, il est vrai, mais insuffisantes pour motiver un mandat d'amener. J'ai donc mandé officieusement M. Wassmann, beaucoup plus pour l'examiner, pour l'étudier, que dans l'intention de lui demander des explications sur ses faits et gestes. Je me suis bien gardé de lui parler des allégations M. de La Chanterie, mais je lui ai dit à brûle-pourpoint que j'avais reçu une dénonciation contre lui et qu'on l'accusait d'avoir trempé dans l'assassinat du garde.

— Comment a-t-il reçu ce coup?

— Avec un sang-froid que j'ai admiré, mais qui m'a semblé pourtant un peu forcé. Au lieu de se répandre en protestations indignées, il a souri, et, sans récriminer contre l'audace de ceux qui se permettaient de le calomnier ainsi, il a aussitôt mis en avant un moyen de défense irréfutable.

— Et lequel? demanda vivement M. Jean.

— Il a tout simplement invoqué un alibi.

— Un alibi! mais alors l'accusation tombe d'elle-même.

— Oui, certes; s'il est établi qu'à l'heure où Michel a été tué, M. Wassmann se trouvait loin du bois de la Bélière, il n'y aura plus lieu d'informer contre cet étranger. Mais il ne suffit pas d'alléguer, il faut prouver. L'alibi est une arme à deux tranchants qui peut se retourner contre celui qui s'en sert. S'il m'était démontré, par exemple, que M. Wassmann a lancé, pour se justifier, une affirmation mensongère, je n'aurais plus le moindre doute sur sa culpabilité, et je n'hésiterais pas à le faire arrêter aujourd'hui même. C'est alors que M. de La Chanterie aurait eu raison de vous annoncer la prochaine mise en liberté du braconnier.

— Les assertions de M. Wassmann vont donc être promptement vérifiées?

— Avant de sortir de mon cabinet, je saurai à quoi m'en tenir, et, le cas échéant, je signerai le mandat d'amener, séance tenante.

— Alors ces témoins qui doivent venir de Charly...

— Ont été cités par mon ordre et, dès que je les aurai entendus, mon opinion sera faite. Seulement, comme je ne suis pas du tout certain que leur déposition infirmera les déclarations de M. Wassmann et comme d'ailleurs la situation sociale, vraie ou apparente, de ce personnage commande certains ménagements, je ne crois pas devoir procéder dans la forme accoutumée.

Si l'alibi n'est pas contesté, il est au moins inutile qu'il reste des traces de l'accusation portée, un peu légèrement peut-être, par mon jeune ami, le neveu de M. de Brannes. Je vais donc questionner les gens de Charly-sous-Bois de façon à leur laisser deviner le moins possible que le châtelain du pavillon des Sorbiers est mis en cause, et c'est à vous, monsieur le curé, à vous seul que je confie le but secret de cet interrogatoire. De la sorte, l'instruction aura pu faire fausse route un instant, sans causer de préjudice à un homme que j'ai bien de la peine à croire coupable.

— Je vois, dit tristement M. Jean, que ma pauvre protégée n'est pas aussi près que je l'espérais de revoir le père
de ses enfants.

— Qui sait ? Une affaire embrouillée comme l'est celle-ci
change quelquefois de face tout à coup. Nous sommes en
présence de deux individualités très-singulières : cet Allemand qui, en dépit des apparences, ne me semble pas absolument net et inattaquable ; puis ce braconnier, dont le langage
et les manières m'étonnent au dernier point.

— Justifierait-il selon vous, monsieur, l'intérêt passionné
que sa malheureuse femme prend à son sort ?

— Je ne crois pas qu'il le justifie, mais je comprends à merveille qu'il l'ait inspiré. C'est un homme remarquablement intelligent, qui paraît avoir reçu une éducation très-complète
et qui s'exprime avec une facilité extraordinaire. Il est précis
dans ses réponses et assuré dans son maintien.
Je n'ai jamais entendu de défense plus habile, pas plus
que je n'ai rencontré de prévenu simulant mieux la franchise. Il ne cache rien de son passé, avouant qu'il a mené
autrefois une vie désordonnée, qu'il a ruiné sa femme et son
beau-père, mais glissant sur les anciennes dissensions de
son ménage, comme pourrait le faire un galant homme
qui ne veut pas étaler ses plaies de famille, ne dissimulant
point qu'il a conspiré jadis et se vantant presque de la vie de
bohémien qu'il mène depuis plusieurs années et qu'il prétend innocenter par des théories paradoxales sur le droit de
propriété. Avec cela, une violence contenue qui éclate
malgré lui dans ses gestes, et qui dément à chaque instant le
sang-froid dont il fait parade.
Au total, à ce qu'il me paraît, un très-dangereux garnement qui, mieux dirigé, aurait pu n'être qu'un hardi compagnon. Il y avait à coup sûr dans ce révolté, dans ce maraudeur, l'étoffe d'un soldat ou d'un spéculateur, une intelligence et une audace à défrayer toutes les ambitions. Le
coureur de bois s'est-il fait assassin ? Je n'oserais pas encore l'affirmer, quoique je sois très-porté à le croire.

— Ne pensez-vous pas, monsieur, que s'il a fait feu sur
Michel, ce doit être à la suite d'une querelle avec cet infor-

tuné, et non de propos délibéré? dit M. Jean, qui savait par
sa protégée qu'autrefois le braconnier avait tué un homme
en duel.

— Il me semble bien capable en effet d'un de ces mouvements d'emportement qui vont jusqu'à commettre un crime,
mais les indices recueillis ne s'accordent guère avec cette
hypothèse. Au surplus, monsieur le curé, vous pourrez, si
vous le souhaitez, juger l'homme par vous-même; je ne vois
aucun inconvénient à ce que vous le visitiez à Mazas.

— C'est mon plus vif désir; car, vous le savez, monsieur,
je m'intéresse beaucoup à sa famille qui sera bien heureuse
d'apprendre que j'ai pu lui porter moi-même des consolations et des secours.

— Je vous donnerai l'autorisation dès aujourd'hui. Mais
l'heure s'avance et mon greffier ne tardera point à venir.
Les témoins doivent être déjà arrivés. En attendant que je
les fasse appeler, je vais vous prier de me confirmer certains
détails de votre première déposition.

— Je suis à vos ordres, monsieur, et vous voudrez bien
m'avertir quand je devrai prendre congé de vous.

— Mais je compte vous demander de rester jusqu'à la fin
de mon audience, car je crois utile que vous assistiez aux
interrogatoires. Ils doivent être contrôlés par votre témoignage, comme vous allez le comprendre, après avoir répondu
aux questions que je vais vous adresser.

M. Jean s'inclina et attendit, assez surpris de cette invitation.

— Monsieur le curé, commença le juge d'instruction,
vous avez déclaré qu'au moment où vous vous trouviez sur
le chemin de halage avec la femme du prévenu et où vous
avez entendu tirer dans le bois de la Bélière, il était neuf
heures?

— Oui, monsieur, c'est bien cela.

— Mais cette fixation de l'heure n'était-elle, dans votre pensée, qu'approximative, ou bien au contraire avez-vous voulu
déposer dans un sens absolument précis? Lorsque vous avez
été interrogé le soir et le lendemain du crime, ce point
n'avait pas une très-grande importance; il en a une main-

tenant qui est capitale. Veuillez donc rappeler vos souvenirs
et me dire si vous avez une certitude à cet égard.

— Mes souvenirs sont très-présents, répondit sans hésiter
M. Jean, et je ne puis pas m'être trompé d'une seule minute,
par la raison que voici. Quand j'ai entendu la détonation, je
finissais de compter les coups de l'horloge qui sonnait neuf
heures au clocher de l'église de Charly. Le neuvième vibrait
encore lorsqu'on a tiré. Je me rappelle même très-bien
que je venais de faire cette réflexion qu'il était plus tard
que je ne pensais et que ma bonne vieille servante devait
m'attendre depuis longtemps.

— Alors, c'est le premier coup de fusil qui est parti à neuf
heures juste ?

— C'est le premier. Le second a suivi à deux minutes
d'intervalle tout au plus.

— Bien. Il n'est pas à votre connaissance que l'horloge
fût dérangée ce jour-là ?

— Non, monsieur. J'ajoute même qu'elle ne varie jamais,
je l'ai remarqué depuis mon arrivée à Charly. J'ai été d'autant plus frappé de sa régularité que celle de mon ancienne
paroisse marchait fort mal, car elle était confiée aux soins
du serrurier du village qui la mettait à l'heure toutes les semaines.

— Ainsi, pas de doute possible. Le garde a été tué de neuf
heures à neuf heures deux minutes ?

— C'est cela.

— Maintenant, monsieur le curé, vous connaissez assez
bien le pays pour évaluer à peu près les distances ?

— Dans l'intérieur du bourg, oui, mais pour les environs,
je ne répondrais nullement de ne pas me tromper.

— Il s'agit de l'intérieur du bourg. Quel temps faut-il, à
votre appréciation, pour aller du bois de la Bélière aux premières maisons de Charly du côté de Paris ?

— C'est assez loin, car Charly, comme vous savez, n'a
qu'une seule rue qui s'étend presque indéfiniment.

— Pensez-vous qu'il y ait pour une demi-heure de chemin ?

— Pas tout à fait, mais peu s'en faut. J'estime qu'en marchant bien on mettrait de vingt à vingt-cinq minutes à faire ce trajet.

— Et en courant ?

— Un quart d'heure, au moins.

— Et il faudrait passer devant la grille du château de Chasseneuil, suivre la grande rue de Charly dans toute sa longueur ?

— Assurément. Il n'existe pas d'autre route.

— Je vous remercie, monsieur le curé, c'est tout ce que je voulais savoir. Si besoin est, je vous prierai de répéter, en présence de mon greffier, ce que vous venez de me dire... mais, si je ne me trompe, le voici.

On entendait, en effet, ouvrir une première porte qui donnait dans le corridor, et presque aussitôt un petit homme, à mine discrète, entra dans le cabinet et se dirigea sans mot dire vers la petite table à lui réservée.

— Les témoins que j'ai fait citer sont-ils là ? lui demanda le magistrat.

— Oui, monsieur le juge d'instruction.

— Alors, veuillez faire appeler d'abord la demoiselle Rose Jourdain.

Le nom de famille était inconnu à M. Jean, mais le curé de Charly savait que mademoiselle Rose, du *Grand-Vainqueur*, était la voisine de Jacqueline Ledoux, et il se rappelait fort bien que, le matin même, elle avait, en sa présence, manifesté bruyamment les agitations de son âme, troublée par la crainte de comparaître en justice. Seulement, il ne devinait pas du tout pourquoi on l'appelait, ni comment son témoignage pouvait influer sur la décision que le juge allait prendre à l'endroit de M. Wassmann.

Il réfléchissait encore à ce problème, quand le greffier reparut et introduisit la demoiselle de comptoir qui paraissait en proie à la plus vive émotion et promenait autour d'elle des regards effarés.

Les patients, qu'au temps de la vieille procédure criminelle un exempt poussait dans la salle où le bourreau les attendait pour leur donner la question, n'avaient probable-

11.

ment pas la mine plus déconfite et l'air plus terrifié que mademoiselle Rose, au moment où l'honnête greffier lui fit passer
la porte du cabinet.

Elle avait mis, pour la circonstance, sa plus belle toilette et,
notamment, un certain chapeau de paille orné de fleurs et de
fruits variés, qui lui donnaient une vague ressemblance avec
un surtout de dessert ; mais ces atours brillants ne faisaient
que mieux ressortir les défaillances de son teint et l'altéra-
tion de ses traits. Ses cheveux, qu'elle relevait d'ordinaire sur
son front pour se composer une coiffure enfantine, ses cheveux, d'un blond hardi, « semblaient se conformer à sa triste
pensée, » car ils retombaient en longues boucles éplorées sur
ses joues amaigries.

En un mot, ce n'était plus la reine du *Grand-Vainqueur*,
que le pharmacien Digonnard se plaisait à comparer à une
pêche de Montreuil en pleine maturité, à qui Verduron ne
dédaignait pas de dédier des œillades expressives, et dont
Cruchot, le vétérinaire, célébrait volontiers les charmes en
vers de quatorze pieds. L'espace d'un matin avait flétri cette
rose de l'arrière-saison. En un jour, elle avait vieilli d'un
lustre.

M. Jean, qui la voyait rarement et qui ne s'occupait guère
de ses attraits, M. Jean lui-même fut frappé de ce changement. Il le fut encore davantage de la voir rouler des yeux
égarés et chanceler sur ses jambes.

Assez accoutumé aux contenances intimidées des témoins
du sexe féminin, le juge fit moins d'attention à mademoiselle
Rose et lui indiqua du geste une chaise où elle se laissa
tomber plutôt qu'elle ne s'assit. Après les questions préliminaires sur son état civil, questions auxquelles la vieille fille
répondit d'une voix mal assurée, surtout quand il lui fallut
déclarer son âge, le magistrat entama l'interrogatoire.

— Vous avez eu connaissance presque aussitôt de l'assassinat du garde-chasse de M. de Brannes ? demanda-t-il en regardant mademoiselle Rose bien en face.

— Oui.... oui, monsieur, balbutia la tremblante demoiselle.

— Comment . avez-vous appris ?

— Par ma voisine, madame Ledoux, qui l'avait entendu dire dans la rue et qui est entrée dans le café en criant... j'ai même eu bien peur.

— Etes-vous sortie pendant cette soirée ?

— Non, monsieur. Je n'ai pas quitté mon comptoir une minute.

— Alors vous avez vu toutes les personnes qui sont entrées chez vous depuis la chute du jour jusqu'au moment où vous avez fermé votre établissement ?

— Oui, monsieur, mais il n'est pas venu beaucoup de monde, car la nouvelle a bouleversé tout le pays et...

— Vous devez donc vous rappeler les noms de ces personnes, puisqu'elles étaient peu nombreuses ?

— Certainement, monsieur. Il y a d'abord madame Ledoux, qui est venue deux fois... la première comme la nuit tombait et que j'étais en train d'allumer mes quinquets... elle arrivait de Paris et elle n'est restée qu'un instant... plus tard, bien plus tard, elle est tombée dans la salle comme une bombe...

— Pour vous annoncer l'assassinat, m'avez-vous dit tout à l'heure. Maintenant, veuillez me nommer les autres.

— Mais... ces messieurs sont venus comme à l'ordinaire pour faire leur partie... des messieurs très-bien... M. Vétillet, l'adjoint, M. Cruchot, M. Verduron, M. Digonnard...

Pendant que mademoiselle Rose énumérait ainsi les notables de Charly-sous-Bois, le juge d'instruction regardait une liste placée devant lui et comparait les noms.

— Est-ce tout ? demanda-t-il en levant les yeux sur la vieille fille.

— Non, monsieur, dit-elle en s'agitant sur sa chaise, j'ai vu encore un... une autre personne qui ne fréquente pas ordinairement le café ; c'est ce monsieur allemand, qui demeure au pavillon des Sorbiers.

— M. Wassmann, n'est-ce pas ?

— Oui, monsieur, je crois que c'est bien son nom.

— Vous ne le connaissez donc pas ?

— Mais... non, monsieur.

— Et vous ne l'aviez jamais vu avant ce soir-là ?

— Non. C'est-à-dire si... je l'avais vu passer sur la route... dans son équipage...

— Bon. Mais il n'était jamais entré chez vous jusqu'au jour de l'assassinat. Qu'y venait-il faire ?

— Je ne sais pas, murmura la demoiselle.

— Comment ! vous ne savez pas ? Il a dû cependant vous le dire.

— Oui, oui... je me rappelle maintenant... Excusez-moi, monsieur le juge, je n'ai pas l'habitude d'être interrogée... et ça me fait perdre la mémoire. Ce monsieur venait pour l'enfant de l'hospice que madame Ledoux a ramené de Paris... il lui apportait de l'argent... à cause de l'accident...

— Que sa voiture avait causé sur la place de la Bastille. J'ai eu le procès-verbal sous les yeux.

Le magistrat fit une pause et parut un instant très-occupé à examiner des papiers. M. Jean, que cet interrogatoire intéressait vivement, ne perdait pas de vue mademoiselle Rose, et ne s'expliquait guère l'embarras qui perçait de plus en plus dans ses réponses.

— Maintenant, reprit le juge d'instruction, pourriez-vous me dire à quelle heure exactement M. Wassmann est entré chez vous ?

— A neuf heures moins quelques minutes, monsieur, répondit sans hésiter la dame du *Grand-Vainqueur*.

— Vous en êtes sûre ?

— Parfaitement sûre, monsieur. Madame Ledoux n'était pas là quand il est arrivé ; il l'a attendue à peu près un quart d'heure en causant avec moi et avec le petit, et puis il a tiré sa montre et il a dit qu'il était obligé de partir parce qu'elle marquait neuf heures.

— Alors, votre certitude se fonde uniquement sur cette circonstance qu'il a regardé sa montre ?

— Pardonnez-moi, monsieur. J'ai regardé aussi mon horloge qui disait neuf heures cinq.

— Et votre horloge va bien ?

— Très-bien, si ce n'est qu'elle est sujette à avancer un peu, mais elle ne varie pas de dix minutes par semaine.

M. Jean commençait à comprendre le but de cet interrogatoire et il redoublait d'attention.

— Les habitants de Charly que vous venez de nommer assistaient-ils à votre conversation avec M. Wassmann? demanda le magistrat.

— Oui, monsieur. Ils étaient arrivés avant lui et ils sont partis après lui.

— Pensez-vous qu'ils aient gardé mémoire de ce détail de l'heure regardée à la montre ?

— Mon Dieu, monsieur, je ne saurais vous dire... peut-être n'y ont-ils pas fait attention.... Cependant, je croirais plutôt...

— Nous allons le savoir, dit le juge d'instruction.

Et il se pencha à l'oreille de son greffier qui se leva, sortit discrètement et rentra aussitôt, ramenant M. Digonnard.

Tout au contraire de mademoiselle Rose qui n'avait pénétré qu'en tremblant dans le sanctuaire de la justice, le pharmacien y fit une entrée presque triomphale. Il avait un air indéfinissable, un air qui exprimait tout à la fois la légitime satisfaction causée par la conscience qu'il avait de son importance momentanée et aussi la dignité froide d'un homme résolu à tenir en échec l'autorité judiciaire. Sa figure bonnasse et rougeaude avait pris une expression presque héroïque. On y lisait clairement ceci : Je suis un témoin dont le témoignage sera décisif et que personne ne pourra influencer.

Il va sans dire qu'après avoir cru d'abord, comme tous ses compatriotes, à la culpabilité de Robert, il s'était peu à peu pris de tendresse pour ce braconnier audacieux qui faisait de l'opposition à sa manière. Sa bienveillance n'aurait pas été jusqu'à lui faire crédit d'un emplâtre, mais elle le poussait à le soutenir devant la justice, et peu s'en fallait qu'il ne prétendît que feu Michel, vil serviteur d'un comte, s'était tué lui-même pour faire de la peine au pauvre monde.

C'est qu'il y avait deux hommes dans la plantureuse personne de Digonnard : d'abord le commerçant, désireux de s'enrichir vite et tenant par-dessus tout à ne jamais aventurer un sou; ensuite, le citoyen libre, pour qui la résistance au gouvernement est le plus saint des devoirs et qui se croit chargé de lui donner des leçons.

Un juge nommé et salarié par le pouvoir ne pouvait être qu'un ennemi pour Digonnard, électeur, éligible et patenté, dernier privilège auquel il attachait beaucoup moins de prix qu'aux deux autres. Et puis, il s'agissait d'un braconnier, c'est-à-dire d'un indépendant qui se moque des lois et qui viole les droits de la propriété tout juste assez pour s'acquérir de la popularité sans se faire honnir par un estimable négociant accoutumé à gagner deux cents pour cent sur les produits chimiques. Digonnard se présentait donc avec l'intention bien arrêtée de faire une déposition favorable au prévenu, et la présence du curé de Charly ne fit que l'encourager dans son projet de résister aux suggestions d'un magistrat qu'il qualifiait par avance de partial.

A sa mine solennelle et gourmée, on aurait dit qu'il se préparait à répondre au tribunal de l'Inquisition, et ce fut avec la dignité de Galilée comparaissant devant ses juges qu'il consentit à prendre un siége. Grande fut donc sa déception, quand il s'entendit interpeller tout bonnement pour savoir si, le soir du crime, il avait vu M. Wassmann au café du *Grand-Vainqueur* et à quelle heure cet étranger y était arrivé. Il n'était pas homme à faire un faux témoignage, et il avait une excellente mémoire ; aussi force lui fut de répondre, comme mademoiselle Rose, que M. Wassmann était entré à neuf heures moins dix à peu près et sorti à neuf heures passées.

M. Jean, alors, comprit tout à fait et baissa tristement la tête. L'espoir de sauver le mari de la pauvre Eugénie s'évanouissait devant ces dépositions qui établissaient l'alibi de M. Wassmann.

Après la réponse si catégorique de mademoiselle Rose, le magistrat avait déjà son opinion faite et il ne jugea point nécessaire de donner le même développement aux interrogatoires des habitués du *Grand-Vainqueur*, pas plus qu'il ne crut indispensable de les entendre en tête-à-tête.

Chacun des joueurs de domino vint à son tour attester la présence de M. Wassmann dans la salle du café au moment où on tuait Michel dans le bois de la Bélière. M. Vétillet, qui craignait toujours de se compromettre, fit quelques réserves. Il allégua que, sa montre étant arrêtée, il n'avait pas pu la consulter et vérifier par lui-même l'heure précise. Mais il finit par convenir qu'à une dizaine de minutes près les évaluations des autres témoins devaient être exactes.

A la question du juge qui demandait combien de temps s'était écoulé entre le départ de M. Wassmann et la fermeture du café, les témoins du sexe masculin répondirent d'une façon moins péremptoire.

Ils s'accordèrent bien à dire que l'arrivée de Jacqueline Ledoux annonçant à grands cris le fatal événement les avait mis en désarroi et chassés du *Grand-Vainqueur*. Chacun s'était empressé de courir aux nouvelles et avait employé le reste de la soirée à aller de porte en porte discourir sur cette terrible affaire qui ne pouvait manquer d'occuper les journaux de Paris et de donner de la célébrité à la commune de Charly-sous-Bois. Mais nul ne s'était inquiété de l'heure qu'il pouvait être à l'horloge de l'église ou de la mairie au moment où il avait appris la catastrophe.

Quant à mademoiselle Rose, qui se remettait à vue d'œil de ses premières émotions, elle déclara, sans le moindre embarras, que, consternée, bouleversée par le récit de madame Ledoux, elle avait congédié en toute hâte sa voisine et le petit Marcel pour fermer au plus vite son établissement et se coucher bien avant l'heure accoutumée.

Cette explication était assurément très-naturelle et le juge n'insista point. Il regarda M. Jean comme s'il eût voulu lui demander ce qu'il pensait de ces témoignages unanimes et lut sur son visage attristé la conviction de la culpabilité du braconnier. La cause lui parut entendue et il crut pouvoir donner congé de se retirer à mademoiselle Rose et à ses pratiques.

La vieille fille se leva avec une satisfaction visible et les notables de Charly ne se firent pas prier non plus pour gagner la porte. Seul, Digonnard éprouva le besoin de se distinguer de ses *partners* au noble jeu de domino et de montrer à la magistrature qu'on ne dérangeait pas inutilement un homme de son importance.

— Monsieur, dit-il d'un ton doctoral, je n'ai point pénétré le but de l'interrogatoire que nous venons de subir, mes honorables amis et moi; mais puisqu'il s'agit du millionnaire Wassmann, j'ai le droit et le devoir de vous déclarer que cet opulent étranger *ne me dit rien qui vaille*, selon l'expression de notre inimitable fabuliste La Fontaine.

— Cette appréciation, à vous personnelle, me paraît, monsieur, tout à fait superflue, dit froidement le magistrat, choqué de l'incartade.

— Cependant, monsieur, reprit Digonnard en se rengorgeant, il me semble qu'en ma qualité de citoyen français, jouissant de ses droits civils et politiques, il m'est bien permis d'éclairer la justice.

— Je ne vois pas en quoi votre opinion peut l'éclairer.

— Mon opinion s'appuie sur un fait.

— Si ce fait est étranger à l'instruction dont je suis chargé, je n'ai nul besoin de le connaître.

— Ce fait est de la plus haute gravité, car il prouve que le richard du pavillon des Sorbiers mène à Paris une existence ténébreuse et suspecte. Cet homme qui écrase de son luxe insolent les prolétaires de Charly, je l'ai rencontré, moi qui vous parle, aux environs du Palais-Royal, je l'ai rencontré habillé en domestique.

Le juge réfléchit un instant.

— Est-ce là, monsieur, tout ce que vous avez à m'apprendre?

— Mais je crois que c'est bien assez, et je...

— Fort bien, monsieur. Je prends note de votre déclaration et j'aviserai, dit le magistrat d'un ton qui n'admettait pas de réplique.

En même temps, il faisait signe à son greffier de reconduire les témoins jusqu'à la porte de son cabinet, et Digonnard, désarçonné, en dépit de tout son aplomb, se décida à suivre le mouvement, non sans maugréer dans sa barbe contre l'arrogance des stipendiés de l'ordre judiciaire.

— Eh bien ? demanda le juge à M. Jean, dès que la porte fut refermée sur les habitants de Charly.

— Eh bien ! soupira le bon curé, je crains fort qu'on n'ait calomnié M. Wassmann. Il est évident qu'il n'a pas pu se trouver en même temps au café et dans le bois de la Bélière, et, puisqu'il était chez mademoiselle Rose à neuf heures, son innocence apparaît clairement. Et pourtant , je ne puis m'empêcher de conserver encore quelques doutes sur la façon dont il vit; ce déguisement que le pharmacien de Charly vient de vous signaler est une chose bien étrange.

—Oui, si elle était vérifiée. Mais ce témoin, qui, d'ailleurs, me paraît assez peu digne de foi, ce témoin a pu se tromper. Et puis, fût-il prouvé que M. Wassmann se travestît en domestique, cela s'accorderait assez avec les renseignements équivoques fournis sur son compte par l'ambassade autrichienne, mais cela ne nous aiderait nullement à éclaircir le mystère de l'assassinat. Je ne puis donc vous cacher qu'en l'état des choses je ne crois pas devoir continuer à informer contre cet étranger. La surveillance de police sera continuée à Paris et on tâchera d'obtenir des renseignements par notre ambassade à Vienne ; mais, pour le moment, l'instruction est close en ce qui le concerne.

— Et ce malheureux Robert est perdu, dit tristement M. Jean. Me voilà bien loin des espérances que M. de La Chanterie m'avait données.

— Vous me faites songer, monsieur le curé, qu'il faut que je voie ce jeune homme. Il s'est embarqué un peu à la légère dans une entreprise qui, s'il y persévérait, lui ferait beaucoup de tort au palais, et je veux l'en détourner sur-le-champ.

« Je n'ai plus besoin de vous pour aujourd'hui, ajouta le juge en s'adressant à son greffier qui s'empressa de plier bagage; veuillez, en sortant, dire à M. de La Chanterie que je l'attends. Je suis sûr qu'il se promène déjà dans le corridor, tant il est impatient de connaître le résultat de l'audition des témoins.

— Et il va être fâcheusement déçu, murmura le curé de Charly ; il comptait si bien sur un résultat heureux pour ma protégée, qui est aussi un peu la sienne.

— Mais, j'y pense, savez-vous, monsieur le curé, d'où

lui vient cette sympathie pour un homme qui, s'il n'a pas
assassiné le garde, tuait tout au moins les faisans de M. de
Brannes, son oncle ? Est-ce que la femme du braconnier y
serait pour quelque chose ?

— Non, certainement non, dit M. Jean qui ne put s'empêcher de rougir un peu de cette supposition. Elle est hors
d'état d'inspirer une passion et encore plus de la partager.
Et puis, c'est à peine si M. de La Chanterie l'a entrevue, dans
cette fatale soirée, quand nous l'avons rencontrée sur le bord
de la Marne.

— Vous avez raison, monsieur le curé, dit le juge en souriant, la supposition est inadmissible. Je me suis laissé aller
à une vieille habitude professionnelle. Vous connaissez le
dicton de palais: *Cherchez la femme...*

— Mais il ne m'est pas prouvé qu'il ne pourrait s'appliquer
dans le cas présent. Mademoiselle de Brannes, la cousine
de ce jeune homme, s'intéresse très-vivement à cette malheureuse famille. Je crois savoir que, par pitié pour ces pauvres gens, elle désire la mise en liberté de Robert, et il se
pourrait que ses désirs fussent des ordres pour M. Julien.

— C'est vrai ! il y a une cousine. Comment n'avais-je
pas songé à cela ? La Chanterie travaille pour lui plaire, et j'ai
bien peur maintenant que son zèle et ses efforts n'aboutissent
pas à un succès. Mais il me semble que je l'entends. Je vais
tâcher pourtant de ne pas trop le désespérer.

La porte s'ouvrit doucement et le jeune avocat entra. Il
paraissait ému et on lisait dans ses yeux une question. Le
magistrat, qui la devinait, ne voulut pas le faire languir.

— Mon cher ami, dit-il en lui tendant la main, je regrette d'être obligé de vous l'apprendre, mais nous venons
d'être battus par M. Wassmann.

— Comment ! s'écria Julien.

— Mon Dieu ! oui. Il m'avait dit la vérité hier. Les cinq
témoins que je viens d'interroger n'ont pas varié dans leur
déclaration, et ils affirment maintenant que M. Wassmann
est entré au café un peu avant neuf heures et en est sorti à
neuf heures deux ou trois minutes. De son côté, M. le curé
est sûr que neuf heures sonnaient à l'église de Charly au mo-

ment où les coups de fusil sont partis dans le bois de la
Bélière, qui est à plus de mille mètres du café. L'alibi est
donc établi d'une façon incontestable.

— C'est impossible ! Il y a là-dessous quelque supercherie,
murmura le cousin de Gabrielle.

— Prenez garde que vous accusez tous ces braves gens de
faux témoignage.

— S'ils ne mentent pas, ils se trompent.

— Tous les cinq ? C'est peu probable, avouez-le, mon cher
La Chanterie. D'ailleurs, la femme qui tient ce café a des sou-
venirs très-précis. Elle a regardé son horloge au moment où
M. Wassmann tirait sa montre avant de partir.

— Cette femme, c'est sans doute celle que j'ai vue dans le
corridor, celle qui avait une toilette ridicule ; j'ai été frappé
de son air embarrassé, de son agitation ; on l'aurait prise
pour une accusée plutôt que pour un témoin.

— Vous exagérez un peu. Elle m'a paru intimidée, mais
rien de plus. De tout cela, mon cher ami, il résulte qu'il ne
faut plus vous illusionner sur la suite que je pourrai donner à
votre plainte. Après ce que je viens d'entendre, je suis obligé
de m'arrêter et je manquerais à mon devoir si je poursuivais
au criminel sur des indices démentis par un fait positif. Je
renonce donc, pour le moment du moins, à informer contre
M. Wassmann.

— Et si je vous apportais de nouvelles preuves ? demanda
vivement Julien.

— Si vous m'apportiez de nouvelles preuves, répondit le
juge d'instruction, j'examinerais leur valeur et j'agirais d'a-
près ma conscience. Mais franchement et entre nous, mon
cher ami, en avez-vous ? Espérez-vous même en découvrir ?
ou plutôt, ne vous laissez-vous pas un peu entraîner par une
opinion préconçue, par le désir bien naturel de faire une
bonne action en sauvant le mari d'une pauvre femme dont
l'infortune intéresse quelqu'un des vôtres ? Il est beau de défendre un innocent, mais vous savez aussi bien que moi combien, parmi les prévenus, les innocents sont rares. Et puis,
il ne faut pas non plus accuser à la légère.

— Dieu m'en garde ! monsieur, s'écria Julien ; je vous jure

que je n'aurais jamais pensé à mettre en cause un homme qui m'était presque inconnu, si je n'étais profondément convaincu que cet homme est l'auteur du meurtre.

— Je n'en doute pas, mais, quoique je tienne grand compte de votre conviction, vous savez très-bien que, pour lancer un mandat contre M. Wassmann, il me faut quelque chose de plus. Vous êtes avocat, mon cher La Chanterie, vous êtes jeune, enthousiaste, amoureux peut-être; moi, je suis juge d'instruction, tenu, par conséquent, d'agir avec autant de circonspection que d'impartialité, et porté, par mon âge, à envisager froidement les choses. Je ne puis considérer dans une affaire criminelle que les faits et les témoignages, et ils sont tous à la charge du braconnier. Comment voulez-vous que j'en accuse un autre à sa place, sur votre simple déclaration? Vous venez de me faire entendre tout à l'heure que vous aviez recueilli d'autres indices. Exposez-les moi, et, s'ils sont sérieux, je vous promets de les utiliser et de poursuivre énergiquement.

Julien de La Chanterie ouvrit la bouche pour répondre et ébaucha le geste de porter la main à sa poitrine pour prendre un portefeuille dans la poche de son habit, mais sa bouche ne prononça pas une parole, et sa main s'arrêta en route.

C'est que le cousin de mademoiselle de Brannes se trouvait dans une terrible perplexité. Il portait sur lui la lettre déchirée, ce précieux fragment qui contenait peut-être le mot de la sanglante énigme de l'assassinat du garde, et dont il n'avait pas encore parlé au juge d'instruction.

C'était le cas ou jamais d'exhiber sa trouvaille et d'en tirer toutes les conclusions que l'examen de cette pièce pouvait faire naître en faveur de Robert; mais les raisons qui l'avaient empêché d'abord de la montrer subsistaient toujours.

Aussitôt après cette singulière découverte, Julien s'était dit qu'il valait mieux la garder pour lui seul que d'en faire part au magistrat instructeur. Cette manière d'agir n'était certainement pas très-régulière, mais elle lui paraissait plus sûre, en ce sens qu'il attendait de bien meilleurs résultats d'une enquête menée par lui-même avec tout le secret et toute l'activité possibles que de recherches en quelque sorte officielles et peut-être mollement conduites.

D'ailleurs, une circonstance l'avait surtout décidé à prendre ce parti. L'écriture de la lettre déchirée était la même que celle de l'avis anonyme adressé à Jacqueline Ledoux, avis qui, dès le premier jour, avait été remis au juge.

La justice se trouvait donc nantie, de son côté, d'un document sur lequel rien ne l'empêchait d'informer, et M. de La Chanterie ne préjudiciait guère à l'instruction en la privant de cet écrit qui, matériellement parlant, n'était que le double du premier, puisqu'une seule et même main les avait tracés Or, la justice instrumentait depuis toute une semaine sur la lettre anonyme et n'avait pas encore recueilli le moindre indice. Evidemment elle n'en aurait pas recueilli davantage avec la lettre déchirée. Donc, pour trouver l'auteur de toutes ces correspondances, mieux valait chercher séparément, sauf à confondre les deux recherches aussitôt que l'une paraîtrait sur le point d'aboutir.

Ainsi avait pensé Julien, ainsi pensait-il encore, et pourtant, à la question du magistrat, qui lui demandait de nouvelles preuves, il fut un instant tenté de répondre en produisant son curieux papier, sa bourre encore toute maculée par le contact du plomb dans le fusil du meurtrier.

Une réflexion assez juste l'empêcha de donner suite à ce premier mouvement. Il se dit que devant l'alibi plus ou moins prouvé par M. Wassmann, le juge se serait arrêté tout aussi bien s'il avait eu en sa possession les deux lettres. Dès lors, à quoi bon lui remettre le fragment dont il espérait, lui, Julien, faire un usage décisif? Jusqu'alors, il est vrai, il n'était pas mieux renseigné que le premier jour ; mais il n'y avait pas là de quoi se décourager, car il n'avait encore eu ni le temps ni l'occasion de pousser bien loin ses investigations.

Le jeune avocat baissa donc la tête et ne sonna mot. Le juge conclut de son silence qu'il s'avouait vaincu, et crut le moment opportun pour lui démontrer une dernière fois le peu de consistance de son accusation contre l'habitant du pavillon des Sorbiers. Il n'était pas fâché non plus de le sermonner un peu par la même occasion.

— Ainsi, mon cher La Chanterie, dit-il d'un ton paternel, vous fondez vos suppositions uniquement sur la bizarre aventure qui vous est arrivée le lendemain du crime dans le bois de la Bélière.

— N'est-ce donc pas assez ? demanda Julien.

— Non, sans doute, et si vous voulez y réfléchir froidement, vous conviendrez avec moi que les faits sur lesquels vous vous appuyez sont bien peu concluants ?

— Cependant, il me semble...

— Comment ! parce que vous avez cru entendre un homme rôder aux alentours de la place où le garde-chasse a été tué; parce qu'ayant inutilement poursuivi cet homme à travers le taillis vous avez trouvé une blouse dans un fossé et une paire de bottes dans la rivière, vous en concluez que M. Wassmann, qui se trouvait là, faisait semblant de peindre et qu'il venait d'exécuter un incroyable tour de passe-passe pour dissimuler une promenade suspecte ! Avouez, mon ami, qu'un acte d'accusation qui s'appuierait uniquement sur des circonstances aussi insignifiantes, ne saurait être présenté à un jury.

— Cela est vrai, dit vivement le jeune avocat, mais je comptais bien que ces circonstances serviraient de point de départ à une enquête consciencieuse, et...

— Prenez garde, interrompit en souriant le juge d'instruction, voilà que vous aller me taxer de partialité, ou tout au moins de légèreté.

— A Dieu ne plaise, monsieur, et je suis prêt à confesser que tout semble conspirer dans cette affaire pour empêcher la vérité d'apparaître; mais ma conviction reste entière. Si j'étais magistrat, je crois que j'agirais comme vous le faites. A moi, simple avocat, il est bien permis...

— De chercher à prouver l'innocence du braconnier ? Oui, certes, mon cher maître, et je serais ravi que vous y réussissiez, car ce succès vous ferait grand honneur au barreau. Et, à ce propos, s'il vous était agréable de le défendre aux assises, rien ne serait plus facile, je crois, que de vous faire désigner d'office, car ce malheureux n'est pas en situation de choisir un avocat.

— Je vous suis reconnaissant, monsieur, mais il ne serait pas très-convenable que je me chargeasse de plaider pour un homme accusé d'avoir assassiné quelqu'un de la maison de mon oncle.

— En effet, je n'y songeais pas. Alors vous renoncez...

— A être son défenseur devant les jurés, oui, mais non pas à rassembler tous les éléments de sa défense.

— Je ne vois à cela aucun inconvénient, pourvu que vous agissiez avec toute la prudence que comportent des investigations d'une nature si délicate. J'espère aussi que vous voudrez bien me tenir au courant des résultats de votre contre-enquête, car vous ne pouvez pas douter de l'empressement que je mettrais à agir, si vous me fournissiez des preuves concluantes.

— Je ne manquerai pas, monsieur, de recourir à vous, répondit évasivement Julien. Puis-je maintenant vous demander si vous pensez que l'instruction se prolongera beaucoup?

— Je ne le crois pas. A moins qu'il ne survienne des incidents imprévus, j'estime que je pourrai la clore vers la fin de juillet. Seulement l'affaire ne viendra probablement aux assises que dans la session de la première quinzaine de septembre.

— Je vous remercie, monsieur, dit Julien, je vois que j'ai deux mois pour compléter mes recherches, et je n'ai plus qu'à m'excuser de vous avoir fait perdre un temps précieux.

— Un juge d'instruction ne perd jamais son temps quand il cherche à s'éclairer.

Et le magistrat ajouta, en s'adressant à M. Jean et en lui tendant un papier sur lequel il venait d'écrire quelques mots :

— Voici, monsieur le curé, l'autorisation que vous m'avez demandée pour visiter le prévenu Robert Martin. Plus tard, je pourrai peut-être en signer une au nom de sa femme.

M. Jean se répandit en actions de grâces, et prit congé du bienveillant magistrat en même temps que Julien, qui semblait peu satisfait de son audience. Ils sortirent ensemble

et parcoururent côte à côte le long corridor où ils s'étaient
rencontrés. Tous deux venaient d'éprouver une grande déception, et le curé de Charly voyait M. de La Chanterie si
triste et si préoccupé, qu'il n'osait pas lui adresser la parole.
Ce fut le jeune avocat qui rompit le premier ce silence
embarrassant.

— Monsieur, dit-il d'une voix émue, quand vous reverrez
la pauvre créature que vous avez prise sous votre protection,
dites-lui, je vous en prie, qu'elle patiente et qu'elle espère,
car je me fais fort de démontrer un jour , bientôt peut-être,
l'innocence de son mari.

— Quoi ! s'écria M. Jean, vous croyez encore à une ordonnance de non-lieu ou à un acquittement, après les dépositions que nous venons d'entendre, après celle de cette demoiselle surtout?

— Cette femme ment, monsieur le curé, et, Dieu aidant,
je démasquerai son imposture, dit résolûment Julien.

Ils étaient arrivés à la porte extérieure du palais, et ils se
séparèrent. Pendant que M. Jean s'acheminait tristement vers
la rue de Charonne, où il ne rapportait que de fâcheuses
nouvelles, Julien de La Chanterie, en regagnant son domicile,
se disait tout bas :

— Comme j'ai bien fait de ne pas me dessaisir de cette
lettre ! c'est la seule arme qui me reste dans le duel que je
vais engager avec M. Wassmann.

CHAPITRE VI.

Une autre semaine s'achevait, et rien n'était changé dans la situation des acteurs de cette histoire, quoiqu'il y eût bien des choses changées en France.

Robert était toujours en prison, ses protecteurs n'avaient pas cessé de s'intéresser à lui, et M. Wassmann, plus brillant que jamais, continuait à éblouir de son luxe les habitants de Charly, mais un coup de tonnerre venait d'éclater dans le ciel de l'empire. Un ministre avait lu à la tribune du Corps législatif cette fameuse déclaration où il était question de Charles-Quint et qui allait bientôt coûter si cher à la France. Brusquement arrachée à sa quiétude ennuyée, la nation, qui s'était endormie pacifique, se réveillait guerrière. Il avait suffi de] quelques paroles sonores pour que les tranquilles bourgeois de Paris sentissent bouillonner dans leurs veines le vieux sang batailleur des Gaulois.

En sortant du théâtre où il s'était moqué du *général Boum*, ce peuple plus glorieux que logique, se souvenait tout à coup que ses pères avaient conquis l'Europe et rêvait victoires et conquêtes, comme la veille il rêvait primes et dividendes. Pourtant on spéculait encore, et même, avec plus de fureur; on allait encore à Mabille, mais on achetait des cartes d'Allemagne et des épingles à tête tricolore pour y jalonner par avance la route de Berlin.

Un souffle guerrier s'était levé subitement et courait, semant le vertige, de la Manche aux Pyrénées et de l'Océan au Rhin. Il y avait des cantates dans l'air, et les poëtes officiels s'en allaient déjà cherchant à rajeunir les antiques rimes à

gloire et à *lauriers*, pendant qu'on fourbissait les canons
des Invalides qui, depuis Solférino, n'avaient pas tonné de
triomphe.

Quelques raisonneurs chagrins résistaient seuls à l'enthousiasme général, et Julien de La Chanterie était de ceux-là.
Non qu'il eût la prétention de démontrer que *nous n'étions
pas prêts*, comme le glapissait à la tribune un orateur connu,
lequel avait déclaré naguère à cette même tribune que *nous
étions formidables*.

Julien ne s'occupait pas de politique et ne s'était jamais
avisé de compter les canons de nos arsenaux et les soldats
de nos régiments. Les amoureux laissent volontiers ces soins
aux petits hommes d'Etat qui se chargent de sauver les empires pour se créer des titres à les gouverner plus tard.

Encore moins le neveu de M. de Brannes faisait-il partie de
ce monde des *petits crevés*, où il était de mode alors de railler
le patriotisme et de rire, en soupant au *Grand-Seize*, des
sous-lieutenants qui allaient gaiement se faire tuer pour
cent cinquante francs par mois. Il ne croyait pas non plus à
la fraternité des peuples et il ne se livrait pas à ces
déclamations pleurardes contre la guerre, généralement inspi-
rées aux déclamateurs par un profond attachement pour leur
propre peau. Il était même tout disposé à se battre pour défendre la France, comme ceux de sa race l'avaient fait jadis,
comme allaient le faire ces braves fils de paysans et d'ouvriers qu'on trouve toujours prêts à mourir, pendant que les
ambitieux discourent, que les viveurs s'amusent et que les
utopistes se lamentent. Mais Julien aimait sincèrement
son pays, et il ne le voyait pas sans tristesse se lancer dans
une aventure si périlleuse.

Par hasard, tout Français qu'il était, il savait la géogra-
phie et il n'avait point la conviction qu'en dehors de nos
frontières il n'existe que des populations indignes d'attirer
nos regards. Par un hasard plus singulier encore, il connaissait à fond deux ou trois langues étrangères, et se trouvait
en état, par conséquent, de lire les journaux d'outre-Manche
et d'outre-Rhin.

Il y avait appris beaucoup de choses que les nôtres ignoraient ou affectaient d'ignorer : par exemple, que la Prusse était devenue une puissance militaire de premier ordre, et aussi que l'Europe, fatiguée de nos jactances et de nos turbulences, nous craignait encore, mais ne souhaitait rien tant que de n'avoir plus à nous craindre.

Le jeune avocat en savait donc plus long sur ces matières que nos impardonnables gouvernants, plus long aussi que les naïfs ou perfides opposants d'alors, et l'avenir, un avenir bien prochain, hélas ! lui inspirait de viriles inquiétudes. Il avait d'ailleurs, pour se distraire de ses préoccupations patriotiques, le grave souci de l'accomplissement de la tâche à lui imposée par mademoiselle de Brannes, tâche qui devenait de plus en plus ardue et qu'il désespérait presque de mener à bien.

L'alibi allégué par M. Wassmann et solidement établi par les dépositions de mademoiselle Rose et de ses habitués, cet inattaquable alibi avait complétement modifié les dispositions du juge d'instruction. L'enquête se poursuivait contre le braconnier Robert, contre le braconnier seul, et si elle n'avançait pas vite, il était certain aussi que désormais elle ne changerait plus d'objectif et que l'affaire suivrait son cours lentement, mais sûrement, jusqu'à la cour d'assises.

Pour sauver le mari de la protégée de Gabrielle, pour déjouer les ruses du vrai coupable et l'envoyer prendre en prison la place du prévenu innocent, Julien ne pouvait plus compter que sur lui-même. C'était beaucoup, il est vrai, car il se sentait soutenu par l'ardent désir de plaire à une jeune fille adorable et adorée. Avec ce désir et la conviction très-arrêtée de défendre une cause juste, M. de La Chanterie aurait soulevé des montagnes.

Il commença moins poétiquement par se renseigner de tous les côtés sur l'équivoque personnage qu'il avait tant de raisons de soupçonner. A Charly, il n'apprit rien qu'il ne sût déjà, c'est-à-dire, fort peu de chose, et il n'eut même pas une seule occasion de rencontrer le locataire du pavillon des Sorbiers.

Soit qu'il craignît de ne pas trouver chez M. le comte de Brannes un accueil digne de ses mérites, soit pour d'autres raisons, M. Wassmann avait changé d'avis et s'était abstenu de se présenter au château de Chasseneuil, quoiqu'il l'eût annoncé devant Julien au capitaine Henri.

Le défenseur du braconnier n'avait garde d'accepter l'invitation adressée à lui et à son cousin sur le bord de la Marne, et d'aller boire le kümmel et fumer les cigares d'un homme qu'il accusait d'assassinat. Il lui fallut donc se contenter de renseignements recueillis un peu au hasard et avec d'autant plus de difficultés, qu'il n'avait jamais fréquenté les naturels de l'endroit et que, le tenant pour un homme fier et dédaigneux, ils se défiaient de lui. Il ne put guère s'adresser qu'à M. Jean, à Jacqueline Ledoux et aux domestiques de son oncle, lesquels n'en savaient pas bien long.

Jacqueline se déclara même carrément pour M. Wassmann, qu'elle considérait comme le plus généreux des hommes; depuis le cadeau de vingt-cinq louis fait à Marcel. Elle n'hésita pas non plus à répondre de mademoiselle Rose, que Julien avait d'abord véhémentement soupçonnée de faux témoignage; elle en dit tant à l'éloge de la vieille fille, et le curé l'appuya si bien, que ce même Julien finit par croire à moitié à l'alibi, sans innocenter pour cela le Wassmann.

Il en vint seulement à penser qu'au lieu d'opérer lui-même, cet homme avait peut-être fait tuer Michel par un coupe-jarret à gages, quelqu'un de ses gens, par exemple. Ceux du comte de Brannes ne les connaissaient que de vue et ne purent rien dire sur leur compte. D'ailleurs, ils tenaient unanimement pour la culpabilité du braconnier, et Julien s'apperçut bientôt que, sur ce point, personne n'était de son avis dans la domesticité du château.

Il y avait aussi un côté de l'affaire que le jeune avocat aurait bien voulu éclaircir. Il s'avouait à lui-même que le meurtre du garde par ce riche étranger ne s'expliquait pas, et que, pour le prouver, il fallait d'abord en découvrir la cause. Or, cette cause pouvait se trouver dans l'histoire de la vie passée de la victime, à défaut de l'histoire de la vie passée de l'assassin, que tout le monde ignorait à Charly.

Il s'enquit soigneusement, et il sut que Michel s'appelait Amstein de son nom de famille, qu'il était né à Schlestadt, en Alsace, où il avait encore de la famille et où il était allé deux ans auparavant recueillir un petit héritage ; qu'en sortant du service il avait épousé une parente de Jacqueline, dont il était veuf depuis six mois, et qu'après avoir fait deux congés au 2ᵉ régiment de zouaves, il était entré dans la maison de M. de Brannes, qu'il n'avait jamais quittée depuis.

Ces renseignements ne résolvaient pas le problème. Cependant, Julien fut frappé d'un fait que tout le monde s'accordait à constater. De son vivant, Michel, en toute occasion, manifestait une antipathie prononcée pour l'habitant du pavillon des Sorbiers. Il est vrai qu'il n'avait jamais dit pourquoi il lui en voulait personnellement et que, comme ses compatriotes alsaciens, il exécrait tous les Allemands en masse. Mais le vieux troupier n'était pas bavard de son naturel, et il se pouvait fort bien qu'il eût contre M. Wassmann quelque grief particulier dont il n'avait pas jugé à propos de confier l'origine à ses camarades.

Après avoir poussé ses investigations dans Charly, M. de La Chanterie les avait continuées à Paris avec plus de succès. M. Wassmann y était très-répandu dans un certain monde, un monde où on ne s'inquiétait guère de ses antécédents, pourvu qu'il dépensât beaucoup d'argent.

Paris est hospitalier aux étrangers, si hospitalier qu'il ne s'agit que d'être Brésilien ou Arménien pour y trouver un immense crédit et pour y faire d'innombrables dupes. A plus forte raison, un seigneur allemand, vivant largement et payant ses fournisseurs avec une régularité exemplaire, devait-il y jouir de toute la considération due à sa nationalité exotique.

Aux environs de la rue de Presbourg, où il était splendidement logé, on ne parlait de M. Wassmann qu'avec une sorte de vénération. Julien comprit bien vite qu'il fallait chercher ailleurs, et il pensa à se faire recevoir au cercle où ce personnage avait été admis assez récemment. Le capitaine Henri de Brannes, son cousin, qui en faisait partie, se chargea de l'y présenter, et les choses en étaient là quand il arriva à l'obstiné chercheur une aventure assez singulière.

Julien de La Chanterie habitait rue de Verneuil l'aile droite d'un grand hôtel dont les aristocratiques propriétaires passaient les deux tiers de l'année dans leurs terres et n'étaient pas fâchés de tirer parti d'un immeuble beaucoup trop vaste pour une vieille douairière et ses deux enfants.

Le jeune avocat se trouvait là à une distance raisonnable dn palais et tout à fait à proximité de son oncle et de sa cousine qui demeuraient sur le quai d'Orsay. Le choix de ce domicile cadrait donc à merveille avec sa double existence d'homme sérieux et d'homme du monde, et, quant à l'homme de plaisir qui s'était un peu effacé depuis que mademoiselle de Brannes était sortie du couvent, celui-là n'avait que la Seine et les Tuileries à traverser pour gagner les brillants quartiers de la Madeleine et des Champs-Élysées.

D'ailleurs, cette vieille et étroite rue de Verneuil, qui ne paye pas de mine, a pourtant par endroits un certain air de noblesse qui manque à sa voisine, la bruyante et commerçante rue du Bac. On y voit encore d'antiques portes-cochères cintrées qui s'ouvrent au milieu d'une façade à balcons ouvragés, à côté d'un grand mur chaperonné de mousse. Cela sent d'une lieue son dix-huitième siècle, et jamais il ne viendra à l'idée d'un boursier enrichi d'aller manger là le revenu de ses millions gagnés en spéculant.

Julien, qui n'était ni un parvenu ni un millionnaire, s'accommodait à merveille de son appartement de plain-pied avec un vaste jardin, dont il avait le libre usage depuis la fin du printemps jusqu'à la fin de l'automne.

Cet appartement, meublé avec une élégance artistique, se composait d'un rez-de-chaussée et d'un premier étage entre cour et jardin, avec deux fenêtres superposées donnant sur la rue de Verneuil. M. de La Chanterie y menait l'existence d'un jeune homme assez riche pour se donner toutes ses aises, et pas assez pour prétendre à un train de maison.

Les temps sont passés où les héros des romans de Paul de Kock *roulaient cabriolet* avec dix mille livres de rente. Julien, qui en avait trente, montait fort bien en fiacre et se contentait d'un seul valet de chambre. Il déjeunait chez lui, à l'anglaise, dînait au cabaret, — c'est l'expression consacrée pour désigner les restaurants à la mode, — et passait ses soi-

rées un peu partout, quand M. de Brannes et sa fille n'étaient
point à Paris.

Depuis la mort du malheureux garde, sa vie avait été considérablement dérangée, d'abord par les occupations multi-
pliées que lui imposait la nécessité de suivre la marche de
l'instruction criminelle, et aussi par les fréquents voyages
qu'il était obligé de faire à Charly. Il ne se passait guère de
jour où il ne courût au palais dans la matinée et où le soir il
ne prit le chemin de fer pour aller voir son oncle.

Les visites au juge ne l'embarrassaient guère, car ce digne
magistrat l'accueillait toujours avec une bienveillance parfaite
et ne faisait point difficulté de lui dire où en était l'affaire,
pas plus qu'il ne le blâmait de persévérer dans sa foi à l'innocence du braconnier. A Charly, sa situation était beaucoup
moins nette entre M. de Brannes qui tenait essentiellement à
la condamnation du meurtrier de son garde et de ses faisans, et mademoiselle de Brannes qui voulait à toute force
qu'on le mît en liberté.

Il lui fallait accomplir des prodiges de diplomatie et des
tours de force de langage pour rendre compte de ses démarches sans mécontenter ni le père ni la fille. Celle-ci, il est
vrai, avait quelque pitié de lui et ne le poussait pas trop pendant qu'il s'expliquait devant le comte, parce qu'elle savait à
merveille l'attirer dans un coin du salon, sous prétexte de lui
montrer des partitions anciennes, et, là, le sommer de dire la
vraie vérité et lui faire jurer, la main sur la symphonie pasto-
rale de Beethoven, qu'il n'abandonnerait jamais la cause de
sa protégée.

Il arrivait assez souvent que ces à-parte musicaux et la
partie de tric-trac de son oncle lui faisaient manquer le dernier train et qu'il était obligé de coucher au château où, du
reste, il avait sa chambre en toute saison. Dans ces cas-là, il
partait le lendemain de grand matin pour avoir le temps
de passer chez lui avant d'aller faire au palais son tour quotidien.

Un jour qu'il s'était attardé ainsi et qu'il rentrait vers neuf
heures à son domicile de la rue de Verneuil, il fut tout surpris de voir à son valet de chambre une figure consternée.

Ce valet de chambre, qu'il n'avait à son service que depuis un an, était un serviteur correct qui se piquait de manières britanniques, ayant servi chez un lord, et possédait une de ces faces impassibles où les impressions ne se réflètent pas plus que sur les belles têtes en cire exposées à la vitrine des coiffeurs.

Pour qu'il eût cet air bouleversé, il fallait qu'il fût arrivé une catastrophe domestique, et, de fait, M. Laurent, vivement questionné par son maître, confessa qu'ayant passé la nuit dehors pour veiller un beau-frère malade, il venait de rentrer et de s'apercevoir qu'on s'était introduit par effraction dans l'appartement. Il n'avait voulu toucher à rien pour ne pas se compromettre, ajoutait-il, et il se disposait à aller prévenir le commissaire de police, quand M. de La Chanterie avait paru.

Julien ne crut pas le moins du monde à la maladie du beau-frère, car il connaissait fort bien les mœurs des valets de chambre de ce temps-ci, mais il ne s'amusa point à dire son fait à M. Laurent et il courut au plus pressé, qui était de vérifier les dégâts et méfaits commis par les visiteurs nocturnes.

Ils étaient entrés par la fenêtre du rez-de-chaussée dont les persiennes avaient été sciées et les vitres coupées avec une habileté qui aurait fait honneur à un forçat libéré. Cette fenêtre était celle d'un fumoir où M. de La Chanterie ne se tenait guère en été, et on passait de cette pièce dans le salon et dans la salle à manger. La chambre à coucher, le cabinet de toilette et le cabinet de travail se trouvaient au premier étage. Naturellement Julien visita d'abord le rez-de-chaussée et reconnut avec une satisfaction mêlée de surprise qu'une assez belle argenterie placée en évidence sur les dressoirs de la salle à manger n'avait point été enlevée. Tous les buffets et tous les tiroirs étaient ouverts, mais on y avait laissé les couverts d'argent et diverses bagatelles précieuses.

Un soupçon commença presque aussitôt à poindre dans son esprit et il grimpa rapidement l'escalier, suivi du valet de chambre, qui n'exprimait ses sentiments que par des exclamations rares et proférées sur un ton convenable. Dans la chambre à coucher, les voleurs avaient montré moins de discrétion et surtout moins de désintéressement. Ils avaient fracturé un meuble de Boule où Julien serrait ses papiers de famille, ses correspondances intimes et son argent courant. Cent et quelques louis qu'il y avait laissés la veille étaient évidemment passés dans les poches de ces messieurs, car il n'en restait plus un seul; mais les drôles espéraient sans doute trouver aussi des billets de banque, car un portefeuille bourré de lettres avait été éventré et vidé sur le parquet.

Julien, indigné de cette profanation, se précipita pour ramasser des souvenirs auxquels il tenait beaucoup parce qu'ils lui venaient de sa mère, et il s'aperçut que toutes les lettres avaient dû être soigneusement examinées, car on les avait tirées de leurs enveloppes. Il fallait que ces chercheurs de chiffons signés par la Banque de France fussent gens bien minutieux pour avoir perdu leur temps à un pareil inventaire.

Dans le cabinet de travail, c'était bien autre chose encore. Les cartons avaient été fouillés, et on ne s'était même pas donné la peine de les refermer. Les livres de la bibliothèque paraissaient avoir subi aussi une inspection détaillée, car ils n'occupaient plus leur place ordinaire sur les rayons; quelques-uns y figuraient la tête en bas, c'est-à-dire le titre renversé; d'autres gisaient épars au pied de la large armoire en chêne, où ils s'étalaient d'habitude. On aurait dit que la pièce où Julien se tenait de préférence avait été mise à sac. Cependant, des armes d'un grand prix, qui garnissaient les panneaux de la boiserie, ne paraissaient pas avoir excité les convoitises de ces étranges voleurs. Personne n'y avait touché, pas plus qu'à une fort belle pendule ancienne et à divers objets d'art. Décidément, les malandrins qui venaient de piller l'appartement n'étaient pas connaisseurs en curiosités; mais, en revanche, ils affichaient un goût désordonné pour les paperasses.

M. de La Chanterie fut si frappé de ces bizarres préférences, qu'au lieu de penser à les signaler à la justice, il éprouva le besoin de s'isoler pour y réfléchir tout à son aise. Il commença par gronder sévèrement son valet de chambre et par lui défendre, non-seulement de porter plainte chez le commissaire, mais encore de parler à personne de cette aventure.

Quelque inusitée que fût, en pareil cas, la recommandation du silence absolu, Laurent la reçut de son maître avec un sang-froid imperturbable et déclara qu'il s'y conformerait strictement. Julien le congédia, après lui avoir donné l'ordre de faire remettre les carreaux coupés et de remplacer les persiennes par des volets doublés de tôle. Aprèsquoi, il s'enferma pour examiner les choses de plus près, et surtout pour méditer sur la cause des singuliers effets qu'il venait de constater.

Fallait-il imputer l'effraction et le vol à de vulgaires malfaiteurs, ou croire qu'en forçant la fenêtre et en bouleversant les meubles les envahisseurs avaient été poussés par un tout autre sentiment que celui de la cupidité?

— Si c'était ce misérable Wassmann qui a fait cela pour s'emparer de la lettre que j'ai ramassée dans le bois de la Bélière! pensait le neveu du comte de Brannes. Mais d'abord sait-il qu'elle est en ma possession, cette lettre ?

Il rappela ses souvenirs, et il arriva bien vite à conclure que la supposition était parfaitement admissible. S'il avait eu affaire à M. Wassmann dans le bois de la Bélière, si l'homme qu'il avait poursuivi à travers le taillis était bien le riche étranger du pavillon des Sorbiers, cet homme ne pouvait pas, du fond du hallier où il se cachait d'abord, ne pas l'avoir vu ramassant, dépliant et lisant la bourre en papier.

Il lui revint même en mémoire qu'un peu plus tard, sur le bord de la Marne, au plus fort de son altercation avec le prétendu paysagiste, cet artiste peu endurant avait fait mine de chercher son revolver dans sa poche, et qu'il s'était laissé aller à ce geste belliqueux juste au moment où lui, La Chanterie, venait de se vanter de sa trouvaille. Donc, l'Allemand savait parfaitement que la lettre était entre les mains d'un ennemi, et, puisqu'il avait pris la peine de se déguiser pour chercher dans les buissons la bourre accusatrice, il devait attacher une grande importance à s'en emparer. Quoique le juge d'instruction en l'interrogeant ne lui eût pas nommé son dénonciateur, Wassmann n'avait pas dû s'y méprendre.

Tout cela étant admis, quoi de plus naturel que de croire à une effraction tentée uniquement pour récupérer cet écrit compromettant? L'assassin devait penser que M. de La Chanterie avait caché la lettre au fond de quelque tiroir secret, et qu'en fouillant l'appartement de fond en comble, il finirait bien par la trouver.

— Comme j'ai eu raison de la laisser dans mon portefeuille et de la porter sur moi! murmura Julien, tout glorieux de sa prudence.

Il y avait cependant un point faible dans cet ingénieux échafaudage d'hypothèses, et ce point c'était le vol des cent louis enfermés dans le meuble de Boule. L'opérateur nocturne avait laissé les couverts et les bijoux, mais il avait fait main basse sur l'or, sans la moindre vergogne. De la part d'un millionnaire, si scélérat qu'il fût, un pareil procédé était vraiment improbable, et le jeune avocat, qui sentait cette invraisemblance, se reprit à douter.

A force de se creuser la tête pour l'expliquer, il finit pourtant par se rappeler que, dans une affaire de soustraction de testament jugée aux assises de la Seine, le coupable, homme fort à son aise, avait été convaincu d'avoir volé en même temps que le testament de son oncle une petite somme dont il n'avait aucun besoin, et cela dans le but unique de détourner les soupçons. Le sieur Wassmann était très-capable de s'être servi de la même ruse. Ou bien encore il se pouvait qu'il eût chargé de cette vilaine besogne un subalterne, auquel il aurait abandonné pour sa part de prise les louis de M. de La Chanterie.

La conclusion finale du volé fut que le coup venait du meurtrier de Michel, et que c'était le premier acte d'hostilité d'une guerre déclarée tacitement le jour de la poursuite dans le bois de la Bélière. Comment cette guerre allait-elle se continuer? L'Allemand irait-il jusqu'à user de violence en attaquant ou en faisant attaquer la personne du détenteur de la lettre? Julien se le demandait; mais, à tout événement, il résolut de ne plus sortir qu'armé et d'éviter de rentrer chez lui à pied à des heures tardives. Il lui passa alors par la tête

que son valet de chambre avait peut-être été acheté par
Wassmann et que son absence pendant la nuit du vol était
préméditée.

L'idée valait qu'on l'examinât, car c'eût été une terrible
imprudence que de garder dans la place un espion et un
auxiliaire de l'ennemi, et peu s'en fallut que, dans un premier mouvement de défiance, La Chanterie ne chassât le cor
rect Laurent. Mais, après y avoir réfléchi plus froidement,
il se dit que si ce Laurent eût été de connivence avec l'Allemand, il s'y serait pris avec un peu plus d'habileté.

Ainsi, par exemple, il aurait fait disparaître toute trace des
fouilles opérées dans les cartons, dans les livres et dans les
papiers, afin que son maître pût croire à un vol commis dans
les conditions ordinaires. Il était plus probable qu'il avait tout
simplement passé la nuit à quelque fête, comme s'en donnent entre eux les *gens de maison*, à moins qu'il ne fût allé
se pavaner dans un bal public avec les habits de M. de La
Chanterie.

Wassmann, qui faisait probablement surveiller l'hôtel
de la rue de Verneuil, avait très-bien pu être informé que,
cette nuit-là, personne ne couchait dans l'appartement,
et que l'occasion était bonne pour s'y introduire. Et puis,
il y avait peut-être moins d'inconvénients à garder le domestique suspect qu'à le renvoyer, car, une fois dehors,
il n'aurait pas manqué de bavarder sur cette aventure,
tandis qu'en le conservant à son service Julien pouvait
observer de près sa conduite et ses allures.

Il se promit de n'y point manquer et ayant ainsi réglé la
conduite qu'il se proposait de tenir, tant à l'intérieur qu'au
dehors, il se sentit plus calme, prêt à faire face à toutes
les complications et à tous les dangers de l'avenir, et
plein de confiance dans l'issue de la lutte engagée avec
M. Wassmann.

Un terrain sur lequel il lui tardait d'aller en reconnaissance contre cet insaisissable ennemi, c'était celui du Cercle
où il avait prié son cousin de le présenter, et la bonne nouvelle de son admission lui arriva précisément dans la matinée qui suivit la nuit du vol.

· Henri de Brannes lui écrivait que le vote lui avait été unanimement favorable et qu'il lui donnait rendez-vous à minuit au Cercle même pour le présenter à quelques amis qui s'étaient activement occupés de son élection. Le capitaine ajoutait qu'il comptait sur son exactitude, ayant pour son compte à l'entretenir d'affaires à lui personnelles. Julien n'avait garde d'y manquer, car une sorte de pressentiment l'avertissait que son adversaire s'y trouverait ce soir-là et que le hasard lui fournirait peut-être matière à d'amples observations.

L'heure était fort bien choisie, d'ailleurs, car c'est celle où commence la vie nocturne des habitués des cercles, gens aussi routiniers que les bourgeois du Marais et qui ont coutume de se rassembler invariablement dans le grand salon de leur club avant le dîner et après le spectacle.

D'ordinaire, au mois de juillet, il n'y a pas foule, même à ces heures sacramentelles, mais, par les bruits de guerre qui couraient, il était probable que tous les clubistes non encore partis pour Baden ou pour Trouville, viendraient à la fin de la soirée échanger des nouvelles. Il y avait bien des chances pour que M. Wassmann, qui se disait officier autrichien, saisît cette occasion d'exprimer publiquement l'antipathie que devaient lui inspirer les vainqueurs de Sadowa. Julien était donc ravi de se trouver en passe de l'y rencontrer et de l'y étudier de près.

Il éprouvait aussi une certaine satisfaction d'amour-propre à savoir que son nom avait subi victorieusement la redoutable épreuve du scrutin. Non assurément qu'il eût jamais craint que son honorabilité fût contestée, mais il connaissait à merveille l'esprit des cercles, et il savait que le candidat le plus irréprochable n'est jamais assuré contre le *black-boulage*, autrement dit, contre un refus toujours fort déplaisant.

A Paris, dans le monde privilégié des grands clubs, il suffit que quelqu'un prenne en grippe votre figure ou la couleur de vos cheveux, ne vous eût-il jamais vu que dans la rue, pour que ce quelqu'un et sa coterie vous bombardent de boules noires. Il y a aussi l'ineffable jouis-

13

sance de vexer son prochain et de l'empêcher de monter
à l'échelon où on est assis. C'est un plaisir éminemment
français, et d'autant plus vif, que la victime de l'exclusion
est plus riche et plus haut placée.

Il est vrai que les amis du malheureux refusé ne manquent pas de se venger plus tard en repoussant à leur tour
ceux que ses adversaires présentent. D'où il suit qu'on finit
par ne plus recevoir personne, et qu'on a vu des cercles
menacés de périr faute de vouloir se recruter. Aussi, la
meilleure condition pour y entrer sans difficulté, consiste-
t-elle à n'être ni trop beau, ni trop riche, ni trop spirituel,
ou, mieux encore, à être absolument inconnu. C'est à ce
dernier titre, et quelquefois aux trois autres, que les étrangers doivent d'y être presque toujours reçus par accla-
mation.

Julien, bien partagé sous tous les rapports, devait donc
s'estimer très-heureux de n'avoir pas rencontré plus d'opposition que M. Wassmann, énigmatique personnage, tombé
à Paris comme un aérolithe. Il s'empressa d'écrire à son
cousin pour le remercier et pour lui dire qu'il viendrait à
minuit lui demander de l'introduire. Après quoi il s'occupa
de passer en revue ses papiers bouleversés et de les remettre en ordre.

Quand il se fut assuré qu'on n'avait rien soustrait de ses
titres, ni de ses correspondances, il déjeuna de bon
appétit, s'habilla et s'en alla, comme de coutume, au palais, où il ne trouva que des gens affolés de politique et
colportant des nouvelles insensées. L'instruction faisait
relâche et le juge n'était point à son cabinet.

L'ardent défenseur du braconnier n'apprit absolument
rien de nouveau sur l'affaire qui l'intéressait par-dessus
tout, et passa le reste de la journée à préparer toute une
stratégie contre M. Wassmann. Il eut un instant la velléité
de retourner à Charly, mais il pensa que son oncle voudrait
encore le retenir pour sa partie de trictrac et lui ferait
manquer son entrée au cercle. Il se décida donc à rester à
Paris, rentra chez lui pour changer de toilette, dîna dans
son quartier et, un peu avant dix heures, s'achemina vers

les boulevards. Il comptait y attendre tranquillement minuit
en fumant son cigare, et il ne se doutait pas que rien ne
serait moins tranquille que sa promenade de ce soir-là.

Paris change à tout instant d'allure et de physionomie.
Il est gai ou il est triste, il rit ou il gronde, il s'agite ou
il s'endort, suivant les heures, les saisons, les vents qui
soufflent et les idées qui germent.

Il y a des jours où il prend des airs de ville de province,
quand le soleil poudreux d'un dimanche d'août a chassé la
foule vers les gares de banlieue et que de rares passants
apparaissent au loin sur les places abandonnées, épaves
humaines perdues dans un océan d'asphalte. D'autres, où
il se met à ressembler à Londres, quand la fine pluie de
novembre fouette obliquement les parapluies tendus comme
des boucliers, et que de longues files de gens affairés et
crottés courent sur les trottoirs boueux. Il y en a où il sort
guilleret, le nez au vent et la tête pleine d'idées printa-
nières, quand les femmes arborent des ombrelles blanches
et font sonner sur le pavé sec les talons pointus de leurs bottines neuves.

Il y a aussi des jours, sinistres, ceux-là, où il lui vient
des fantaisies extravagantes et des colères furieuses, où il
s'avise subitement d'arracher et d'amonceler les pierres de
ses rues en hurlant quelque refrain idiot.

Les boulevards, c'est Paris, et aucun de ceux qui l'ont vu
n'a pu oublier l'étrange spectacle que présentaient les boulevards le soir du 12 juillet de cette fatale année 1870.

Julien, que les événements de Charly avaient fort dérangé
de ses habitudes, n'était pas venu depuis plusieurs jours
dans ces parages bruyants, et il ne se faisait aucune idée de
ce qui s'y passait alors de huit heures à minuit. Aussi
éprouva-t-il une surprise mêlée d'un peu d'inquiétude et de
beaucoup de dégoût, lorsqu'en débouchant de la rue Vivienne,
il se trouva pris dans la formidable cohue qui roulait inces-
samment de la rue Montmartre au nouvel Opéra.

Ce tumulte bizarre ne lui rappelait rien de connu. Ce n'é-
tait point une émeute, car les sergents de ville laissaient
faire; ce n'était pas une fête non plus, car personne n'illu-

minait. Cela tenait un peu des deux : moitié révolution, moitié réjouissance publique.

Une foule compacte et mobile débordait jusque sur la chaussée, où les voitures avaient peine à circuler. Par moments, elle ondulait, violemment poussée, et s'ouvrait pour livrer passage à des bandes d'affreux drôles qui couraient à la file en chantant : « à *Berlin !* » sur l'air des *Lampions.*

Alors cette foule, composée de timides oisifs et de curieux très-pacifiques, répétait : « A Berlin ! » et acclamait les polissons. Il y avait des femmes qui se haussaient sur la pointe du pied pour crier : « Vive la guerre ! » et des gamins qui se glissaient entre les jambes des bourgeois en vociférant : « A bas la Prusse ! » Quelques dissidents manifestaient bien par-ci, par-là, en sens contraire, et lançaient timidement des : « Vive la paix! » presque toujours accueillis par des bordées de sifflets.

L'immense majorité de cette populace insensée demandait à *partir en guerre* comme le *sire de Framboisy,* quoiqu'elle n'eût aucune envie de passer la barrière, et donnait le branle à ce carnaval belliqueux dont la France rougirait encore si elle ne l'avait cruellement expié, si elle ne l'avait surtout glorieusement racheté, au prix du sang de ses héroïques enfants.

Le boulevard, envahi par la tourbe grouillante et hurlante, avait l'aspect navrant de la cour d'une vaste maison de fous et comme pour graver dans la mémoire des Parisiens le souvenir de cette date néfaste, une éclipse totale obscurcissait peu à peu le disque de la lune, astre des morts.

La badauderie ne perd jamais ses droits. Il y avait des gens qui regardaient l'éclipse.

Julien, écœuré, fut sur le point de rebrousser chemin pour fuir ce honteux tableau, puis il céda à un sentiment de curiosité qui le poussait à voir par ses propres yeux jusqu'où pouvaient aller l'extravagance des braillards et la sotte imprévoyance du gouvernement, qui leur permettait de brailler, ou, pour mieux dire, qui les y poussait. Il réfléchissait d'ailleurs que le cercle où il devait se trouver à minuit était situé tout près des Champs-Élysées et que, pour s'y rendre, le plus court était de se diriger vers la Madeleine.

Une fois décidé à braver le bruit et l'encombrement, le jeune homme pensa n'avoir rien de mieux à faire que de se lancer au cœur même de la foule. Il était de taille et de force à résister à ses étreintes, et il n'avait pas besoin de se presser pour arriver au rendez-vous de son cousin. Il traversa donc la chaussée et gagna le trottoir opposé, toujours plus fréquenté en temps ordinaire, mais, ce soir-là, presque inabordable.

Ce ne fut pas sans peine qu'il réussit à y prendre pied, mais lorsqu'il y eut fait sa trouée, il n'eut plus qu'à se laisser entraîner par le courant qui descendait vers la rue Drouot. Coudoyant, coudoyé et surtout dégoûté de tant de déplaisants contacts, Julien avançait au milieu d'un vacarme indescriptible, et cherchait en vain à apercevoir dans la masse mouvante qui l'entourait quelque visage de connaissance.

Le public habituel de la grande foire aux plaisirs qui se tient devant les passages s'était accru d'une masse de promeneurs hétéroclites.

On dit que les révolutions de Paris s'annoncent toujours par l'apparition dans les beaux quartiers de chenapans déguenillés, vilains oiseaux précurseurs qui annoncent les barricades comme les corbeaux annoncent l'hiver.

Cette fois, l'invasion n'avait pas ce caractère sinistre. Les figures insolites qui venaient de poindre sur le boulevard étaient presque toutes imberbes, quoiqu'elles eussent parfaitement l'air de sortir des bas-fonds de la grande ville.

De longues files d'adolescents à mine suspecte, qui se suivaient en se tenant par les pans de leurs blouses blanches, fendaient les masses en gloussant des chansons ordurières sur des airs patriotiques. On aurait dit qu'on avait recruté tous les marmitons de gargote et tous les garçons de cabaret pour les enrégimenter dans la grande armée du désordre.

C'était alors presque un uniforme que cette blouse blanche, et on avait déjà vu à l'œuvre ceux qui la portaient, lorsque, trois mois auparavant, ces aimables gibiers de po-

lence brisaient les kiosques et les réverbères. Qui les avait
recrutés, qui les avait lancés à travers Paris avec la consigne
de troubler le repos des honnêtes gens et d'exécuter en faveur de la déclaration de guerre cette ignoble descente de
la Courtille? Nul ne l'a jamais su, et le neveu de M. de
Brannes ne parvint point à le deviner, quoiqu'il les regardât
de fort près. Quand on les interrogeait, ils répondaient par
des injures en argot, et quand on voulait les arrêter, ils se
dérobaient comme des couleuvres.

Julien, révolté de leur impudence, ne leur épargnait pas
les coups de coude, et son exaspération était telle, qu'il n'aurait pas mieux demandé que d'en venir aux coups de poing;
mais il ne trouva pas l'occasion d'appliquer la moindre correction, et il arriva sans bataille jusqu'aux abords du passage
de l'Opéra.

Là était vraiment le centre de l'encombrement.

L'asphalte, à cette place, sert, en tout temps, aux opérations des spéculateurs en plein vent, qui bravent les intem-
péries des saisons pour trafiquer, après dîner, du crédit des
États. Et, à cette heure suprème où la France allait risquer
sa grandeur, son existence même, dans une lutte colossale,
jamais plus belle occasion ne s'était offerte aux joueurs d'es-
compter la victoire ou la défaite.

Ceux-là n'avaient pas de préférence, et leur patriotisme
tenait uniquement à la façon dont ils étaient *engagés*,
c'est le terme consacré. Ceux qui voulaient la baisse sou-
haitaient sans vergogne la guerre et une longue série de désastres. Nos armées perdant une bataille la veille de chaque
liquidation, c'était là le rêve qu'ils caressaient. En vérité,
les blouses blanches valaient encore mieux.

De la rencontre de ces deux courants de boursiers et d'é-
meutiers, il résultait entre la rue Drouot et la rue Le Peletier
une sorte de remous humain qui tourbillonnait sans avancer.
On se heurtait, on se poussait, et, de cette répugnante
mêlée, s'élevait un ignoble concert de vociférations où les
cours de la rente se croisaient avec les strophes de la *Mar-
seillaise*. C'étaient les boursiers qui criaient le plus fort.

Pour le coup, Julien n'y tint plus. Il avait supporté d'être

froissé par les blouses, il lui déplaisait d'être sali par les
vendeurs de primes, et il chercha à se dégager en se jetant
sur le macadam ; mais il était encore moins aisé de quitter
le trottoir que d'y entrer.

Julien s'aperçut qu'il était pris dans un engrenage dont il
aurait beaucoup de peine à se tirer, malgré sa vigueur
et son adresse. Il donna cependant quelques rudes secousses
à ceux qui le serraient de trop près et il réussit à se rapprocher un peu de la chaussée, mais ce fut pour tomber dans
un groupe serré de spéculateurs beaucoup plus difficile à
percer.

Ces gens se démenaient et hurlaient de telle sorte, qu'il
fut tout à la fois enlacé et assourdi. Il eut beau jouer des
coudes, il n'avança point d'une semelle. Au contraire, il fut
entouré complétement et acculé peu à peu contre un kiosque. Là, pour la première fois depuis qu'il était entré dans
ce vilain rassemblement, il lui vint à l'esprit que les
gens qui l'étouffaient en voulaient particulièrement à sa
personne et qu'ils avaient contre elle de fort mauvais desseins.

Ce qui fit croire tout d'abord à Julien que ce ramassis de
maroufles avait prémédité de le cerner et peut-être de le
violenter, ce fut le premier coup d'œil qu'il jeta sur leurs
figures. Ils étaient tous porteurs de physionomies patibu-
laires : nez crochus, faces plates, barbes pointues ou favoris
en nageoires.

Par une sorte d'intuition, La Chanterie pensa aussitôt à
M. Wassmann et se tint sur ses gardes, c'est-à-dire qu'il ra-
mena ses bras sur sa poitrine, de façon à protéger ses
poches.

La précaution était bonne, car il sentit presque aussitôt
des mains qui se promenaient sur sa personne dans l'intention évidente de la fouiller. Ces mains appartenaient-elles
à de vulgaires filous en quête d'un porte-monnaie ? En toute
autre circonstance, le neveu du comte de Brannes n'en aurait
pas douté, car il avait des idées fort arrêtées sur la moralité
des trafiquants interlopes qui pullulent dans ces parages. Mais
il savait aussi que la fameuse lettre était dans son porte-

feuille, sous le revers gauche de sa redingote, et que, s'il se
laissait faire, on allait la lui arracher.

Rien ne prouvait que cette poussée, suivie d'attouche-
ments, n'était pas la suite ou plutôt le renouvellement, sous
une autre forme, de la tentative commise la nuit précédente
à son domicile. Les agents de Wassmann, n'ayant rien trouvé
dans les armoires de l'appartement de la rue de Verneuil,
s'étaient dit que Julien devait porter sur lui la pièce accusatrice et pouvaient fort bien s'être ménagé l'occasion d'explorer ses habits, après avoir inutilement exploré ses tiroirs.
Qui empêchait que, depuis le matin, on l'eût suivi sans qu'il
s'en doutât, *filé*, comme disent les policiers, et qu'au moment où il s'était aventuré dans la foule, on lui eût tendu
ce piége à un endroit du boulevard qui devait nécessairement se trouver sur son passage?

Toutes ces réflexions, le jeune avocat les fit en moins de
temps qu'il n'en faut pour les écrire, et l'action suivit de près
la pensée. Sans s'amuser à interpeller les malappris qui le
pressaient ainsi, il commença par distribuer en dessous des
ruades énergiques. Puis, dès qu'à l'aide de ce procédé violent il eut fait un peu de vide autour de ses côtés, il dégagea
son bras droit sans cesser de tenir son bras gauche étroitement appliqué contre la poche où était le précieux papier,
et de sa dextre robuste il asséna, sans plus de façons, une
rapide série de bourrades à poing fermé sur les museaux qui
se trouvèrent à sa portée.

Les battus reculèrent en poussant des cris de douleur et
de colère, renversant ceux qui se trouvaient derrière eux,
et il s'en suivit une culbute analogue à celle d'une rangée
de capucins de carte qu'on fait tomber les uns sur les autres
en soufflant dessus. Du même coup, leur chute découvrit des
visages que Julien n'avait pas encore pu apercevoir, et, à la
lueur du bec de gaz au pied duquel se passait la scène, le
défenseur du braconnier reconnut parfaitement, au milieu
d'un groupe voisin, le locataire du pavillon des Sorbiers.

Ce suspect personnage était entouré de gens de meilleure
apparence que les drôles crossés par La Chanterie, des
banquiers allemands, autant qu'on en pouvait juger à leur

mine. En sa qualité de millionnaire, il devait être en possession de valeurs mobilières, grandement intéressé par conséquent à en surveiller le cours, qui se livrait en ce moment même à des bonds insensés. Sa présence sur le trottoir, dont les larges dalles servent de tremplin à la spéculation, s'expliquait donc de la façon la plus naturelle. Mais Julien n'en conclut pas moins sans hésiter que M. Wassmann était venu là pour un tout autre et beaucoup moins avouable motif. Il ne jugea pas à propos, d'ailleurs, de l'interroger là-dessus, et s'estimant trop heureux de franchir sans encombre un si mauvais pas, d'un dernier coup de poing, plus magistral encore que les premiers, il s'ouvrit un chemin, se jeta derrière le kiosque, se glissa entre deux voitures, et se lança sur la chaussée, où il ne fut poursuivi que par les imprécations des vaincus. Leurs cris se perdirent bientôt dans le vacarme universel, et l'heureux distributeur de horions put gagner impunément le côté opposé du boulevard.

Sa main gauche n'avait pas cessé un seul instant de s'appuyer sur sa poitrine, et le portefeuille était toujours à la place où il l'avait mis.

Julien respirait enfin, mais, tout en se remettant d'une alarme si chaude, il ne se sentait pas du tout rassuré sur l'avenir. Si ses suppositions n'étaient pas de pures chimères, si la main de M. Wassmann était dans tout cela, la lutte ne faisait que commencer et promettait d'être vive.

Il ne la craignait point pour sa personne, mais il n'était pas aussi tranquille sur le sort de la lettre que le hasard avait mise en sa possession. Comment conserver sûrement ce papier sur lequel reposaient toutes ses espérances de succès ? Où le placer pour le soustraire aux tentatives audacieuses de gens qui ne reculaient ni devant un vol avec effraction et escalade, ni devant une attaque de vive force ?

Julien se demanda s'il ne ferait pas bien de finir par où il aurait peut-être dû commencer, c'est-à-dire si le parti le plus sage ne serait pas de remettre tout simplement la pièce au juge d'instruction. Mais il lui semblait que c'eût été abdiquer toute initiative, renoncer à la mission que Gabrielle lui avait confiée, déserter la cause d'un innocent qu'il avait promis de défendre.

Il se disait aussi qu'il serait toujours temps d'en venir là, si la lumière ne se faisait pas avant que l'affaire vînt aux assises. La production de cette lettre, dont les termes s'accordaient si mal avec l'hypothèse de la culpabilité de Robert, pouvait influer favorablement sur le verdict, et, dans tous les cas, elle serait d'un grand secours à la défense.

M. de La Chanterie résolut donc de différer encore pour la livrer à la justice. Il comprit aussi qu'il lui fallait s'en débarrasser au plus vite et la mettre en lieu sûr, sous peine de s'exposer à ce qu'on la lui arrachât. Mais qui voudrait se charger de ce dépôt ? A qui s'adresser pour demander un service d'une nature si délicate ?

Après avoir bien cherché, il ne vit que le curé de Charly. M. Jean était homme à comprendre les raisons qu'il lui donnerait, et on pouvait compter sur sa discrétion absolue. Julien se promit de l'aller voir au presbytère dès le lendemain, de lui exposer la situation et d'obtenir son consentement.

Le papier une fois placé, sans que personne le sût, sous la garde du digne prêtre, le jeune avocat pouvait défier toutes les entreprises de M. Wassmann. On essayerait peut-être encore de le voler à domicile ou de le dépouiller dans la rue. Quoi qu'on fît, on ne lui prendrait pas la lettre.

Enchanté de son idée et encore plus d'avoir déjoué deux fois les projets de son redoutable adversaire, Julien se dirigea vers le cercle, où il se croyait assuré de le rencontrer. Il lui tardait de le voir de près et sur un terrain neutre où il pourrait l'étudier tout à son aise. Il se proposait surtout d'observer sa contenance, lorsque le hasard, un hasard qu'il comptait bien faire naître, amènerait la conversation sur les rassemblements du boulevard.

L'heure avait marché et le club était situé à une assez grande distance du passage de l'Opéra pour qu'il lui restât précisément le temps d'y arriver vers minuit en marchant sans se presser. Ainsi fit-il, et il atteignit la Madeleine sans nouvel incident.

Plus on se rapprochait des Champs-Élysées, plus la foule et le tapage diminuaient, car les braillards avaient naturellement choisi, pour manifester, le point le plus fréquenté de Paris et ils ne s'en écartaient guère. Leur prétendu enthousiasme ne pouvait se passer de spectateurs.

Julien eut soin de se retourner plus d'une fois, pour voir si quelqu'un le suivait et il n'aperçut ni figures suspectes, ni allures douteuses. Dans ce quartier très-fréquenté, il n'avait à craindre aucun acte de violence, et le reste du trajet se fit le plus pacifiquement du monde.

Le cercle occupait un magnifique hôtel brillamment éclairé, dont les fenêtres, ouvertes à cause de la chaleur, laissaient passer le bruit de causeries animées, preuve certaine que la réunion était nombreuse.

M. de La Chanterie pénétra dans le vestibule et trouva au bas de l'escalier tout une escouade de valets de pied en superbe livrée. Ces beaux laquais étaient fort occupés à commenter les nouvelles annoncées par le journal du soir, mais cependant l'un d'eux s'empressa de se détacher pour aller, sur l'injonction de Julien, prévenir M. le vicomte de Brannes que M. de La Chanterie le demandait.

Un instant après, le capitaine parut, l'air rayonnant comme il convient à un officier qui flaire une campagne prochaine, passa son bras sous celui de son cousin, et l'entraîna par le grand escalier qui conduisait aux salons du club.

— Tu tombes bien, lui dit-il; notre président et tous ceux de mes amis qui ont voté et fait voter pour toi sont là. Dans cinq minutes, tu en auras fini avec les présentations et tu seras chez toi.

Julien se laissa conduire, et Henri, après lui avoir fait traverser une longue galerie et une salle de lecture, l'introduisit dans un immense salon où la première figure qu'il aperçut fut celle de M. Wassmann, pérorant au milieu d'auditeurs attentifs.

En apercevant l'homme qu'il cherchait, Julien éprouva quelque surprise. Il s'attendait bien à le rencontrer au cercle, mais l'ayant laissé devant le passage de l'Opéra en pleine opération de Bourse, il s'étonnait un peu de le retrouver, moins d'une heure après, lancé dans une savante dissertation sur les chances de la guerre et formant, à lui tout seul, le centre d'un groupe, au milieu du grand salon rouge.

Décidément, M. Wassmann était un homme expéditif, et aussi prompt à changer d'occupation que de costume. Il l'avait bien prouvé dans le bois de la Bélière.

Le capitaine ne laissa point à son cousin le temps de se livrer sur ce point à de longues réflexions. Il lui prit le bras et mena vivement la tournée des présentations, fort peu solennelles d'ailleurs, puisqu'elles se bornèrent, selon l'usage, à quelques poignées de mains à l'anglaise, et à quelques phrases polies échangées discrètement dans différents coins du salon.

M. de La Chanterie était déjà connu, du reste, de la plupart de ceux qu'il avait à remercier, de sorte que son introduction fut affaire de pure forme. Il se sentait là sur son terrain et n'éprouvait aucun embarras à parler pour la première fois à des gens qu'il savait être de son monde et qui savaient qu'il était du leur.

Le cercle où Henri l'avait fait recevoir était composé, comme tous les clubs du même ordre, d'éléments assez disparates. On y trouvait de jeunes viveurs et des hommes graves, d'importants fonctionnaires et d'enragés *sportsmen*, de vieux beaux dont l'élégance un peu surannée datait de la Restauration et des adolescents à la mode de demain.

Les militaires y étaient assez nombreux, quelques-uns de haut grade, et les autres, comme le capitaine de Brannes, jouissant, à cause de leur nom ou de leur fortune, d'une situation exceptionnelle. Le barreau n'y était point représenté, et Julien n'y avait pas précisément été reçu à cause de son titre d'avocat, mais son caractère et son esprit lui auraient concilié toutes les sympathies alors même que sa proche parenté avec Henri ne lui aurait pas assuré par avance un accueil bienveillant.

Le jeune officier d'état-major, fils du très-riche et très-noble comte de Brannes, était généralement aimé au cercle. Les personnages sérieux de la réunion appréciaient ses ex-

cellentes façons et sa parfaite politesse. Les jeunes goûtaient
fort sa gaieté franche et son entrain militaire. Il était l'âme
et la joie des groupes qui se formaient souvent le soir dans
les coins, pour deviser sur toutes sortes de sujets amusants,
pendant que les vieux jouaient au *whist* et que les politiques
discutaient autour de la cheminée.

Le nouveau venu bénéficia donc de toutes les amitiés ac-
quises à son cousin, et se trouva de prime abord et de plein
droit accepté par les deux camps. Seulement, il n'eut pas le
loisir de pousser bien loin la conversation avec ses collègues
de fraîche date, car, aussitôt que les formalités indispensables furent remplies, Henri s'empressa de le tirer à part pour
causer avec lui.

La Chanterie s'attendait à quelque chose de pareil, et devinait même de quoi son cousin voulait lui parler. Il se laissa
donc entraîner sur le balcon, quoique peut-être il eût mieux
aimé se mêler au groupe qui écoutait M. Wassmann. Il se
disait que, dans les confidences du capitaine, il serait certainement question du pavillon des Sorbiers et de ses habitants des deux sexes, et qu'en somme la conversation ne s'é-
loignerait pas trop d'un sujet qui l'intéressait entre tous. Il
ne se trompait point.

— Mon cher, lui dit Henri, dès qu'ils furent accoudés sur
la balustrade, loin de toute oreille indiscrète, j'ai un conseil
à te demander.

— Un conseil, répéta Julien, non sans sourire ; tu sais
bien qu'on n'en demande jamais que pour ne pas les suivre.

— Ça dépend des cas, dit évasivement le capitaine. J'avoue
que j'ai souvent fait le contraire des avis que j'ai reçus, mais,
pour le moment, je suis de bonne foi en te consultant, et j'ai
très-sincèrement dessein de m'en rapporter à tes lumières
et à ton expérience.

— S'il s'agit d'affaires de cœur, mes lumières t'éclaire-
raient fort mal, et, quant à mon expérience, tu as deux
ans de plus que moi et beaucoup de campagnes au pays de
Tendre...

— Oh ! ne fais pas le collégien, je t'en prie ! Tu naviguais
déjà sur la mer parisienne, quand j'étais encore à Saint-

Cyr; par conséquent tu es parfaitement en état de me répondre.

— Je t'assure que je suis un pauvre docteur en ces matières.

— Bon! bon! je sais à quoi m'en tenir là-dessus, et, entre nous, mon petit Julien, ce n'est pas une raison, parce que tu es devenu vertueux depuis six mois, pour renier ton passé, qui ne fut point sans quelques orages. Sois tranquille, du reste, je ne raconterai pas à Gabrielle que je me suis adressé à toi, pas plus que je n'ai fait allusion devant elle à certaine expédition de canotage.

— Ta sœur n'a rien à voir en tout ceci, dit vivement Julien; soumets-moi le cas, puisque tu y tiens tant, et je répondrai nettement.

— A la bonne heure! Eh bien, il s'agit d'une ravissante personne que tu as eu tout récemment la chance d'admirer sur le bord de la Marne, un certain jour qu'il faisait très-chaud, et que tu venais de te livrer à une chasse à l'homme dans le taillis de mon père.

— Mademoiselle Wassmann, n'est-ce pas? Je suis de ton avis, elle est charmante, dit Julien, sans aucune apparence d'enthousiasme.

— Plus encore que tu ne penses, mon cher, s'écria le capitaine. Je la connais maintenant, et je puis l'apprécier à toute sa valeur, car je n'ai pas fait l'ours comme toi, et je suis allé au pavillon des Sorbiers. Mademoiselle Catherine est une merveille, une pure merveille. Je ne te parle pas de sa beauté, puisque tu l'as vue... l'esprit et la grâce d'une Française, avec une pointe de mélancolie sentimentale qui achève de la rendre adorable. Du reste, elle est née à Vienne, et tu sais que les Viennoises ne ressemblent pas plus aux autres Allemandes qu'une rose à un coquelicot.

— D'accord! mais, sans doute, ce n'est pas sur ses mérites physiques ou intellectuels que tu tiens tant à avoir mon avis? Où en es-tu avec ta merveille?

— Au point précis où on se comprend sans se parler, où les yeux disent tout ce que la bouche n'ose encore exprimer, où enfin on sent qu'on s'aime, et où on n'attend qu'une occasion pour se l'écrire ou pour se le déclarer.

— Que mademoiselle Wassmann t'aime, je suis tout disposé à le croire ; que toi, tu l'aimes, cela me semble plus douteux.

— Pourquoi cela, s'il te plaît ?

— Parce que j'ai toutes les peines du monde à m'imaginer que tu puisses devenir amoureux pour tout de bon ; mais arrivons au conseil que tu attends de moi.

— Eh bien, mon cher, je crois que si je voulais devenir le gendre d'un gentilhomme étranger, trois ou quatre fois millionnaires et père de la plus délicieuse fille que j'aie jamais rencontrée, je n'aurais qu'à prendre la peine de demander officiellement sa main, et, comme j'ai conçu pour elle, quoi que tu en dises, une passion aussi profonde que sincère, je suis tenté de faire cette démarche.

— Qui te retient, alors ? demanda froidement Julien.

— Qui me retient ! En vérité, tu es charmant. Mais, parbleu ! une foule de considérations. Mon père d'abord, qui se montre toujours fort mal disposé pour son voisin ; je n'ai jamais su pourquoi, par exemple, car il n'a heureusement pas donné dans tes belles imaginations et pris un ex-officier supérieur pour un assassin. J'espère, du reste, que tu as renoncé toi-même à cette chimère. Enfin, j'hésite.

— Et tu as raison, car il y a une considération dont tu ne dis mot et qui, à elle seule, devrait suffire pour t'arrêter.

— Laquelle ?

— Mais la guerre n'est-elle pas imminente ? Tu ne comptes pas, je suppose, rester à Paris ou à Charly pendant la campagne de Prusse ?

— Non, certes. J'espère bien, au contraire, être attaché à l'état-major général et partir des premiers.

— Eh bien, c'est là, ce me semble, une perspective qui ne s'accorde guère avec tes intentions matrimoniales.

— Bah ! les opérations dureront trois mois tout au plus, le temps de gagner une ou deux batailles ; après la seconde, la Prusse nous cédera la rive gauche du Rhin ; au pis aller, si elle se fait tirer l'oreille, nous pousserons jusqu'à Berlin, mais, dans tous les cas, tout sera bâclé à l'automne ; je reviendrai avec une grosse épaulette et tout juste à point pour me marier ; seulement, si je veux faire connaître officiellement mes intentions à mon futur beau-père, je n'ai pas de temps à perdre.

— Comment ! toi aussi, soupira Julien, toi aussi, tu te fais cette ridicule illusion que cette guerre sera courte et facile !

— Ah ! bon, il paraît que tu es de ceux qui parlent de la Prusse, comme les petits enfants parlent de Croquemitaine. Je connais ça... la stratégie... la tactique... et puis la *land-wehr*; une armée de tailleurs et de bottiers... c'est fort redoutable, en effet, mais crois-moi, mon cher, laisse tes confrères les avocats sonner l'alarme et les militaires se battre.

— Je me battrai aussi, dit doucement La Chanterie, car on appellera sans doute bientôt la mobile.

— Oh ! nous n'en sommes pas là, s'écria le capitaine, et je crains bien que tu n'aies pas l'occasion d'aller au feu.

— Soit ! mais tu parles d'épouser mademoiselle Wassmann comme s'il s'agissait d'une Française. Es-tu sûr que son père ne va pas repasser la frontière dès le lendemain de la déclaration de la guerre, qui n'est que trop prochaine ?

— Lui ! tu ne sais donc pas qu'il a été blessé à Sadowa et qu'il exècre la Prusse ! Ah ! il n'a garde de quitter la France dans un pareil moment, ce brave Autrichien. Non, non, il est de cœur avec nous, et il ne se fait pas faute de le crier bien haut. Ecoute-le plutôt, dit le capitaine en se retournant pour faire face au salon où discourait M. Wassmann.

Julien n'était nullement fâché de la diversion que lui offrait son cousin. D'abord, il espérait que ce changement de front lui épargnerait l'ennui de répondre catégoriquement aux questions posées par le capitaine. Ensuite, il avait hâte d'entendre et d'observer cet homme qui tenait une si grande place dans sa vie et qui ne lui avait parlé qu'une seule fois. Il prêta donc une oreille attentive aux discours de M. Wassmann et même il fit quelques pas dans le salon afin d'être plus sûr de ne rien perdre de cette éloquence germanique.

— Oui, messieurs, disait le noble étranger, la Prusse sera battue, je vous en réponds, et battue honteusement. Elle n'est pas en état de tenir seulement trois mois.

— On prétend qu'elle peut mettre jusqu'à six cent mille hommes en ligne, objecta timidement un jeune maître des requêtes.

— Dont trois cent mille miliciens que cinq ou six de vos divisions mettraient en déroute, reprit l'orateur sans se déconcerter. Ces braves gens-là sont formés en régiments provinciaux commandés par des bourgmestres qui les mènent paternellement, comme dans la petite ville d'où ils sortent. Je vous laisse à penser s'ils iront au feu de bon cœur. Et puis, on oublie qu'en Prusse la moisson se fait au mois d'août et que, dans trois semaines, les jolis soldats de la *landwehr* fileront comme des lièvres pour aller couper leurs seigles.

— Hein ! qu'est-ce que je te disais? souffla le capitaine.

— Comment ! répondit tout bas Julien, toi qui as du bon sens, toi qui es officier d'état-major, tu te payes de pareilles raisons, tu acceptes des niaiseries de cette force !

— Sur ce point, messieurs, croyez-en un vieux militaire qui connaît à fond les armées allemandes, continua M. Wassmann en élevant la voix, comme s'il eût tenu à se faire entendre des deux cousins ; cette guerre ne sera qu'un jeu pour la France, et si votre gouvernement hésitait à l'entreprendre il serait bien coupable, car il perdrait une excellente occasion d'en finir avec ces Prussiens, qui sont les plus mauvais soldats de toute l'Allemagne.

— Cependant, hasarda encore le premier interrupteur, il me semble qu'il y a quatre ans, au mois de juin 1866, on disait aussi qu'ils seraient battus par les Autrichiens, tandis que....

— Tandis que c'est nous qui avons été battus, interrompit l'ex-major au service de l'Autriche. Eh bien, qu'est-ce que cela prouve? que nous étions mal commandés, que notre général en chef avait un plan déplorable.

En voulez-vous une preuve? Tenez, voici une anecdote

qui chez nous a été connue de tout le monde et qui l'a été, je crois, fort peu dans votre pays.

Ce plan était resté secret jusqu'à l'ouverture des hostilités ; mais, comme on faisait grand cas de son auteur, l'armée et la nation y avaient pleine confiance. Pourtant, peu de jours avant l'entrée en campagne, les habitants de Prague, capitale de la Bohême, furent très-surpris de voir déménager précipitamment le vieil empereur Ferdinand, oncle de notre auguste souverain. Ce prince avait toujours habité leur ville depuis son abdication, et il n'en bougeait guère. Comme on lui demandait le motif de ce brusque départ, et comme on lui représentait respectueusement que la Bohême ne courait point risque d'être envahie par l'ennemi, le fameux plan ayant sans aucun doute pourvu à ce danger, Ferdinand se mit à rire et répondit : « Mes enfants, je le connais ce beau plan, le plan de Benedek ; le général lui-même me l'a expliqué, et c'est précisément parce qu'il me l'a expliqué.... que je pars. »

— Cet empereur était un homme d'esprit, s'écria Henri de Brannes en se rapprochant du groupe qui riait de l'agréable histoire racontée par M. Wassmann.

— Rien ne nous garantit que la France n'aura pas aussi son *plan de Benedek*, dit Julien assez haut pour que l'Allemand se retournât.

Leurs yeux se rencontrèrent, et le locataire du pavillon des Sorbiers montra aussitôt qu'il reconnaissait le neveu du châtelain de Chasseneuil, car il lui dédia un gracieux sourire auquel Julien répondit par une très-sèche inclination de tête. Mais il se flattait à tort d'en être quitte à si bon marché.

Le capitaine, qui voulait à toute force le réconcilier avec le père de l'adorable Catherine, saisit la balle au bond et acheva la présentation ébauchée naguère au bord de la Marne.

— Je me souviens parfaitement de la circonstance à laquelle j'ai dû l'honneur de voir monsieur pour la première fois, dit M. Wassmann, dès que l'officier eut prononcé sa phrase d'introduction.

— Je ne l'ai pas plus oubliée que vous, monsieur, riposta Julien avec une froideur hautaine.

— Et je regrette que l'occasion de vous revoir se soit fait si longtemps attendre, reprit courtoisement l'étranger.

— Moi, je vous ai déjà vu, il y a une heure, dit vivement le jeune avocat.

— Vraiment ! Où donc ? demanda Wassmann d'un air étonné.

— Sur le boulevard, devant le passage de l'Opéra, à quelques pas d'un rassemblement de drôles qui cherchaient, jo crois, à me voler.

La Chanterie lança cette réponse d'un tel ton et avec une intention si évidente de blesser son interlocuteur, que le capitaine en rougit. Confus d'avoir exposé à cette incartade un homme qu'il tenait à ménager, et furieux contre l'enragé cousin qui lui jouait ce tour, Henri de Brannes cherchait une phrase pour détourner la conversation, et éviter une déclaration de guerre cent fois plus redoutable à ses yeux que celle de Napoléon à Guillaume.

M. Wassmann lui épargna cette peine, et toujours calme, toujours souriant, au lieu de relever ce propos malsonnant dont ses auditeurs eux-mêmes semblaient s'être émus, car ils regardaient leur nouveau collègue de l'air dont on regarde un fou dangereux, l'imperturbable Allemand se mit à dire tranquillement :

— En effet, c'est un monde fort mêlé que celui qui se réunit là, et, quoique j'aie d'importants intérêts à surveiller, je ne me compromets pas volontiers dans cette foule. Ce soir, pourtant, j'ai bravé les désagréments de la cohue, parce que j'avais un ordre pressé à donner. Je veux faire acheter une grosse somme de rente française, demain, à l'ouverture de la Bourse. C'est vous dire, messieurs, ajouta M. Wassmann en s'adressant au groupe qui l'entourait, c'est vous dire à quel point je suis sûr du succès de vos armes.

Cette conclusion provoqua dans l'assistance un murmure approbateur auquel Julien s'abstint, bien entendu, de prendre part. Son cousin, trop heureux de ce dénoûment paci-

fique, s'empressa de le tirer par le bras et de le ramener
sur le balcon, qu'il regrettait bien d'avoir quitté.

— Ah çà, mon cher, lui dit-il d'une voix contenue, m'ex-
pliqueras-tu cette sortie extravagante? Quelle mouche te
pique de jeter des insolences au nez d'un officier étranger
qui t'accueille avec une politesse parfaite? Est-ce parce
qu'il est du parti de la France, et crois-tu m'être agréable
en te conduisant de la sorte?

— Et toi, crois-tu donc que je sois la dupe des belles
phrases de ce personnage? répliqua Julien que la colère
commençait à gagner. Je t'ai déjà dit et je te répète que ton
Allemand m'est suspect au premier chef, et tiens! tu me
demandais tout à l'heure mon avis sur tes visées à l'endroit
de sa fille.... eh bien, il est inutile que je te le donne, car tu
dois être fixé maintenant sur l'opinion que j'ai du père.

— Capitaine, ferez-vous un whist avec nous? cria
M. Wassmann au moment où Henri ouvrait la bouche pour
répondre par quelque vivacité regrettable.

Le frère de Gabrielle sentit qu'il serait absurde à lui de se
quereller sérieusement avec Julien; il eut la sagesse d'en
rester là et de s'en aller faire la partie de l'ex-major autrichien.

Aussitôt que La Chanterie se trouva seul et débarrassé de
la présence d'un homme dont la seule vue l'irritait, il rentra
en lui-même et il éprouva quelque honte de s'être laissé emporter beaucoup plus loin qu'il n'aurait voulu. Il se dit que,
pour son début au cercle, il avait dû donner à ses collègues
une singulière idée de son caractère et de son éducation, et
surtout il regretta amèrement de n'avoir pas su se dominer
en face d'un ennemi qui, lui, savait jouer serré.

Les réflexions auxquelles il se livra sur ce sujet ne firent,
du reste, que le mettre de plus mauvaise humeur encore,
comme cela arrive toujours quand on est mécontent de soi-
même, et il crut sagement agir en allant se coucher sans revoir son cousin. Il se disposait à quitter la place lorsque le balcon où il s'était réfugié fut envahi par trois jeunes gens qui vinrent s'accouder à côté de lui sur la balustrade.

Ces messieurs appartenaient visiblement à l'intéressante

espèce des *petits crevés*, laquelle se reconnaît à des signes certains, tels que le visage blême, le col cassé, la raie au milieu du front, et ils semblaient avoir bu plus que de raison. Julien ne tenait en aucune façon à jouir de leur disgracieux voisinage, et il se retirait, quand l'un d'eux dit à très-haute voix à ses acolytes:

— Qui est donc ce petit monsieur qui disait si bêtement tout à l'heure que la France aurait peut-être son plan de Benedek ?

— Je n'en sais rien, répondit l'autre, je ne l'avais jamais vu ici.

Il n'en fallait pas tant pour que M. de La Chanterie arrivât au paroxysme de la colère.

— Ce petit monsieur, c'est moi, s'écria-t-il en saisissant par le bras l'impertinent, et vous me rendrez raison du sot propo· que vous venez de vous permettre.

— Tiens ! *elle est bien bonne !* ricana le joli jeune homme; ma parole, je ne vous avais pas vu, mais si vous croyez que je vais vous faire des excuses... ah! non, par exemple !

— Je ne vous demande pas d'excuses, s'écria M. de La Chanterie, je vous demande votre carte.

— Ma carte ! eh bien, et la vôtre? répliqua le *petit crevé ;* je ne vous connais pas, moi.

— Je l'espère bien, dit Julien du ton le plus méprisant; vous me connaîtrez suffisamment quand je vous aurai donné la leçon que mérite votre impertinence.

— Oh! oh! nous verrons ça sur le terrain, et, puisque vous tenez tant à vous battre, voilà le carton demandé, ricana l'aimable monsieur, qui paraissait avoir subitement retrouvé tout son sang-froid.

Le neveu du comte de Brannes prit la carte que son adversaire lui tendait et la mit dans sa poche.

— Voici la mienne, dit-il. Demain, avant midi, mes témoins seront chez vous.

Et, sans attendre la réponse du personnage, il lui tourna le dos et se hâta de sortir du salon, car, depuis le commencement de l'altercation, il se tenait à quatre pour ne pas souffleter ce drôle si bien frisé, et il sentait que la patience allait lui échapper. Il pensait d'ailleurs qu'il avait déjà assez scandalisé ses nouveaux collègues par son étrange façon d'interpeller M. Wassmann et, comme il avait horreur, en sa qualité d'homme bien né, de tout ce qui ressemblait à un esclandre, il lui tardait de s'éloigner de ce cercle où il venait de débuter si maladroitement.

Il ne prit pas même congé de son cousin et cela pour beaucoup de raisons : d'abord, parce que le capitaine jouait au whist avec M. Wassmann et que lui, Julien, il ne se souciait pas de se trouver encore une fois en face de cet homme ; ensuite, parce qu'il lui paraissait tout au moins inutile de l'instruire de la sotte querelle qu'il venait de ramasser. Il partit donc sans bruit, laissant son adversaire triompher de son départ, et, jugeant imprudent de revenir à pied après tous ces incidents auxquels l'étranger du pavillon des Sorbiers avait été plus ou moins mêlé, il se jeta dans une voiture de place et se fit reconduire chez lui.

Là, tout était rentré dans l'ordre accoutumé. Son valet de chambre l'attendait et lui fit voir que les dégâts de l'effraction avaient été réparés dans la journée.

Mons Laurent s'était chargé de trouver et de diriger lui-même les ouvriers ; il avait inventé une histoire pour expliquer au concierge le bris des carreaux et les trous percés dans les volets, de sorte que, grâce à son active discrétion, personne dans le quartier ne se doutait qu'un vol eût été commis, la nuit précédente, chez M. de La Chanterie.

Julien pensait n'avoir plus rien à craindre pour le précieux papier, puisqu'il était décidé à en confier, le plus tôt possible, la garde au curé de Charly, et il s'enferma dans sa chambre pour réfléchir, avant de se coucher, à la nouvelle situation que son imprudence lui avait faite. Il se trouvait engagé dans une querelle, alors qu'il avait impérieusement besoin d'une complète tranquillité d'esprit, et la perspective de se battre qui, en toute autre circonstance, lui eût été indifférente, ne laissait pas de le contrarier beaucoup en ce moment.

La journée du lendemain, qu'il avait espéré consacrer tout entière à son oncle et surtout à Gabrielle, allait à peine

suffire aux ennuyeux pourparlers qui servent invariablement
de préface à un duel, et il lui fallait encore trouver le temps
d'aller faire sa visite à M. Jean et de lui expliquer ce qu'il
attendait de lui.

En se levant de très-bonne heure, il pouvait encore, à la
rigueur, pourvoir à tout, et, afin d'être debout dès l'aurore,
il se mit au lit, non sans avoir toutefois jeté les yeux sur la
carte de l'insolent du balcon.

Le nom qu'il y lut lui était parfaitement inconnu, quoique
des plus ronflants. Cet illustre *petit crevé* s'appelait M. Achille
Miraut de Saint-Avertin, et Julien qui était cependant assez
répandu dans un monde où on ne porte que des titres de
bon aloi, Julien eut beau passer en revue ses souvenirs,
il ne put arriver à rattacher le Saint-Avertin à la noblesse
d'une province quelconque.

Il en conclut qu'en des temps peu reculés un Miraut, enrichi dans le commerce de l'épicerie ou dans la fabrication
des boutons de guêtre, avait éprouvé le besoin de s'intituler
comme le village où il avait vu le jour.

C'est un usage assez répandu parmi la bourgeoisie, enne-
mie des préjugés et des titres. À cinquante mille francs de
rente, on y prend de droit le nom de son bourg natal ; à
cent mille, avec la députation, on se permet le département,
et on devient sans conteste un tel du Cantal ou de la Basse-
Savoie ; à cinq cent mille, on fonde une dynastie sur le prénom d'un père célèbre, et on reste héréditairement Ca-
simir.

M. de La Chanterie ne s'étonna donc pas autrement d'être
tombé sur un de ces modernes seigneurs, et, comme il lui
importait fort peu d'ailleurs que son adversaire descendît
d'un croisé ou d'un fumiste, il s'endormit bien décidé à envoyer de grand matin des témoins au sieur Miraut, qu'il fût
ou non de Saint-Avertin.

Cette résolution fut ponctuellement exécutée le lendemain. Il se transporta, dès l'aube, chez un ami, qu'il avait
choisi à cause de son expérience en matière de rencontres.

Louis du Tremblay, son camarade de collège et d'école de
de droit, canotier émérite, et, en cette qualité, chef de la

tribu des *Nez-Percés*, était un garçon déterminé en toutes
choses, haut à la main et friand de la lame, comme on disait autrefois, grand chasseur, grand pêcheur, et grand coureur d'aventures de tout genre, de plus, très-connu dans
toutes les bandes de viveurs parisiens, fort propre en un
mot à mener rondement l'affaire.

Aux premiers mots que lui dit Julien, il dressa l'oreille
comme un cheval d'escadron qui entend la trompette, et,
après un quart d'heure d'entretien, il fut convenu qu'il se
chargerait de recruter un second témoin, de s'aboucher avec
ceux du *petit crevé,* et de tout arranger de façon à ce que le
duel eût lieu dans les vingt-quatre heures.

Certain que son représentant s'acquitterait à merveille de
sa mission, et beaucoup moins préoccupé des chances du
combat que du soin de mettre en sûreté la lettre à laquelle
il attachait tant de prix, le jeune avocat partit dans la matinée pour Charly. Son voyage ne fut troublé par aucun incident, et la déplaisante figure de M. Wassmann ne se montra
point, bien que, pour arriver au presbytère, il fût obligé de
passer devant le pavillon des Sorbiers.

M. Jean l'accueillit avec sa bonté habituelle et lui témoi-
gna sa joie de le revoir, tout en lui exprimant aussi son
chagrin de n'avoir rien de satisfaisant à lui apprendre. Le
braconnier, qu'il avait vu la veille au parloir de Mazas, ne
faisait que gâter son affaire en tenant tête avec beaucoup
trop de roideur au juge d'instruction, et persistait à s'exprimer fort durement sur le compte de sa malheureuse femme.
M. Jean désespérait de le ramener à de meilleurs sentiments
et de trouver de nouvelles preuves à faire valoir en sa faveur.

D'un autre côté, la pauvre Eugénie ne se consolait point
d'être privée de voir son mari et dépérissait à vue d'œil. Les
braves gens qui l'avaient recueillie n'avaient pas non plus de
sujet de contentement. L'ouvrage allait fort mal, et, les
bruits de guerre aidant, Antoine Cormier se trouvait dans
de graves embarras d'argent. Le bon curé était donc assez
triste, et il ne cacha point à M. de La Chanterie qu'il n'avait
plus aucun espoir de sauver Robert.

Julien crut inutile, pour beaucoup de raisons, de lui raconter les faits récents qui confirmaient son opinion sur la scélératesse de M. Wassmann. Il se borna à lui dire que rien ne serait perdu tant que le braconnier ne serait pas condamné par le jury, et il lui remit un pli cacheté qui contenait la lettre, sans lui en faire connaître l'importance, et en le priant de le garder jusqu'à ce qu'il vînt le lui redemander.

M. Jean promit et Julien revint à Paris sans s'être montré au château de Chasseneuil, quoiqu'il lui en coûtât beaucoup de passer si près de Gabrielle sans la voir. Il se défiait de lui-même et il redoutait l'adresse avec laquelle sa charmante cousine savait lui faire dire, malgré lui, tout ce qu'elle voulait savoir. Comme il tenait naturellement à ce qu'elle n'eût pas connaissance de son duel, il aima mieux éviter une entrevue où il aurait pu laisser échapper son secret. Il comptait bien, d'ailleurs, revenir à Charly le lendemain, quand tout serait terminé.

En débarquant rue de Verneuil, il trouva son ami du Tremblay, qui avait fait des miracles de célérité. La rencontre était fixée au lendemain matin, à cinq heures, dans l'île de Croissy, et on se battait à l'épée.

Le prévoyant témoin avait apporté des armes, donné rendez-vous à l'autre second pour le soir même à la gare Saint-Lazare et proposait d'aller dîner et coucher à Chatou, dont les parages lui étaient on ne peut plus familiers. Il n'aurait préparé ni mieux, ni plus vite une partie de canot.

Ces arrangements au pied levé convenaient du reste à Julien. Le jeune avocat tirait assez bien l'épée ; l'arme était donc celle qu'il aurait choisie de préférence. Il n'était pas fâché non plus de se donner un peu de distraction pendant la soirée qui allait précéder la nuit toujours assez désagréable où on a des dispositions à écrire en vue d'une mort possible. Il était sans inquiétude sur le sort de la précieuse lettre depuis qu'il l'avait déposée entre les mains fidèles de M. Jean. Rien ne l'empêchait donc d'accepter la proposition de son expéditif ami.

Il ne prit que le temps de donner à son valet de chambre

14

quelques instructions sommaires, et il monta dans le fiacre qui avait amené du Tremblay et ses épées.

Le train allait partir quand ils arrivèrent dans la cour toujours encombrée du chemin de fer, et ils se trouvèrent pris dans un embarras de voiture. Pendant que leur cocher fouettait à tour de bras pour se dégager, Julien, qui avait mis la tête à la portière eut une vision singulière.

Dans une voiture découverte qui précédait la leur et qui, comme la leur, était arrêtée sans pouvoir avancer, il y avait deux voyageurs, fort pressés aussi, car ils criaient et gesticulaient à l'envi pour exciter le cocher. L'un, vêtu de blanc des pieds à la tête, avait l'air d'un monsieur qui s'en va en villégiature ; l'autre, habillé d'une livrée d'été, et coiffé d'une casquette blanche galonnée d'argent, était évidemment un domestique. Cette rencontre n'avait en elle-même rien d'extraordinaire, car la cour de la gare était pleine de maîtres et de valets. Seulement, Julien fut frappé de la tournure de l'homme en livrée.

Cette tournure rappelait, à s'y méprendre, celle de M. Wassmann. Il y avait surtout une certaine paire de favoris qu'on voyait par-derrière et quelquefois de trois quarts, des favoris roux que le soleil qui les éclairait faisait paraître rouges, des favoris taillés en ailerons de requin, des favoris dont la nuance, les dimensions et la coupe rappelaient à Julien une rencontre récente.

Le jour où il avait apperçu M. Wassmann occupé à peindre le paysage sur le bord de la Marne, il l'avait vu ainsi tout d'abord par le dos et à profil perdu, et les favoris s'étaient présentés à lui sous le même aspect. Etait-ce un simple jeu de son imagination qui lui faisait prendre une vague ressemblance pour une certitude d'identité? Il se le demandait à lui-même et sa curiosité était si vivement excitée, il se penchait tellement en dehors de la voiture, que son ami du Tremblay lui demanda en riant s'il prenait le pavé de la cour pour l'eau de la Seine et s'il avait envie d'y piquer une tête.

Quelle apparence que ce Wassmann portât une jaquette à boutons de métal et une casquette à galon argenté? Julien, qui ne connaissait pas la fameuse déposition du pharmacien Digonnard, n'en voyait aucune. Cependant, il voulait en avoir le cœur net et il allait ouvrir la portière pour sauter en bas de son fiacre, lorsque l'enchevêtrement des voitures s'étant rompu tout à coup, la victoria accrochée devant eux se mit à filer prestement dans l'espace devenu libre.

Julien, qui la suivait des yeux, la vit s'arrêter devant le perron des salles d'attente, verser son chargement sur la première marche, et disparaître sous la voûte latérale à gauche de la cour.

Les deux voyageurs qu'elle portait ne montrèrent point leur visage en descendant et grimpèrent l'escalier sans se retourner, après quoi ils se perdirent dans la foule qui remplissait les galeries, si bien que La Chanterie en fut pour ses déhanchements et pour un commencement de torticolis. En désespoir de cause, il se mit à crier au cocher d'avancer, et cela d'une voix si furieuse, que son ami lui dit:

— Ah çà! mon bon, à qui diable en as-tu? Tu vas faire chavirer le canot... je veux dire le fiacre.

— Je n'ai rien, murmura Julien; j'avais cru reconnaître...

— Qui? le Saint-Avertin? Ce ne serait pas une raison pour te démener de la sorte, mais, soit tranquille, notre joli *crevé* ne prend pas comme nous le train de quatre heures et demie. Que diraient ces dames si Saint-Avertin manquait ce soir le cirque et Mabile? Non, non, je connais son programme. Il soupera au café Anglais avec ses deux témoins, deux oiseaux de la même volière que lui, et demain matin au jour ce gracieux trio partira du *Grand-Seize* en poste pour arriver sur la berge avec un bruit de grelots. Tu comprends qu'il ne peut pas perdre une si belle occasion de faire du *chic*.

— C'est donc décidément un sot que ce monsieur qui a tant de noms? dit La Chanterie d'un air distrait.

— Parbleu! tu as bien dû t'en apercevoir au cercle. Mais il me semble que là-bas, au haut du perron, c'est Fabrègue qui nous fait des signes désespérés. Est-ce que nous aurions manqué le train?

— Eh! oui, s'écria Julien avec humeur; tu vois que j'a-

vais raison de presser le cocher. Ces choses sont faites pour
moi, ajouta-t-il entre ses dents.

La vision des favoris roux le poursuivait, et il ne voulait
pas démordre de ses chimères. Du reste, force lui était
de renoncer à éclaircir ses doutes, car il n'avait que trop
bien vu l'heure à l'horloge, et le train était parfaitement
manqué.

— Bah! il y en a un autre dans vingt-cinq minutes, et
c'est un express. Donc, nous gagnons au change, et tout
est pour le mieux dans le meilleur des mondes, dit du
Tremblay qui se piquait de philosophie.

Les deux amis descendirent, Julien portant le sac de
voyage et du Tremblay l'enveloppe qui recouvrait les épées.
Le camarade Fabrègue leur confirma la nouvelle du départ
du convoi et ne se priva point de les plaisanter sur leur dé-
convenue, prétendant que leur fiacre, embarrassé au milieu
de la cour, avait l'air d'un canot échoué sur un banc de
sable, et que La Chanterie, à la portière, ressemblait à un
Anglais pris du mal de mer et penché sur le bordage pour
régaler les poissons.

L'auteur de ces comparaisons nautiques était un grand
gaillard bien découplé, Languedocien de naissance et architecte de profession, qui avait servi cinq ans aux chasseurs
d'Afrique, où il avait atteint le grade important de maréchal des logis. Un peu plus âgé que ses compagnons de la
tribu des *Nez-Percés*, il jouissait d'une certaine autorité sur
eux, surtout pendant les voyages d'exploration sur les rives
des deux fleuves parisiens.

Fabrègue était l'organisateur obligé de toutes les parties,
et, de plus, l'inventeur des sobriquets drôlatiques dont la
bande joyeuse avait coutume de s'affubler en campagne.
Lui et du Tremblay étaient, bien entendu, de ce tour de
Marne où, le mois précédent, Julien s'était trouvé face à
face avec son oncle, et ils avaient assisté de loin à la capture du braconnier.

La locomotive filait à toute vapeur sous le tunnel de la
place de l'Europe, et, faute d'être arrivés cinq minutes plus
tôt, La Chanterie et ses deux témoins étaient condamnés

à piétiner sur les dalles du vestibule jusqu'à la réouverture du guichet. Le Méridional profita de cette station forcée pour exposer le programme réglé par lui du voyage à l'île de Croissy.

— Mes petits *bisons*, dit-il avec la volubilité et le langage pittoresque d'un enfant de Narbonne, j'ai tout arrangé pour que la veillée des armes ne soit pas sans charme. Nos chambres sont retenues chez le père Cabassut qui fait si bien la friture. Nous débarquons chez lui sur le coup de six heures ; nous y déposons nos valises et les colichemardes ; nous donnons un coup d'œil à la cuisine, et puis en route pour la pleine eau. C'est le vrai moment de se baigner. Nous tirons notre coupe dans la Seine jusqu'à sept heures et, aussitôt habillés, nous mettons le cap sur l'établissement du *Goujon-Folâtre*, où nous attend l'hospitalité de Cabassut, dit l'Écossais de Chatou. Là, matelotte, gibelotte, avec arrosage d'un petit blanc qui n'a rien de farouche ; ensuite...

— J'espère bien que tu n'as pas invité tout l'équipage de l'*Éperlan*, interrompit Julien qui ne se souciait nullement de festoyer avec des canotières et qui, au surplus, trouvait que, pour la circonstance, le programme de l'ami Fabrègue manquait un peu trop de décorum.

— Pour qui me prends-tu ? Est-ce que tu t'imagines que je vais te proposer d'aller au bal de Bougival la veille d'une affaire ? Un duel est un duel, que diable ! et quand on veut avoir en se levant l'œil sûr et le poignet solide, il faut se coucher de bonne heure, sans compter qu'on a beau être brave, on est toujours bien aise, la veille, de causer un peu avec soi-même.

— Et de griffonner au moins un bout de lettre en prévision d'un accident, ajouta du Tremblay.

— Nous sommes partis si vite, que je n'ai eu le temps de prendre aucune disposition, dit Julien, et je vous avouerai que je compte employer une partie de la soirée à écrire. S'il m'arrivait malheur, mon oncle ne me pardonnerait jamais d'être allé me faire tuer sans lui dire adieu.

— Et mademoiselle de Brannes, donc ! s'écria Fabrègue,

14.

qui manquait parfois de discrétion ; mais c'est convenu, c'est
entendu, après la réfection corporelle que nous prendrons
en commun, tu disposeras de ton temps comme il te
plaira. Si nous nous ennuyons, du Tremblay et moi, nous
ferons des armes avec les épées de combat, pour nous distraire. Mais écoute un peu la fin des dispositions arrêtées
par ton serviteur dans sa judicieuse cervelle. Aussitôt que
l'aurore aux doigts de roses...

— Dis à quatre heures du matin, ce sera plus précis.

— A quatre heures du matin, donc, puisque tu n'aimes
pas la mythologie, le canot du père Cabassut nous attendra
au seuil de son hôtellerie et nous transportera à la pointe
de l'île de Croissy, à une certaine place parfaitement propre à servir de champ clos. En ayant déjà usé deux fois
pour mon compte personnel, je la connais comme je connais
la dunette de l'*Eperlan*. Nous arriverons évidemment les
premiers et nous aurons l'ineffable satisfaction d'assister à
la traversée triomphale de nos adversaires.

Il ne faut jamais être en retard sur le terrain, c'est un
principe, ajouta gravement l'ex-maréchal des logis.

— Tu as raison et tes dispositions me conviennent à merveille, dit Julien. Prenons nos billets et partons, pour qu'il
n'y ait plus à ton plan de modifications imprévues.

— A propos de plan, reprit Fabrègue tout en se dirigeant
vers le guichet, c'est donc celui de Benedek qui a été cause
de la querelle ? Je ne te savais pas si susceptible à l'endroit
de la stratégie.

— Le plan de Benedek a été seulement l'occasion d'une
grossière impertinence que j'ai dû relever en termes très-
vifs.

— Oui, je sais, tu as dit à ce monsieur qu'il était un
sot. C'est roide, mais c'est juste, et ce n'est pas moi qui
te contredirai, car je sais de longue date à quoi m'en tenir
sur son compte.

— Tu connaissais donc déjà ce Saint-Avertin? demanda
vivement La Chanterie, qui tenait d'autant plus à se renseigner sur son adversaire, qu'un bizarre soupçon venait de
poindre dans son esprit.

— Je crois bien que je le connais, dit Fabrègue, et ses té-moins aussi, mais je te conterai cela en wagon.

Julien contint son impatience et laissa l'ex-maréchal de logis prendre les billets. La salle d'attente eût été un lieu assez mal choisi pour réciter la biographie de son adversaire et, quelque envie qu'il eût d'être bien informé sur ce point, le neveu de M. de Brannes comprit qu'il valait mieux attendre le départ du train et ne traiter un sujet aussi personnel que lorsqu'on serait loin des oreilles indiscrètes ou même indif-férentes. Le hasard servit bien les trois amis, qui purent se caser dans un compartiment où ne pénétra aucun intrus, chose rare en cette saison et avec la foule qui remplissait la gare.

— Eh bien, demanda La Chanterie, dès que l'interminable convoi commença de s'ébranler et que les intimes furent as-surés par conséquent de n'être plus dérangés, eh bien! qu'est-ce au juste que ce M. de Saint-Avertin, dont je n'avais de ma vie entendu prononcer le nom?

— Il serait, parbleu! fort étonnant que tu l'eusses entendu, car il n'a fait son apparition sur les cartes du personnage que l'année dernière et, même dans le monde galant où ce noble seigneur est fort connu, on n'a pas encore eu le temps de s'y habituer.

— Alors, il ne s'appelle pas Saint-Avertin?

— Si, ma foi! seulement beaucoup de gens prononcent Miraut.

— Voyons, Fabrègue! ne fait pas de facéties; j'ai un in-térêt sérieux à être exactement renseigné. Comment se nomme-t-il réellement? D'où sort-il? Que fait-il? Quelles sont ses relations?

— Tu vas trop vite. Arrête-toi et n'embrouille pas les ques-tions, si tu veux que je te réponde clairement. Soyons méthodiques, mon bon, soyons méthodiques. C'est un excel-lent principe en escrime et en conversation.

— Tu l'exagères en ce moment, dit Julien en souriant, et je te saurais gré d'en venir un peu au fait.

— J'y viens. Tu veux savoir d'abord quel est le nom que

ton ennemi a hérité de ses pères, lesquels furent, je crois, vignerons dans le Blaisois? Sois satisfait. Ce nom, c'est Miraut, sans addition de la moindre particule.

—Miraut? répéta du Tremblay qui aimait à dire gravement des énormités; cet homme doit descendre d'un chien courant.

— Soyons sérieux, reprit Fabrègue: ce Miraut est affligé aussi du prénom d'Achille, comme tu as pu le voir sur le petit carton glacé.

— Bon! et d'où vient le surnon de Saint-Avertin? demanda La Chanterie.

— Je ne le sais pas au juste, mais j'ai tout lieu de supposer qu'il a dû être mis en nourrice dans quelque village ainsi appelé; circonstance qui lui donnerait, tu l'avoueras, des droits incontestables à se placer sous l'invocation de ce saint.

— Je suis fixé, passons à son origine.

— Parbleu! tu la connais son origine. Fils de vigneron, pas vigneron lui-même...

— Tu es insupportable avec tes plaisanteries. Il a donc une grande fortune?

— Il a, ou plutôt il avait, sept à huit mille livres de rente en terres, s'il te plaît, quand il a débuté à Paris, voilà tantôt quatre ans.

— Alors, il a gagné de l'argent à la Bourse ou ailleurs?

— A la Bourse, je ne crois pas; ailleurs, peut-être. Mais ce dont je suis sûr c'est que, dans ses trois premières années de boulevard, il a mangé les trois quarts de son capital.

— Que me contes-tu là? Un garçon qui soupe, qui joue, qui parie aux courses!

— Parfaitement. Tu peux même dire hardiment qu'il dépense bon an mal an de cinquante à soixante mille.

— Où les prend-il?

— Lui seul serait en état de te l'apprendre au juste; mais il est probable qu'il est sur ce sujet d'une discrétion absolue. Ce qui est à la connaissance de tout le monde, c'est qu'il a toujours été fort heureux au jeu.

— Alors, c'est un grec?

— Non. D'abord, n'est pas grec qui veut, et c'est un don

de nature que de savoir filer la carte; ensuite, les grecs finissent toujours par être pris la main dans le sac, et jamais M. Miraut, plus ou moins de Saint-Avertin, n'a même été soupçonné de tricher.

— Enfin, quel est son secret, car tu ne me persuaderas pas que ce bonheur perpétuel vient de la chance?

— De la chance, non; d'une certaine habileté, oui. Notre homme excelle à tous les jeux et s'arrange pour jouer toujours contre des mazettes, contre des gens qui ont trop bien soupé on beaucoup perdu déjà. C'est un procédé très-fructueux et qui passe pour licite.

— Fort à tort, à mon avis.

— Et au mien aussi; mais, pour en revenir à ce joli gars, c'est lui qui, dans certain cercle qu'il fréquentait avant d'être admis à celui où tu viens d'être reçu, c'est lui, dis-je, qui avait inventé de se coucher à neuf heures du soir pour se lever à quatre heures du matin et arriver frais et reposé à la grosse partie, où il ne trouvait plus alors que des perdants fatigués, abrutis par la veille et par la déveine. Inutile d'ajouter qu'il avait bon marché de ces pauvres diables et qu'il ne manquait pas de les achever impitoyablement.

— Mais c'est abominable!

— Tout ce qu'il y a de plus abominable. Ce qui n'empêche pas que certaines gens appellent cela: *prendre ses avantages*. Moi, je dis tout simplement: voler, c'est plus court.

— Et plus juste. Mais, puisque tu parles de cercle, explique-moi maintenant comment s'y est pris ce drôle pour entrer dans celui dont Henri et une foule de gens honorables font partie.

— Ah! mon cher, c'est là qu'est le vrai mystère, un mystère comme on en rencontre beaucoup à Paris. Le Miraut n'avait pas de nom. Il s'en est octroyé un, et personne ne s'est inquiété de savoir s'il avait le droit de le porter. Il n'avait pas de fortune, il a fait exactement comme s'il en avait une très-grosse. Il n'est rien de tel que de vivre sur son capital pour jeter de la poudre aux yeux et pour se faire des amis. Miraut a toujours payé ses dettes de jeu et il a toujours eu soin de se tenir dans les marges du Code. Il est passé Saint-Avertin

sans conteste. Pourtant, je dois confesser que toutes ces ha-
biletés n'auraient pas suffi pour lui ouvrir les portes du
monde des viveurs de bon aloi, s'il n'avait profité pour y
entrer de quelque hasard que j'ignore. Il y a un an à peu
près qu'il s'est fait un grand changement dans son existence. On a vu tout d'un coup s'accointer de lui des gens bien
posés qui ne le saluaient pas auparavant. Il s'est montré dans
quelques salons de riches étrangers. On l'a même aperçu fa-
vorisant de sa présence des fêtes diplomatiques. Personne
n'en faisait grand cas, mais personne non plus n'articulait
contre lui rien de précis. Deux ou trois camaraderies de
collége aidant, il a fini par se faire admettre à ton cercle.

— C'est prodigieux ! murmura Julien.

— Et ne t'y trompe pas, reprit Fabrègue, il a dans ce cercle
sa coterie toute prête à soutenir qu'il est le plus galant
homme de la terre, et tu serais très-mal venu à exciper de
sa réputation équivoque pour décliner l'honneur de te battre
avec lui.

— Je n'ai nulle envie d'éviter ce duel, dit vivement La
Chanterie.

— Je le sais bien, mais moi j'aurais voulu te l'éviter, car
je connais M. Miraut, et je savais qu'entre toi et lui la partie
n'était pas égale, attendu qu'il ne risquera jamais que la peau
d'un aigre-fin ; mais, après y avoir mûrement réfléchi, j'ai
reconnu que pour refuser nous n'avions pas de prétexte va-
lable aux yeux du monde, et du Tremblay a été de mon
avis.

— Parfaitement, dit l'ami pris à témoin.

— Vous avez agi pour le mieux et je vous en remercie,
s'écria Julien. D'ailleurs, soyez tranquilles, je défendrai vigoureusement ma peau d'honnête homme. Mais toi, Fabrègue,
où diable en as-tu appris si long sur ce vilain monsieur?

— Oh ! mon cher, un peu partout. Tu sais que l'architecture me laisse de nombreux loisirs, et que je les emploie à
courir tous les mondes, et de préférence ceux où on s'amuse.
Ma pauvre tante, en mourant, m'a laissé assez de rentes
pour me permettre de quitter le 1er chasseurs d'Afrique et
de ne bâtir de maisons qu'à mes moments perdus. J'utilise

son héritage en explorant les diverses couches sociales,
comme on dit dans les journaux graves. C'est une géologie
qui ne m'ennuie pas et qui m'instruit. Elle m'a fait découvrir
des espèces curieuses, pas fossiles malheureusement, car le
Saint-Avertin est un animal tout à fait contemporain. Tu
veux savoir où je l'ai rencontré? Au théâtre, au bois, à Mabile, chez des dames du lac, à la salle d'armes ; et, tiens,
à propos de salle d'armes, il est bon que tu saches que ce
monsieur est un élève de Pons, pas de première force, mais
ayant assez d'acquis pour que je te conseille de jouer serré
il pare mal, mais il a, par-ci par-là, des coups en-dessous qui
sont mauvais.

— Je ferai de mon mieux, dit Julien d'un air calme.

Il savait à peu près tout ce qu'il voulait savoir et il laissa
tomber la conversation. Les renseignements fournis par Fabrègue n'avaient fait que donner un corps à ses soupçons, et
son imagination galopait plus que jamais à la suite de l'idée
que cet adversaire lui avait été suscité par M. Wassmann. Il
se rappelait, entre autres circonstances de la querelle, ce fait
singulier que le *petit crevé*, qui paraissait pris de vin en arrivant sur le balcon du cercle, s'était subitement dégrisé
après l'échange des cartes.

Cependant le train dévorait l'espace et, après avoir brûlé
deux stations, il s'arrêta à la gare de Rueil, la plus rapprochée
de l'établissement du père Cabassut. Les trois amis descendirent gaiement et s'acheminèrent vers l'auberge du *Goujon-
Folâtre*. Bien entendu, les favoris suspects de l'homme en
livrée ne s'étaient pas montrés pendant le trajet.

CHAPITRE VII.

La station de Rueil, où Julien et ses témoins venaient de descendre, est placée, comme chacun sait, assez loin du village de ce nom. En revanche, elle est très-rapprochée de la Seine, que le chemin de fer franchit à quelques centaines de mètres plus loin.

En sortant de la gare, les amis, au lieu de suivre la route, prirent sur leur droite un sentier qui traverse les champs et aboutit à la rivière.

Précisément au point où ce sentier rejoint la voie qui côtoie la berge, le cabaret du *Goujon-Folâtre* montre aux passants sa modeste façade badigeonnée à la chaux et les tonnelles verdoyantes de son petit jardin. Au-dessus de la porte se balance une enseigne peinte par quelque *rapin* errant qui s'est livré sur cette planche de trois pieds carrés à d'incroyables débauches de couleur.

On y voit un goujon vert pomme qui cabriole sur des eaux azurées et semble faire la nique à un pêcheur vêtu d'un gilet écarlate et d'une culotte jaune. Au second plan du tableau, un cuisinier, tout habillé de blanc et la casserole en main, regarde le frétillant goujon d'un air narquois, comme s'il voulait lui dire que ses ébats finiront bientôt dans la friture.

L'artiste a eu peut-être l'intention louable d'exprimer une pensée philosophique en rappelant ainsi aux joyeux habitués de ces parages la brièveté des plaisirs de ce bas monde. Peut-être aussi a-t-il cédé tout simplement aux entraînements de

son pinceau fantaisiste, qui s'est complu à rassembler sur
un étroit espace les tons les plus variés et les contrastes les
plus criards, car il a fait le ciel violet et les arbres noirs.
Toujours est-il que son œuvre a porté bonheur au maître de
l'établissement et que le père Cabassut a fait fortune.

En ce temps-là, où la guerre n'avait pas encore ravagé les
environs de Paris, sa maison avait un air propret qui invitait
à y entrer les bourgeois voyageant à pied pour aller à la découverte de la machine de Marly. Peu de canotiers descendant ou remontant la Seine résistaient aux séductions du
jardinet où on buvait un vin clair, à l'ombre des acacias,
et il n'était guère d'équipage en partance pour une longue
traversée d'eau douce qui dédaignât de jeter l'ancre devant
cette escale privilégiée. On y rencontrait souvent des journalistes en vacances, des amoureux en quête de solitude, et
même des poëtes en chasse de rimes.

Les duellistes venaient parfois aussi accroître la clientèle
du *Goujon-Folâtre*, car on se battait volontiers dans ces longues îles boisées qui s'étendent au milieu de la rivière depuis
le Pecq jusqu'à Chatou et au delà.

Le père Cabassut continuait là les vieilles traditions des
anciens restaurants du bois de Boulogne, où, dans des temps
reculés, on exploitait le duel au moins autant que les noces.
On trouvait chez lui, comme chez ces ingénieux industriels
d'autrefois, des lits et des compresses en cas d'accident grave,
un excellent déjeuner en cas d'arrangement pacifique ou de
simple égratignure.

Au besoin, le bonhomme, qui avait servi jadis, donnait une
leçon de pointe ou de contre-pointe aux novices. Il était en
mesure de fournir aux imprévoyants des pistolets d'arçon ou
une paire de fleurets démouchetés. A la rigueur, il aurait
fourni des témoins.

Julien et ses amis ne voulaient recourir qu'à sa cuisine,
laquelle, du reste, jouissait d'une réputation méritée. Quand
ils débouchèrent sur la berge, le maître du *Goujon-Folâtre*
était occupé à fumer une pipe sur son seuil hospitalier, et,
du plus loin qu'il les aperçut, il se mit à leur adresser des
saluts familiers et respectueux tout à la fois.

Fabrègue et du Tremblay comptaient parmi ses meilleures pratiques, et La Chanterie ne lui était pas inconnu, quoiqu'il naviguât moins souvent que ses camarades dans les eaux galantes de Croissy.

— J'ai gardé à ces messieurs les deux chambres du premier, sur le devant, cria l'aimable aubergiste. A quelle heure ces messieurs désirent-ils dîner ?

— Quand il sera nuit, papa Cabassut, dit du Tremblay. Pour le moment, nous n'avons besoin que de votre bateau pour aller faire une pleine eau.

— C'est vrai que, par cette chaleur-là, on a plus envie de se baigner que de se mettre à table. Et puis, ça vous donnera de l'appétit pour manger la carpe qu'on m'a apportée ce matin de Poissy... une pièce magnifique.

— Servez-nous-la au bleu, papa, et soignez le lapin sauté, cria Fabrègue qui avait un faible pour la gibelotte.

— Et faites monter ces paquets-là dans nos chambres, ajouta du Tremblay.

— Oh ! oh ! dit l'aubergiste après avoir palpé la toile qui enveloppait les épées, nous avons donc une affaire ?

— Une petite, père Cabassut, une toute petite.

— Pour ce soir ?

— Eh ! non, papa. Comment voulez-vous qu'on se batte à cette heure-ci dans votre île, à deux pas de la Grenouillère ? Nous ne tenons pas à amuser la jolie société qui s'y rassemble.

— C'est juste. Et puis il y en aurait qui iraient chercher les gendarmes. Alors c'est pour demain matin ?

— A cinq heures précises, Cabassut de mon cœur.

— Bon, vous serez réveillés à quatre heures, et François vous attendra dans le bateau pour vous passer. Quand on va s'aligner, c'est mauvais de ramer, ça gâte la main. Vous allez toujours au même endroit, pas vrai ?

— Parbleu ! je n'en connais qu'un bon, au milieu de l'île de la Chaussée.

— Pour ça, on ne peut pas trouver mieux. Il y a de gros peupliers qui empêchent de voir des deux bords, et un terrain droit comme le carreau d'une salle d'armes. Mais, dites donc, monsieur Fabrègue, vous en aurez donc toujours de ces histoires-là ? Parole d'honneur, quand j'ai reçu la dépêche tantôt, j'ai pensé que ça devait être ça. Sans indiscrétion, *c'est-il* comme la dernière fois... pour une de ces dames de l'*Eperlan?*

— Ce n'est pas moi qui me bats demain, interrompit Fabrègue.

— Ah ! bah !

— Non, c'est monsieur, dit le méridional en montrant Julien.

— Vrai ? eh bien, tant mieux ! Monsieur verra que la place est bonne et il reviendra nous voir.

La Chanterie, médiocrement touché de cette invitation intéressée, s'abstint d'y répondre, et du Tremblay, sentant bien que son ami ne prenait aucun plaisir aux bavardages du père Cabassut, proposa de passer sans plus tarder au divertissement salutaire de la natation.

Le bateau était là, amarré à un pieu, et les jeunes gens n'avaient que la berge à descendre pour sauter dedans. Ainsi firent-ils. Du Tremblay, qui était de première force sur le maniement des avirons, se chargea de ramer et mena promptement la barque au milieu du courant. On convint qu'il continuerait à la gouverner pendant que ses deux camarades seraient dans l'eau et que son tour de baignade viendrait ensuite.

Julien ne demandait pas mieux que de commencer la partie, car il mourait de chaleur, et, de plus, il éprouvait le besoin de se livrer à un exercice corporel pour chasser les visions qui l'obsédaient. Les favoris roux, entrevus à la gare, lui trottaient toujours par la cervelle, malgré qu'il en eût, et il commençait à se trouver ridicule d'attacher tant d'importance à la nuance et à la coupe de la barbe d'un passant. Mieux valait assurément penser à son duel, et, tout en se déshabillant, il se mit à regarder l'île que son ami Fabrègue avait choisie pour la rencontre. C'était la première, après celle qu'enjambe le pont du chemin de fer, et la plus importante en descendant vers Bougival. On y voit, en amont, un établissement de bains froids, fréquenté principalement par le sexe faible et connu dans le monde où l'on s'amuse sous le nom aussi expressif que peu poétique de la *Grenouillère*. En aval, on y trouve des coins ombreux et solitaires fort propres à se couper la gorge. C'est une île à deux fins.

Du reste, le paysage est charmant, et, vers le soir, quand le soleil commence à disparaître derrière les grands bois qui couronnent les coteaux de Louveciennes et de Marly et que les saules de la rive se reflètent dans le fleuve rougi par les dernières lueurs du couchant, on s'y croirait à cent lieues du boulevard des Italiens.

Du Tremblay avait laissé le bateau s'en aller au fil de l'eau, et on était déjà loin de la pointe bruyante autour de laquelle barbottaient les naïades et les tritons arrivés de Paris par le dernier train. Les bords de l'île en cet endroit étaient silencieux et déserts, et Julien n'y aperçut d'autres êtres vivants qu'un pêcheur à la ligne assis sur une grosse pierre et un peu plus loin deux hommes qui achevaient de se déshabiller dans l'intention évidente de se baigner.

— Tu vois ces peupliers ? lui dit Fabrègue en lui montrant un bouquet d'arbres planté juste en face d'eux, mais de l'autre côté de l'île.

— Oui, répondit distraitement La Chanterie qui rêvait encore un peu à ses chimères.

— Eh bien ! c'est là que demain, dès l'aube, tu gratifieras d'un bon coup d'épée le sieur Miraut dit de Saint-Avertin.

— J'y tâcherai du moins. En attendant, je vais voir si l'eau est bonne, dit Julien en piquant une tête qui aurait fait l'admiration des amateurs.

Fabrègue le suivit de près, et, après la plongée de rigueur, ils reparurent tous les deux. Seulement, Fabrègue avait nagé en dessous vers le milieu de la rivière, tandis que Julien s'était rapproché de l'île.

— Délicieuse ! cria l'ex-maréchal des logis en gagnant le large.

Son ami ne lui répondit pas, il était occupé à examiner les deux hommes de la berge qui venaient de se mettre à l'eau à quelques mètres plus bas, surtout un dont il n'apercevait que l'occiput et une large paire de favoris roux. Décidément, ces apparitions intermittentes tournaient au cauchemar, et, pour savoir enfin à qui appartenaient ces nageoires, Julien poussa droit au nageur.

Cet homme au poil roux nageait en tournant le dos à Julien et nageait comme un phoque, tantôt entre deux eaux, tantôt émergeant du front et du nez seulement, mais, soit par hasard, soit avec intention, il ne montrait jamais sa figure. Son compagnon, lui, faisait la planche et exposait au grand jour une face plate et insignifiante que La Chanterie ne se souvenait d'avoir vue nulle part.

Si les favoris étalés sur la rivière étaient les mêmes qu'il avait aperçus dans la cour de la gare, tout semblait indiquer qu'ils n'appartenaient point à M. Wassmann, lequel devait avoir ce jour-là d'autres occupations que de se baigner en Seine. Mais c'était pour Julien le vrai moment de se délivrer de toutes ces fantasmagories de barbe, et il se mit à tirer vigoureusement sa coupe afin de dépasser l'invisible personnage et de le regarder sous le nez.

Au moment où il allait l'atteindre, l'homme, toujours sans se retourner, plongea, ou plutôt se laissa couler à pic avec une promptitude et une précision incroyables. L'avait-il fait exprès et avait-il choisi pour disparaître le moment où il allait être tourné ? Cela paraissait peu probable, d'autant que l'autre baigneur continuait à faire la planche, sans se préoccuper le moins du monde de l'approche d'un étranger.

— Il faudra bien qu'il remonte, pensait Julien.

Et il se mit à nager doucement à contre-courant pour se maintenir à portée de dévisager le plongeur dès qu'il reparaîtrait.

Il était là, l'œil au guet, comme un harponneur qui attend que la baleine poursuivie revienne à la surface, quand tout à coup il se sentit saisir par une jambe. Il lança un vigoureux coup de pied pour se dégager, mais l'étreinte fut si brusque et si énergique qu'il ne parvint point à s'en débarrasser. Il ouvrit la bouche pour appeler à son secours, mais sa bouche disparut sous l'eau avant qu'il pût jeter un cri.

Il lui sembla alors qu'un poids énorme se suspendait à ses chevilles et qu'une force irrésistible l'entraînait au fond de

la rivière. Il essaya de se débattre, de frapper l'eau du talon
pour se donner un élan qui le renvoyât en haut. Il n'y réussit
point, et il eut l'horrible sensation que ses membres infé-
rieurs étaient garrottés. Il crut même éprouver une douleur
causée par le frottement d'une corde qui lui serrait les genoux. Alors il comprit qu'il était perdu.

Le sang bourdonnait à ses oreilles, un cercle de fer étreignait ses tempes, sa poitrine se gonflait pour aspirer un
souffle d'air et des flammes rouges passaient devant ses yeux.
Pourtant, il possédait encore sa pleine connaissance; son esprit avait même acquis une lucidité extraordinaire; et, en
quelques secondes, tous les événements de sa vie lui appa-
rurent pour s'effacer aussitôt. C'était comme une succession
d'éclairs qui traversaient son cerveau. Il revit l'odieuse tête
de Wassmann, les traits vénérables de M. Jean et la douce
figure de Gabrielle. Puis la nuit se fit et il cessa de penser.

Sa dernière sensation fut celle d'un choc violent à l'épaule.
Il étendit les mains, saisit machinalement un objet à sa portée
et s'y cramponna avec l'énergie instinctive d'un homme qui
se noie. Alors tout s'évanouit pour Julien de La Chanterie,
et rien de ce qui se passa ensuite ne lui causa la plus légère
impression.

Ce ne fut qu'après une grande heure qu'il revint tout à fait
de cet anéantissement, et quand il rentra en pleine possession
de ses sens et de son intelligence, il se vit couché sur un des
lits du père Cabassut.

Fabrègue et du Tremblay étaient là qui épiaient son réveil
et qui lui avaient préparé diverses sortes de cordiaux. Un
grand verre de vin chaud et une énorme tasse de bouillon
fumaient sur la cheminée.

Les yeux du ressuscité tombèrent sur des objets évidemment extraits d'une boîte de secours pour les noyés, brosses,
couvertures, flacons de sels, plumes à demi-brûlées, et cette
vue lui rendit aussitôt le sentiment de la situation et un peu
la mémoire des faits.

— Merci, mes amis, dit-il d'une voix encore assez faible;
vous m'avez donc sauvé...

— A la bonne heure ! s'écria Fabrègue, cette fois, c'est pour tout de bon que tu es vivant. Figure-toi que voilà bien vingt minutes que nous t'entendons respirer aussi régulièrement qu'un enfant dans son premier somme et que nous n'osons pas te réveiller tout à fait. Mais, pour des remerciements tu n'en dois à personne, si ce n'est au père Cabassut qui nous a prêté toute cette pharmacie, car c'est, parbleu ! bien toi qui t'es sauvé tout seul.

— Je n'ai que des souvenirs encore bien confus, murmura Julien. Que m'est-il donc arrivé ?

— Il t'est arrivé de rencontrer sous tes doigts la racine d'un saule, de l'empoigner, sans savoir ce que tu faisais probablement, et de rester par miracle la tête hors de l'eau jusqu'au moment où je suis venu te tirer de là, et je te réponds que ça n'a pas été commode ; tu serrais la racine comme si tu avais voulu l'arracher et j'ai eu toutes les peines du monde à te la faire lâcher ; c'était bon signe, du reste, et j'ai bien connu tout de suite que tu n'étais qu'en syncope, car ton cœur battait encore, pas bien fort, c'est vrai, mais enfin il battait.

— Comment ai-je donc pu me noyer ?

— Ah ça ! par exemple, du diable si j'en sais rien, car tu nages comme un poisson et je n'ai rien compris à ton accident ; je ne l'ai même pas vu, c'est du Tremblay qui a crié pour m'avertir et, sans lui, ma foi !...

— Tu dois te rappeler que j'étais resté dans le bateau, dit du Tremblay pour continuer l'explication. Fabrègue avait filé au large et tu poussais vers l'île ; je me demandais si tu voulais y aborder, c'est ce qui a fait que j'ai continué à regarder de ton côté. Heureusement, car tout d'un coup tu as disparu comme une balle de plomb qu'on jetterait dans l'eau. J'ai cru d'abord que tu t'amusais à plonger tout droit en te laissant couler, mais quand j'ai vu que tu ne remontais pas, ça m'a inquiété ; j'ai donné un coup d'aviron sur bâbord, et j'ai appelé Fabrègue.

— Et tu penses, mon petit, si je suis arrivé *en double*, reprit le méridional. Ah ! c'est là que nous avons passé un mauvais quart d'heure. Tu ne revenais pas, j'avais plongé trois fois et je ne t'avais pas trouvé ; enfin je commençais à craindre de ne plus te revoir en vie, quand, au moment où j'allais chercher encore sous la berge et où du Tremblay ôtait ses bottes pour sauter à l'eau, qu'est-ce que j'aperçois le long de la rive à vingt brasses plus bas que l'endroit où nous étions ? une main accrochée à une vieille souche et des cheveux qui flottaient autour d'une figure pâle, ou plutôt verte...

— Alors, continua du Tremblay, nous sommes arrivés sur toi en même temps, lui à la nage et moi à la rame, nous t'avons décroché, couché dans le bateau, frotté, pincé...

— Et tu ne croirais pas, mon vieux Julien, interrompit Fabrègue, qu'il y avait là deux espèces de bourgeois qui se baignaient à côté de toi, qui t'avaient certainement vu couler, et qui, au lieu de nous aider, se sont sauvés comme des canards.

— Deux bourgeois ! s'écria le noyé en se levant sur son séant ; ah ! je l'avais oublié, le misérable ! C'est lui ! c'est ce Wassmann, qui...

Julien n'acheva pas. Ses deux amis le regardaient d'un air étonné et il se rappela tout à coup que ni l'un ni l'autre n'était au courant de ses démêlés avec l'homme aux favoris roux. Ce n'était peut-être pas le moment de les en instruire et il eut la présence d'esprit de se taire.

— Est-ce que tu en connais un ? demanda Fabrègue.

— Non... non...

— Sacrebleu ! c'est que je ne t'en ferais pas mon compliment. J'ai eu beau les appeler, ces animaux-là, je n'ai pas pu les décider à nous donner un coup de main. Quelles canailles ! je ne jurerais même pas qu'ils ne t'avaient pas vu avant nous buvant de l'eau au pied de ton saule et qu'ils ne t'y auraient pas laissé mourir. Plus je criais, plus ils couraient. Ça a fini par en devenir drôle. Ils étaient si pressés de filer, qu'ils n'ont pas pris le temps de s'habiller et qu'ils se sont sauvés à travers l'île avec leurs habits sous le bras.

— Et vous ne les avez pas poursuivis ? demanda vivement Julien, que ce récit semblait ranimer à vue d'œil.

— Ma foi, non. Nous avions autre chose à faire que de donner la chasse à de pareils drôles. Songe donc qu'à ce moment-là, nous ne savions pas encore si tu en reviendrais. J'ai dû me contenter de leur donner de loin les noms qu'ils méritaient, mais, sois tranquille, si jamais je les retrouve...

— Les reconnaîtrais-tu ?

— Je n'en répondrais pas absolument, mais pourtant, je crois bien que si je rencontrais leurs vilaines figures... il y en a un surtout avec des favoris qui n'en finissent pas...

— Peut-être est-il encore dans l'île, dit Julien en sautant hors du lit.

— Aurais-tu, par hasard, l'intention de te mettre à ses trousses dans l'état où tu es? Te voilà sur pied, c'est à merveille, mais pas de bêtises. Tu as besoin de te réconforter avec un bon dîner et non d'aller chanter pouille à un lâche imbécile. Et puis, assez de querelles comme ça. Tu n'es déjà plus de force à t'aligner avec ce Saint-Avertin, ce n'est pas la peine de te mettre une autre affaire sur les bras.

— Je compte parfaitement me battre demain matin, s'écria La Chanterie.

— Là! j'en étais sûr! s'écria Fabrègue. Quel enragé tu fais! Ma parole d'honneur tu as manqué ta vocation, et au lieu de choisir l'avocasserie tu aurais dû t'engager dans les zouaves.

— Cela viendra peut-être, murmura Julien, qui n'augurait pas bien de la guerre.

Et il reprit tout haut :

— Mais enfin, pouvez-vous imaginer comment j'ai fait pour me laisser aller au fond de l'eau si bêtement ?

— Moi, je crois que tu as eu une crampe, dit du Tremblay.

— C'est mon avis aussi, appuya Fabrègue.

Julien ne répondit pas. Il pensait :

— C'est Wassmann qui nageait devant moi, c'est Wassmann qui a plongé et qui m'a pris les jambes ; il voulait me noyer pour m'empêcher de me servir de la lettre qu'il n'a pas pu m'arracher ; il est temps d'en finir avec cet homme.

— C'est une crampe, te dis-je, reprit Fabrègue, et tu ne

serais pas le premier qui se serait noyé de la sorte. On a beau
être excellent nageur, on n'est pas à l'abri de ces accidents-
là. Tu en es revenu. Tout est pour le mieux. Habille-toi et allons dîner.

Il était urgent, en effet, que Julien s'habillât, car il n'avait
pour tout costume que la couverture de laine dans laquelle
ses amis l'avaient roulé après les frictions énergiques prati-
quées par eux sur son corps.

C'était miracle du reste que leurs soins eussent amené si
promptement un si heureux résultat, et cette cure leur faisait
vraiment honneur. Sans l'assistance d'un médecin, qu'il eût
été d'ailleurs impossible de se procurer en temps utile, à
cause de l'éloignement où on était du village, et sans autres
ressources que la boîte de secours du père Cabassut, cabaretier prévoyant, s'il en fût, Fabrègue et du Tremblay avaient
opéré comme de vieux praticiens. Grâce à eux, La Chanterie,
moins de deux heures après son accident, était si bien remis
sur pied qu'il se ressentait à peine des suites de la noyade
interrompue.

A son âge, une syncope ne laisse guère d'autres traces
qu'un violent mal de tête, et ce léger inconvénient était plus
que compensé chez Julien par un appétit d'enfer, subitement
éveillé. Il se sentait en pleine possession de ses forces, en
état, par conséquent, de ferrailler le lendemain matin, surtout
lorsqu'il aurait dormi quelques heures d'un bon sommeil.
Seulement son retour à la vie avait coïncidé avec la réappa-
rition de ses chimères, et rien ne lui eût ôté de l'esprit la
conviction que M. Wassmann le poursuivait avec acharnement depuis quarante-huit heures.

Il allait même, on le sait, jusqu'à croire que le Saint-Avertin
était soudoyé par ce misérable étranger pour le tuer en duel.
Aussi, tout en s'habillant et pendant que ses amis s'éver-
tuaient à le distraire par des joyeusetés, Julien se jurait-il à
lui-même de faire deux choses : la première, de ne pas se
coucher avant d'avoir écrit au curé de Charly pour le prier
de remettre au juge d'instruction la lettre qu'il lui avait confiée sous enveloppe et pour lui expliquer toute l'importance

de cette pièce; la seconde, d'aller lui-même raconter au magistrat les incidents qui venaient de se succéder pendant ces derniers jours.

Tout était donc prévu. S'il sortait sain et sauf de sa rencontre avec le sieur Miraut, La Chanterie recommençait à agir, personnellement et avec plus d'ardeur que jamais, contre l'odieux Allemand. Si au contraire il y succombait ou s'il y recevait seulement une blessure qui mît sa vie en danger, M. Jean était substitué à lui pour mener l'œuvre à bonne fin, et il ne doutait pas que le digne prêtre ne fît tous ses efforts pour démasquer le coupable et surtout pour sauver un innocent.

Ces résolutions une fois prises, le ressuscité se trouva tout disposé à fêter le dîner, qui fut fort gai. Fabrègue et du Tremblay y firent assaut de coups de fourchettes et de facéties. Les braves garçons étaient ravis de voir en si belle disposition un camarade qu'ils aimaient de tout leur cœur et qu'ils avaient bien cru perdre sans rémission. Il faut ajouter qu'ils ne soupçonnaient pas les dangers, imaginaires ou réels, qui menaçaient Julien, et que le combat du lendemain ne les préoccupait guère, car ils étaient parfaitement convaincus que leur ami embrocherait peu ou prou le *petit crevé*. Aussi charmèrent-ils le repas par des discours variés et des récits amusants.

Fabrègue reprit l'histoire des deux baigneurs qui s'étaient sauvés tout nus à travers l'île, et décrivit plaisamment l'effet qu'avait dû produire leur apparition au milieu des baigneuses d'alentour. Du Tremblay parla du pêcheur à la ligne qui assistait aussi à la noyade et qui se serait certainement associé au sauvetage si, au moment précis où il allait se jeter à l'eau, un poisson n'eût mordu à son hameçon. Le pauvre homme s'était trouvé pris entre ses sentiments d'humanité et sa passion pour la pêche, et il était resté immobile, le cœur ému de compassion, mais l'œil obstinément fixé sur le flotteur de sa ligne qui dansait une sarabande désordonnée.

Julien ne put s'empêcher de rire des grotesques perplexités de cet individu qu'il se souvenait très-bien d'avoir remarqué sur la pierre où il était assis, mais il regretta fort que ses amis ne l'eussent pas interrogé. Si on avait su son nom et son domicile, on aurait peut-être pu le retrouver et se procurer par lui quelques renseignements sur les deux fugitifs en caleçon de bain; car, après tout, il n'était pas impossible qu'il les connût.

La Chanterie cependant crut devoir garder pour lui cette réflexion et, après le café et les cigares de rigueur, il remonta dans sa chambre pour écrire et se coucha de bonne heure.

Après la lettre destinée à M. Jean qui ne lui prit pas beaucoup de temps, il se mit à rédiger à l'intention de son oncle une épître dont la confection fut beaucoup plus longue. Au fond, c'était surtout à sa cousine qu'il tenait à faire ses adieux en cas de mort, et, comme il n'osait pas s'adresser directement à elle, il voulait du moins, en écrivant à M. de Brannes, s'exprimer de telle sorte que Gabrielle comprît qu'il lui dédiait ses dernières pensées. Le choix des termes ne laissait donc pas de l'embarrasser un peu et il couvrit son papier de ratures avant de trouver une rédaction qui le satisfît.

Il y parvint cependant et il s'en tira en homme d'esprit. A la lettre où il remerciait chaleureusement le comte de ses bontés paternelles et où il protestait de sa vive et sincère affection pour ses proches, Julien joignit un testament par lequel il instituait sa légataire universelle mademoiselle Gabrielle de Brannes.

Ayant ainsi mis en repos son cœur et sa conscience, il pensa qu'après une journée pareille il avait bien gagné un peu de repos et il se mit au lit. Il y dormit aussi profondément que dormait le grand Condé la veille d'une bataille et, quoique la journée du lendemain ne dût avoir rien de commun avec celle de Rocroy, ce sommeil tranquille entre un danger évité et un danger à courir témoignait assez que le jeune avocat possédait un caractère énergiquement trempé.

L'aube naissait à peine que déjà ses deux amis frappaient à sa porte. Julien fut debout en un clin d'œil et sa toilette promptement expédiée, quoiqu'il y donnât ce jour-là plus de soin encore que de coutume, car il tenait à montrer à M. de Saint-Avertin qu'il n'était point homme à commettre des solécismes de tenue, pas plus sur le terrain que dans un salon.

Du Tremblay et Fabrègue n'avaient pas manqué non plus de s'habiller pour la circonstance, et nul n'aurait deviné que ces trois graves *gentlemen* appartenaient, à leurs heures, à la tribu quelque peu débraillée des *nez-percés.*

Dès qu'il eut ouvert sa fenêtre et respiré l'air frais du matin, La Chanterie s'aperçut avec un très-vif plaisir qu'il ne se ressentait plus du tout des secousses morales et physiques de la veille. Sa migraine s'était complétement dissipée, ses membres avaient repris leur souplesse et leur vigueur. Jamais il ne s'était senti plus dispos de corps et d'esprit.

Le père Cabassut, quand il le vit paraître l'œil vif, le teint reposé et la bouche souriante, en resta frappé d'admiration. Dans sa longue carrière de restaurateur des duellistes, il ne lui était pas encore arrivé d'héberger un champion si alerte à braver la mort par le fer, après avoir vu de si près la mort par l'eau.

Le bateau était prêt et aussi le garçon qui devait ramer. Quoiqu'il ne fût guère plus de quatre heures et demie, Julien proposa de partir. Il tenait à devancer son adversaire. Ses témoins ne firent point d'objection, et, dix minutes après l'embarquement, ils abordaient un peu au-dessous de l'endroit où avait failli se noyer le dernier des La Chanterie.

Cette fois, la rive était complétement déserte. Pas le moindre baigneur, pas même de canot en vue, et comme, à cette heure matinale, les demoiselles des bords de la Seine sont encore dans leur premier sommeil, on n'entendait point le joyeux vacarme qui signale de bien loin la *Grenouillère* aux navigateurs.

Julien chercha des yeux le pêcheur à la ligne, dans le vague espoir qu'il serait venu reprendre dès l'aurore sa place sur la pierre; mais, se souvenant sans doute que, la veille, on l'y avait troublé dans l'exercice de son plaisir favori, le bonhomme n'avait point reparu.

On traversa l'île, du Tremblay portant les épées et Fabrègue montrant le chemin.

Le lieu du rendez-vous était on ne peut mieux choisi. C'était une aire de quelques mètres carrés entourée d'arbres qui semblaient avoir poussé là tout exprès pour protéger les combattants contre les regards indiscrets. Il y avait assez d'espace pour rompre, assez d'ombre pour que le soleil ne fût pas gênant, et pas assez de gazon pour que le pied pût glisser.

— Que dis-tu de ce pré de mon choix? demanda Fabrègue d'un air satisfait.

— Qu'il me convient fort, répondit La Chanterie. Mais es-tu bien sûr que M. Miraut saura le découvrir?

— Oh! l'endroit est connu et tous les bateliers de Chatou le lui indiqueront. Au surplus, comme d'ici nous le verrons parfaitement arriver sur la berge avec sa suite, rien ne nous empêchera de le héler.

— Tu crois donc toujours qu'il viendra de ce côté ?

— Parbleu! pour traverser l'autre bras, je ne connais à louer que le bateau du père Cabassut, à moins que nos crevés n'aillent courir jusqu'à Bougival.

— Quel que soit leur itinéraire, ils ne se pressent pas, car cinq heures vont sonner, dit du Tremblay.

— Si ce drôle allait ne pas venir ! murmura Julien que le moindre incident rejetait dans le vaste champ des hypothèses.

— Oh! il viendra, dit Fabrègue, car il se croit de première force et il s'imagine peut-être qu'en ta qualité d'avocat, tu n'as jamais tenu une épée. S'il savait que tu tires très-proprement, je ne voudrais pas répondre qu'il se battît.

— D'ailleurs, à tout prendre, il n'est pas encore en retard, ajouta du Tremblay.

— Et puis nous avons le temps, et, si vous m'en croyez, reprit l'ex-maréchal des logis, nous allons nous étendre sur le gazon et fumer un ou plusieurs cigares en attendant ces messieurs.

Julien n'avait point d'objection à faire à ce plan. Il s'assit au pied d'un gros peuplier et se mit à rêver en regardant le paysage, qui ne ressemblait pas du tout à celui qu'on voyait des fenêtres du père Cabassut.

La rive droite de la Seine, bien au-dessous des deux ponts de Chatou, est bordée de hautes terrasses derrière lesquelles s'élèvent des villas coquettes dont trois ou quatre pourraient passer pour des châteaux. Ces architectures pseudo-babyloniennes ne sont pas d'un effet désagréable, mais elles n'ont rien de particulièrement champêtre. De ce côté de la rivière on voit plus de murailles que d'arbres et plus de pierres que de verdure. Dans l'île, au contraire, la végétation est magnifique et l'herbe pousse dru, peut-être parce quelle est moins souvent foulée par les échappés de la ville. Les pieds des parisiennes sont faits pour marcher sur l'asphalte, et les talons de leurs bottines brûlent les paquerettes des champs.

La matinée était charmante; le soleil qui venait de se lever dorait les troncs rugueux des peupliers et faisait briller les gouttes de rosée encore suspendues au bout des feuilles. On entendait des ramages dans les hautes branches, et le frissonnement de l'eau que la brise de l'aube poussait doucement sur les cailloux de la rive.

Devant ce calme et frais tableau, Julien oublia un instant qu'il venait là pour se battre avec un sot, et sa pensée se reporta sur une autre scène du bord de l'eau, celle où un hasard dont il ne se louait guère l'avait mis en présence du braconnier Robert.

Depuis cette fâcheuse rencontre, il était obligé de se l'avouer à lui-même, sa vie avait changé de face. Lui qui pouvait passer à juste titre pour un homme parfaitement heureux, il se trouvait jeté dans les plus désagréables aventures. Son existence tout unie d'autrefois avait pris fin et il était passé tout à coup du calme le plus profond aux agitations les plus violentes. Il cheminait maintenant au milieu des embûches. On forçait ses meubles, on cherchait à le voler, à le noyer; il ne pouvait plus faire un pas sans ramasser une querelle ou sans mettre le pied dans quelque chausse-trappe. Il en était réduit à ruminer sans cesse des projets ténébreux et à se fatiguer l'esprit pour inventer des précautions défensives.

Pour un garçon accoutumé à vivre au grand jour et à marcher la tête haute, c'était le plus affreux des supplices.

Il n'y avait pas jusqu'à ses amours avec sa cousine qui ne se ressentissent de tous ces troubles.

Avant le meurtre du malheureux garde, Julien se laissait aller tout doucement à aimer Gabrielle, il était à peu près sûr qu'elle l'aimait aussi, et il n'entrevoyait pas de trop insurmontables obstacles à leur futur mariage. Le coup de fusil qui avait tué Michel, en éclatant au milieu de ce bonheur tranquille comme le tonnerre au fond d'un ciel serein, cet affreux coup de fusil, avait donné le signal d'une tempête dans le cœur de Mlle de Brannes.

La très-douce et très-timide jeune fille tout récemment sortie du couvent s'était lancée dans des exaltations romanesques, et ne rêvait plus que délivrances de persécutés et batailles contre les persécuteurs. Elle imposait à son chevalier fidèle des tâches périlleuses et le soumettait à des épreuves désolantes.

Le pauvre Julien ne reculait ni devant les désagréments, ni devant les dangers de la lutte, mais comme il était doué de beaucoup de tact et d'un sentiment très-fin de la juste mesure en toutes choses, il commençait à apercevoir le côté ridicule de l'entreprise où il s'était engagé pour plaire à Gabrielle. Ce Don Quichottisme, mis au service d'une cause si vulgaire, prêtait vraiment un peu à rire et ce n'était assurément point le fait d'un homme bien né que de sacrifier son repos et d'exposer sa vie pour établir la très-douteuse innocence d'un braconnier, accusé d'un crime et coupable sans aucun doute d'une foule de méfaits.

M. de La Chanterie avait toujours vécu dans un monde où on éprouve une répugnance instinctive à figurer dans un drame de cour d'assises et même à jouer le rôle de héros de roman. Il se sentait donc un peu confus d'avoir donné si facilement dans de telles exagérations de conduite.

Pourquoi ces idées raisonnables, mais réfrigérantes, lui venaient-elles pour la première fois dans l'île de Croissy, au moment de couronner par un duel une série d'aventures bizarres? Ce n'était pas certainement qu'il eût peur, seulement, il y a des nuits qui portent conseil et les heures matinales

sont souvent propices aux réflexions sages. Il fut tiré de ses
rêveries par la voix de Fabrègue qui s'écria :

— J'entends des grelots du côté de Chatou. Ce sont nos
gens.

— Et voilà le bateau de la *Grenouillère* qui passe l'eau
pour aller les chercher, ajouta du Tremblay.

— Levons-nous pour les recevoir, dit gaiement Julien. Il
faut faire honneur au noble sire de Saint-Avertin.

— Il faut aussi penser à tout ; as-tu quelques commissions
à nous donner? reprit l'ex-maréchal des logis.

— Une seule. S'il m'arrivait malheur, je prierais l'un de
vous de partir sur-le-champ pour Charly et d'y remettre ces
deux lettres, l'une à mon oncle, l'autre au curé du village,
qui se nomme M. Jean.

— Bon! s'écria Fabrègue, du Tremblay s'en chargera, il
a plus de vocation que moi pour les missions diplomatiques..
mais j'espère bien qu'il n'y aura pas lieu de porter ta correspondance à destination. Pour peu que tu veuilles faire
attention à ton jeu, tu n'attraperas pas la plus petite bou-
tonnière et tu donneras une bonne leçon au sieur Miraut.

— Je l'espère aussi, mais il est toujours prudent de se
mettre en règle.

— A propos, tiens-tu beaucoup à le tuer, le Miraut?

— Non, certes. J'ai assez de soucis en ce moment sans
me mettre encore une mort d'homme sur la conscience.

— Et puis, cela engendre toujours une foule d'ennuis. Le
parquet s'en mêle, et, pour éviter la prison préventive, on
est obligé de filer en Belgique. Touche-le au bras ou à
l'épaule, ce sera suffisant pour lui apprendre la politesse.

— J'essaierai, mais tu sais aussi bien que moi que, sur le
terrain, on ne fait pas toujours ce qu'on veut.

— Sans doute. Seulement, rappelle-toi ce que je t'ai dit
de son jeu. Il ferraille beaucoup ; il cherche les dégagements
en dessous et les feintes de seconde, mais ses parades sont
molles et il manque de vitesse dans les ripostes. Attaque-
le franchement, fonce sur lui pour le forcer à rompre et ne
ménage pas les coups droits. Je connais ces jolis tireurs de

salle d'armes; quand celui-là verra la pointe de ton épée à six pouces de ses yeux, il ne sera plus si brillant.

— Les voici, interrompit du Tremblay.

En effet, une calèche attelée de quatre chevaux de poste et menée par deux postillons, débouchait à grand fracas sur la berge.

Les prédictions de Fabrègue se vérifiaient de point en point, car il était difficile d'imaginer une arrivée plus tapageuse. Les chevaux hennissaient, les grelots tintaient, les fouets claquaient, et peu s'en fallait que les messieurs vautrés sur les coussins de la voiture ne poussassent des hurrahs pour s'acclamer eux-mêmes. C'était d'un goût déplorable et bien digne du sot qui avait renié le nom de son père pour trancher du gentilhomme auprès des dames du lac.

Ce vacarme grotesque n'avait fort heureusement attiré personne, car les citadins qui passent l'été à Chatou ne se piquent pas de voir lever l'aurore. M. de Saint-Avertin et ses témoins descendirent avec la nonchalance de gens qui ont passé la nuit à mener joyeuse vie et s'embarquèrent suivis d'un domestique en livrée voyante qui tenait à la main un paquet de forme oblongue.

— Ils apportent leurs épées, dit du Tremblay. Tu sais qu'il est convenu qu'on tirera au sort pour savoir lequel de vous se servira des siennes.

Julien fit un geste d'indifférence et jeta son cigare pour se présenter à son adversaire avec la gravité qui est de rigueur en ces occasions.

Le bras de la Seine n'était pas très-large, et Saint-Avertin, qui avait aperçu de loin les trois amis, débarqua bientôt avec sa suite au pied des grands peupliers.

Le *petit-crevé* ne faisait pas mauvaise contenance, quoiqu'il eût les yeux battus et le teint fort échauffé, mais ses deux acolytes ne paraissaient pas très-solides sur leurs jambes. Ils n'avaient par l'air non plus très-expérimentés en matière de duel, car ils laissèrent Fabrègue diriger toutes les opérations préliminaires.

On jeta une pièce en l'air et la chance favorisa Julien

quant au choix des épées. Le domestique fut placé en dehors de l'enceinte pour signaler, au besoin, l'approche d'un fâcheux venant de l'intérieur de l'île. Le passeur veillait dans sa barque du côté de la rivière. Chacun étant d'avis que toute explication serait superflue, il n'y avait plus qu'à commencer le combat.

Fabrègue, en sa qualité d'ex-maréchal des logis, était naturellement désigné pour prendre la direction de l'affaire. Il choisit le terrain, marqua les places, en ayant soin qu'aucun des combattants n'eût le soleil dans les yeux, et mesura les épées en présence des témoins adverses, qui semblaient résignés à ne jouer qu'un rôle passif. Ils cherchaient cependant à se donner des airs connaisseurs: l'un, en poussant des grognements approbateurs après chaque opération; l'autre, en lâchant, par-ci par-là, de courtes phrases qui avaient la prétention d'être anglaises.

Fabrègue les regarda plus d'une fois de travers et ne se priva pas de hausser ostensiblement les épaules; mais ces messieurs paraissaient fort résolus à ne pas se fâcher.

Quant à M. de Saint-Avertin, son attitude était assez convenable. Adossé au tronc d'un peuplier, le regard perdu dans le vague et les bras croisés, il attendait, avec une indifférence très-bien jouée si elle n'était qu'apparente, que les préparatifs fussent terminés.

Il faut même convenir que Julien semblait beaucoup moins calme. Il piétinait sur place avec une impatience trop visible et passait souvent sa main sur son front comme pour chasser une pensée qui l'obsédait. Fabrègue l'observait du coin de l'œil, et, comme il le savait très-brave, s'étonnait fort de lui voir donner des marques d'inquiétude ou tout au moins d'embarras. Il finit par attribuer cette agitation à l'envie d'en finir et il accéléra les préliminaires indispensables.

Les deux adversaires, prévenus par lui que tout était réglé, mirent habit bas et reçurent de ses mains chacun une des épées. Il n'avait plus qu'à croiser les fers et à donner le signal, quand, à sa grande stupéfaction, Julien prit la parole, au lieu de se mettre en garde.

— Monsieur, dit-il brusquement à son ennemi en le regardant en face, avant de commencer, je veux vous adresser une question.

— Laquelle, monsieur? dit le Saint-Avertin d'un air étonné et en même temps quelque peu ironique.

On devinait qu'il s'attendait presque à entendre La Chanterie proposer un arrangement.

— Connaissez-vous M. Wassmann? lui demanda brusquement Julien.

— Comment? que signifie? balbutia le petit crevé en rougissant jusqu'aux oreilles.

— Le connaissez-vous, oui ou non?

— Permettez, monsieur! je ne comprends pas votre question, et je ne me crois pas obligé d'y répondre.

Tout en parlant ainsi, M. Miraut pâlissait après avoir rougi, et quoiqu'il affectât un ton dédaigneux et indifférent, il ne pouvait plus cacher que cette interrogation lancée à brûle-pourpoint l'avait fortement troublé. Mais il y avait là quelqu'un qui en était encore plus interloqué, et ce quelqu'un vint à son aide.

Fabrègue avait bondi de surprise au premier mot que son ami avait lâché, et il n'en revenait pas d'entendre un garçon dont il avait répondu comme de lui-même manquer ainsi à une des règles les plus élémentaires du code du duel, qui interdit formellement aux combattants de s'interpeller les armes à la main. Il chercha dans sa mémoire d'ancien chasseur d'Afrique un précédent à cette énormité, et, n'en trouvant aucun, il s'approcha vivement de Julien et lui dit à l'oreille:

— A quoi penses-tu donc, sacrebleu! de bavarder de la sorte? Ces choses-là ne se font pas, mon cher, et on va se moquer de nous.

— Je sais tout ce que je voulais savoir, dit à haute voix La Chanterie.

Et il ajouta en s'adressant à son adversaire:

— Nous pouvons commencer maintenant.

Fabrègue, ravi de voir qu'il rentrait dans le droit chemin, s'empressa d'engager les épées et de crier:

— Allez, messieurs!

Ce fut Julien qui attaqua le premier. Il avait l'avantage de la taille sur le sieur Miraut, qui était à peine assez grand pour servir dans l'infanterie et qui, de plus, ne paraissait pas très-solide. Les coups droits poussés à fond lui parurent donc tout à fait indiqués, et, comme le lui avait conseillé le camarade Fabrègue, il débuta par quatre ou cinq bottes lancées avec une rare vigueur. Elles produisirent le résultat annoncé par l'ex-sous-officier, c'est-à-dire qu'elles forcèrent le *petit crevé* à rompre, mais aussi elles furent parées avec beaucoup d'adresse.

La Chanterie reconnut bientôt que son adversaire avait un jeu sans éclat, mais assez sûr, des ripostes un peu molles, mais parfaitement raisonnées, et qu'en somme il pouvait devenir redoutable, si on lui en laissait le temps. Son calcul devait consister évidemment à lasser Julien en restant sur la défensive, à ne rien livrer au hasard et à attendre le moment où la fatigue ou bien un faux mouvement de l'ennemi laisseraient place à un coup dangereux qu'il tenait sans doute en réserve et qu'il croyait avoir le temps d'étudier pendant les premiers tâtonnements.

C'était la tactique d'un spadassin habile, et Julien, qui la devina tout d'abord, n'avait garde de s'y laisser prendre. Il redoubla donc d'énergie et de précision dans ses attaques, envoyant bottes sur bottes, et chargeant avec une furie qui ne nuisait pas trop à la correction de son jeu.

Fabrègue, qui suivait l'engagement avec l'œil d'un amateur d'escrime et la sollicitude d'un ami dévoué, Fabrègue était transporté d'admiration. Du Tremblay, moins enthousiaste, fronçait le sourcil et ne paraissait pas absolument rassuré sur le résultat final. Les deux témoins de Saint-Avertin, térrisés par ce spectacle émouvant, n'étaient probablement pas tranquilles non plus, car ils échangeaient des regards inquiets.

Cependant, l'avantage ne se dessinait nettement d'aucun côté. M. Miraut avait rompu autant qu'il pouvait rompre et s'essouflait visiblement, mais il se défendait encore et ne se laissait point toucher. La Chanterie poussait toujours ferme, quoiqu'il commençât à s'épuiser. L'arbitre du combat jugea que le moment était venu de mettre fin à cette reprise, qui avait duré beaucoup plus qu'il n'est d'usage. Il étendit donc la canne dont il s'était muni comme insigne de ses fonctions, et les épées s'abaissèrent.

Les adversaires profitèrent de cette interruption pour revenir à la place où l'engagement avait commencé. Pendant le court repos qu'ils prirent, du Tremblay, l'homme calme par excellence, les observait avec attention et il crut démêler de mauvais desseins dans le regard sournois du Saint-Avertin. Evidemment, le rusé tireur avait gardé pour la fin ses bottes les plus dangereuses, et il croyait avoir bon marché de Julien. Celui-ci, du reste, loin de paraître découragé, montrait un visage animé et des yeux étincelants qui promettaient à son adversaire un assaut plus terrible encore que le premier. La question était de savoir si ses forces ne le trahiraient pas trop tôt, car le sieur Miraut allait vraisemblablement manœuvrer avec la même prudence et se dérober tant qu'il le pourrait.

Fabrègue en était presque à regretter d'avoir fait suspendre le combat, attendu qu'à l'instant où il avait donné le signal d'arrêt, le *petit crevé* était acculé contre un peuplier; par conséquent, il ne pouvait plus rompre et il y avait bien quelque chance pour que La Chanterie le clouât contre le tronc. Mais, quand on se fait juge du camp, il faut être équitable, et Fabrègue n'était pas homme à manquer à la loyauté, même dans l'intérêt de son meilleur ami.

Voulant du moins réparer autant qu'il était en lui le tort causé à Julien, il s'arrangea pour que le repos ne se prolongeât pas trop. Par des demi-mots lâchés à propos, il fit entendre aux deux adversaires qu'il était de leur intérêt, à tous deux de passer le plus tôt possible à la seconde reprise, et, d'un commun accord, après trois minutes d'interruption, ces messieurs se remirent en garde.

On vit bientôt que cette fois M. de La Chanterie était décidé à en finir. A peine les fers furent-ils croisés que, sans s'amuser à des dégagements ou à des feintes, il fouetta l'épée du sieur Miraut d'un coup si violent qu'elle se brisa net. En même temps, il se fendait à fond, et il aurait certainement percé son ennemi d'outre en outre s'il eût tiré un peu plus haut et un peu moins vite. Par malheur, les deux mouvements furent presque simultanés, et son poignet rencontra la pointe brisée qui le traversa de part en part et y resta fichée. Le *petit crevé* n'avait pas manqué de rompre, suivant sa prudente habitude, de sorte qu'après ce court et décisif engagement, les deux combattants se trouvèrent à trois pieds l'un de l'autre, Miraut un tronçon d'épée à la main et tout ahuri de ce résultat qu'il n'avait pas cherché, Julien le bras perforé par une lame triangulaire qui faisait saillie de plus de deux pouces en dehors de la peau.

Le premier moment fut tout à la stupeur. Puis la douleur lui fit lâcher son épée et il chancela.

Du Tremblay le reçut dans ses bras et le soutint pendant que Fabrègue arrachait le fer resté dans la blessure. Le sang coula alors abondamment, mais sans jets intermittents. Par miracle, la grosse artère n'était pas coupée. L'ex-maréchal des logis lia fortement le bras avec son mouchoir pour arrêter l'hémorragie, et il réconfortait le blessé par quelques bonnes paroles, lorsque M. de Saint-Avertin, s'avançant, la bouche en cœur, commença la phrase traditionnelle.

— J'espère, messieurs, que tout s'est passé conformément à l'honneur et que vous voudrez bien...

— Allez au diable ! lui cria Fabrègue d'une voix tonnante.

M. de Saint-Avertin se le tint pour dit et tira sa révérence sans ajouter un mot.

A le voir s'esquiver ainsi sans tambour ni trompettes, on aurait juré qu'il venait d'accomplir une corvée commandée et qu'il était enchanté d'en être quitte à si bon compte. Ses deux témoins, personnages muets s'il en fût, lui emboîtèrent le pas avec une précision toute militaire, c'était même la seule chose qu'ils eussent de militaire, et le domestique galonné qui s'était rapproché tout doucement pour voir ferrailler ces messieurs, emporta les épées de son maître encore empaquetées, puisqu'on ne s'en était pas servi.

Fabrègue laissa partir, sans lui dire tout ce qu'il avait sur le cœur, cette bande ridicule de *petits-crevés*. Il était trop inquiet de l'état où il voyait son ami La Chanterie pour se donner le plaisir de chercher querelle au sieur Miraut, quoiqu'il en eût furieusement envie.

Et de fait, bien qu'elle n'intéressât aucun organe essentiel, la blessure de Julien pouvait avoir des suites fort graves. Les chairs étaient horriblement déchirées dans une partie où se réunissent les paquets de nerfs, et, par la chaleur de juillet, le tétanos était à craindre. La lame, ayant passé entre les deux os de l'avant-bras, avait dû effleurer l'artère radiale, et de là pouvait naître un autre danger, momentanément conjuré par une ligature intelligente. Bref, le pauvre *Bison courageux* se trouvait fort mal arrangé, et la fâcheuse issue de ce duel complétait la série des mésaventures au milieu desquelles il se débattait depuis deux jours.

Il supportait du reste ses souffrances avec beaucoup de courage, et, à le voir marcher appuyé sur le bras de du Tremblay, on ne se serait jamais douté qu'il avait failli se noyer la veille.

La traversée de l'île fut cependant lente et pénible, et, au moment où les trois amis entraient dans le bateau qui les attendait pour les ramener au *Goujon-Folâtre*, ils purent entendre le bruit lointain du claquement de fouet des postillons célébrant à leur façon le retour triomphal de Saint-Avertin.

Du côté des vaincus, le passage de la Seine fut triste et silencieux. Julien serrait les dents et ne disait mot. Fabrègue et du Tremblay se parlaient des yeux, jugeant que tout commentaire de vive voix serait au moins superflu. Ce fut le père Cabassut qui, le premier, rompit la glace. Il se tenait sur la berge où il avait, depuis le départ, fumé de nombreuses pipes, et, en voyant revenir sa pratique avec un bras qui paraissait fort endommagé, il se livra aux démonstrations les plus expressives et les plus loquaces, offrant coup sur coup d'aller chercher un chirurgien à Bougival, d'atteler sa carriole pour reconduire le blessé à Paris et d'appliquer sur la plaie un onguent de sa composition, lequel, affirmait-il, avait fait merveille sur l'épaule d'un journaliste récemment perforé dans l'île de Croissy par un de ses confrères, à la suite d'une dispute au bal des canotiers de Bougival.

Fabrègue calma ce beau feu en l'invitant assez vertement à se taire, et Julien déclara qu'il voulait tout simplement gagner la station pour y prendre le premier train. Il n'avait qu'une confiance médiocre dans la vertu des emplâtres du cabaretier et dans le talent des praticiens de banlieue. Il lui tardait donc de rentrer à son domicile et de se remettre aux mains de son docteur ordinaire.

Ce parti étant évidemment le plus sage, la proposition d'un départ immédiat ne souleva aucune opposition de la part des deux amis. Du Tremblay se chargea de régler la note de l'hôtelier, pendant que le blessé soutenu par Fabrègue s'acheminait lentement vers la station.

Dans la gare, en attendant le passage du convoi, l'industrieux méridional trouva le moyen de fabriquer avec sa cravate un appareil de suspension, qu'il attacha au cou de Julien pour que celui-ci pût y poser la main dont le poignet était lésé. Il se procura de plus un pot d'eau fraîche, afin de pouvoir humecter la blessure pendant le trajet, si bien que, grâce à sa prévoyance, La Chanterie se trouva presque aussi bien soigné que s'il eût eu la précaution de se faire accompagner par le membre le plus diplômé de la Faculté.

L'énergique garçon se possédait assez pour ne pas attirer par sa contenance l'attention des indifférents, et le voyage s'effectua sans que personne remarquât ce bras en écharpe et ce perpétuel arrosage. Il arriva, au surplus, qu'après les premières crises douloureuses, Julien eut quelques instants de répit. Non-seulement, il supportait sans se plaindre la trépidation du waggon et les brusques secousses des temps d'arrêt, mais il sortit peu à peu de la torpeur qui suit toujours une lésion grave, et il alla jusqu'à retrouver un peu de gaieté. A Nanterre, il commençait à sourire ; à Asnières, il plaisantait déjà sur sa maladresse. Cette liberté d'esprit était de bon augure. Elle dérida du Tremblay qui avait été d'abord fort effrayé, et elle délia la langue de Fabrègue qui n'avait pas coutume de rester si longtemps muet.

— Ce ne sera rien, s'écriait-il. Je m'y connais. Tu en seras quitte pour te faire mettre ta cravate par ton valet de chambre et pour écrire de la main gauche pendant un mois ou six semaines.

— Mais, comment diable! t'y es-tu pris pour t'enferrer ainsi, juste au moment où tu allais embrocher le Saint-Avertin comme une mauviette?

— Je n'en sais rien moi-même. J'étais agacé. J'ai voulu en finir d'un seul coup et je me suis trop pressé. Du reste, j'aime autant, je l'avoue, n'avoir pas tué ce personnage, car j'aurai peut-être besoin de lui.

— Que me chantes-tu là? Toi, tu aurais besoin de ce drôle! J'espère bien que ni toi, ni moi nous n'aurons plus jamais rien à démêler avec lui; à moins pourtant que je ne trouve l'occasion de le corriger comme il le mérite, mais je parierais qu'il s'arrangera pour ne pas se trouver sur mon chemin. Il a dû avoir aujourd'hui une peur atroce, car tu le menais rondement, et il n'aura certes pas envie de recommencer de sitôt; il est trop couard.

— Pourtant, il tire fort bien, et il me semble que tu ne lui rendais pas justice, quand tu me disais hier qu'il ne savait pas parer.

— Peuh! il a quelque coup d'œil et une certaine souplesse de poignet, mais tout cela n'est rien, quand on manque de cœur, et la preuve c'est que, tout à l'heure, s'il avait eu plus de sang-froid, s'il n'eût pas tremblé pour sa peau, il t'aurait touché deux ou trois fois.

— C'est fort possible, car je ne me possédais pas non plus, et quand on est en colère, on se découvre.

— Tu étais donc en colère? Il n'y avait vraiment pas de quoi, à moins que tu n'aies été vexé de la façon dont il t'a répondu quand tu lui as demandé s'il connaissait un monsieur Glousman... Grasman... je ne sais plus trop. Et, à propos, pourquoi, diable, t'es-tu avisé de le questionner sur ses relations, au moment d'engager le fer? Tu sais aussi bien que moi que c'est contraire aux usages.

— Oui, oui, j'ai eu tort, mais j'avais mes raisons, dit La Chanterie du ton d'un homme qui ne veut pas s'expliquer davantage.

Quelque désir que pût avoir Fabrègue de connaître le motif de l'infraction commise volontairement par son ami, il sentit que ce n'était pas le moment de le presser, alors que son état exigeait de grands ménagements. Il se tut donc et la conversation tomba. Julien d'ailleurs venait d'être repris de douleurs très-vives et il se faisait temps qu'on arrivât. Au débarcadère, Fabrègue sauta dans un fiacre pour aller chercher le médecin, pendant que du Tremblay faisait monter le blessé en voiture et le reconduisait chez lui.

En arrivant à la porte de son appartement de la rue de Verneuil, grande fut la surprise de M. de La Chanterie d'y trouver maître Laurent, son valet de chambre, se débattant avec une femme habillée à la mode des paysannes des environs de Paris. Cette campagnarde obstinée voulait à toute force entrer pour parler, disait-elle, *au neveu à monsieur le comte*, prétendant qu'elle lui apportait une lettre très-pressée. Laurent avait beau lui répondre que son maître était sorti, elle insistait en criant que les Parisiens ne se levaient pas de si bonne heure, et qu'elle ne s'en irait point sans s'être acquittée de sa commission.

Julien arrivait fort à propos pour vider le différend. La paysanne le reconnut et se mit à l'appeler par son nom. Après quelque hésitation, il la reconnut aussi pour l'avoir vue quelquefois au château où elle venait voir son cousin, le malheureux garde Michel.

La messagère n'était autre que Jacqueline Ledoux, et, après force exclamations et récriminations contre le valet de chambre qui s'était permis de consigner à la porte l'épouse d'un conseiller municipal de Charly-sous-Bois, elle tira de son panier une lettre que La Chanterie fut obligé de décacheter de la main gauche.

Elle était signée de M. Jean, et ne contenait que ces lignes :

« Monsieur, si vous pouviez venir à Charly ce matin,
« votre présence y serait fort utile à la cause de l'accusé au-
« quel nous nous intéressons tous deux, et je désirerais
« vivement causer avec vous le plus tôt possible, d'un inci-
« dent dont je viens d'avoir connaissance.

« Il ne m'est pas possible de quitter le presbytère au-
« jourd'hui, et, en l'honorant de votre visite, vous feriez une
« bonne action et vous obligeriez infiniment votre dévoué
« serviteur. »

La lecture de ce billet fit aussitôt oublier à Julien qu'il
était blessé, qu'il souffrait horriblement, et que Fabrègue
allait revenir avec un médecin pour le panser.

— Mon ami, dit-il à du Tremblay après l'avoir tiré à part,
je reçois une nouvelle qui m'oblige à partir sur-le-champ
pour Charly, et je te prierai...

— Es-tu fou? s'écria le brave garçon, ou as-tu envie
qu'on te coupe le bras? Voyager encore en chemin de fer
dans l'état où tu es, c'est jouer un jeu où tu risques tout
bonnement l'amputation.

— Je crois que tu exagères, mais quand je serais sûr qu'il
y va de ma vie, je partirais.

— Enfin, que se passe-t-il donc à Charly? Est-ce que ton
oncle a eu une attaque? ou est-ce que mademoiselle de
Brannes est tombée subitement malade?

— Rien de tout cela, fort heureusement, et cependant il
faut que je parte.

— Sacrebleu! attends au moins que Fabrègue ait ramené
le docteur, qui examinera la plaie, qui verra s'il n'y pas
d'hémorragie à craindre, et qui te posera un premier appareil, pour que tu puisses au moins voyager sans accident,
puisque tu es si enragé que de vouloir grimper en waggon
au lieu de te mettre au lit.

— Il y a un excellent médecin à Charly. Je le ferai appeler
en arrivant et il me soignera dans la perfection.

— Et si tu meurs au bout de ton sang, dans le train? Ce
sera un joli régal que tu serviras à M. le comte de Brannes
et à ta charmante cousine, quand on t'apportera trépassé ou
seulement évanoui au château de Chasseneuil.

Cet argument parut faire une certaine impression sur Julien, et il eut un instant l'air d'hésiter. Mais il reprit bientôt d'un ton résolu :

— Non, non, je ne mourrai pas, je le sens bien. Et même, il vaut mieux que je fasse le trajet avant que ma blessure ait le temps de s'enflammer; si je différais, je serais peut-être forcé de renoncer à ce voyage, et il est indispensable. Laurent, dit-il à son valet de chambre, allez voir si le fiacre qui nous a amenés est encore là et faites-le attendre.

— Comme ça, mon bon monsieur, demanda Jacqueline Ledoux, je peux m'en aller, puisque ma commission est faite ?

— Oui, et je vous remercie d'avoir été si prompte à m'apporter cette lettre.

— Oh! il n'y avait pas de danger que je m'amuse en route ; monsieur le curé m'avait bien recommandé de venir ici tout droit, et c'est un si brave homme ! Croiriez-vous, mon bon monsieur, qu'il s'est mis à donner des leçons à Marcel.

— Qui, Marcel ?

— Un enfant de l'hospice, que nous avons pris chez nous...

— Et que M. Wassmann a failli écraser sur la place de la Bastille, je me souviens de cette histoire; c'était le jour où ce pauvre Michel...

— Ah! ne m'en parlez pas ! quand je pense que, sans cette affaire-là, je n'aurais pas manqué le train, et que j'aurais eu le temps de montrer à Michel l'écrit que j'avais reçu par la poste, je ne me consolerai jamais.

— Vous n'avez jamais su de qui venait cette lettre ? demanda vivement Julien.

— Non, ma foi de Dieu ! et je n'en ai pas tant seulement une idée. Mon homme dit comme ça que le papier doit avoir été mis à la poste par une coureuse, une amoureuse de ce brigand de Robert, et ça se pourrait bien, tout de même, car le facteur s'est rappelé qu'il y avait le timbre de Paris sur l'enveloppe que j'ai eu la bêtise de perdre.

16.

— Votre mari se trompe, ma brave femme; mais, dites-moi, n'habitez-vous pas tout près d'un café tenu par une demoiselle Rose?

— Ma voisine, mon bon monsieur, est une personne joliment méritante. Elle vous a un cœur, voyez-vous!... un cœur si sensible, que la moindre des choses lui tourne *les sangs*. Figurez-vous que le soir où Michel a été tué, elle a manqué d'en faire une maladie, et, depuis qu'elle a été obligée d'aller devant le juge, elle a pris les fièvres, et elle ne fait que dépérir, qu'elle en est déjà sèche comme un échalas de vigne.

Les yeux de Julien brillèrent. Il pensait :

— Si c'était le remords d'avoir fait un faux témoignage!

Et il se promettait de s'enquérir auprès de M. Jean des agissements de la dame de comptoir du *Grand-Vainqueur*.

— Ma parole d'honneur, je crois qu'il a perdu l'esprit, se disait du Tremblay, stupéfait de l'entendre bavarder ainsi avec une vieille paysanne au lieu de songer à sa blessure, qui devait pourtant le faire horriblement souffrir.

Sur ces entrefaites, Laurent revint annoncer que le fiacre était là.

— Si tu voulais seulement attendre dix minutes, fit observer l'ami du Tremblay. Fabrègue serait de retour, et tu pourrais te faire visiter par le médecin avant de partir.

— Non, non, je manquerais le train et cela me retarderait d'une heure, s'écria La Chanterie. Je m'en vais.

— Au moins, permets-moi de t'accompagner; il peut te survenir en route un accident, une syncope, et il est indispensable que tu aies quelqu'un avec toi.

— Non, je te remercie. Mais, pardonne-moi de te dire cela. En vérité, il faut que j'aille seul à Charly, et tu me gênerais.

— Soit! murmura du Tremblay un peu piqué. Je resterai donc ici pour recevoir le docteur. Fais-moi du moins le plaisir de reprendre les lettres que tu m'as confiées. Je suis charmé de n'avoir pas à les remettre à leur destination.

Julien, honteux de reconnaître si mal le dévouement de son ami, et ne sachant plus trop que dire, Julien prit des

mains de du Tremblay les deux épîtres si laborieusement
rédigées la veille, et suivit la mère Ledoux qui avait déjà gagné la porte.

— Reviendras-tu ce soir? lui cria son témoin.

— Oui, à moins qu'on ne me retienne chez mon oncle,
répondit-il en traversant rapidement la cour de l'hôtel.

Du Tremblay avait cent fois raison, ce départ était insensé,
et La Chanterie le savait fort bien. Mais l'état de surexci-
tation nerveuse où il se trouvait l'empêchait de réfléchir et le
poussait aux actions extravagantes. La lettre de M. Jean
acheva de monter son imagination à un degré extraordinaire,
et tout d'abord il crut fermement que le digne prêtre l'attendait pour lui montrer une preuve décisive de la scélératesse de M. Wassmann.

Cet espoir s'accordait trop bien avec les projets qu'il formait depuis quarante-huit heures pour qu'il hésitât à aller
chercher cette preuve. Elle compléterait sans doute celles
qu'il croyait avoir assemblées de son côté.

Il partit donc fermement résolu à raconter au curé de
Charly les deux tentatives de vol, l'essai de noyade et le duel,
et à le prier de se joindre à lui pour faire une nouvelle démarche auprès du juge d'instruction. Il comptait bien que,
cette fois, le magistrat ne se refuserait pas à lancer un mandat d'amener contre l'abominable auteur ou fauteur de tant
d'actes criminels.

Cette pensée l'aida à supporter la fatigue du voyage, mais
elle ne l'empêcha point de sentir les cruelles douleurs que lui
causait le déchirement de sa chair et de ses nerfs. Son poignet
enfla considérablement pendant le trajet, et l'enflure gagna
la main dont la peau devint livide. A la fin, il fut pris de
crises tellement aiguës, qu'il lui fallut un courage surhumain
pour ne pas crier, et une force de tempérament inouïe pour
ne pas défaillir.

Quand le convoi s'arrêta à la station de Charly, son énergie
était à bout, et cependant il avait encore à parcourir à pied
une très-longue distance, puisque le presbytère était situé à
l'autre extrémité du village. Il rassembla tout son courage,
traversa rapidement la gare pour éviter d'entrer en explica-

tion avec les employés qui le connaissaient et n'auraient pas manqué de lui demander pourquoi il portait le bras en écharpe, et se lança bravement sur la route.

A ses souffrances s'ajoutait une crainte, celle de rencontrer sur son chemin quelqu'un du château, mésaventure qui l'eût fort contrarié, car il tenait beaucoup à apprendre lui-même à son oncle la cause de sa blessure, et surtout il ne voulait pas qu'on effrayât inutilement Gabrielle.

Le hasard le servit du moins en cela, et il put traverser le bourg d'un bout à l'autre sans être forcé de répondre à des questions indiscrètes. La seule figure à lui connue qu'il aperçut fut celle de Digonnard, planté devant la porte de sa boutique dans une attitude majestueuse.

L'indépendant pharmacien se garda bien, du reste, de saluer le neveu de M. le comte de Brannes, et sa calotte rouge à gland d'or, brodée par les belles mains de madame Digonnard, resta vissée à son chef pointu. Mais il suivit longtemps des yeux Julien, qui, à dater de ce moment, put se dire qu'avant dix minutes tout le bourg de Charly serait informé de son arrivée matinale et de la façon insolite dont il portait sa main droite.

C'était là une raison de plus pour qu'il se hâtât de visiter M. Jean. Il fit un dernier effort, et il atteignit non sans peine le presbytère, dont il trouva la porte ouverte, car la maison du bon prêtre était, comme son cœur, toujours accessible à ceux qui avaient besoin de lui.

Julien traversa un corridor et arriva dans le jardin, où il aperçut M. Jean qui se promenait en lisant son bréviaire, et qui, en le voyant, s'empressa de fermer son livre et s'avança vers lui les deux mains ouvertes.

— Ah! monsieur, s'écria-t-il, que je vous remercie d'être venu, et que vous allez être étonné quand je vous aurai montré la singulière trouvaille qui a été faite dans le bois de la Bélière!

— Une trouvaille! dans le bois de la Bélière! s'écria Julien.

— Oui, oui, vous allez voir cela, et vous serez bien surpris, dit M. Jean. Mais qu'avez-vous donc? Ah! mon Dieu! cette main enveloppée de linges, ce bras en écharpe... vous êtes blessé?

— Légèrement... je l'espère du moins... vous disiez que cette trouvaille...

— Je vous la montrerai tout à l'heure; en ce moment, il faut vous remettre, mon cher enfant; vous semblez prêt à défaillir; au nom du ciel! que vous est-il donc arrivé?

Tout en parlant, le bon prêtre avançait un fauteuil de canne où il fit asseoir M. de La Chanterie qui avait, en effet, grand besoin de repos et de soins.

— Merci, monsieur le curé, ce ne sera rien, murmura le jeune homme.

— Et Geneviève qui n'est pas là pour aller chercher le docteur Minard, dit tout bas M. Jean qui voyait Julien fermer les yeux et s'affaisser.

Heureusement, le curé de Charly, accoutumé à soulager les maux du corps aussi bien que ceux de l'âme, savait très-bien ce qu'il y avait à faire pour prévenir un évanouissement. Il courut à son cabinet, situé au rez-de-chaussée du presbytère, prit une petite pharmacie portative qu'il tenait en réserve pour des cas de ce genre, et revint promptement à son malade. Sa vieille servante Geneviève, qui était allée faire ses provisions, rentrait précisément, et il la rencontra dans le corridor.

— Le médecin! lui cria-t-il. Allez vite chercher le médecin, et amenez-le ici sur-le-champ. S'il était sorti, cherchez-le dans le village, trouvez-le, et dites-lui qu'il vienne sans perdre une minute.

Pendant que Geneviève déposait son panier, et se précipitait tout effarée dans la rue, M. Jean faisait respirer un flacon de sels à Julien, qui donna bientôt signe de vie. Puis, sans attendre qu'il eût complétement repris connaissance, le curé défit avec précaution le bandage très-sommaire qui entourait le poignet. Il n'y avait pas à se tromper sur la cause de la blessure. Une pointe d'épée de combat avait seule pu trouer ainsi les chairs en deux endroits et produire cette double ouverture de forme triangulaire.

— Un duel! soupira M. Jean; ces jeunes gens sont tous
fous. Voilà ce que c'est que l'éducation du monde. Qui aurait cru cela de celui-ci? Il a l'air si doux, si bon!

Cependant il examinait les plaies, et il ne leur trouvait pas
bonne apparence. Les chairs tuméfiées, avaient pris une
teinte violacée, et une espèce de mousse sanguinolente s'é-
tait coagulée autour des deux orifices du trou produit par la
méchante lame de M. de Saint-Avertin.

M. Jean lava le poignet avec de l'eau fraîche, l'entortilla
doucement avec des compresses très-fines imbibées d'arnica,
et termina ce pansement provisoire en faisant avaler au patient quelques gouttes d'eau de mélisse des Carmes. Ce cordial du bon vieux temps fit merveille. Julien rouvrit les yeux,
son teint se colora un peu et son corps se redressa dans le
fauteuil où il s'était affaissé.

— Vous sentez-vous mieux? lui demanda M. Jean.

— Oui... oui... c'est passé... ce n'était qu'une faiblesse...
occasionnée par la fatigue, balbutia le blessé.

— Et par un coup d'épée, soupira le curé. Ah! monsieur,
c'est bien mal à vous d'avoir oublié que Dieu nous défend
d'attenter à la vie de notre prochain.

— C'est vrai, je me suis battu, mais je vous jure que je
n'avais pas cherché la querelle qui m'a conduit sur le terrain; un drôle, un misérable m'a insulté.

— Chut! mon cher enfant, la colère est un péché capital
et, de plus, toute agitation vous est interdite dans votre état;
le docteur Minard, que je viens d'envoyer chercher, vous le
dira tout à l'heure.

— Je serai très-content de le voir, dit vivement Julien,
mais, en attendant son arrivée, ne pourriez-vous m'apprendre...

— Pourquoi je vous ai écrit que je vous priais de venir?
Ah! je regrette bien d'avoir eu cette malheureuse idée, et,
si j'avais su que vous étiez blessé, j'aurais tout quitté pour
aller à Paris. Mais, je vous avais vu hier, quand vous m'a-

vez confié ce paquet cacheté, et je ne pouvais pas me
douter que depuis... Quand donc ce duel a-t-il eu lieu ?

— Ce matin, à cinq heures.

— Et vous êtes parti sans prendre le temps de vous faire
panser ! mais c'est une imprudence sans nom, et vous me
faites maudire ma légèreté ; j'aurais dû réfléchir avant de
vous envoyer cette lettre.

— Vous ne pouviez pas deviner que je m'étais battu, dit
La Chanterie en souriant. Et puis, je vous jure que vous
m'avez rendu au contraire un très-grand service, car les termes de votre lettre me laissent entendre que vous avez appris quelque chose de favorable à la cause de ce braconnier,
et, au moment où j'ai si sottement perdu connaissance, vous
me parliez d'une trouvaille ; si elle peut m'aider à démasquer le scélérat qui se fait appeler Wassmann...

— Modérez-vous, mon cher enfant, je vous en supplie. Il
m'est pénible de vous entendre exprimer des sentiments de
haine, même contre cet étranger.

— Mais vous ignorez ce qui se passe, vous ne savez pas
que depuis trois jours cet homme a organisé contre moi une
conspiration infernale, que c'est lui qui m'a suscité un adversaire assez habile aux armes pour me tuer, qu'il a cherché à
me noyer, que des voleurs payés par lui se sont introduits
chez moi ; vous ne savez pas que je compte bien retourner
aujourd'hui même chez le juge d'instruction pour lui dénoncer de nouveau M. Wassmann, et que, je l'espère, le magistrat n'hésitera plus à le faire arrêter. Il hésitera d'autant
moins, monsieur le curé, que vous ne refuserez pas, j'en suis
sûr, de m'accompagner dans son cabinet, et de lui montrer
la preuve que la Providence a mise entre vos mains.

— La preuve ! vous voulez parler sans doute de l'incident
que ma lettre vous signalait, et que j'ai appelé tout à l'heure
une trouvaille ; mais, mon cher enfant, je ne vous ai pas
parlé de preuve, et surtout je ne vous ai pas dit que la culpabilité de M. Wassmann fût établie par cette découverte.

— Quoi ! ce n'est pas contre lui que... Il faut donc que je
me sois étrangement trompé sur le sens du billet que m'a

remis la femme Ledoux. Vous me parliez de venir en aide
à la malheureuse famille qui nous intéresse, de faire une
bonne action...

— C'est toujours une bonne action que de chercher la vérité, et c'est pour m'y aider que j'avais besoin de votre concours.

— Il vous est acquis tout entier, monsieur le curé, mais
je vous demande en grâce de me dire ce qui se passe.

— J'aimerais mieux attendre, pour vous l'apprendre, la
permission du docteur. Votre état exige beaucoup de ménagements, la moindre émotion peut l'aggraver, et vous me
semblez mal préparé à entendre de sang-froid un récit qui a
trait à cette triste affaire du meurtre de Michel.

— Je serai calme, je vous en donne ma parole d'honneur.
Et, tenez, vous voyez que vos bons soins m'ont remis, et que
j'ai tout mon sang-froid, toute ma force...

Assurément, M. de La Chanterie se vantait quelque peu,
surtout quand il parlait de sa force, car il essaya de se lever
de son fauteuil, et il eut bien de la peine à y parvenir. Le
curé l'obligea doucement à se rasseoir; puis, ayant réfléchi
sans doute qu'en refusant de satisfaire sa curiosité il ne ferait
que l'exciter davantage, il lui dit avec un bon sourire :

— Je cède à vos raisons, mon cher enfant, et l'histoire
que je vais vous raconter vous aidera, je l'espère, à prendre
patience jusqu'à l'arrivée de M. Minard, car vous venez de
me promettre de rester impassible.

— Et je vous le promets encore, monsieur le curé.

— Eh bien, sachez donc que nous devons la découverte
que je vous ai annoncée à un pauvre enfant dont vous avez
certainement entendu parler, à Marcel...

— Que cette brave femme a recueilli, et que ce Wassmann...

— Précisément, interrompit M. Jean, qui semblait disposé
à couper court aux récriminations contre son voisin du pavillon des Sorbiers. Il faut vous dire que j'ai un peu entre-
pris l'éducation de ce cher petit, et que j'ai reconnu bien
vite en lui un cœur excellent et une intelligence rare.

Il apprend avec une facilité incroyable, et je suis sûr que Dieu, qui lui a donné tant de qualités, m'aidera à en faire un homme.

— Et il a trouvé...

— J'y arrive. Son maître, le père Ledoux, lui permet de venir de grand matin au presbytère pour que je puisse lui donner sa leçon, et l'enfant n'y manque pas, car il n'aime rien tant que de s'instruire. Seulement, il prend quelquefois le chemin des écoliers. C'est de son âge. Ce matin donc, au lieu de suivre la grande route de Charly, il a fait le tour par le bord de la Marne, et, pour remonter au presbytère, il a traversé le bois de la Bélière. Est-ce le hasard ou la curiosité naturelle aux enfants qui l'a conduit à la place où le malheureux garde a été tué? Je n'en sais rien. Toujours est-il qu'en s'amusant à fureter au pied des arbres et dans les buissons, il y a ramassé un fragment de papier roulé en boule...

— Une bourre de fusil ! s'écria Julien, dont le cœur battait de joie et d'espoir.

— Tout me fait supposer que ce papier a servi, en effet, à bourrer un fusil, et, ce qui est véritablement surprenant, c'est que Marcel a eu aussitôt la même pensée, et qu'au lieu de jeter ce chiffon comme un autre enfant aurait fait, il est venu me l'apporter, et, de lui-même, il m'a fait remarquer que sur ce papier, il y avait de l'écriture à la main.

— De l'écriture ! répéta le blessé avec une émotion indicible, c'est la seconde bourre, c'est l'autre moitié de la lettre déchirée.

— La seconde bourre ! l'autre moitié de la lettre déchirée ! répéta le curé d'un air étonné. Que voulez-vous dire, mon cher enfant ?

— C'est vrai, vous ne savez pas... je ne vous ai pas dit, en vous remettant cette enveloppe cachetée... je vous expliquerai tout cela... mais achevez, je vous prie, monsieur le curé ! Vous disiez que ce petit garçon vous avait apporté un papier roulé en forme de boule, et que sur ce papier il y avait quelque chose d'écrit ?

— Oui, et j'avoue que cette découverte m'a tout d'abord assez vivement impressionné. Je me rappelais que, lors des perquisitions qui suivirent le meurtre, le brigadier de gendarmerie trouva dans le bois de la Bélière quatre bourres en feutre, et que cette découverte fut considérée comme une preuve concluante contre Robert.

— En effet, on s'en est servi pour l'accabler. Eh bien ! on se trompait sur ce point comme sur tous les autres. L'assassin, vous le voyez, a pris la précaution de débourrer son arme avant de faire feu. Ce n'est donc pas le braconnier qui a tiré, puisqu'il était à l'affût quand Michel l'a surpris, l'accusation elle-même le dit. Comment aurait-il eu le temps de changer ses bourres ?

— Ces idées-là me sont venues comme à vous, et, quand j'ai vu de l'écriture sur le papier froissé, j'ai cru fermement que j'allais enfin connaître l'explication du mystère.

— Eh bien ?

— Eh bien, la lecture de cet écrit ne m'a pas appris grand'chose, car les lignes sont tronquées...

— C'est cela ! c'est la seconde moitié !

— Tronquées et même brûlées en certains endroits.

— Justement, c'était la bourre qui, dans le canon de fusil de l'assassin, séparait le plomb de la poudre. Celle-là, il n'aura pas jugé nécessaire de l'enlever, pensant qu'elle s'enflammerait au moment où le coup partirait. L'autre, celle qui comprimait le plomb, il l'a extraite, craignant qu'elle ne se retrouvât intacte.

— Je ne sais si vous devinez juste, dit le curé qui ne comprenait pas grand'chose aux déductions de M. de La Chanterie, et cela faute de connaître l'histoire de la première trouvaille ; mais je sais que si l'assassin a fait ce calcul, il s'est absolument trompé, car l'écriture, quoique altérée par places, est encore très-lisible.

— Et elle démontre l'innocence de Robert, n'est-ce pas ? s'écria Julien dont la figure s'illumina de joie et d'espoir.

— Hélas ! pas aussi clairement que je le voudrais. J'ai lu et relu ces lignes incomplètes, et je confesse qu'elles ne m'ont pas paru présenter de sens bien précis.

— Je me charge de les compléter et de préciser le sens.

— C'est pour m'aider à atteindre ce résultat que je vous ai prié de venir, mais je doute que vous soyez plus heureux que moi.

— Moi, j'en suis sûr, monsieur le curé, et dès que vous m'aurez montré ce papier...

— Le voici, dit M. Jean en ouvrant son livre ; je l'ai serré entre les feuillets de mon bréviaire pour le redresser.

Julien prit le fragment de lettre et y lut ces bouts de lignes :

suivre, je
te prouver
toutes les
d'une vie
t'adresser
a des bornes
de commettre
une infamie que
jeune homme que je
où je
pas de te......
tu ne me
...... si tu
.... re
.... et de
.... il y a
.... ries
a pu te voir
ami,
dessein. Tu vas encore
Je m'arrête et je te
me promettre que nous
tu voulais, ami,
Dis un mot,

C'était tout, et, très-certainement, ces mots sans suite n'avaient dû rien apprendre à M. Jean. Mais Julien avait reconnu l'écriture du premier coup d'œil, et il ne doutait pas de tenir l'autre morceau de la lettre dont il avait trouvé une partie quinze jours auparavant. Ce nouveau fragment était plus étroit que le premier et, par conséquent, bien moins explicite, car il n'y pouvait tenir que des fins de phrases, et même, par places, rien que des fins de mots, des syllabes. Vers le milieu, notamment, la poudre avait mis le feu au papier et rogné encore les lignes déjà tronçonnées par la déchirure. Là, il devait rester des lacunes, même après le recollement des deux moitiés, mais Julien n'en croyait pas moins toucher au but.

— Eh bien ! que dites-vous de mes hiéroglyphes ? lui demanda le curé. Je suis sûr que vous êtes comme moi, désespéré de sentir que le secret était dans cette lettre mutilée et que si nous possédions le reste, nous sauverions peut-être le malheureux Robert.

— Le reste, nous le possédons, dit Julien rayonnant.

— Comment ?

— Vous avez conservé le paquet que je vous ai confié hier ?

— Sans doute, et, pour qu'il soit plus en sûreté, je le porte toujours sur moi.

— Alors, vous l'avez là ?

M. Jean mit la main sous sa soutane et en tira une enveloppe grise scellée de cire rouge qu'il tendit à M. de La Chanterie.

Celui-ci la prit avec une émotion visible, fit sauter le cachet, et exhiba un papier en tout semblable à celui que le curé avait enfermé dans son bréviaire.

— Venez, cria-t-il en courant s'asseoir devant une table rustique où M. Jean avait coutume de prendre son café pendant les belles soirées, venez voir, monsieur le curé, le miracle que la Providence fait pour nous.

Et il se mit en devoir d'étaler sur la table les deux fragments, et de les juxtaposer, de façon à rétablir la feuille dans son état primitif. Les débris ainsi rapprochés formaient l'épître ou plutôt la   de l'épître que voici :

« .... depuis que j'ai tout quitté pour te | suivre, je
« n'ai pas cessé un seul jour de | te prouver

« mon dévouement. J'ai supporté | toutes les
« humiliations, toutes les tortures | d'une vie
« fausse sans me plaindre, sans | t'adresser
« un reproche. Mais le sacrifice | a des bornes
« et je n'aurai jamais le courage | de commettre
« une infamie. Car ce serait | une infamie que
« de laisser croire à ce | jeune homme que je
« suis libre. Il y a des moments | où je
« me demande si ton projet n'est | pas de te........
« de moi, si tu ne me hais pas, si | tu ne me
« méprises pas, car enfin, ô | .... si tu
« m'aimais, tu ne commanderais pas | .... re
« ce jeune homme si loyal | .... et de
« l'attirer pour lui arracher | .... il y a
« des jours où tu me fais peur quand | .... rles
« de te défaire de ce garde qui | a pu te voir
« autrefois en Alsace. Je t'en supplie, | ami,
« renonce à ce criminel | dessein. Tu vas encore
« dire que je suis folle. | Je m'arrête et je te
« demande en grâce de | me promettre que nous
« quitterons ce pays. Oh! si | tu voulais, ami,
« comme nous serions heureux. | Dis un mot,
« un seul mot, et je.....

Julien lut cette lettre avec l'avidité d'un homme qui
croyait y trouver le mot d'une énigme fort embrouillée,
mais, à sa grande déception, quand il eut achevé sa lecture,
il n'en fut pas beaucoup plus avancé.

Le curé, qui avait lu par-dessus son épaule, était fort surpris, car, ne connaissant pas le premier fragment, beaucoup
plus étendu que le second, il n'avait pas encore eu sous les
yeux des phrases intelligibles, et il découvrait enfin un sens
à cet écrit. La Chanterie, au contraire, se désespérait de voir
lui échapper le complément de ce sens, déjà plus qu'à moitié
entrevu par sa perspicacité.

En effet, les bouts de lignes fournis par la trouvaille de
Marcel terminaient bien les phrases commencées, mais n'ap-
portaient pas la moindre clarté nouvelle, et ne laissaient de-

viner ni le destinataire ni l'auteur de la lettre. C'était comme
une fatalité, car la poudre avait brûlé le papier justement
aux endroits les plus intéressants.

Les lacunes portaient surtout sur deux lignes et les passages détruits étaient précisément ceux qui auraient pu résoudre le problème. Il y en avait deux surtout. Ainsi, à la
vingtième ligne et aux deux lignes suivantes :

« *tu m'aimais, tu ne me commanderais pas*.... *re ce jeune*
« *homme si loyal* .... *et de l'attirer pour lui arra-*
« *cher* ..... *il y a* »

Les mots enlevés disaient évidemment ce que le destinataire de l'épitre commandait de faire à *ce jeune homme si
loyal* et ce qu'il s'agissait de *lui arracher.* Deux points
qui auraient vraisemblablement fixé Julien et M. Jean sur la
personnalité de ce mystérieux jeune homme et, par suite,
sur celle du coupable. Et à la dix-neuvième ligne : « *méprise pas, car enfin, ô* .... *si tu* » c'était bien pis
encore. Le mot supprimé, le seul qui manquât, ne pouvait
être que le nom de ce coupable, car la particule vocative *ô*
qui subsistait devait nécessairement être suivie d'un nom
propre.

On aurait dit, en vérité, que le feu s'était fait le complice
de l'assassin.

— C'est inouï ! murmura Julien accablé par ce désastre
au point d'oublier les souffrances que lui causait sa blessure.

— C'est, en effet, une chose prodigieuse que la parfaite
concordance de ces deux papiers, dit M. Jean; je ne sais
comment le premier est venu entre vos mains, mais..

— Je l'ai trouvé dans le bois de la Bélière, le lendemain
du crime, à la place même où Michel a été frappé, et où cet
enfant a trouvé l'autre.

— Alors, soupira le curé, il n'y a plus de doute, c'était
bien au meurtrier que cette lettre était adressée.

— Oui, certes. Mais on croirait que cette certitude vous
afflige.

— Hélas ! elle n'est pas faite pour me réjouir.

— Pourquoi, de grâce?

— Parce qu'il me semble que la lettre ne peut avoir été

écrite qu'à ce malheureux Robert, et qu'elle m'ôte mes dernières illusions sur son innocence.

— Y pensez-vous, monsieur le curé ? s'écria Julien. Mais
je suis d'un avis tout opposé au vôtre, et il me semble que
cette lettre est la condamnation de M. Wassmann, car elle
ne peut avoir été adressée qu'à lui.

— L'antipathie que vous inspire mon voisin du pavillon
des Sorbiers vous aveugle, mon cher enfant, dit M. Jean.
Quoi qu'il m'en coûte, je suis obligé de reconnaître que tous
les termes de cet écrit se rapportent au mari de notre protégée.

— Je ne vois pas cela.

— Et moi, je ne le vois que trop. Il y a surtout un passage
qui ne me laisse aucun doute. C'est celui où la correspondante
inconnue parle du garde rencontré *en Alsace.*

— Quel rapport trouvez-vous entre l'Alsace et Robert ? demanda M. de La Chanterie, qui n'était déjà plus de très-bonne
foi en posant cette question, car il avait eu naguère la même
idée que M. Jean.

— Le rapport saute aux yeux, lorsque, comme moi, on
sait que le régiment de hussards où servait Robert a tenu
deux ans de suite garnison à Colmar, ville natale de Michel
Amstein qui s'y trouvait précisément à la même époque.
C'est la pauvre femme du braconnier qui me l'a dit.

— Et vous a-t-elle dit qu'elle eût connu Michel?

— Non, car c'est avant son mariage que Robert a séjourné
en Alsace, mais le fait n'en est pas moins incontestable.

— Vous pensez donc que c'est elle qui a écrit cela ?

— Pas du tout. Je suis même certain du contraire, car je
connais maintenant son écriture, qui ne ressemble pas du
tout à celle-ci.

— Alors d'où vient la lettre?

— Je l'ignore, mais il y a toute apparence qu'elle a été
adressée à Robert par quelque créature qu'il aura séduite
pour la maltraiter et peut-être l'abandonner ensuite.

— Vous oubliez, monsieur le curé, qu'elle parle de dévouement qui n'a pas cessé un seul jour, d'humiliations supportées,
de situation fausse, d'un séjour en commun dans ce pays qu'elle

voudrait quitter. Ce n'est pas là le langage d'une femme qui n'aurait eu avec Robert qu'une liaison passagère.

— Et qui nous dit que cette malheureuse n'habite pas Charly, qu'elle ne vit pas tout près de nous, cachant sa honte et tremblant à toute heure d'apprendre que sa faute est découverte ou que son séducteur est condamné? Tenez, monsieur Julien, voilà plus de trente ans que je suis curé de village et je connais les mœurs des campagnes. Plus je réfléchis et plus je m'affermis dans cette idée que, dans son existence de vagabond, le braconnier a rencontré une pauvre enfant de ce bourg ou des environs, et qu'il l'a détournée de ses devoirs. Il est encore jeune, il est très-bien doué au physique et il a, grâce à son éducation et à son intelligence, une immense supériorité sur une paysanne naïve. Vous n'imaginez pas, d'ailleurs, quelle fascination exerce sur certaines natures féminines l'homme qui se place au-dessus des lois et mène la vie indépendante en dépit des gardes champêtres et des gendarmes. Les braconniers jouent ici le rôle des brigands en Calabre. Ils ont les sympathies et l'admiration des petits, qui haïssent naturellement l'autorité. Robert devait passer pour un héros et il aura plu à quelque fille de fermier. C'est cette personne qui lui a écrit, n'en doutez pas.

— Pardon, monsieur le curé, dit vivement Julien, je crois comme vous que Robert a pu faire des conquêtes dans ce pays, mais ni le style, ni certaines expressions de la lettre ne s'accordent avec votre supposition.

— Le style ! s'écria M. Jean. Il me semble que c'est bien celui d'une femme pourvue d'une demi-éducation, et se laissant volontiers aller à l'emphase parce qu'elle a lu de mauvais romans. Vous ne savez peut-être pas que, dans la banlieue, le moindre maraîcher, pour peu qu'il vende bien ses primeurs, envoie ses filles dans un pensionnat de Paris où elles apprennent trop et pas assez ?

— Soit ! mais comment expliquez-vous alors les passages où il est question d'un jeune homme qu'on trompe ou qu'on va tromper ?

— Je crains bien que l'explication ne soit facile. Ne voyez-vous pas, mon cher enfant, que *ce jeune homme si loyal*, c'est quelque honnête ouvrier ou garçon de ferme, aspirant à épouser la pauvre créature séduite qu'il croit innocente, dont il se croit peut-être aimé, et que le braconnier, par un calcul abominable, pousse à se laisser aimer ? Ce que Robert lui commande d'*arracher* au jeune homme, c'est une demande en mariage, et je ne sais guère d'action plus vile que celle de donner un semblable conseil. Si j'étais sûr que le meurtre de Michel eût été commis dans un moment de colère, je l'excuserais plutôt que cette lâche trahison,

— Et moi aussi, certes! Mais tout en reconnaissant que les apparences sont peut-être contre lui, je ne puis, en vérité, m'accoutumer à l'idée qu'il est coupable.

— Il me répugne aussi de penser que le mari de notre protégée s'est souillé de tels méfaits, mais, je l'avoue, ma conviction est faite, et je suis bien sûr que si le feu n'avait pas brûlé le papier par endroits, vous verriez à la place où il y a un trou, après l'interjection ô, le nom de Robert.

— Ah ! monsieur, vous me désespérez, murmura Julien, accablé par l'évidence. La déception que j'éprouve est d'autant plus amère, que votre billet apporté par Jacqueline Ledoux semblait faire présager une bonne nouvelle.

— Veuillez considérer, dit M. Jean, qu'au moment où je l'ai écrit, je ne connaissais encore que le débris de lettre ramassé par Marcel. Les tronçons de lignes qu'il contenait ne présentaient pas un sens bien clair, mais j'avais une tendance naturelle à admettre que ce sens devait être favorable à l'accusé qui nous intéressait tous les deux. En vous priant de venir, j'espérais que vous m'aideriez à trouver une explication conforme à nos désirs, et je ne pouvais pas deviner qu'au contraire vous m'apporteriez involontairement la preuve que cet homme est coupable. Si j'avais vu plus tôt le fragment écrit que vous gardiez, je vous aurais peut-être épargné des démarches inutiles et une cruelle déception.

— Ainsi, selon vous, tout condamne le braconnier, et il faut renoncer à l'espoir de démontrer son innocence ?

— Je le crains.

— Que faire alors, monsieur ? Me conseillez-vous donc

de l'abandonner tout à fait, quand nous savons que sa femme mourra de chagrin, si...

— Dieu m'en garde. Je suis d'avis, au contraire, de soutenir ce malheureux et sa famille dans cette terrible épreuve. Seulement, il me semble que, s'il voulait entrer dans la voie des aveux et du repentir sincère, notre tâche serait singulièrement facilitée. Vous pourriez plaider devant le jury qu'en faisant feu sur Michel, Robert a cédé à un fatal mouvement de colère, ce qui, d'ailleurs, doit être vrai, j'en suis convaincu. Moi, je viendrais attester que l'accusé regrette son crime, qu'il est revenu à de meilleurs sentiments; je parlerais de son infortunée femme, de ses petits enfants voués à l'infamie si leur père est condamné. Je suis sûr que nous toucherions ses juges et que nous obtiendrions non pas un acquittement, ce serait injuste, mais du moins beaucoup d'indulgence.

— Si loin qu'elle aille, l'indulgence du jury ne le sauverait pas d'une peine infamante; mais c'est peut-être, hélas! la seule ressource qui nous reste, et je me résignerai probablement, monsieur le curé, à suivre vos conseils. Et pourtant, je vous jure qu'il m'en coûte de me ranger à votre avis. J'ai beau me répéter que vous raisonnez avec plus de sang-froid que moi, que vos conclusions sont on ne peut plus sensées et que cette lettre dont j'attendais le salut de Robert tourne contre lui; malgré tout, quelque chose me dit qu'une fatalité inconcevable nous égare et protège le vrai coupable, et que ce coupable... c'est M. Wassmann.

— Encore! mais, mon cher enfant, dit doucement M. Jean, vous ne persuaderez à personne que cet étranger a tué Michel, lui qui n'avait aucun intérêt à commettre cet assassinat et qui, de plus, a déjà prouvé un alibi.

— Oui, il est possible qu'on ne veuille pas me croire, mais si on savait que, depuis deux jours, il me poursuit pour me tendre des embûches...

— Vous m'avez dit cela tout à l'heure, mon enfant, et je sais que vous êtes incapable d'altérer la vérité; seulement, soyez sûr que vous êtes abusé par de fausses apparences.

Celui que vous soupçonnez à tort est, je n'en doute plus maintenant, un homme parfaitement honorable.

— Quoi ! vous aussi, monsieur, vous êtes dupe de l'hypocrisie de ce...

— Ecoutez-moi, je vous en prie, interrompit M. Jean. J'ai eu comme vous des préventions contre mon voisin du pavillon, mais elles se sont dissipées depuis que je l'ai vu se conduire avec Marcel de la façon la plus généreuse et la plus délicate. Non content de lui donner une assez forte somme pour l'indemniser de sa frayeur, M. Wassmann est venu me voir et m'a déclaré qu'il entendait se charger de tous les frais que pourrait occasionner plus tard l'éducation de ce cher petit. Il ne se passe presque pas de jour, depuis une semaine, où il n'aille le voir chez les Ledoux qu'il comble de cadeaux. On dirait qu'il veut faire participer à ses bienfaits toutes les personnes de l'entourage de l'orphelin; toutes, jusqu'à Mlle Rose, qui tient le café où il a revu pour la première fois cet enfant, le soir de l'accident. La pauvre demoiselle a les fièvres et son accès la prend tous les soirs à neuf heures. Eh bien ! M. Wassmann est venu la voir, et il lui envoie des remèdes qu'il paie de sa bourse. J'ajoute que tout cela se sait dans Charly, et que l'opinion des gens du bourg est entièrement retournée en faveur de ce bon Allemand.

— Je n'essaierai pas de lutter contre elle, dit Julien avec amertume. Me permettez-vous, monsieur le curé, de garder les deux moitiés de cette lettre qui me servira peut-être plus tard?

— Elle est à vous, mon cher enfant, et puisse-t-elle vous aider à découvrir enfin la vérité, s'empressa de répondre M. Jean, qui remit aussitôt les fragments dans l'enveloppe où un seul avait tenu d'abord.

M. de La Chanterie venait de faire disparaître le précieux paquet dans son portefeuille, quand on entendit marcher dans le corridor.

— Enfin, voici le docteur, s'écria le curé.

Et il courut au devant du visiteur, qui n'était pas du tout

celui qu'il attendait, car sur le seuil de la porte du jardin apparut tout à coup M. Wassmann.

Dans le feu de la conversation avec le curé, Julien avait oublié sa blessure, quoique, depuis quelques instants surtout, la fatigue exaspérât la douleur, mais il eût été fort à souhaiter que le médecin arrivât promptement pour le panser, car l'enflure de la main faisait des progrès inquiétants.

Quand, au lieu du docteur Minard, annoncé par M. Jean, il aperçut l'homme qu'il exécrait, l'iritable garçon fut pris d'une furieuse colère. Il se leva brusquement et s'avança, les dents serrées et le regard menaçant, vers ce Wassmann, dont il venait d'entendre un éloge aussi complet qu'inattendu.

Le digne prêtre fut si effrayé de son air, que, craignant une scène de violence, où le blessé n'aurait pas eu l'avantage, il se jeta entre lui et l'étranger qui descendait tranquillement les marches du perron. Mais il vit bientôt que son intervention était superflue, car M. Wassmann arrivait évidemment avec les dispositions les plus pacifiques du monde et même les plus courtoises. A son sourire bienveillant et à sa mine compatissante, on devinait aisément qu'il était disposé à répondre avec tous les égards dus au malheur à toutes les attaques du neveu de M. le comte de Brannes.

Il vint d'abord à M. Jean et lui serra affectueusement la main, puis, se tournant vers Julien qu'il salua avec une aisance parfaite:

— Permettez-moi, monsieur, dit-il, de m'informer de l'état de votre santé.

— Ah! c'est trop fort, dit à demi-voix M. de La Chanterie.

— Vous allez peut-être me trouver indiscret, continua l'imperturbable locataire du pavillon des Sorbiers, et je conviens que rien ne m'autorise à prendre connaissance d'une affaire d'honneur à laquelle je suis resté tout à fait étranger. Mais, entre gens du même monde, on peut excuser une infraction aux règles habituelles du savoir-vivre, surtout quand cette infraction est motivée par l'intérêt sincère qu'inspire...

— Grand merci, monsieur. Je ne tiens p   à vous inspirer de l'intérêt, interrompit Julien.

— D'accord, dit doucement M. Wassmann, mais vous ne pou-

vez pas m'empêcher de déplorer l'issue fâcheuse d'une querelle où le bon droit a succombé et de blâmer les procédés
grossiers de votre adversaire.

— Comment savez-vous que mon adversaire a usé envers
moi de procédés grossiers? demanda vivement Julien, convaincu que l'Allemand venait de s'enferrer lui-même.

— Mon Dieu! monsieur, vous n'ignorez pas que dans un
cercle tout est matière à causerie. Votre querelle avec M. de
Saint-Avertin a été, en moins d'un instant, la nouvelle de
la soirée, et on s'en est si fort occupé, qu'on a presque oublié
pendant une heure la déclaration de guerre. Ce monsieur et ses
amis sont d'ailleurs des jeunes gens fort mal élevés, qui ont
raconté cette histoire à tout le monde, et cela en termes si
inconvenants, que j'ai cru devoir leur imposer silence. Malheureusement, les convenances sociales m'interdisaient d'aller
plus loin, et quelle que fût la sympathie que je ressentais pour
vous, il ne m'était pas permis d'intervenir d'une façon plus
directe. J'ai donc dû me contenter de demander hier au cercle
des nouvelles d'un duel qu'il n'a pas dépendu de moi d'empêcher. A mon grand chagrin, j'ai appris de la bouche d'un des
témoins adverses que le combat devait avoir lieu ce matin et,
je l'avoue, si je me permets aujourd'hui de me présenter de
si bonne heure chez mon vénérable voisin, M. le curé de
Charly, c'est que je comptais le prier de s'informer des suites
de la rencontre.

— Que ne vous en informiez-vous auprès de M. de Saint-
Avertin, interrompit brutalement Julien.

— Je croyais avoir eu l'honneur de vous dire que je n'é-
tais point en relations avec ce déplaisant personnage, répondit M. Wassmann sans se fâcher de ce ton cassant. D'ailleurs,
je ne pouvais pas le rencontrer, car il ne se montre jamais
au cercle avant minuit, et hier, dans l'après-midi, j'ai quitté
Paris pour rentrer à Charly.

— Vous êtes revenu hier à Charly! à quelle heure, s'il vous
plaît?

— Mais... vers trois heures, si mes souvenirs sont exacts,
dit l'étranger avec un calme inaltérable. J'ai même eu, je

crois, l'honneur de saluer M. le curé qui sortait de l'église au moment où ma voiture passait devant le portail.

— C'est la vérité, dit M. Jean.

— Quoi! à trois heures ! murmura Julien, tout abasourdi d'entendre le curé confirmer ce nouvel alibi.

Les suppositions échafaudées par son imagination s'écroulaient l'une après l'autre, et il commençait à se demander s'il ne se trompait pas sur le compte de M. Wassmann, et si les apparitions répétées de la paire de favoris roux n'étaient pas le produit de quelque hallucination persistante qui hantait son esprit surexcité.

— J'ai passé la soirée à faire avec ma fille une longue promenade à cheval du côté du parc de Cœuilly, reprit le locataire du pavillon des Sorbiers, et j'étais si préoccupé de l'issue de cette malheureuse affaire, que Catherine a remarqué mon air distrait. Maintenant, grâce à Dieu, mes inquiétudes sont sans objet puisque je vous revois, monsieur, blessé, il est vrai, mais peu grièvement, je l'espère...

— Plus grièvement que nous ne pensons peut-être, s'écria le bon curé, et M. de la Chanterie a commis une grande imprudence en faisant le voyage de Charly au lieu de se mettre au lit ; j'attends le docteur Minard qui, j'en suis sûr, sera de mon avis, et je m'étonne même qu'il ne soit pas encore ici ; il faut qu'il ait été appelé en consultation dans les environs.

Julien n'écoutait pas M. Jean. Il regardait l'Allemand entre les deux yeux comme s'il eût voulu lire dans son âme, et au lieu de répondre à ses phrases remplies de sollicitude, il lui lança cette interrogation peu polie :

— Puis-je savoir, monsieur, à quoi je dois la faveur que vous me faites de vous occuper ainsi de moi? Je n'ai pas, que je sache, le moindre titre à votre bienveillance. Bien plus! je ne vous connais pas et ne désire pas vous connaître. J'ai donc lieu de m'étonner que vous vous intéressiez à ma personne, et je...

— Pardon, monsieur, dit sans aigreur le patient étranger, si je n'ai pas encore été assez heureux pour former avec vous une liaison à laquelle j'attacherais le plus grand prix, je puis du moins me flatter de posséder l'amitié de M. le vicomte Henri de Brannes, votre cousin, et quand je n'aurais pas d'autre raison...

— Cette raison me paraît à moi tout à fait insuffisante pour vous autoriser à vous mêler de choses qui ne regardent que moi seul. Mon cousin est maître de ses actions, je le suis des miennes, et...

— Sans aucun doute, monsieur, mais votre parenté avec le brave capitaine de Brannes n'est pas le seul motif qui m'entraîne vers vous.

— Quels sont les autres, je vous prie?

— Pourquoi ne le dirais-je pas, s'écria M. Wassmann en prenant un air attendri, je n'ai pu entendre parler sans émotion du noble dessein que vous avez conçu de sauver le mari d'une femme infortunée.

— Comment? Que signifie?...

— Oh! ne vous en cachez pas, monsieur, car vous n'avez point à rougir de vos généreux efforts pour démontrer l'innocence de ce braconnier.

— Qui vous a dit?...

— Ce n'est plus un secret pour personne, et si j'avais su, le jour où j'ai eu l'honneur de vous voir pour la première fois au bord de la Marne, dans des circonstances que vous n'avez assurément pas oubliées, si j'avais su, dis-je, que la culpabilité de l'homme accusé du meurtre de votre garde n'était nullement prouvée, et que vous vous étiez imposé la très-honorable tâche de pourchasser le véritable assassin, je vous prie de croire, monsieur, que je n'aurais pas attendu jusqu'à ce jour pour vous témoigner ma sympathie et mon admiration. J'aurais fait plus, monsieur, je vous aurais prié de m'autoriser à me joindre à vous pour chercher la vérité, loyalement, ouvertement, comme il convient à des gentilshommes, et peut-être qu'à nous deux, nous serions parvenus à la découvrir.

Ce fut dit avec un ton si chaleureux et d'un air si franc, que les larmes vinrent aux yeux de M. Jean et que Julien demeura confondu. M. Wassmann s'aperçut sans doute de l'effet qu'il produisait, car il reprit avec un bon sourire et non toutefois sans quelque malice :

— Ne me demandez pas d'où je tiens ces renseignements. Je suis payé pour les connaître, car j'ai été soupçonné moi-même. Mon Dieu ! oui, ajouta-t-il pour répondre à un geste de M. de La Chanterie, j'ai été appelé dans le cabinet du juge d'instruction, et j'ai dû m'expliquer sur des faits à moi imputés par un dénonciateur anonyme. Je n'ai pas besoin de vous dire qu'il m'a été facile de me justifier, mais je déclare que, loin d'en vouloir à la justice française, je me félicite d'avoir eu l'occasion d'admirer la façon dont elle s'exerce, et, s'il dépendait de moi de l'éclairer sur cette mystérieuse affaire, je mettrais de grand cœur à son service mon temps et ma fortune. C'est précisément ce que vous faites, monsieur, et j'ai cru que, m'unissant d'intention à votre louable entreprise, j'avais peut-être le droit de m'intéresser à votre personne.

La péroraison de ce petit discours fut prononcée avec un accent de dignité blessée et de réserve discrète qui acheva de porter le trouble dans l'esprit déjà fort agité de Julien. Tombé de toute la hauteur de ses illusions, obligé de reconnaître que ses certitudes passaient à l'état d'hypothèses chimériques, doutant des autres et de lui-même, il regardait le curé et il lisait dans ses yeux la conviction de la complète innocence de M. Wassmann.

La scène allait devenir embarrassante pour tout le monde, excepté pour l'étranger qui n'avait rien perdu de son aplomb. Heureusement, l'arrivée du médecin vint faire diversion.

Le docteur Minard s'excusa de s'être fait attendre, il avait été appelé à la gare pour panser un homme d'équipe qui venait de se casser la jambe, et, afin de réparer le temps perdu, il alla droit à Julien et défit lestement les bandages qui entouraient le poignet du blessé.

A peine eut-il jeté un coup d'œil sur la plaie, que sa figure se rembrunit. Il était arrivé le visage souriant. Il avait salué le curé affectueusement et M. Wassmann avec toute la politesse due au riche habitant du pavillon des Sorbiers qui pouvait d'un jour à l'autre devenir un client fructueux; puis il était allé à Julien de cet air dégagé que prennent les médecins pour rassurer le malade avant de l'examiner. Cet air-là semble dire : Ne vous effrayez pas, ce ne sera rien, et d'ailleurs j'ai tout ce qu'il faut pour vous guérir. C'est comme une enseigne où il y aurait écrit : ici on vend la santé. Mais un peu plus tard, bien souvent, la mine s'allonge, le front devient soucieux, les lèvres se pincent pour ne pas prononcer les mots : c'est grave ! qu'on lit clairement du reste sur la physionomie.

Ce fut le cas de M. Minard avec Julien de La Chanterie. Il le fit asseoir, et, se plaçant de côté et un peu en arrière, il procéda à une inspection attentive de la plaie.

Epuisé par la conversation qu'il venait de soutenir, le blessé s'était affaissé dans le fauteuil rustique et fermait les yeux à demi, de sorte qu'il ne pouvait pas voir les gestes du médecin. M. Jean, au contraire, ne perdait pas un seul de ses hochements de tête, et M. Wassmann s'était placé aussi de façon à suivre de l'œil cette consultation muette qui paraissait l'intéresser très-vivement. Ils attendaient un pronostic que le docteur ne s'empressait pas de formuler et qu'ils n'osaient provoquer.

— C'est inouï, grommela enfin M. Minard, il n'a même pas été fait de premier pansement. C'est tout au plus si on a pris la peine de laver la blessure et de la bander pour la soustraire au contact de l'air, et pourtant l'épée, car c'est un coup d'épée, l'épée a dû frôler de près l'artère et, passant entre deux os aussi rapprochés, elle a nécessairement dû déchirer le périoste.

— Et vous ne savez pas, docteur, murmura le curé, vous ne savez pas que ce cher enfant a commis l'insigne imprudence de monter en chemin de fer dans l'état où vous le voyez.

— Quel est l'âne bâté, le frater de village qui a autorisé ce voyage insensé ? s'écria M. Minard avec la sainte indignation qu'inspire à tout membre de la Faculté l'intervention d'un homme étranger aux règles de l'art de guérir.

— N'accusez personne, docteur, dit Julien d'une voix faible. C'est moi qui ai absolument voulu partir, et comme aucun médecin n'assistait à l'affaire...

— Quoi ! monsieur, vous aussi, vous en êtes là, et vous allez vous battre sans médecin, au risque de mourir sur place d'une hémorragie foudroyante, et cela, faute de quelqu'un qui sache lier un vaisseau ! Mais mieux vaudrait cent fois un duel sans témoins, et, si j'étais législateur, j'édicterais des peines sévères contre les fous qui se permettent de se passer de...

— J'ai eu tort, j'en conviens, mais je ne suis par mort, et maintenant que je puis compter sur vos bons soins...

— Vous n'êtes pas mort ! ... vous n'êtes pas mort ! répéta le docteur avec humeur, non certainement, et j'espère même que vous ne mourrez pas, mais si vous croyez que cette lésion est une simple égratignure, vous vous trompez grandement, et vous pourriez payer cher votre insouciance... car, ma parole d'honneur, je n'en reviens pas... c'était si facile, en passant à Vincennes, de prier le premier aide-major venu de vous accompagner sur le terrain.

— Docteur, je me suis battu près de Chatou, je ne pouvais donc pas...

— Il fallait en prendre un à la caserne de Courbevoie. Mais, du reste, il me semble que l'extravagance est encore plus forte que je ne pensais, puisque, au lieu d'un trajet en chemin de fer, vous en avez fait deux. Allons, décidément, vous teniez à jouer votre vie après le duel autant que pendant le duel.

— Enfin... qu'ai-je donc à craindre ? demanda Julien avec une certaine hésitation.

— Toutes les complications possibles, toutes, et le moins qui puisse vous arriver, c'est de garder le lit quinze jours et la chambre six semaines, dit brusquement le docteur.

— Six semaines ! c'est impossible ! je ne puis pas rester six semaines enfermé chez moi, quand ma présence est indispensable ici et au...

— Ici, dites-vous ? mais j'espère bien que vous n'en bougerez plus.

— Comment, docteur ! mais il faut que je retourne à Paris ce matin.

— Et moi, je vous déclare que je m'y oppose formellelement et que je vous interdis toute espèce de voyage sous peine de mort.

— Ah! mon Dieu! murmura le curé en joignant les mains.

— C'est donc bien grave, demanda M. Wassmann en se penchant à l'oreille du médecin.

— Je vous répète que je suis obligé de partir, reprit Julien.

— Vous me forcez à vous le dire, s'écria M. Minard. Eh bien! sachez que dans l'état où vous êtes et par ce temps de canicule, il y a trois à parier contre un que sans parler du danger de la gangrène, vous serez pris d'un accès de tétanos qui vous emportera net.

— Mon enfant, je vous en supplie, dit à demi-voix M. Jean; songez au chagrin que vous causeriez à votre oncle... à mademoiselle de Brannes...

— Mais, monsieur le curé, que faire, soupira le blessé un peu ébranlé dans sa résolution. Je ne puis cependant pas me faire soigner à l'auberge, si tant est qu'il y en ait une à Charly.

— Quoi! c'est là ce qui vous embarrasse, quand vous avez à votre disposition le château de Chasseneuil où M. le comte sera si heureux de vous recevoir! interrompit le docteur. Ce séjour vous vaudra mieux que celui de Paris, car il vous faut, avant tout, des soins de tous les instants et le calme le plus absolu.

— Je ne puis pas tomber ainsi chez mon oncle, au risque de l'effrayer... d'effrayer...

— Je me charge de préparer à votre arrivée toutes les personnes qui s'intéressent à vous au château, souffla le bon curé.

Julien rougit, car M. Jean avait touché juste, et le blessé se préoccupait surtout de l'effet que la nouvelle de sa mésaventure produirait sur Gabrielle de Brannes. Pourtant, il hésitait encore, car il lui semblait dur de renoncer à jouer un rôle militant dans l'affaire du braconnier. Les raisonnements de M. Jean ne l'avaient point encore entièrement convaincu de l'innocence de M. Wassmann, et il lui répugnait fort de lui laisser le champ libre. Le docteur sentit qu'il fallait frapper le dernier coup et s'avisa, pour ce faire, d'un argument assez imprévu.

— Voyons ! s'écria-t-il, ce n'est pas, je suppose, quand vous pouvez être appelé d'un moment à l'autre à servir votre pays, que vous allez vous exposer volontairement à perdre un membre... oui, à perdre un membre, car on a vu pratiquer une amputation pour moins que cela... Que diable ! faites-vous couper un bras si la fantaisie vous en vient, mais que ce soit du moins sur un champ de bataille.

— Nous n'en sommes pas là, Dieu merci ! fit observer M. Jean.

— Eh ! eh ! qui sait ! reprit M. Minard. La guerre est déclarée, ou peu s'en faut, et nul ne peut savoir comment elle tournera. On crie bien haut que nous sommes allés jadis à Berlin et que nous allons y retourner, mais aussi les Prussiens sont venus à Paris dans le temps, et ils ne demandent pas mieux que d'y revenir. Or, M. de La Chanterie est de la mobile, qui sera appelée pour peu que nous soyons battus. Il a du cœur, et il doit tenir à être en état de marcher si le pays a besoin de lui.

— Oui, certes, dit Julien dont les yeux brillaient.

— Savez-vous, docteur, que vous n'êtes pas rassurant, murmura le curé. Je n'entends rien aux choses militaires, mais j'ai confiance dans la valeur de nos soldats.

— Moi aussi, moi aussi, riposta le médecin qui, tout en causant, posait adroitement un premier appareil sur la blessure, mais... « à tout événement, le sage est préparé... » J'ai fait la campagne d'Italie comme chirurgien auxiliaire et j'ai vu de près à quoi tient la victoire ; je m'attends aussi bien à être réquisitionné pour une ambulance établie à Charly sous le feu de l'ennemi qu'à apprendre dans un mois que nous avons conquis toute la rive gauche du Rhin.

— Mon cher docteur, dit en souriant M. Wassmann, je puis vous affirmer que la guerre ne vous fournira point l'occasion d'exercer vos talents dans ce charmant village, car les Prussiens n'entreront pas en France, mais si, par impossible, ils arrivaient jusqu'ici, je me recommande d'avance à vos bons soins, attendu que je suis parfaitement décidé à me faire tuer ou blesser plutôt que de les laisser entrer à Charly et piller mon joli pavillon des Sorbiers.

— Vraiment? vous vous battriez pour nous? demanda M. Minard. Je pensais qu'en votre qualité d'étranger...

— Je suis Autrichien, monsieur, et, comme tel, fort désireux de prendre ma revanche de Sadowa.

— C'est juste. Je n'y pensais plus ; mais, puisque vous serez des nôtres, monsieur, dit gaiement le médecin, je ne suis pas inquiet pour notre chère commune ; nous la défendrons à nous quatre, car je suis sûr que M. le curé ferait le coup de fusil, s'il le fallait, et quant à M. de La Chanterie, qui sera certainement guéri, s'il veut suivre mes conseils...

— Je vais les suivre, docteur, dit Julien, car je me décide à rester au château, si mon oncle veut bien m'y recevoir.

— En doutez-vous, mon cher enfant ? s'écria le curé. Je vais de ce pas vous annoncer à M. de Brannes, et quand il saura...

— Pardonnez-moi, monsieur le curé, de vous interrompre, commença M. Wassmann. Je vais prendre congé de vous, car je craindrais en prolongeant ma visite de gêner M. de La Chanterie, qui a besoin de vos soins et de ceux de notre excellent docteur. Permettez-moi, monsieur, ajouta-t-il en s'adressant à Julien, de vous exprimer les vœux sincères que je forme pour votre prompt rétablissement et d'espérer que nos relations n'en resteront pas là.

Ayant dit, l'étranger salua avec une parfaite aisance et s'en alla comme il était venu, sans bruit et sans embarras d'aucune sorte.

— A la bonne heure ! s'écria M. Minard, voilà un Allemand comme je les aime, et, s'ils lui ressemblaient tous de l'autre côté du Rhin...

Le docteur n'acheva point ce panégyrique de son client du pavillon des Sorbiers, car il s'aperçut que personne ne l'écoutait. Julien s'était levé de son fauteuil et avait entraîné le curé au fond du jardin pour lui dire d'une voix émue :

— Vous savez s'il m'en coûte d'abandonner momentanément la tâche à laquelle je me suis voué, mais je sens que le

médecin a raison et je veux vivre, afin de pouvoir la reprendre plus tard. Jusqu'à ce que je sois en état de lutter encore,
promettez-moi, monsieur le curé, de veiller à ma place, de
ne rien négliger de ce qui pourrait nous servir à prouver que
Robert est innocent, car je ne renonce ni à le défendre ni à
le sauver.

— Je vous y aiderai de tout mon pouvoir, dit tristement
M. Jean, mais j'en désespère.

CHAPITRE VIII.

Bien en prit à M. de La Chanterie d'avoir suivi le conseil du docteur Minard, car les symptômes les plus graves ne tardèrent pas à se déclarer, et, pendant plusieurs semaines, sa vie fut en danger.

Le tétanos, fort heureusement, n'avait point paru, mais l'inflammation avait gagné le bras, la blessure avait pris une mauvaise apparence, et plus d'une fois les médecins appelés de Paris en consultation délibérèrent sur l'opportunité d'une amputation à laquelle d'ailleurs le malade se refusa toujours énergiquement.

Que serait-il advenu du malheureux Julien si, ajoutant une nouvelle imprudence à tant d'autres, il eût persisté dans son idée de regagner son domicile de la rue de Verneuil, et de se priver volontairement de l'hospitalité de son oncle? Faute des soins attentifs qu'il trouva au château de Chasseneuil, faute surtout de voir sa cousine à son chevet, il serait mort d'impatience et de chagrin, alors même que la science eût réussi à prévenir les terribles suites du dangereux coup de pointe qui lui avait traversé le poignet.

Chez M. de Brannes, au contraire, il était dans les meilleures conditions pour se défendre contre le mal et contre le désespoir, et il dut moins encore à la vigueur de sa constitution qu'à la présence de Gabrielle de résister à la fièvre qui le consumait.

On ne se laisse pas mourir à vingt-cinq ans quand on sent qu'on est aimé, et la fière et capricieuse jeune fille qui se plaisait tant à tourmenter Julien quand il se portait bien, n'avait pas pu cacher à Julien blessé qu'elle l'aimait.

Bien plus, elle maudissait les folles visées qui avaient causé ce malheur, et au lieu de penser à imposer à son cousin des tâches périlleuses, elle ne songeait plus qu'à prévenir le retour des chevaleresques chimères qu'elle lui avait autrefois mises en tête et à le détourner de se sacrifier encore pour faire triompher l'innocence problématique du braconnier.

C'était à M. de Saint-Avertin qu'étaient dus ces miracles, et il ne se passait pas de jour où Julien ne bénît l'heureux coup d'épée que ce sot personnage lui avait octroyé dans l'île de Croissy.

N'ayant jamais été mis dans la confidence des sympathies de son neveu pour le vagabond accusé d'avoir assassiné Michel, M. de Brannes ne s'apercevait pas de l'heureux apaisement qui s'était fait dans l'esprit de Julien. Aussi ne voyait-il que les fâcheuses conséquences de ce duel et ne cessait-il de pester contre les cercles, ou plutôt contre la mauvaise compagnie qu'on y admettait, car, faisant lui-même partie du Jockey-Club, il aurait eu assez mauvaise grâce à blâmer l'institution en général.

Il s'était même fort emporté contre son fils Henri, qui n'avait su ni empêcher cette affaire, ni assister son cousin sur le terrain, et c'eût été bien autre chose s'il avait appris que la négligence du capitaine venait de ce qu'il était complètement absorbé par sa passion pour sa ravissante voisine du pavillon des Sorbiers. Car le comte persistait à tenir à distance le père et la fille, et, quoique M. Wassmann envoyât très-fréquemment demander des nouvelles de M. de La Chanterie, il n'avait pas encore osé mettre les pieds dans le salon du château.

En fait d'étrangers à sa famille, le blessé ne recevait donc d'autres visites que celles de ses deux témoins, Fabrègue et du Tremblay, qui venaient très-assidument le voir et lui apporter des nouvelles de Paris, nouvelles fort tristes, car la série de nos défaites avait commencé, et, chaque semaine, une dépêche lugubre venait attrister la pauvre France, déjà si éprouvée par les premiers revers de cette funeste campagne.

Il est inutile d'ajouter que M. Jean ne manquait pas de lui tenir compagnie aussi souvent que les devoirs de son ministère lui en laissaient le temps.

Depuis l'accident qui avait mis Julien hors de combat, le digne prêtre portait seul une lourde charge, car il n'y avait plus que lui pour s'occuper de Robert et veiller sur sa malheureuse famille. Or, l'accomplissement de cette double mission, transmise par M. de La Chanterie et acceptée de grand cœur, ne lui donnait aucune satisfaction.

Après deux mois d'interrogatoire, de confrontations et d'enquêtes, l'instruction ouverte sur le meurtre du garde de M. de Brannes n'avait pas fait un pas. Le braconnier niait avec la même énergie que le premier jour, les témoins ne disaient rien qu'ils n'eussent déclaré, et les recherches les plus minutieuses n'avaient point fait découvrir l'auteur de la lettre adressée à Jacqueline Ledoux. Enfin, les informations discrètement continuées n'avaient apporté aucun fait nouveau à la charge de M. Wassmann qui se trouvait décidément hors de cause.

Le magistrat, convaincu, au fond, de la culpabilité de Robert, reconnaissait cependant que cette culpabilité n'était pas évidente et, mu par un scrupule de conscience qui lui faisait honneur, persistait à chercher de nouvelles preuves avant de conclure à la mise en accusation du prévenu.

En attendant qu'il en eût découvert, Robert était toujours en prison et tout semblait annoncer qu'il y resterait encore longtemps. Sa pauvre femme, minée par le chagrin, dépérissait à vue d'œil, et, pour comble de malheur, le ménage Cormier faisait de mauvaises affaires depuis la déclaration de guerre et tombait de plus en plus dans la gêne.

Le bon curé de Charly ne voyait donc autour de lui que désolation et ruines; il désespérait presque de son œuvre, et chaque fois qu'il allait à Paris visiter ses protégés, il en revenait plus triste, car il n'apercevait pas le moyen de porter remède à leurs maux.

Il gardait cependant ses douleurs pour lui seul, et quand M. de La Chanterie le questionnait sur la marche du procès

criminel, il se contentait de lui répondre qu'on en était toujours au même point, et que la cause ne viendrait certainement pas aux assises de septembre, comme on l'avait cru
d'abord. Il se taisait aussi sur les misères de la femme du
braconnier, de peur de réveiller la sensibilité de mademoiselle de Brannes, qui n'était que trop portée à s'exalter
dès qu'on s'adressait à son cœur, et il cherchait à tourner
l'ardente charité de la jeune fille vers un objet aussi intéressant que la famille Robert, vers le petit Marcel, qu'on
pouvait du moins aimer et secourir sans se compromettre.

Il y réussissait assez bien, et Gabrielle, revenue de ses en-
thousiasmes un peu irréfléchis, s'attachait à l'orphelin qui, au
surplus, ne manquait pas de protecteurs, car M. Wassmann, depuis six semaines, semblait prendre à tâche de le combler de
bienfaits. Elle le faisait venir souvent au château, le choyait,
le caressait, le bourrait de gâteaux et de bonbons, et s'était
même mis en tête de lui apprendre le piano.

Julien parlait de se charger de l'avenir de Marcel, le comte
approuvait les bontés de sa fille et les projets de son neveu,
Ledoux et sa femme se félicitaient d'avoir gardé le petit trouvé
qui leur valait force cadeaux. Tout allait donc pour le mieux
à Charly, et, de ce côté, M. Jean n'avait point de soucis.

Il n'en était que plus préoccupé de ce qui se passait rue
de Charonne et au Palais de Justice, et il souhaitait ardemment de mettre un terme à une situation qui devenait
extrêmement pénible pour tout le monde.

Pour les embarras d'argent d'Antoine Cormier, le curé
avait déjà pris ses mesures. Il s'était adressé à M. de Brannes,
et le comte, généreux comme un véritable grand seigneur,
avait promis d'aider de sa bourse le brave ouvrier, dès que
M. le curé le lui demanderait.

Il était moins facile à l'excellent prêtre d'alléger les douleurs de la pauvre abandonnée, car son mari refusait obstinément de la recevoir, bien que le juge d'instruction eût
accordé un permis de visite, et cette répulsion inexplicable
du braconnier pour la malheureuse Eugénie autorisait des
suppositions fâcheuses.

Le curé lui-même se demandait si, par sa conduite, elle

n'avait pas donné autrefois, à Robert, de sérieux griefs contre elle, ou si, au contraire, Robert la haïssait parce qu'il lui préférait une autre femme.

Dans ce cas, cette autre femme était très-probablement l'inconnue qui avait écrit l'avis à Jacqueline et la lettre trouvée en deux morceaux dans le bois de la Bélière.

M. Jean voulait éclaircir toutes ces obscurités avant de prendre un parti définitif.

L'innocence du mari, il n'y croyait plus guère, mais il lui répugnait de cesser de croire à l'innocence de la femme.

Il lui avait trouvé une place chez des commerçants respectables et il n'attendait pour la lui proposer que l'issue du procès de Robert, dont la condamnation n'était que trop probable.

Il résolut de faire une dernière tentative pour connaître la vérité, et un jour, vers la fin du mois d'août, il partit de Charly pour aller visiter le braconnier à Mazas et tâcher d'obtenir de lui quelques aveux dont il ne comptait assurément pas se servir pour lui nuire.

Ce n'était pas la première fois qu'il s'entretenait dans la prison avec Robert, et si jusqu'alors, il n'en avait pu tirer aucune confidence, il ne désespérait pas de gagner sa confiance, à force de bonnes paroles et de bons procédés

Robert paraissait le voir avec plaisir et se montrait reconnaissant des petits présents de cigares et de chocolat que M. Jean ne manquait jamais de lui apporter.

Le révolté contre toutes les lois sociales, l'intraitable prévenu qui ne répondait au juge que par des dénégations insolentes, s'adoucissait sensiblement quand il se trouvait en présence du prêtre. Il ne devenait pas communicatif et il ne cessait pas d'être brusque, mais il n'était jamais grossier, et il quittait cet air railleur qu'il affectait de prendre quand on l'interrogeait judiciairement.

Le curé, bien décidé cette fois à tout tenter pour le toucher, fut conduit, comme de coutume, au triste parloir où il lui était permis de causer avec lui à travers une grille, mais hors de la présence des gardiens. Quelques minutes après, le prisonnier fut amené et enfermé à double tour dans une

espèce de cage dont les barreaux étaient assez espacés pour
lui permettre de serrer la main que lui tendit l'indulgent
visiteur.

— Merci, monsieur, d'être venu, lui dit-il, non sans laisser percer une émotion qui parut de bon augure à M. Jean ;
ne vous voyant plus, je pensais que, vous aussi, vous m'a-
viez abandonné.

— Ni moi, ni aucune des personnes qui s'intéressent à
vous, nous ne vous abandonnerons jamais, répondit doucement le curé de Charly.

— Qui donc, si ce n'est vous, s'intéresse à moi ?

— Ne le devinez-vous pas?

— Ma foi ! non, je ne le devine pas, dit Robert d'un air
indifférent ; à moins pourtant que vous ne parliez de ce jeune
homme qui allait m'acheter mes écrevisses quand son oncle
m'a fait arrêter. J'ai bien vu sur sa figure qu'il ne se payait
pas des absurdes raisons des gendarmes et je ne serais
pas surpris qu'il eût parlé pour moi. Mais, sauf celui-là,
je ne connais personne qui puisse s'intéresser à votre serviteur.

— Quoi ! personne! s'écria M. Jean ; quoi ! vous n'avez
pas sur la terre un ami !

— Un ami! j'en ai eu beaucoup quand j'avais de l'argent.

— Et ils vous ont abandonné dans le malheur?

— Parfaitement. Du reste, c'est la règle depuis que le
monde est monde. Est-ce qu'il n'y a pas un vers latin qui le
dit? car j'ai su le latin, tel que vous me voyez. Il est vrai
que je l'ai joliment oublié, mais enfin j'ai fait mes classes
tout comme un autre, et me voilà à Mazas. Ah ! c'est une
belle chose que l'instruction !

— Soit ! les hommes sont ingrats et oublieux, murmura le
curé qui ne jugea point à propos de répondre à cette boutade ;
mas les femmes sont plus volontiers secourables aux malheureux.

— Les femmes ! c'est bien pis encore, elles trompent pour
le plaisir de tromper, et, de préférence, ceux qui sont assez
fous pour les aimer.

— Croyez-vous donc qu'une femme vous ait trahi, qu'elle

ait livré vos secrets à la justice ? demanda vivement M. Jean,
qui pensait en ce moment à la lettre anonyme.

— Non, car depuis longtemps je ne me fie plus à aucune,
répondit sans hésiter le braconnier.

Un accusé, redoutant les indiscrétions d'une maîtresse,
n'aurait pas eu cette netteté de langage, et le digne prêtre
fut charmé de cette déclaration.

— En ce point, dit-il, vous avez eu raison, et, si vous aviez
toujours agi aussi sagement en menant la triste vie que vous
vous étiez faite...

— Triste vie ! pourquoi ? Serait-ce parce que je ne payais
plus d'impôts ou parce que je n'étais plus électeur ? C'est un
avantage que j'avais sur les gens établis, patentés et tout ce
qui s'en suit. Vous allez me dire que je fais bon marché de
mes droits de citoyen, mais la politique m'a coûté assez
cher autrefois pour que je sois dégoûté de les exercer. Vous
me reprocherez peut-être aussi de m'être mis au-dessus des
lois sur la chasse et sur le domicile ? Que voulez-vous ? Je suis
né avec l'instinct du vagabondage et l'horreur de la discipline.

— Et cependant, tout jeune, vous vous êtes engagé dans
l'armée, objecta M. Jean, qui cherchait une transition
adroite pour amener la conversation sur la pauvre créature
épousée jadis par le sous-officier de hussards.

— C'est vrai, dit Robert, mais c'était uniquement par
l'amour pour l'uniforme. J'avais, en ce temps-là, la sotte
passion des plumets et des galons, mais je m'en suis vite
guéri. Les corvées d'écurie, les consignes et autres diver-
tissements du même genre m'en ont dégoûté. Ah ! si nous
avions eu une jolie guerre, j'aurais peut-être pris goût au
métier ; la chance a voulu que mon régiment ne fît jamais
campagne pendant le congé que j'y ai passé.

— Oui, je suis sûr que vous auriez bravement fait votre devoir.

— Je n'en sais rien, mais je sens que je me serais battu
comme un autre et même mieux que bien d'autres. Tenez !
depuis que je suis coffré, il paraît qu'on se cogne avec la
Prusse et que ça va mal...

— Hélas ! l'ennemi est en France, et Dieu sait si nous ne
le verrons pas aux portes de Paris.

18.

— Eh bien ! si le directeur de Mazas voulait me donner seulement une permission d'un mois pour aller faire le coup de sabre avec ces gredins d'Allemands que j'exècre, je jurerais volontiers de venir me remettre en cage, et je tiendrais mon serment, ni plus ni moins que Régulus. Encore un souvenir de collège ! il paraît que le système cellulaire pousse à l'histoire romaine...

— Sans cette malheureuse affaire, vous seriez libre et vous pourriez servir votre pays.

— Si je pourris ici depuis deux mois, c'est la faute des gendarmes qui m'ont pris pour un autre ; mais bah ! je serai acquitté aux assises de septembre, et il sera peut-être encore temps de descendre des Prussiens... il y en a un surtout qu'il me serait agréable de rencontrer à portée d'un coup de pointe.

— Vous espérez donc encore obtenir un acquittement ?

— Et vous, monsieur le curé, vous me croyez donc coupable, puisque vous pensez que je serai condamné ?

— Non, dit vivement M. Jean, et je ne demanderais pas mieux que d'être convaincu de votre innocence, mais j'avoue que les apparences sont contre vous, et comme il n'y a que Dieu qui lise dans les cœurs...

— Vous craignez que les jurés, pour ne pas désobliger le procureur impérial, lui accordent ma tête. Après tout, c'est possible. Je m'en consolerai en me disant que je ferai le pendant de Lesurque. Aussi bien, je ne suis plus bon à grand' chose, et quant aux regrets que je laisserai après moi, dans le cas où on me signerait ma feuille de route pour l'autre monde, ça ne vaut pas la peine d'en parler.

— Vous oubliez que vous avez des enfants, une femme qui vous aime... qui n'a jamais cessé de vous aimer...

— Eugénie ! s'écria le braconnier. Ah ! nous y voilà donc enfin. Je m'étais bien un peu douté que c'était d'elle que vous vouliez me parler tout à l'heure, quand vous me disiez que quelqu'un s'intéressait à moi.

— Et vous ne vous trompiez pas. Votre femme ne vit que pour vous. Elle ne pense qu'à vous sauver, n'aspire qu'à vous voir. Elle s'estimerait heureuse de se sacrifier pour vous rendre la liberté.

— Elle aurait bien dû commencer par ne pas me faire arrêter.

— Vous savez aussi bien que moi, dit sévèrement le curé de Charly, qu'elle ne vous avait pas reconnu quand vous êtes sorti du bois de la Bélière.

— Je sais qu'elle m'a livré à ceux qui me poursuivaient, voilà tout.

— Elle a amèrement regretté le tort involontaire qu'elle vous a causé.

— Vous appelez cela un tort. Elle m'a mis sur le chemin de la guillotine.

— Si vous l'entendiez, si vous consentiez enfin à la voir...

— Vous aurait-elle par hasard chargé encore une fois de me le demander.

— Pourquoi vous le cacherais-je ? C'est de sa part que je viens. Vos refus la tuent, elle épuise ses forces à errer autour des murs de cette prison, et, si vous rejetez cette dernière prière, elle mourra de douleur. Si vous n'avez pas pitié d'elle, recevez-la du moins par reconnaissance pour moi, qui vous ai toujours défendu.

— Jamais. Demandez-moi tout, excepté cela. Je la hais trop.

— La mère de vos enfants ! s'écria M. Jean indigné.

— Mes enfants ! répéta Robert avec un indéfinissable accent d'ironie.

— Oui. Les haïssez-vous aussi, ces pauvres chers petits êtres ?

— Non. Je les ai trop aimés autrefois pour les haïr, mais je me suis juré à moi-même que je ne les verrais plus.

— Ah ! dit douloureusement le prêtre, j'aimerais mieux apprendre de vous-même que vous êtes un assassin que d'entendre de pareils blasphèmes sortir de votre bouche.

· Robert ne répondit pas. Sa pâleur trahissait les émotions qui l'agitaient et, à la contraction de ses traits, on voyait bien qu'un violent combat se livrait dans son cœur ulcéré.

— Vous ne connaissez pas mon histoire, dit-il enfin d'une voix entrecoupée. Je voulais la garder pour moi, mais vous me forcez à vous la dire, car je tiens à ce que vous ne me méprisiez pas. On vous a dit, n'est-ce pas, la police a dû fouiller mon passé, on vous a dit que j'avais déserté du régiment, con-

spiré contre le gouvernement, ruiné et abandonné ma femme
après l'avoir séduite ?

— Oui, on m'a dit tout cela, mais...

— Tout cela est vrai; mais ce qu'on ne vous a pas dit,
c'est que j'ai été victime de la perfidie la plus infâme.

— Qui donc vous a trompé ?

— Qui ? Vous me parliez d'un ami, d'une femme... eh
bien ! j'ai été trahi par un homme qui se disait mon ami et
par une femme que j'adorais, quoiqu'elle ose prétendre aujourd'hui.

— Quoi ! la vôtre !

— Oui, la mienne. Ecoutez-en le récit. Il sera court, car
je ne m'amuserai ni à me justifier ni à récriminer. Je voulais
devenir riche, plus encore pour elle que pour moi ; je me
jetai dans les affaires et, comme je n'y entendais rien, je
m'associai à un étranger que je croyais honnête et qui n'était
qu'un vil coquin.

— Un étranger ! murmura M. Jean.

— Oui, un Prussien. Vous comprenez maintenant pourquoi
j'aurais tant de plaisir à sabrer ses compatriotes.

— Puis-je vous demander son nom ?

— Son nom ? Tichdorf, puisque vous tenez à le savoir.

— Ah ! dit le curé, avec un geste dont le braconnier ne
pouvait pas deviner le sens.

— En moins de trois ans, reprit Robert, ce misérable me
conduisit à la faillite et j'ai su depuis qu'il s'était enrichi de
mes dépouilles, mais ce n'est rien que cela. Non content de
m'avoir ruiné, mon aimable associé m'entraîna dans une
conspiration qu'il eut soin de dénoncer à la police la veille
du jour où elle allait éclater. Il toucha un bon prix de sa
délation et je fus condamné par contumace, et, sans l'amnistie, je serais encore en Angleterre ou déjà au bagne.

— C'est abominable ! et... vous n'avez jamais revu cet
homme ?

— Jamais, Dieu merci ! Il était retourné en Prusse et je
n'avais nulle envie de l'y aller chercher. Voilà donc le bilan
de l'amitié. Passons à celui de l'amour, dit Robert avec
amertume.

— Vous qui luttez pour prouver votre innocence, prenez garde de calomnier une innocente, soupira M. Jean.

— Innocente! ricana le braconnier; les trahisons de Tich-dorf ne sont rien au prix des siennes. Elle me trompait avec un drôle qui avait été mon camarade au régiment et que j'avais accueilli chez moi comme un frère. Celui-là, je le provoquai et je le tuai; mais, elle, je n'eus pas le temps de la traiter selon ses mérites, car il me fallut fuir...

— Elle n'était pas coupable... on l'avait accusée injustement... une lettre anonyme... elle m'a tout dit...

— Quoi! elle a eu cette impudence! Vous a-t-elle dit aussi qu'elle me trompait depuis dix ans, quand je découvris son infamie? Vous a-t-elle parlé des visites qu'elle faisait en cachette à l'hôpital des Enfants-Trouvés?

— A l'hôpital des Enfants-Trouvés! répéta M. Jean. Que voulez-vous dire?

— Je veux dire, s'écria Robert, que cette femme qui prend tant d'intérêt à mon sort et qui a su vous apitoyer sur le sien, je veux dire et je pourrais prouver qu'elle n'avait pas attendu, pour manquer à ses devoirs, que j'eusse commis la sottise de l'épouser. L'enfant qu'elle allait voir était le sien; elle m'avait caché sa naissance, et j'aurais toujours ignoré qu'il existait, si un ami ou un ennemi inconnu ne m'avait averti que ma vertueuse compagne se rendait chaque jour à l'hospice où on le nourrissait aux frais de l'État.

— Et vous avez ajouté foi à cette odieuse calomnie?

— Absolument; car ce que vous appelez une calomnie, c'était la vérité. J'épiai cette mère si tendre, et je pus de mes yeux la voir se glisser dans cet hôpital où, du reste, on trouverait sans doute la preuve de sa honte écrite sur les registres de l'administration. Il est inutile de vous dire ce que je souffris après cette affreuse découverte, mais il faut pourtant que vous sachiez jusqu'à quel point la fatalité me poursuivit. J'avais attendu chez moi la misérable qui me déshonorait. Je voulais la confondre, lui faire confesser son infamie, la tuer et me tuer ensuite.

— Taisez-vous, malheureux!

— Pourquoi me tairais-je? Cette fin aurait mieux valu que

celle qui m'attend. Mais je n'eus pas le temps de me venger.
j'avais à peine commencé à l'interroger, et déjà elle pâlissait, elle balbutiait... l'aveu était sur ses lèvres, et je n'attendais que l'aveu pour frapper... mais on me cherchait, car
j'avais été dénoncé le matin même, la police allait cerner la
maison... un de mes complices, le seul qui ne fût pas un traître, vint m'avertir en toute hâte... j'hésitais encore, je voulais mourir... il m'entraîna. Je n'ai revu ma femme que le soir
où elle m'a livré aux gendarmes sur le bord de la Marne.
Comprenez-vous maintenant que je refuse de la recevoir?
Comprenez-vous aussi que je me suis juré de ne plus revoir
mes enfants... ses enfants, veux-je dire?...

— Quoi! vous osez soupçonner...

— J'ose tout et je suis dans le vrai. Celle qui m'a trompé
en m'épousant a dû me tromper encore après m'avoir
épousé. Je l'ai maudite elle, et sa race. Si quelque chose pouvait
me consoler d'être sur le chemin de la Roquette, sans avoir
rien fait pour ça, ce serait la certitude d'être débarrassé de
toute cette engeance...

Je les adorais pourtant, reprit Robert d'une voix émue, et,
encore maintenant, tenez! quand je me rappelle le temps où
je faisais sauter l'aîné sur mes genoux, pendant que l'autre
me souriait dans son berceau, il y a des moments où je m'at-
tendris...

— Dieu nous commande de pardonner à ceux qui nous ont
offensés.

— Pardonner! jamais!

M. Jean, indigné de tant de dureté, allait répondre par une
chaleureuse apostrophe, lorsque la porte du parloir s'ouvrit.
Un surveillant de la prison venait rappeler poliment au curé
de Charly que l'heure réglementaire de la visite était écoulée.

Le braconnier se leva, salua sans ajouter un mot et suivit
un autre gardien qui l'attendait pour le reconduire dans sa
cellule.

Consterné de ce qu'il venait d'entendre, troublé d'ailleurs
par la présence du geôlier, M. Jean n'eut pas le courage d'insister et s'en alla silencieusement par les longues galeries du

sombre édifice, larges, hautes et sonores comme des nefs de cathédrale. Il franchit le greffe, la cour extérieure, et il arriva sur le boulevard Mazas, encore tout étourdi des étranges confidences de cet étrange prévenu qui ne pensait qu'à accuser au lieu de chercher à se défendre.

Disait-il vrai et fallait-il donc croire que la triste Eugénie était encore plus coupable que malheureuse? Le prêtre se le demandait en cheminant, la tête basse, le long des murs de la prison, quand, au détour de la première rue latérale, il se trouva presque face à face avec l'abandonnée.

Elle était assise sur une borne, le corps affaissé, les bras pendants, la tête renversée en arrière et les yeux levés vers les toits de la maison d'arrêt, dont on apercevait à peine le faîte au-dessus du chemin de ronde. Elle vit cependant M. Jean et vint à lui toute pâle et toute tremblante :

— Eh bien? dit-elle avec effort.

Elle avait deviné qu'il sortait de Mazas et elle ne doutait pas qu'il n'eût plaidé sa cause auprès de Robert.

— Il refuse toujours de vous recevoir, murmura M. Jean.

— Je n'ai donc plus qu'à mourir, dit tout bas Eugénie.

— Venez, madame, reprit le curé de Charly; j'ai à vous parler, et il vaut mieux que nos amis de la rue de Charonne n'assistent pas à notre entretien.

Et il l'entraîna vers ce quai désert où, quelques semaines auparavant, elle lui avait confié ses douleurs.

L'esplanade plantée de maigres arbres qui s'étend au bout du pont d'Austerlitz était plus solitaire encore que de coutume, car, en ces derniers jours de ce funeste mois d'août, Paris anxieux ne songeait guère à prendre le frais au bord de l'eau. Ils purent donc s'asseoir sur un banc sans que personne les regardât, et M. Jean très-ému se mit à répéter, en les adoucissant, les accusations que le braconnier avait portées contre sa femme. Il lui en coûtait assurément d'aborder un tel sujet, mais il aurait rougi de recourir à des moyens détournés pour connaître la vérité, et il trouvait plus digne d'interroger franchement.

Aux premiers mots qu'il dit de la jalousie de Robert et du fatal duel que cette jalousie avait causé, Eugénie fondit en larmes. Mais elle redevint bientôt maîtresse d'elle-même et répondit d'un ton ferme :

— Robert est injuste. Il a oublié que l'homme qui m'a calomniée a donné en le trahissant indignement la mesure de la confiance qu'il méritait. Ce misérable Tichdorf dénonçait mon mari à la police en même temps qu'il me dénonçait à mon mari. Il est impossible qu'on le croie et je m'abaisserais en cherchant à réfuter ses mensonges.

— Que le prisonnier n'est-il là pour vous entendre! s'écria M. Jean, frappé de la simplicité de cette protestation et de la franchise de cet accent. Mais, hélas! ajouta-t-il après une pause, ce n'est pas tout...

— De quoi m'accuse-t-il donc encore? demanda Eugénie avec amertume.

— Il m'a parlé... d'un enfant... dont la naissance lui aurait été cachée... d'un enfant que vous alliez voir secrètement à l'hôpital...

— Un enfant! l'hôpital! et il m'a soupçonnée de... ah! c'est trop!... et je ne croyais pas que l'aveuglement de Robert pût aller jusqu'à m'imputer une telle infamie.

— Il a écouté les rapports de cet homme, de ce Prussien... c'est sur ses indications qu'il vous a suivie et surprise entrant dans cet hôpital... il prétend être certain que l'enfant était le vôtre...

— Le mien! ah! si j'eusse été sa mère, je ne m'en serais jamais séparée, je l'aurais nourri, dût-il m'en coûter l'honneur... la vie même...

— Mais alors cet enfant existe donc! il est donc vrai que vous le visitiez?

— Oui, c'est vrai, oui, il existe ou du moins il existait au moment où Robert a été obligé de quitter la France ; mais cet enfant... cet enfant était à lui.

— Que dites-vous ?

— Oui, à lui et à une malheureuse femme qu'il avait trompée. C'est une triste histoire... plus triste encore que la mienne. Un jour, quelques semaines avant la catastrophe qui

me sépara de mon mari, je reçus une lettre... on me sup-
pliait de venir sans retard voir une mourante qui avait un
grand service à implorer de moi... je partis, et, au fond d'une
salle de l'Hôtel-Dieu, couchée dans un lit d'hôpital, une
femme me raconta son passé. Robert l'avait séduite et abandonnée... Depuis dix ans, elle luttait contre la misère ; trop
pauvre pour nourrir l'enfant qu'elle avait mis au monde, elle
s'était vue forcée de le confier à la charité publique ; mais
elle n'avait jamais cessé de penser à lui, d'espérer que plus
tard elle pourrait le retirer de l'hospice, car elle gardait une
marque pour le reconnaître. Atteinte d'une maladie mortelle,
elle sentait qu'elle ne le reverrait plus, et alors, au moment
suprême, pensant à l'homme qui l'avait perdue...

— Comment ne s'adressait-elle pas à lui ?

— Elle l'avait fait plusieurs fois, depuis quelques années,
mais Robert, soit qu'il eût contre elle des griefs, soit
que... il m'aimait alors, et le souvenir d'un autre amour l'im-
portunait peut-être ; Robert ne lui avait jamais répondu.
Elle savait qu'il était marié... on lui avait dit sans doute que
je l'adorais, que j'adorais mes enfants... les mères ont de ces
inspirations... elle avait cru qu'elle ne m'implorerait pas en
vain...

— Et elle ne se trompait pas, j'en suis sûr.

— Non. J'acceptai le legs qu'elle m'imposait, et je promis
à l'agonisante que je veillerais sur son fils, sur le fils de Robert ; elle mourut le lendemain... elle m'avait remis des papiers et d'autres indications pour reconnaître ce fils... Je
tins ma promesse, je me présentai à l'hospice au nom de la
pauvre mère et on me permit de voir l'enfant... j'y retournai
bien des fois, car chaque jour je m'attachais à lui davantage.

— Et vous n'avez pas eu la pensée d'avouer à votre mari
ce qui s'était passé ?

— Je l'ai eue bien souvent, mais le courage me manquait.
Robert écoutait déjà alors les ignobles calomnies de ce misérable, et notre ménage était trop troublé pour que je vou-
lusse risquer d'y introduire une nouvelle cause de trouble.
Cependant, je comprenais que cette situation ne pouvait

19

pas durer toujours, et j'en serais certainement venue à un
aveu, mais les événements que vous savez me séparèrent violemment de mon mari, et je n'eus pas le temps de lui
dire...

— Ce que moi je puis lui dire, maintenant, s'écria M. Jean,
si... si vous avez des preuves qui me mettent à même de le
convaincre que tout cela est la vérité.

— Les preuves ne me manqueront pas. Les registres de
l'hôpital constatent que l'enfant est né et a été déposé à Paris
à une époque où j'étais encore au pensionnat de Meaux. J'ai
conservé l'acte de naissance et les signes de reconnaissance
que m'avait confiés sa malheureuse mère.

— Mais lui, l'enfant, qu'est-il devenu?

— Hélas! je n'en sais rien, dit tristement Eugénie, et, si
j'ai des reproches à me faire, c'est au sujet de ce pauvre
petit.

— Vous l'avez abandonné? demanda M. Jean.

— Pas volontairement, je vous le jure. Voici ce qui se
passa. La fuite de mon mari m'avait jetée dans le désespoir,
et, pour comble de malheur, mon dernier né était atteint
d'une maladie grave. Je ne pouvais pas m'éloigner de son
berceau. Je restai un mois ainsi, dévorée de chagrin, d'inquiétude, hors d'état d'agir... de penser. Quand cette première crise eut pris fin, je courus à l'hôpital...

— L'enfant était mort?

— Non, grâce à Dieu. Mais j'appris qu'il était parti pour
la maison que l'administration des hospices possède à Berck,
dans le Pas-de-Calais. Il était malingre, chétif, il ne grandis-
sait pas, et les médecins avaient décidé de l'envoyer prendre les bains et respirer l'air de la mer. Nous étions au commencement du printemps et il devait y passer toute la belle
saison. Que pouvais-je faire? Les miens avaient besoin de
moi... il ne m'était pas permis de quitter Paris...

— Mais, plus tard, quand l'enfant est revenu, à la fin de
l'automne...

— Alors nous étions tombés dans la plus profonde misère.
Oh! le malheur vient vite, et quelques mois suffirent pour
consumer les faibles ressources et éloigner les rares amis

qui me restaient; je fus chassée de la maison que j'habitais, dépouillée de tout, réduite à demander notre pain à l'aumône... je commençai la vie errante que je menais encore quand vous m'avez rencontrée. Comment aurais-je osé me présenter à l'hôpital et, alors même que j'aurais eu ce courage, quelle protection, quel secours pouvais-je offrir au petit abandonné ? Je renonçai à le voir...

— Et vous ignorez s'il est encore à l'hospice... s'il est vivant...

— Je n'ai jamais cherché à le savoir, et pourtant que de fois, lorsqu'après avoir chanté dans une fête de village, je traversais les faubourgs pour regagner mon misérable asile, que de fois n'ai-je pas été tentée d'entrer dans cette maison où la charité publique nourrissait le fils de Robert...

— Et des années se sont écoulées depuis que vous avez cessé vos visites ?

— Trois ans. Mon mari a quitté la France au mois d'avril 1867. L'enfant avait alors dix ans, j'ai encore l'extrait de son acte de naissance que sa malheureuse mère m'a remis à son lit de mort, car elle avait eu le soin de le faire déclarer à la mairie avant de l'envoyer à l'hospice. J'ai aussi un papier où elle a écrit toutes les marques qui pouvaient servir à le reconnaître, et ces indications s'accordent parfaitement avec celles du registre de l'administration

— Alors, il sera facile de comparer... de prouver à votre mari qu'on vous a calomniée.

— Oui, certes, et si j'avais su plus tôt qu'il m'accusait de cette odieuse tromperie, je n'aurais pas attendu jusqu'à ce jour pour me justifier.

— Eh bien! c'est moi qui plaiderai votre cause auprès de lui, et je crois pouvoir vous promettre que je la gagnerai. Seulement, il faudra me remettre ces notes...

— Les voici, dit vivement Eugénie en tirant de son corsage une sorte de sachet fort usé; je n'ai jamais cessé de les porter sur moi... une chanteuse des rues n'a pas un meuble où elle puisse serrer un dépôt.

— Je les reçois, et j'en userai bientôt, répondit le curé de Charly en plaçant les papiers dans son portefeuille. Aujourd'hui, l'heure de la visite est passée, et d'ailleurs je dois aller chez nos amis de la rue de Charonne.

— Vous les trouverez bien tristes... leur commerce ne prospère pas, loin de là... et quoique madame Cormier ne m'ait point confié les embarras de son mari, je sais qu'ils sont grands. Vous l'avouerai-je même, si je n'avais pas eu le bonheur de vous rencontrer, j'allais vous écrire, à leur insu, pour vous prier de venir. Vous êtes si bon, que j'étais sûre de trouver en vous un appui pour ces braves gens.

— J'y vais, dit simplement M. Jean.

— Peut-être vaut-il mieux que je ne vous accompagne pas, murmura la femme du braconnier en rougissant.

Le prêtre devina qu'elle ne voulait pas s'éloigner de la prison et s'absorber encore dans la contemplation des sombres murailles qui la séparaient de son mari.

— Soyez prudente, dit-il avec douceur. Je vais retourner à Charly après avoir vu M. Cormier. Je reviendrai à Paris demain, j'irai à l'hospice, je saurai si l'enfant existe, et quand j'aurai vérifié l'exactitude des indications que vous m'avez remises, j'aurai avec votre mari un entretien dont je pourrai, je l'espère, vous donner de bonnes nouvelles.

Et sans attendre les remercîments de sa protégée, M. Jean se leva et s'achemina vers le faubourg Saint-Antoine.

Il était lui-même fort ému et il bénissait Dieu de lui avoir ménagé cette rencontre, car il se sentait soulagé d'un grand poids depuis qu'il avait entendu les explications d'Eugénie; il ne doutait pas de sa sincérité et, même avant de l'écouter, il lui répugnait horriblement de la croire coupable. Il se promettait aussi une grande joie, celle d'apprendre à M. de La Chanterie cette consolante histoire, et d'en conférer avec lui pour tâcher d'en tirer plus tard quelques arguments utiles à la défense du braconnier.

La distance n'est pas très-longue du pont d'Austerlitz à la rue de Charonne, et le prêtre, qui marchait d'un bon pas, arriva bientôt à l'entrée de la longue cour au fond de laquelle habitait Antoine Cormier.

La porte du magasin était ouverte, et, en s'approchant, M. Jean vit la femme de l'ouvrier, debout, le front appuyé contre une armoire à glace. Il devina qu'elle pleurait, et il s'arrêta, fort perplexe, avant de franchir le seuil, craignant de la surprendre au fort de son chagrin, et désireux pourtant de lui en demander la cause, afin d'y remédier. Il finit par tousser légèrement. Louise Cormier se retourna, le reconnut et vint à lui en s'efforçant de cacher ses larmes.

— Ah! monsieur, lui dit-elle d'une voix altérée, Antoine va être bien heureux de vous voir... quoique vous arriviez dans un triste moment... mais c'est égal, votre visite lui fera du bien, sans compter que vous pourrez lui donner un bon conseil...

— Un conseil et un secours, ma chère dame, et j'espère qu'il ne refusera ni l'un ni l'autre, car je les lui offrirai de bon cœur.

— Oh! il le sait... et moi aussi... nous connaissons votre obligeance, et nous sommes bien sûrs que si ça dépendait de vous... mais notre position est si mauvaise... je crains que vous ne puissiez rien pour nous en tirer.

M. Jean sourit. Il devinait que Louise avait autant de foi dans ses intentions bienveillantes qu'elle en avait peu dans ses ressources financières.

— De quoi s'agit-il donc? demanda-t-il doucement.

— De notre existence et de celle de nos pauvres enfants, murmura la femme d'Antoine Cormier en étouffant un sanglot. Nous sommes menacés de voir notre ménage vendu... les marchandises sont déjà saisies, le mobilier va l'être... et, dans quelques jours, si nous n'avons pas trouvé le moyen de payer notre créancier, nous serons dans la rue... encore s'il n'y avait que mon mari et moi... Antoine se remettrait simple ouvrier... j'ai du courage et je travaillerai dans un atelier de couture... Mais ces petits... que deviendront-ils, mon Dieu!

— Et vous avez attendu jusqu'à cette extrémité pour me parler de votre gêne? s'écria M. Jean d'un ton de reproche affectueux.

— Je voulais vous écrire, mais Antoine me l'a défendu. Il m'a dit que c'était inutile de vous faire de la peine...

— Car je n'étais point en situation de vous venir en aide, n'est-ce pas? Je reconnais la délicatesse de votre mari, et il a dû penser en effet qu'un pauvre curé de campagne n'avait pas d'argent à sa disposition. Il ne s'est pas trompé; car, depuis trente ans, je n'ai pas fait d'économies. Je place mes fonds chez les pauvres. Mais heureusement, je connais des personnes riches et généreuses qui me sauront gré de leur procurer l'occasion de faire une bonne action.

— Quoi! s'écria la femme de l'ouvrier, toute rouge d'émotion, vous pourriez trouver quelqu'un qui... mais non, c'est impossible. Nous devons trop... il nous reste trop peu de temps...

— Qui sait? dites toujours.

— Eh bien! Antoine, il y a trois mois, avait acheté des bois à crédit... Dans ce temps-là, tout marchait bien; il avait des commandes, des factures à toucher, et puis les affaires de la guerre sont arrivées; ceux qui lui devaient n'ont pas payé, et les échéances tombaient comme la grêle, et les créanciers n'ont pas voulu attendre. Alors, il a emprunté à un escompteur... à gros intérêts... il espérait que la guerre finirait tout de suite et que le commerce reprendrait... mais tout a été de mal en pis, et maintenant il doit et il n'a plus un sou pour payer. Les frais ont doublé la somme, et si, à la fin du mois, nous n'avons pas quatre mille sept cents et des francs, nous sommes perdus...

— Mais la fin du mois, c'est après-demain.

— Oui, et d'ici là, où trouverions-nous tant d'argent? Si encore celui à qui nous devons avait un peu de cœur, mais c'est l'homme le plus dur... Il est bien connu dans le faubourg, où il a mis tant de pauvres gens sur la paille...

— N'importe, ma chère dame. Dites-moi son nom, son adresse, et je vais...

— Il est là, dit Louise Cormier en montrant la porte qui séparait le magasin de la chambre où le curé avait été reçu pour la première fois, le jour de l'accident arrivé à Marcel. Antoine est avec lui... avec eux, car il amené son associé... il leur demande du temps, et je suis sûre qu'ils refusent... tenez! écoutez!

Elle se tut, et on entendit des éclats de voix. Évidemment, le débiteur et les créanciers n'étaient pas d'accord.

Presque aussitôt la porte s'ouvrit brusquement; M. Jean se trouva en face de deux figures de connaissance.

La première figure qui se montra fut celle du sieur Vétillet, adjoint au maire de Charly-sous-bois et ancien négociant; c'est ainsi qu'il se qualifiait volontiers lui-même. Il aurait pu supprimer « ancien », car il n'avait fait que changer de négoce, ayant remplacé la bonneterie par l'usure. Il est vrai que ses administrés de Charly ignoraient cette particularité

qu'il n'exerçait sa nouvelle profession d'escompteur que dans le faubourg Saint-Antoine, où on le connaissait sous le nom de père Chafouin et où il pouvait écorcher les gens sans compromettre son écharpe de dignitaire municipal. Au delà des fortifications, il redevenait adjoint et monsieur Vétillet gros comme le bras.

Le curé qui, bien entendu, soupçonnait moins que personne les métamorphoses peu mythologiques du bonnetier en retraite, le curé recula de surprise en l'apercevant. Ce mouvement livra passage à un individu qui suivait Vétillet et qui devait être l'associé dont Louise Cormier venait de parler tout à l'heure. La stupéfaction de M. Jean ne connut plus de bornes quand il vit que ce personnage n'était autre que Digonnard qui déclamait si éloquemment contre les riches engraissés des sueurs du peuple.

Les deux compères, fort étonnés aussi de la rencontre, regardaient le bon prêtre d'un air défiant et semblaient se demander si leur débiteur ne leur avait pas tendu un piège en les mettant face à face avec le desservant de Charly. Cormier, rouge de colère, et sa femme, pâle d'émotion, complétaient le tableau.

Le pharmacien, qui avait de la décision dans le caractère, voulut se tirer de ce mauvais pas en gagnant la porte. Il poussa vivement son acolyte Vétillet qui ne marchait pas assez vite, et ces dignes associés auraient sans doute réussi à éviter une explication, si leur victime n'eût élevé la voix.

— Ah ! monsieur le curé, vous tombez bien, s'écria-t-il, et si vous n'avez jamais vu des prêteurs à la petite semaine, vous pouvez vous régaler de la face de ces messieurs.

M. Jean doutait encore un peu de la coquinerie de ses deux paroissiens, mais l'ouvrier furieux mettait, comme on dit, les points sur les i, et il fallait bien se rendre à l'évidence.

Louise adressa un regard suppliant à son mari, Vétillet se gratta le nez avec énergie et Digonnard fit le geste de boutonner sa redingote, comme s'il eût voulu s'envelopper dans sa vertu, vêtement léger, s'il en fût.

— Je vous présente le père Chafouin, reprit Cormier, un honorable marchand d'argent qui m'a prêté trois mille francs à cinq pour cent... par mois et qui va tout faire vendre ici si je ne lui rembourse pas après-demain le capital, l'intérêt et les frais.

— Oh! monsieur, murmura le curé en se tournant vers l'adjoint, vous ne ferez pas cela, car vous ne voudrez pas qu'on dise dans le pays...

— Et celui-là, continua l'ouvrier que l'indignation mettait hors des gonds, ce bon apôtre qui partage le gâteau avec le père Chafouin et qui court le lundi tous les cafés du faubourg pour prêcher l'égalité et la fraternité...

— Et je m'en vante, dit impudemment Digonnard ; mais je ne vois pas en quoi nos affaires peuvent regarder monsieur. Du reste, si vous l'avez fait venir pour nous intimider, mon associé et moi, je suis bien aise de vous déclarer que vous avez manqué votre coup, car nous nous inquiétons fort peu de l'opinion du clergé.

— Nous ne nous en inquiétons pas du tout, appuya Vétillet, qui reprenait courage en voyant que son complice tenait tête à Cormier.

— Celle de vos concitoyens de Charly vous préoccupera peut-être davantage, dit doucement M. Jean.

— Comment! ils sont de Charly, ces deux grippe-sous! s'écria l'ouvrier.

— Monsieur est notre premier adjoint, et monsieur est pharmacien dans la grande rue, pas bien loin de la maison à Jacqueline, dit le curé non sans quelque malice.

— Ah! si j'avais su! c'est moi qui aurait tambouriné ça chez le père Ledoux, quand je suis allé voir le petit ; mais il n'y a pas de danger qu'ils donnent leur vraie adresse à ceux qu'ils tondent. Et moi qui les prenais pour des filous du commun !

— Antoine, je t'en prie, supplia Louise.

— Bon! bon! maintenant que je les connais, tout le faubourg saura ce soir que le père Chafouin et son *copin* sont des bourgeois estimés dans la banlieue; ils me mettront sur le pavé avec ma femme et les *mioches*, mais j'irai m'établir ébéniste à Charly; je conterai l'histoire à tout le village, et je leur en ferai voir de dures.

— Je m'en moque, grommela Digonnard, qui tâchait de payer d'audace; j'ai ma conscience pour moi.

— Nous avons notre conscience pour nous, répéta Vétillet.

— Oui, parlons-en de votre conscience! elle ne vous empêche pas de faire l'usure.

— Il n'est pas défendu de tirer parti de ses capitaux, dit le pharmacien.

— C'est même tout ce qu'il y a de plus légitime, redit l'adjoint.

— Légitime! à soixante pour cent! Elle est trop forte celle-là.

— L'argent est une marchandise, mon brave homme, et, si vous aviez quelques notions d'économie politique, je vous prouverais...

— Allez donc conter ça dans les estaminets du quartier où vous pérorez toutes les semaines sur la tyrannie de l'infâme capital.

— Je ne partage pas sur ce point les opinions de Proudhon... que je respecte d'ailleurs, prononça gravement Digonnard.

— Ni moi non plus, glapit Vétillet qui ignorait absolument ce que pouvait être Proudhon.

Peut-être prenait-il ce nom-là pour celui d'un homme de loi.

— Et ça se dit démocrate! cria Cormier de plus en plus exaspéré, et ça va chanter partout qu'il faut améliorer le sort des prolétaires! Ah! mille tonnerres, si ce n'était pas que je respecte M. le curé, ici présent...

— Calmez-vous, je vous le demande en grâce, mon cher ami, dit le prêtre en posant sa main sur un bras qui allait certainement se lever et retomber sur le Proudhonien dissident. Calmez-vous et laissez-moi traiter cette affaire avec ces messieurs.

19.

— Vous avez raison, ils ne valent pas un coup de poing, et je ne voudrais pas vous faire de la peine, mais qu'ils filent, et plus vite que ça, ou sinon...

— Bien! bien! on s'en va, mais je n'ai pas peur de vous, riposta Digonnard après avoir prudemment battu en retraite du côté de la cour.

— Nous ne craignons personne et vous aurez de nos nouvelles, reprit en sourdine Vétillet qui avait exécuté la même manœuvre.

— Pardon, messieurs, commença M. Jean, je désire, avant que vous sortiez, arranger...

— Il n'y a rien à arranger du tout, interrompit brutalement le pharmacien; la créance se monte à 4,713 fr. 75 c., et, comme je ne suppose pas que vous ayez l'intention de payer...

— Vous vous trompez, monsieur; telle est précisément mon intention, dit avec beaucoup de calme le curé de Charly.

— Ah! bah! comment! vous voulez... Oui, mais il ne s'agit pas de vouloir, il faut pouvoir.

— La somme vous sera versée après-demain matin.

— Qui nous le garantit? demanda aigrement Vétillet.

— Ma promesse, monsieur, répondit simplement M. Jean.

Les deux associés se regardèrent comme pour s'interroger mutuellement. Au fond, ils n'avaient point envie de se brouiller avec le curé, car ils tenaient autant l'un que l'autre à la considération des habitants de Charly, et ils sentaient bien qu'il dépendait de M. Jean de la leur faire perdre.

— C'est différent, murmura Digonnard, et si mon associé y consent...

— Moi, j'accorde volontiers le délai que demande M. le curé, s'empressa de répondre Vétillet. D'autant plus volontiers que nous ne pouvons pas faire vendre plus tôt, ajouta-t-il mentalement.

— Je vous remercie, messieurs, dit M. Jean; et j'aurai le plaisir de vous revoir après-demain avant midi.

C'était un congé en bonne forme. Ces messieurs comprirent, et, comme ils n'aspiraient qu'à s'éloigner des redoutables poings d'Antoine Cormier, ils eurent tôt fait de quitter la place.

— Où prendra t-il l'argent pour nous payer et payera-t-il? demanda Vétillet à Digonnard en traversant la cour.

— Il payera, répondit le pharmacien. Le beau mérite! Tous ces calotins roulent sur l'or. Parions que celui-là a capté la succession d'une vieille dévote.

Pendant que ces honorables personnages gagnaient la rue, l'excellent prêtre avait fort à faire de se défendre contre les effusions de reconnaissance de Louise Cormier et de triompher de l'obstination d'Antoine qui s'entêtait à refuser le service qu'il voulait lui rendre.

— Non, disait le brave ouvrier, non, je n'entends pas que vous vous priviez de vos économies pour nous... ne vous inquiétez pas... nous travaillerons... on tombe et puis on se relève... mais nous ne vous en saurons pas moins de gré...

— Vous ne me devez point de reconnaissance, mon ami, interrompit M. Jean, et vous pouvez accepter sans le moindre scrupule. La personne qui me remettra cette somme pour vous tirer d'embarras ne vous la donne pas. Elle vous la prête, et je suis certain que vous la lui rembourserez un jour.

— Si je croyais que c'est vraiment comme ça, si j'étais sûr que vous ne vous gênerez pas pour moi...

— Je vous l'affirme, mon ami.

— Oh! bien alors, j'accepte, s'écria Cormier en serrant les deux mains du curé.

— Merci pour mes enfants, murmura Louise.

— Et maintenant, reprit le curé, il faut que je vous quitte, car on m'attend à Charly et j'y rapporte de bonnes nouvelles. Je viens de voir la pauvre femme à laquelle nous nous intéressons tous, et elle m'a appris des choses qui me mettront à même de la reconcilier avec son mari. Vous n'avez plus rien à craindre de ces méchantes gens. Je puis donc partir. Je n'ai pas perdu ma journée.

CHAPITRE IX.

Ce jour-là qui était l'avant-dernier du mois d'août, pendant que M. Jean s'expliquait avec les créanciers d'Antoine Cormier, Julien de La Chanterie faisait, par permission du docteur Minard, son premier tour dans le parc du château de Chasseneuil. Son bras, si vilainement arrangé par l'épée du sieur Miraut de Saint-Averlin, son bras, débarrassé enfin de toute espèce d'appareil, fonctionnait à merveille, et il en usait pour cueillir des fleurs à l'intention de Gabrielle.

Ce n'était pas que mademoiselle de Brannes assistât à ces essais de convalescent de fraîche date. Son père l'avait emmenée, le matin même, à Paris, où il était appelé par les fâcheuses nécessités que créaient à tous les événements de la guerre.

Depuis le commencement de la campagne, la fortune nous était si contraire qu'on prévoyait déjà la possibilité d'un siége, et le comte, fermement décidé à ne pas fuir devant l'ennemi, avait quelques dispositions à prendre dans son hôtel du quai d'Orsay, où il comptait s'établir si les Prussiens investissaient Paris. Mais, cette fois, le but principal de son voyage était d'aller au ministère de la guerre pour y demander des nouvelles de l'armée.

Henri de Brannes, son fils unique, avait eu le bonheur de ne faire partie d'aucun des états-majors de l'armée du Rhin, bonheur que le jeune capitaine avait considéré comme le plus grand de tous les malheurs. Pendant que la plupart de ses camarades se battaient à Reichshoffen ou à Gravelotte, lui, il avait eu le crève-cœur de rester attaché à un corps de réserve qui n'était parti que fort tard pour le camp de Châlons. Mais, après la désastreuse issue des grandes batailles livrées sous Metz, ce corps avait enfin reçu l'ordre de marcher, et on savait que depuis quelques jours il se dirigeait vers le nord-est. Il était de cette armée qui, sous les ordres d'un héroïque soldat, s'en allait jouer la dernière partie de la France, et chaque jour on s'attendait à apprendre que la lutte suprême était engagée.

Qui ne se souvient encore de cette mortelle semaine où les hommes ne s'abordaient que le front soucieux, où les mères n'ouvraient le journal qu'avec angoisse? Ce fut assurément la plus terrible de ce mois funeste, dont chaque dimanche apporta la lugubre annonce d'une défaite.

Pour être d'une autre nature que ceux qui affligeaient son oncle, les tourments de Julien n'en étaient pas moins cruels. Cloué, pendant plus de quarante jours, sur son lit de douleur, comme le lui avait prédit le docteur Minard, le pauvre garçon maudissait la fatalité qui l'avait empêché de partir avec la mobile et n'aspirait qu'à la rejoindre.

Il serait téméraire d'affirmer que la présence de sa charmante cousine n'avait pas adouci l'amertume de ses regrets, mais cependant, plus nos affaires militaires se gâtaient et plus il enrageait d'être condamné à l'inaction. L'espoir de se battre enfin pour son pays lui était revenu depuis que sa blessure commençait à se guérir, mais précisément alors le 7e bataillon dont il faisait partie recevait l'ordre de rentrer à Paris, et il lui fallait attendre son retour dans une inaction désolante.

Gabrielle, à vrai dire, ne se plaignait pas de ce retard, mais la courageuse jeune fille avait la force de ne pas chercher à détourner Julien de faire son devoir. Son frère était déjà au feu, et son fiancé allait y aller. Elle priait Dieu pour eux et pour la France, sacrifiant, sans se plaindre, à la patrie en danger ses plus chères affections, pendant que es citoyens Digonnard et Vétillet profitaient de nos malheurs pour tirer de leur argent un plus gros intérêt.

La Chanterie, tout au rebours de ces messieurs, se préoccupait si fort des revers de son pays, qu'il ne pensait presque plus à l'affaire du braconnier. M. Wassmann lui-même et ses agissements équivoques étaient à peu près sortis de sa mémoire. Il passait la meilleure partie de son temps à rassurer son oncle et sa cousine, et l'autre à parcourir fiévreusement, pour y chercher des informations, les journaux, où il ne trouvait guère que des sottises.

Seul, au château, le soir de sa première sortie, il lisait précisément, en se promenant dans le jardin, une feuille soi-disant nationale, où on démontrait avec une gravité admirable, que les Prussiens, nés dans un pays plat, n'avaient point les pieds conformés pour la marche, qu'ils arrivaient épuisés par trente étapes, et qu'on n'attendait pour les exterminer que leur apparition dans *les champs Catalauniques*, c'était la ronflante dénomination qu'il était de mode alors d'appliquer aux plaines de la Champagne, où périrent jadis les hordes d'Attila. Bien des lecteurs, hélas! à la veille de la catastrophe finale, se payaient encore de ces ineptes fadaises, mais Julien, qui ne croyait point à l'influence des *champs Catalauniques*, haussait les épaules et venait de jeter le journal avec dégoût, quand il vit s'avancer, par la grande allée, le curé de Charly.

Assez surpris de sa visite à une heure où il n'avait point coutume de se présenter au château, il se leva vivement et il alla à sa rencontre avec un certain sentiment d'inquiétude, car en ce temps-là on vivait sans cesse dans l'attente d'une mauvaise nouvelle.

— J'arrive de Paris, lui dit M. Jean après lui avoir serré la main, et je viens vous raconter...

— Mon oncle aurait-il appris au ministère quelque nouveau malheur? interrompit Julien.

— Non, pas que je sache. Je n'ai point eu l'honneur de rencontrer M. le comte, mais j'ai entendu dire au contraire que les dernières dépêches étaient bonnes... on assure qu'une grande bataille est imminente, mais tout le monde est plein d'espoir, et peut-être qu'en ce moment même c'est le salut de la France qui se décide...

— Dieu le veuille! la France a grand besoin de sa protection, mais vous aviez quelque chose à me dire...

— Je voulais vous parler de la pauvre femme du braconnier Robert. Son infortune m'intéresse encore, au milieu de tant d'autres désastres...

— Et moi je me reproche d'avoir bien peu songé à elle depuis quelques semaines. Où en est l'affaire de son mari?

— Toujours au même point, je crois, et rien n'annonce qu'elle doive être jugée prochainement. Mieux vaut pour lui, du reste, que son renvoi devant les assises soit retardé, car sa condamnation n'est que trop probable...

— Je ne vois pas, en effet, comment il y échapperait, maintenant que l'innocence de M. Wassmann est démontrée... car elle l'est, n'est-ce pas?

— Oh! complétement, selon moi. Mon voisin du pavillon a tenu dans ces derniers temps une conduite qui le met au-dessus de tout soupçon ; je suis particulièrement touché des bontés qu'il a pour mon élève, Marcel, et aussi de la sympathie qu'il témoigne si hautement pour notre cher pays, qui n'est cependant pas le sien.

— Oui, on m'a dit, en effet, qu'il faisait beaucoup de bien à cet enfant et qu'il se montrait fort hostile à la Prusse. Un concours de circonstances bizarres m'avait sans doute abusé sur son compte, et je commence à revenir de mes préventions... mais je vous ai encore interrompu, monsieur le curé... vous disiez que la femme de Robert...

— Elle m'a enfin confié son histoire tout entière, je connais maintenant la cause de l'aversion que son mari lui témoigne fort injustement, et j'ai le moyen de les réconcilier. Peut-être même les pièces qu'elle m'a remises pourront-elles nous servir à attendrir les juges.

— Quelles pièces? demanda Julien assez surpris.

— L'acte de naissance d'un garçon qui a été mis autrefois aux Enfants-Trouvés, et qui a pour père ce Robert, des papiers où se trouvent les indications nécessaires pour le reconnaître. Je serais déjà allé moi-même à l'hôpital, si je n'avais été rappelé ici par mes devoirs ecclésiastiques, mais, demain, je retournerai à Paris, et...

— Pardon, monsieur le curé, mais je ne comprends pas très-bien quel rapport il peut y avoir...

— Vous avez raison, je parle comme un véritable étourdi, et j'oublie que je ne vous ai point expliqué... c'est une aventure tout à fait romanesque, et je vous la conterai bien mieux en vous montrant les papiers que voici, dit M. Jean, qui prit son portefeuille, en tira le paquet qu'Eugénie lui avait donné et l'ouvrit.

Julien le regardait avec une curiosité mêlée de beaucoup d'étonnement.

— Voici l'acte de naissance, reprit le curé;... voyons... « Mairie du douzième arrondissement... un enfant du sexe masculin... né à Paris, le 27 octobre 1857... de père et mère inconnus... On lui a donné le nom de... Marcel. »

— Marcel! répéta M. Jean, voilà une coïncidence bien singulière.

— Mais c'est l'acte de naissance de votre élève, s'écria Julien. Jacqueline Ledoux en a un tout pareil délivré par l'administration des hôpitaux. Elle me l'a montré l'autre jour, et je me rappelle parfaitement que la date de naissance est la même, les noms des témoins sont les mêmes. Il n'y a plus le moindre doute, Marcel est le fils de Robert.

— Ah! mon Dieu! mais alors le malheureux enfant a pour père un criminel, un homme que la justice va condamner...

M. Jean s'arrêta. Le valet de chambre du comte venait d'apparaître subitement sur le perron et arrivait d'un pas si accéléré, qu'il devait apporter un message pressé.

— Qu'y a-t-il donc, Joseph? lui demanda M. de La Chanterie.

—On vient chercher M. le curé pour quelqu'un qui se meurt, dit le domestique, c'est de la part de la femme Ledoux.

— La femme Ledoux! mais je l'ai vue ce matin en parfaite santé.

— C'est pour sa voisine, mademoiselle Rose, la dame qui tient le café. Elle est à l'agonie et elle demande un prêtre.

— A l'agonie! Dieu veuille que j'arrive à temps,. s'écria M. Jean.

—Je vais avec vous, monsieur le curé, s'écria Julien.

—Quoi! mon cher enfant, vous voulez assister à ce

triste spectacle, dit M. Jean, vous qui entrez à peine en con·
valescence?

— Oh! je suis en état de le supporter, et puis... cette
nouvelle me paraît si extraordinaire... la mourante est cette
demoiselle Rose, dont le témoignage a été décisif .. elle n'é-
tait point malade... qui sait si le remords...

— Votre imagination vous entraîne trop loin. Cette pauvre femme avait les fièvres depuis quelque temps, et il est
tout naturel que son état se soit aggravé, mais, puisque
vous tenez à m'accompagner, partons, je vous en prie.

M. de La Chanterie prit son chapeau à la hâte et suivit
le curé, qui se dirigeait à grands pas vers la grille du jardin.
Au moment où ils allaient y arriver, ils virent passer sur la
route, dans un élégant *dog-car*, M. Wassmann conduisant
lui-même un trotteur admirable qui filait comme une flèche.

— Où va-t-il ainsi? se demanda Julien pris d'un vague
soupçon; ce n'est point l'heure de sa promenade habituelle;
on dirait, en vérité, qu'il se sauve.

Il garda pour lui ces réflexions fort hasardées, et, comme
le bon prêtre, qui se recueillait au moment d'exercer son
saint ministère, ne semblait avoir aperçu ni l'homme, ni la
voiture, il ne fut point question, entre eux, de M. Wassmann. Du reste, il n'y avait pas loin du château au domicile
de mademoiselle Rose, et, en quelques minutes, ils arrivèrent devant le café dont un petit groupe de commères obstruait
la porte. Jacqueline Ledoux se tenait sur le seuil, et, du plus
loin qu'elle aperçut M. Jean, elle se mit à gesticuler avec animation et à crier aux curieuses de faire place.

— Qu'est-il donc arrivé? demanda le curé.

— Ah! monsieur, gémit la bonne femme, ça lui a pris
quasiment comme un coup de foudre... elle avait eu son
accès hier soir à neuf heures... la fièvre venait toujours à ce
moment-là... mais aujourd'hui elle se portait comme un
charme... et puis v'là que d'une minute à l'autre elle est devenue toute verte... et puis des crampes... qu'on dirait le
choléra... et maintenant le médecin dit qu'elle peut passer à
tout instant.

— M. Minard est donc là?

—Pour sûr qu'il y est. Je l'ai envoyé chercher tout de suite, et voilà bien une bonne heure qu'il la drogue et que ça ne lui fait rien du tout à la pauvre créature du bon Dieu.

— Et c'est elle qui a désiré me voir ?

— Il y a plus de vingt minutes qu'elle parle de se confesser. Ah ! elle voit bien qu'elle va mourir.

—Menez-moi près d'elle, dit vivement M. Jean.

— Ah! pardi! nous y sommes... sa chambre est derrière le comptoir.

Et la paysanne s'empressa de le conduire à travers la salle où se perpétrait tous les soirs la fameuse partie de dominos des notables.

Le jour baissait, et le café du *Grand-Vainqueur*, si bruyant d'ordinaire et si brillamment éclairé, avait un aspect mélancolique. Pas un consommateur sur les tabourets garnis de velours d'Utrecht, pas un joueur autour du billard.

Julien, qui n'y était jamais entré, regardait curieusement ce local désert, où le silence n'était troublé que par le tic-tac monotone du balancier de l'horloge. Il suivit le prêtre que Jacqueline introduisait dans la pièce voisine, et il vit un plus sombre tableau.

Sur un lit qui n'avait pas été défait, la malheureuse Rose se tordait dans des convulsions atroces. Le docteur, debout près de son chevet, s'efforçait de lui faire avaler quelques gouttes d'une potion calmante et ne pouvait y parvenir, tant les mâchoires se contractaient.

La malade n'était plus reconnaissable, et la griffe de la mort était déjà visiblement empreinte sur sa face livide. Les yeux seuls vivaient dans ce visage terreux. Ils étincelèrent quand la moribonde aperçut le curé de Charly. Ses mains se tendirent vers lui, comme pour l'implorer, un son rauque sortit de sa poitrine, elle essaya de se mettre sur son séant, puis elle retomba vaincue par la souffrance.

Le médecin se retourna, vit M. Jean et s'éloigna du lit avec une précipitation qui signifiait clairement : « La science n'a plus rien à faire pour cette femme, et, si la religion peut adoucir ses derniers moments, l'heure est venue de l'exhorter à bien mourir. » Le prêtre comprit et s'approcha vivement.

— Vous m'avez fait appeler, mademoiselle? dit-il en se penchant sur l'agonisante.

— Oui, répondit Rose d'une voix étranglée, je voudrais... oui... je voudrais vous dire... vous avouer...

— Je suis prêt à vous entendre en confession, parlez!

— Oui, je vais tâcher... j'ai là comme un point qui m'étouffe... et... quand vous m'aurez écoutée... il me semble que je serai soulagée...

Julien et M. Minard comprirent et se retirèrent à l'autre bout de la chambre. Jacqueline n'avait pas osé dépasser la porte.

— Qu'est-ce donc, docteur? demanda tout bas le jeune homme.

— Je ne puis le dire encore, mais elle est perdue.

— Quoi! vous avez perdu tout espoir!

— J'ai essayé les remèdes les plus énergiques... ils ont été impuissants... dans quelques minutes, un nouvel accès l'emportera.

— Mais c'est inexplicable, et ces symptômes ne sont pas ceux de la fièvre.

— Non, assurément.

— Alors, d'où viennent-ils?

— Je n'ose pas me prononcer; ce serait trop grave.

— Le poison, n'est-ce pas?

— Je vous répète que je n'ai et ne puis avoir aucune certitude...l'autopsie seule pourrait m'en fournir une... Cependant, les phénomènes auxquels j'assiste depuis une heure se rapportent à ceux que produit l'ingestion de la strychnine.

— Ah! mes pressentiments ne me trompaient donc pas. Elle s'est tuée ou on l'a tuée.

— J'ajoute que, si, comme tout me porte à le croire, nous avons affaire à la strychnine, cette substance a dû être administrée à haute dose, car j'ai rarement vu des effets aussi foudroyants.

— Mais vous avez dû interroger cette femme, lui demander....

— Sans doute. Malheureusement, quand je suis arrivé, elle était déjà hors d'état de répondre avec suite, et je doute beaucoup qu'elle puisse même se confesser, car...

Un cri déchirant interrompit M. Minard. La malade s'était redressée, comme si elle eût été galvanisée par une décharge électrique, ses cheveux se hérissaient sur sa tête, ses yeux, démesurément ouverts, regardaient vers la porte, et sa bouche convulsée se tordait dans des contractions effrayantes. M. Jean la soutenait, et le docteur accourut pour l'aider à la maintenir. Julien, frappé d'horreur, assistait de loin à cet affreux spectacle.

Il y eut un moment de silence lugubre. On n'entendait que le bruit sec et régulier de l'horloge du café qui continuait à marquer les dernières secondes de la vie de Rose.

Tout à coup, la mourante s'arracha des bras qui la retenaient, et, le corps penché en avant, l'oreille au guet, elle dit d'une voix qui sifflait entre ses dents serrées :

— Arrêtez-la ! ce bruit me tue... arrêtez l'horloge... que je puisse mourir en paix.... ce bruit... toujours ce bruit... ah! c'est Dieu qui me punit...

— Dieu est miséricordieux, murmura M. Jean ; offrez-lui votre repentir et il vous pardonnera vos fautes...

— Non, non... il est trop tard... pour réparer le mal que j'ai fait... si je pouvais parler... mais la force me manque... j'étouffe...

La malheureuse se raidit dans un spasme suprême, son regard se voila et ses lèvres laissèrent échapper le dernier souffle.

— C'est fini, dit tout bas le médecin en la couchant sur l'oreiller.

Le prêtre tomba à genoux auprès du lit et se mit à prier, pendant que M. Minard entraînait Julien hors de la chambre. Jacqueline se précipita dans la rue en poussant des lamentations qui furent répétées en chœur par les commères assemblées devant la porte.

— Voilà une étrange mort, dit le docteur en regardant M. de La Chanterie.

— Si étrange qu'il me semble indispensable de faire une enquête pour en connaître la cause, dit vivement Julien.

— J'en ai bien l'intention ; mais, en ces matières, on ne saurait agir avec trop de prudence, et, avant de pousser les choses plus loin, je crois convenable de me renseigner. Il est bon de savoir d'abord s'il y a des probabilités de suicide.

— Je ne crois plus à un suicide.

— Un empoisonnement ne s'expliquerait guère. Personne n'avait intérêt à se défaire d'une femme qui ne possédait rien que ce très-modeste établissement.

— Les crimes n'ont pas toujours la cupidité pour cause, murmura Julien.

— Quoi qu'il en soit, je vais de ce pas chez le maire, reprit le docteur, pour l'avertir du décès et lui annoncer que je compte demander à faire l'autopsie. Je passerai aussi chez le pharmacien, pour savoir s'il n'aurait pas été commis une erreur dans l'exécution d'une de mes ordonnances. Digonnard sait son métier ; mais, depuis quelque temps surtout, la politique lui trouble la cervelle, et il a fort bien pu faire une sottise.

— Vous m'obligerez beaucoup en m'instruisant du résultat de vos recherches, mon cher docteur.

— Je passerai au château dans la soirée, dit M. Minard.

Julien lui serra la main et attendit tout pensif M. Jean, qui priait pour la morte.

CHAPITRE X.

En ces temps troublés, les vivants n'avaient guère le loisir de s'occuper des morts, et la triste fin de la dame de comptoir du *Grand-Vainqueur* ne fit pas grand bruit dans Charly. Rose ne fut regrettée que de sa voisine, Jacqueline Ledoux. Les fidèles habitués du café qu'elle tenait si bien auraient certainement, en tout autre moment, donné au moins une larme à sa mémoire, car ce décès imprévu les privait du domino quotidien; mais ces messieurs avaient, pour le quart d'heure, de plus mâles soucis.

Le désastre de Sedan, suivi de près par une Révolution, venait de fondre sur la France, et le cénacle de la partie à quatre était en passe de voler à de hautes destinées. Digonnard s'occupait d'organiser un club à Charly et comptait bien se faire élire représentant du peuple. Vétillet briguait la mairie, quoiqu'il eût été nommé adjoint par le gouvernement déchu. Cruchot, le vétérinaire, sollicitait une fourniture de chevaux, et l'huissier Verduron espérait être nommé juge de paix du canton.

Quant aux honnêtes gens de l'endroit qui ne songeaient pas à faire curée des malheurs de la patrie, ils étaient simplement consternés, mais ils n'avaient pas non plus l'esprit tourné à s'occuper de catastrophes privées.

Le docteur avait fait son rapport, d'où il résultait que la demoiselle Rose Jourdain avait succombé, comme il le supposait, à un empoisonnement par la strychnine. Mais il n'était point parvenu à savoir d'où venait le poison. Le phar-

macien n'en avait pas vendu ; ses registres en faisaient foi.
M. Minard conclut que la mort était le résultat d'un suicide,
et ses conclusions furent acceptées sans difficulté par le parquet, peu disposé, pendant cette terrible semaine, à ouvrir
des enquêtes criminelles.

Le curé partageait l'opinion du médecin et n'était pas
éloigné de penser que le remords d'avoir commis quelque
mauvaise action avait poussé la malheureuse fille à se dé-
truire. Mais, comme, d'autre part, tout concourait à démontrer que M. Wassmann n'était absolument pour rien dans le
meurtre du garde, il ne soupçonna point la défunte de faux
témoignage.

Il eut d'ailleurs, dès le lendemain de la mort de Rose, de
graves préoccupations. Il voulait avant tout tirer le brave
Cormier des griffes des usuriers et il y réussit. M. de Brannes
prêta la somme, et l'ouvrier put satisfaire les vautours bourgeois qui allaient le dévorer.

M. Jean avait encore une autre bonne œuvre à accomplir,
celle de la réconciliation du braconnier avec sa femme ; mais,
de ce côté, il survint des complications. Marcel était le fils de
Robert, et cette découverte inattendue modifiait beaucoup la
situation. D'accord en cela avec M. de La Chanterie, le curé
avait cru devoir garder provisoirement le secret de la naissance de l'enfant, ou du moins se taire sur ce sujet avec les
Ledoux, qui n'auraient pas manqué d'aller raconter l'histoire
à tout le village. Et, en effet, si, comme tout le faisait prévoir, le braconnier était condamné, il valait mieux ne pas
ébruiter la triste filiation du pauvre petit trouvé.

M. Jean se proposait de mener Marcel à Paris, pour que
Louise le reconnût et qu'il reconnût Louise ; puis, après cette
épreuve décisive, d'aller visiter le prisonnier, de lui apprendre la vérité et d'obtenir qu'il pardonnât à sa femme. Il
voulait aussi voir le juge d'instruction et l'entretenir de
tous ces incidents, y compris l'étrange fin de l'infortunée
Rose.

Il avait compté sans les événements militaires et politiques.
Pendant les sombres jours qui précédèrent le 4 septembre, il fut retenu à Charly et il eut à peine le temps de

porter à Antoine Cormier l'argent dont il avait besoin. Pendant ceux qui suivirent, il n'y avait plus à espérer de trouver le juge en disposition d'écouter des récits épisodiques.

Tout était suspendu dans Paris attendant l'ennemi, tout jusqu'à l'action de la justice ; et, quand la France agonisait, c'eût été folie que de tenter d'émouvoir un magistrat en faveur d'un accusé vulgaire. M. Jean s'abstint et il eut raison.

Julien lui-même ne fit aucune démarche, absorbé qu'il était par d'autres soins. Son oncle et sa cousine avaient quitté Chasseneuil pour s'établir dans leur hôtel où, cinq jours après la bataille de Sedan, Henri de Brannes arriva, épuisé de fatigue, blessé au bras et à la tête, presque mourant.

L'intrépide capitaine avait réussi à percer les lignes prussiennes et à rejoindre le corps de Vinoy, qui rétrogradait à marches forcées vers Paris ; plus heureux que tant d'autres, il avait revu son père et sa sœur, mais les médecins ne répondaient pas de le sauver. Julien, qui l'aimait beaucoup, passait ses nuits à le veiller et ses journées sur le chemin de fer de Vincennes, car il s'était chargé de diriger le déménagement du château.

Le comte avait à la campagne beaucoup d'objets d'art qu'il tenait à soustraire à la rapacité des Prussiens, et le temps pressait, car l'ennemi approchait. Julien se hâtait d'autant plus qu'il lui tardait de rejoindre son bataillon qui se trouvait précisément campé tout près de là.

Le 15 septembre, il partit pour Charly, comptant bien que ce voyage serait le dernier. L'armée du prince royal de Prusse n'était plus qu'à deux étapes, et le bruit courait que des hulans s'étaient montrés dans la plaine de Villiers.

Le jeune avocat avait déjà endossé l'uniforme de garde mobile, et il méditait de profiter de cette excursion finale pour entreprendre aux abords du village une reconnaissance militaire. Il voulait parcourir le pays avant qu'il fût occupé par les Allemands, afin de voir sur quels points on pourrait les surprendre quand ils y seraient établis.

Charly se trouvait placé juste à la limite de la zone protégée par le canon des forts, et tout faisait prévoir que des combats d'avant-poste se livreraient fréquemment aux environs.

Julien avait fait part de son projet à ses amis Fabrègue et du Tremblay qui s'étaient engagés dans un corps de francs-tireurs, et il leur avait donné rendez-vous au château pour explorer ensemble le pays, comptant bien qu'ils y tenteraient plus tard des expéditions nocturnes auxquelles il ne désespérait pas de s'adjoindre de temps à autre. Il avait, la veille, expédié à Paris le dernier chargement d'objets précieux, et il ne lui restait plus qu'à donner ses instructions aux deux gardes qui devaient rester à Chasseneuil. Il comptait donc en avoir bientôt fini et pouvoir, dans l'après-midi, se mettre en campagne avec ses camarades.

En arrivant au château, il fut agréablement surpris d'y trouver M. Jean qui, ayant été averti qu'il devait venir ce jour-là, avait tenu à lui serrer la main. Ils échangèrent des témoignages de cordiale affection et aussi des nouvelles générales et particulières.

Julien apprit au curé que Paris se préparait à une résistance énergique et que son malheureux cousin Henri était toujours entre la vie et la mort. Le curé dit à Julien que les éclaireurs prussiens avaient dépassé Emerainville et qu'on pouvait s'attendre à tout instant à les voir paraître sur les rives de la Marne. Puis, il lui parla de Marcel et de l'affaire du braconnier.

— Que va devenir ce malheureux? soupira M. Jean. Il y a toute apparence que le jury ne siégera point pendant le siége. Le voilà en prison pour bien longtemps avant être jugé, et, en vérité, je ne sais quel parti prendre au sujet de ce pauvre enfant qui est le sien. Je n'ai pas encore pu me décider à voir Robert, depuis que j'ai appris...

— Quelle conduite a tenue M. Wassmann depuis les derniers événements? interrompit La Chanterie en fronçant le sourcil.

Ses soupçons lui revenaient tout à coup, sans qu'il s'expliquât trop pourquoi.

— Une conduite fort correcte. Il s'est montré affligé de notre défaite à Sedan, et il a déclaré à plusieurs per-

sonnes du pays et à moi-même qu'il resterait à Charly. Il
paraît qu'on forme une légion étrangère qui se nommera la
Légion des Amis de la France. Il a l'intention de s'y enrôler.

— Est-ce qu'il est ici en ce moment?

— Je le crois, car je l'ai vu passer hier en voiture. Il revenait de Paris avec sa fille. On m'a dit tout à l'heure qu'il était
allé ce matin faire une promenade à cheval le long de la
Marne. Il doit certainement être rentré.

— Oh! je n'ai pas la moindre envie d'aller lui faire visite,
et, si je m'informe de ses faits et gestes, c'est que je ne puis
m'ôter de l'esprit que cet homme est un traître.

— N'oubliez pas, mon cher enfant, que vous avez cru aussi
qu'il était l'assassin de Michel.

— Il ne m'est pas encore bien prouvé que je me trompais.
Et, à ce propos, je pense que je ferai bien de vous confier de
nouveau les deux moitiés de lettre, qui serviront peut-être
un jour à éclaircir ce mystère. Je les porte toujours sur moi,
et, si je venais à être tué, Dieu sait en quelles mains elles
tomberaient.

— Vous ne serez pas tué, je l'espère bien, mais... que
veut cet enfant qui s'est planté devant la grille et qui nous
fait des signes.

Le curé et Julien causaient dans la cour d'honneur du château, et, à quelques pas d'eux, arrêté sur la route, un affreux
polisson, tout déguenillé, les appelait du geste. Fort surpris
de cette pantomime, ils allèrent à lui.

— *C'est-il* vous *qu'êtes* l'officier? demanda le gamin à La
Chanterie.

— Quel officier?

— Le monsieur en uniforme *qu'est* arrivé au château?

— Oui. Que lui veux-tu au monsieur en uniforme?

— Lui remettre ça.

L'enfant tendait une lettre, et, dès que Julien l'eut prise,
il se sauva à toutes jambes.

— Qu'est-ce que cela veut dire? murmura Julien, qui tournait et retournait la lettre que le messager en haillons lui
avait mise aux mains presque de force.

— Je ne connais point cet enfant, dit le curé; il n'est pas de Charly; c'est sans doute un mendiant que la personne qui vous écrit aura rencontré sur la grande route.

— Oui, mais quelle personne?

— C'est ce que vous saurez en ouvrant la lettre.

— Ai-je le droit de l'ouvrir ? Rien ne prouve qu'elle me soit adressée ?

— Comment ?

— Non. Voyez, il n'y a pas de nom sur l'enveloppe.

— C'est vrai. Voilà en vérité une singulière façon de correspondre. Mais, en y réfléchissant, il me semble que cette lettre ne peut être que pour vous. Rappelez-vous ce qu'a dit le gamin : « Le monsieur en uniforme qui est arrivé au château. » C'est assurément vous et non pas un autre.

— Au fait, je crois que vous avez raison, et puis, ma foi, tant pis pour le donneur de commissions, si ce polisson s'est trompé. Je ne suis pas responsable de l'erreur, et, s'il y a indiscrétion de ma part, vous êtes témoin, monsieur le curé, que cette indiscrétion est forcée.

Ayant ainsi calmé les honorables scrupules qui l'arrêtaient, M. de La Chanterie décacheta l'enveloppe. A peine eut-il jeté les yeux sur la lettre qu'elle contenait que sa figure exprima la surprise la plus vive. M. Jean, qui le regardait avec une curiosité bien naturelle, le vit déboutonner vivement sa capote d'uniforme, tirer de sa poche de poitrine un portefeuille, y prendre un papier, le déplier et l'examiner attentivement.

— Voyez, s'écria Julien, c'est la même écriture.

En disant cela, il montrait à côté l'une de l'autre la lettre qu'il venait de recevoir et celle qui avait servi à bourrer l'arme du meutrier.

— Ah ! dit le curé, la Providence vient enfin à notre secours et nous allons savoir...

— Peut-être. Il n'y a pas de signature.

— C'est étrange. Mais à qui s'adresse-t-on?

— Impossible de le savoir. Il n'y a ni « monsieur, » ni « mon cher ami, » ni aucune autre formule.

— Du moins, le sens des phrases nous indiquera...

— Je le souhaite, Ecoutez ! dit Julien en commençant à lire :

« Depuis que vous êtes parti, je suis sans nouvelles de vous. Qu'êtes-vous devenu au milieu de ces terribles événements ? Je ne sais pas si vous êtes de retour, je ne sais pas même si vous vivez encore. On me cache tout. Je ne sors jamais seule et on me défend de parler à qui que ce soit. Les gens qui m'entourent sont payés pour m'espionner. Je suis prisonnière et je souffre mille morts. Quand finira mon martyre ? Bientôt sans doute, car on veut m'emmener loin d'ici, et je suis résolue à m'ôter la vie plutôt que de quitter ce pays sans vous avoir revu. Cet homme est un misérable et sa vue m'est odieuse. Vous m'avez dit souvent que vous m'aimiez. Si vous étiez sincère quand vous parliez ainsi, venez, je vous en conjure, venez à la petite porte grillée qui est au bout du jardin, au bas du coteau, près de la rivière, là où je vous ai parlé pour la première fois, quand vous passiez à cheval sur le chemin. On m'enferme, mais je puis me promener dans ma prison, et j'ai gardé, à son insu, une clef de cette porte. Je ne sais ni quand, ni comment je pourrai vous faire tenir cette lettre, car on me surveille étroitement, mais je l'écris afin d'être prête à profiter d'une occasion qui ne se présentera peut-être jamais. Venez dès que vous l'aurez reçue, si jamais vous la recevez. Une heure après le coucher du soleil, je vais à cette grille et j'écoute, et j'espère toujours que j'entendrai votre pas. Je vous attendrai ainsi chaque soir, jusqu'au milieu du mois où nous entrons. C'est à cette date qu'il a fixé notre départ ; mais, quoi qu'il arrive, il partira seul. Venez, je vous en supplie, avant qu'il soit trop tard. »

— Quoi ! c'est tout ? demanda M. Jean.

— Non. Il y a un post-scriptum :

« De la fenêtre du pavillon, je viens d'entendre deux ouvriers, qui passaient sur la route, dire qu'un officier en uniforme venait d'arriver au château. Dieu soit loué ! Vous vivez. Un mendiant est là. Je vais lui jeter une pièce d'or et ma lettre, en le suppliant de courir au château. Si vous ne m'avez pas oubliée, venez cette nuit, car c'est peut-être la dernière où il me soit encore permis d'espérer. »

— Les lignes de la fin sont écrites à la hâte et l'encre en
est toute fraîche, dit le curé en se penchant pour examiner
la lettre de plus près; mais je ne comprends pas davantage.

— Moi, je comprends, s'écria Julien, que cette lecture
avait jeté dans une agitation indescriptible.

— Cependant, ce n'est pas à vous qu'était destiné ce
singulier message.

— Non. C'est à mon cousin, à Henri de Brannes.

— Qui vous fait croire ?...

— On parle des dangers qu'il a courus, on ne sait s'il a
survécu aux événements de la guerre, et, l'homme en uniforme qui vient d'arriver au château, c'est moi qu'on a pris
pour un officier. Elle a cru que c'était Henri.

— Elle ! qui, elle ?

— Ah ! c'est vrai ! vous ne savez pas... Henri s'était épris
de la fille de M. Wassmann.

— Quoi ! ce serait...

— Oui, elle seule a pu écrire cela. Elle l'avait vu la
veille de son départ pour l'armée, et, depuis la bataille de
Sedan, elle n'a plus entendu parler de lui. *On me cache
tout*, dit-elle. Donc, elle ignore qu'il est à Paris, gravement
blessé, hors d'état de venir ici, et elle fait une dernière tentative pour le revoir.

— Mais alors, si cette jeune fille a écrit cela, comment
expliquez-vous l'autre lettre, celle qui a servi à bourrer le
fusil de l'assassin ?

— L'assassin ! doutez-vous donc encore que ce soit ce
misérable Wassmann ?

— J'avoue que cette coïncidence semble prouver... et pourtant... que de contradictions subsistent ! L'écriture est la
même, mais non le style. Relisez la lettre déchirée... ce
n'est certainement pas celle d'une fille à son père. Je n'en
veux pour preuve que la première ligne : « *Depuis que j'ai
tout quitté pour te suivre...* »

— Et qui nous dit que cette malheureuse est la fille de ce
Wassmann ? Je crois, moi, que c'est une pauvre créature
qu'il aura séduite, quelque part, en Alsace peut-être, il

20.

est question plus loin de l'Alsace, et qu'il traîne avec lui pour la faire servir à ses abominables projets.

— Mais... quels projets?

— Quoi! vous ne comprenez pas que cet homme est un espion prussien!

— Ce n'est pas possible! il était au service de l'Autriche.

— Mensonge! rappelez-vous les renseignements fournis par l'ambassade. On n'y connaissait pas le prétendu major Wassmann. Ah! je vois clair maintenant dans toutes ses infamies. Tenez! lisez ce passage de la première lettre : *Te défaire de ce garde qui a pu te voir autrefois...* Le garde, c'était Michel Amstein, né à Colmar, où il avait sans doute rencontré ce scélérat à une époque où il ne cachait pas sa véritable nationalité. Wassmann l'a tué parce qu'il se savait reconnu et qu'il craignait d'être dénoncé.

Et, à cet autre endroit : *Si tu m'aimais, tu ne me commanderais pas... ce jeune homme si loyal... de l'attirer pour lui arracher...* Je puis maintenant remplir les lacunes de ce papier brûlé par la poudre. Le jeune homme si loyal, c'est Henri, et ce qu'il s'agissait de lui arracher, c'était le secret de certains plans du ministère de la guerre... il avait été attaché au cabinet du ministre, et Wassmann comptait que cette femme, *en lui laissant croire qu'elle était libre...* regardez, c'est écrit... il comptait qu'elle se ferait aimer du capitaine d'état-major et que par elle il saurait bien des choses.

— Mais cette lettre est antérieure à la mort de Michel, et, quand il a été tué, il n'était pas encore question d'une rupture avec la Prusse.

— La Prusse n'a jamais cessé de nous espionner depuis des années, et d'ailleurs c'est surtout après la déclaration de guerre que cet homme a redoublé de prévenance avec Henri. Vous allez me dire aussi peut-être que, dans ces deux lettres, la soi-disant fille de Wassmann montre pour mon cousin des sentiments tout différents; que, dans la première, elle se défend de le recevoir et supplie ce Prussien de partir avec elle, tandis que, dans la seconde, elle affiche une passion profonde pour Henri et lui propose, en termes peu déguisés, de quitter pour le suivre ce Wassmann qu'elle traite de misérable. Eh bien! cela prouve qu'elle s'est prise de passion pour un charmant officier qu'elle voyait souvent, car jusqu'à son départ pour le camp de Châlons il n'a pas manqué un seul jour d'aller au pavillon des Sorbiers. Et, tenez, à propos du pavillon, si vous aviez encore des doutes, le mot est à la fin du dernier billet: *De la fenêtre du pavillon, je viens* d'entendre *deux ouvriers qui passaient... et la petite porte grillée qui est au bout du jardin, au bas du coteau.* Vous la connaissez bien, c'est celle qui donne sur le chemin de halage... et c'est sans doute par là que l'assassin s'est glissé pour aller attendre Michel dans le bois de la Bélière... c'est par là qu'il est rentré après l'avoir tué...

— Oui, murmura M. Jean, tout cela n'est que trop vraisemblable, et, cependant, il y a d'autre part tant d'impossibilités... ma tête se perd au milieu de ces abominables complications... je ne puis croire à un tel excès d'audace... si cet homme était vraiment Prussien, comment oserait-il rester ici, alors que ses compatriotes sont à une marche de Charly ?

— Eh! ne voyez-vous pas qu'il y reste précisément pour leur servir de guide, pour leur indiquer les points de passage soigneusement relevés par lui depuis un an ? Vous souvenez-vous qu'il dessinait sans cesse des sites au bord de la Marne. Soyez sûr que ses prétendus paysages étaient des plans. Et maintenant méditez cette phrase : *au milieu du mois où nous entrons.* Ceci a dû être écrit dans les premiers jours de septembre. *C'est à cette date qu'il a fixé notre départ.* Est-ce clair ? Il a calculé que, vers le 15, les Prussiens seraient devant Paris. Cette nuit ou la nuit suivante, il ira les rejoindre, avec les trois ou quatre drôles qui le servent et qui ne sont que des espions en sous-ordre.

— Il me semble, dit le curé, que vous allez bien vite dans vos conjectures; mais, alors même qu'elles seraient entièrement fondées, que faut-il faire ?

— Vous le demandez? s'écria Julien. Il faut aller sur-le-champ arrêter M. Wassmann, ses domestiques et tous ceux qu'on trouvera au pavillon des Sorbiers.

— Les arrêter ! en vertu de quels ordres?

— Nous sommes en guerre, l'ennemi sera ici demain ; je puis me passer d'ordres pour saisir un espion prussien. Au besoin, d'ailleurs, le maire me donnera l'autorisation de requérir les gendarmes...

— Hum ! je ne vous conseille pas de vous adresser au maire... je le connais... Vétillet manque absolument d'énergie...

— Eh bien, je n'aurai qu'à recruter en route les premiers habitants venus ; quand on connaîtra le rôle que joue ici M. Wassmann, tout le monde, à Charly, voudra me prêter main forte.

— Vous n'y pensez pas, mon cher enfant.

— Pourquoi donc?

— Quoi ! vous voulez provoquer une émeute, lancer contre le pavillon quelques enragés, hors d'état de raisonner, qui saisiront peut-être ce prétexte pour piller, pour brûler... croyez-moi, nous ne sommes pas dans un temps où il soit bon de soulever les masses.

— Je le sais, mais je sais aussi que ce misérable nous échappera, si nous ne nous hâtons, et je veux le prendre, ne fût-ce que pour le forcer à avouer qu'il a tué Michel, et pour justifier ce malheureux braconnier, le père de votre cher élève Marcel.

— Je doute fort de l'efficacité du moyen que vous proposez, car la violence gâte les meilleures causes, mais, quoi qu'il en dût arriver, j'intercède en faveur de la pauvre femme qui, sans le vouloir, il est vrai, vient de nous envoyer ce précieux avis. Si vous donnez suite à votre projet, elle serait certainement arrêtée comme les autres habitants du pavillon, maltraitée peut-être ; singulière façon, vous en conviendrez, de la récompenser du service qu'elle nous rend, et puis, pensez-vous que votre cousin le capitaine de Brannes, quand il sera rétabli, soit bien aise d'apprendre qu'une femme qu'il aimait...

— Vous avez raison, monsieur le curé, dit vivement Julien ;

il faut, avant tout, éviter de compromettre Henri en ébruitant cette affaire. J'agirai seul.

— Comment?

— J'irai ce soir, une heure après le coucher du soleil, à la petite porte du jardin du pavillon. J'y trouverai la prétendue fille de Wassmann, qui ne manquera pas d'y venir comme tous les soirs. Je suis en uniforme. Elle me prendra pour mon cousin; son messager s'y est déjà trompé. Je lui parlerai. Je lui dirai qui je suis. Je lui offrirai de la prendre sous ma protection, si elle veut me suivre. Elle acceptera, quand ce ne serait que dans l'espoir de revoir Henri. Dès qu'elle sera en sûreté, je me charge de mettre la main sur ce traître, sur cet assassin...

— Quoi! cette nuit et sans avoir personne avec vous, vous voulez attaquer cet homme chez lui, au milieu de ses domestiques! ce serait une grave imprudence, ce serait risquer follement votre vie et je vous conjure de renoncer à cette idée insensée.

— J'attends deux amis qui m'accompagneront, et, à nous trois, nous serons de force à venir à bout de Wassmann et de ses valets. Au surplus, nous n'agirons, je vous le promets, qu'après avoir tiré cette malheureuse de ses griffes et, alors, j'irai, s'il le faut, trouver le brigadier de gendarmerie. Je le connais; il a confiance en moi, et il consentira à nous donner l'assistance de ses hommes pour cerner le pavillon.

— Je persiste à croire, mon cher enfant, que vous feriez mieux de vous abstenir, soupira M. Jean, qui sentait bien que toutes ses prières n'obtiendraient rien.

—Ma résolution est prise, dit Julien d'un ton bref; et, je vais aller me promener de ce côté-là pour m'assurer que nos Prussiens n'ont pas déguerpi et aussi pour examiner les abords de la place. Je serai de retour pour recevoir mes amis qui arriveront par le train de quatre heures. Je leur conterai l'histoire, et, aussitôt la nuit venue, nous nous mettrons en route. Ce sont des garçons solides et discrets. Soyez sûr que tout ira bien.

Le curé ouvrait la bouche pour hasarder quelque nouvelle objection, mais Julien lui mit dans les mains les deux lettres en le priant de les garder jusqu'au lendemain, et se lança sur la route qui conduisait au pavillon des Sorbiers. Cette brusque sortie coupa court aux remontrances de M. Jean, qui resta fort ému et fort perplexe, ne sachant s'il devait courir après son jeune ami ou se résigner à attendre l'issue de l'entreprise nocturne. Il prit ce dernier parti et s'achemina vers la maison Ledoux, où il pensait trouver Marcel.

C'était sa distraction préférée de causer avec le petit trouvé, et jamais il ne l'avait tant recherchée que depuis les derniers événements. Le babil de son cher élève et ses saillies naïves lui faisaient oublier pour un instant les malheurs de la patrie et la méchanceté des hommes.

Cependant M. de La Chanterie arpentait rapidement la voie macadamisée qui traversait Charly d'un bout à l'autre. Il arriva bientôt devant l'habitation de M. Wassmann.

C'était, comme l'indiquait son nom, un charmant pavillon construit en briques, dans le style Louis XIII, et entouré de magnifiques sorbiers tout chargés de baies rouges. Les fenêtres de la façade donnaient directement sur la route. Une cour communiquant avec un jardin clos de murs et planté de grands arbres séparait le corps de logis des communs.

D'un seul coup d'œil, Julien vit que les hôtes de cette charmante villa n'avaient pas encore déménagé. Le cocher de M. Wassmann était au milieu de la cour occupé à laver le landau dont les roues avaient failli jadis écraser Marcel. Le valet de chambre, grand gaillard à favoris encore plus roux que ceux de son maître, fumait un cigare sur le seuil de l'écurie. Rien n'indiquait les apprêts d'un départ.

Julien passa sans s'arrêter. Il ne se souciait point de se faire remarquer, et à peine osa-t-il lever les yeux vers le premier étage du pavillon. Il entrevit une femme assise près de la fenêtre du milieu et comprit que c'était de là que la lettre avait dû être jetée. Celle qui l'avait écrite était encore à la même place, immobile et rêveuse, espérant peut-être qu'elle allait voir venir Henri de Brannes, accouru pour la rassurer d'un geste, pour lui faire signe qu'il viendrait le soir au rendez-vous. Julien baissa la tête et hâta le pas.

Devant lui, la route s'étendait à perte de vue, poudreuse et déserte. A sa droite, commençait une pente gazonnée qui aboutissait au chemin de halage. Il s'y jeta, et suivit le mur du jardin qui, de ce côté, ne présentait aucune ouverture.

Aux deux tiers de la descente, il arriva à l'angle de ce carré long, le tourna, et au milieu du pan de mur qui faisait face à la rivière, il reconnut la porte ou plutôt la grille désignée. Elle était haute, étroite et solide. La serrure semblait de taille à résister à toute tentative d'effraction.

— Heureusement qu'elle a la clé, pensa Julien.

Il termina son exploration en remontant le long du mur opposé à celui qu'il avait inspecté d'abord, reconnut que, par là non plus, il n'existait pas d'issue, et regagna le château en traversant la prairie où naguère avait pris fin sa chasse à l'homme, puis le bois de la Bélière où Michel était tombé. C'était précisément le chemin que l'assassin avait dû suivre.

Fabrègue et du Tremblay qui venaient de descendre du train l'attendaient sur le perron, et il les mit au fait en deux mots. Les braves garçons, qui n'étaient pas au courant de l'histoire de M. Wassmann, montrèrent bien quelque surprise en écoutant le récit très-abrégé de ses méfaits de toute sorte, mais quand ils surent que ce personnage était, à n'en pas douter, un espion prussien, ils n'en demandèrent pas davantage.

Ils étaient aussi patriotes que La Chanterie, et l'ex-maréchal des logis surtout avait voué une haine féroce aux soldats du roi Guillaume. Il ne parla tout d'abord de rien moins que d'aller prendre le pavillon d'assaut et fusiller Wassmann et sa bande. Julien fut obligé de lui rappeler qu'avant d'en finir avec ce coquin, il fallait d'abord sauver une femme. Encore eut-il bien de la peine à le calmer.

On dîna cependant, et même fort bien, de trois perdreaux et d'un faisan mis à la broche par le jeune garde Bernard et tués dans les bois du comte de Brannes par le vieux garde La Bretèche, qui tenait à laisser aussi peu de gibier que possible messieurs les officiers prussiens. Le dîner expédié, on s'arma. Les deux francs-tireurs n'avaient point apporté leurs remingtons, et le chassepot de Julien était encore au dépôt du bataillon. Les gardes prêtèrent trois fusils de chasse de fort calibre, qu'on chargea à balle, et, la nuit étant venue, on partit.

La Chanterie, qui connaissait le terrain, se chargea de diriger l'expédition, et la conduisit par le chemin de halage, moins difficile que les sentiers du bois. Un quart d'heure après avoir quitté le château de Chasseneuil, les trois amis arrivaient devant le mur intérieur du jardin de la villa Wassmann, et s'arrêtaient pour se concerter, avant d'agir.

La nuit était claire et le ciel étoilé. Ce funeste mois de septembre de 1870 fut splendide. On aurait dit que la nature se moquait de nos désastres.

Les trois amis, arrêtés sur le chemin de halage, n'étaient séparés de la muraille du jardin que par une pelouse fortement inclinée, et voyaient très-bien la petite porte à une soixantaine de pas au-dessus du sentier et un peu sur leur droite.

Julien pensa que le moment était venu de se séparer de ses camarades. Un groupe de trois hommes armés aurait très-certainement effrayé la malheureuse Catherine et, si elle avait vu cette petite troupe se rapprocher de la grille, elle se serait enfuie vers le pavillon. Pour ne pas l'effaroucher, il fallait que Julien s'avançât seul et même avec beaucoup de précaution. Il fut donc décidé qu'au lieu de remonter directement la pente, on obliquerait à gauche pour gagner l'angle du mur, et que là, Fabrègue et du Tremblay resteraient en sentinelle, et tout prêts au premier appel à rejoindre La Chanterie qui se glisserait, lui, le long de ce mur jusqu'à la porte grillée.

Le cas où on serait surpris par Wassmann et ses gens était prévu, et on devait faire feu sans pitié sur ces coquins, s'ils refusaient de se rendre.

Fabrègue souhaitait ardemment que l'occasion se présentât d'en venir aux coups, et du Tremblay n'aurait pas été fâché non plus d'essayer son fusil, calibre douze, sur un espion prussien. Julien, au contraire, préférait que l'expédition se terminât pacifiquement, car une escarmouche nocturne n'aurait point éclairci les mystères du pavillon des Sorbiers, et pouvait compromettre la vie de la jeune femme qu'il tenait à sauver. Il recommanda donc à ses compagnons la prudence, et, tout étant bien convenu, on se mit en marche et on arriva sans incident à l'angle du mur.

Là, les deux francs-tireurs prirent position et La Chanterie s'achemina doucement vers la grille. Tout en se rapprochant à pas de loup, il se demandait comment il allait s'y prendre pour aborder Catherine sans qu'elle se sauvât à sa vue. Il espérait que dans la demi-obscurité de la nuit elle le prendrait pour son cousin, l'uniforme et surtout le képi devant aider à l'erreur, mais il n'en était pas certain, car le cœur des femmes qui aiment ne prend pas facilement le change. Aussi méditait-il de s'annoncer, dès qu'il l'apercevrait, en criant : « c'est Henri de Brannes qui m'envoie; » puis de courir à elle, de lui expliquer vivement pourquoi il venait à la place de son cousin, et finalement de la décider à ouvrir la porte et à le suivre.

En se rappelant les termes de sa lettre, qui exprimaient le plus ardent désir d'échapper à son persécuteur, il ne doutait pas qu'elle n'y consentît. Il avait eu soin de mettre son fusil sous son bras, pour que la vue d'une arme qui n'est pas à l'usage des officiers ne nuisît pas à la méprise souhaitée Il se pouvait aussi qu'il arrivât le premier au rendez-vous : dans ce cas, il comptait se blottir contre la grille et attendre.

Il n'était plus qu'à dix pas de la porte, quand il entendit qu'on parlait derrière le mur. Il s'arrêta court et il écouta.

Deux voix alternaient, une de femme, celle de Catherine sans doute, et une d'homme qu'il lui sembla reconnaître. Il avança encore et les paroles lui arrivèrent plus distinctes

On causait en allemand et avec beaucoup d'animation, Était-ce Wassmann qui tenait dans ce concert de voix la partie de basse? Il le croyait, sans en être sûr, n'ayant jamais entendu le personnage s'énoncer autrement qu'en français. On sait que rien ne déroute l'oreille comme le changement d'idiome. Dans cette incertitude, convenait-il de se montrer? Julien pensa le contraire.

Il se pouvait que le colloque eût lieu entre la jeune femme et quelque domestique. Dans ce cas, évidemment, il valait mieux les laisser s'expliquer avant d'apparaître. Il ne bougea donc point.

Mais bientôt le diapason du dialogue haussa d'un ton, sans que La Chanterie pût toutefois saisir le sens complet des phrases, quoiqu'il sût fort bien l'allemand. Les mots isolés qui lui arrivaient suffisaient, du reste, à caractériser la situation.

L'homme commandait impérieusement, la femme refusait d'obéir. Plus de doute : c'était Wassmann, lui seul avait le droit de donner des ordres à Catherine. Tout indiquait, d'ailleurs, qu'il l'avait surprise attendant à la petite porte, qu'il lui reprochait d'y être venue et qu'il cherchait à l'entraîner.

Julien n'hésita plus et se lança en avant. Un cri s'éleva, le cri de détresse d'une femme qu'on violente.

— A moi, Henri! au secours ! dit en français une voix presque aussitôt étouffée.

— Tu peux l'appeler, il ne viendra pas, car il est mort, répondit dans la même langue la voix furieuse de l'odieux Prussien.

Julien d'un seul bond toucha la grille. A travers les barreaux, à deux pas de lui, il vit une forme blanche au-dessus de laquelle se dressait une ombre noire. La pauvre Catherine se traînait aux pieds de Wassmann qui lui tordait les poignets pour la forcer à le suivre.

Julien leva son fusil et voulut ajuster le misérable, mais il était trop près de la porte et il fut obligé de se reculer pour épauler. Ce mouvement décela sa présence. Wassmann repoussa violemment la femme en la frappant à la poitrine, et sauta de côté. Avant que La Chanterie pût le mettre en joue, il avait déjà disparu derrière un massif d'arbustes et il se sauvait à toutes jambes.

— Il m'a tuée, murmura Catherine qui vint tomber au pied de la grille.

Julien allait faire feu dans la direction où il avait vu fuir l'assassin, mais ce soupir d'une mourante fit tomber son arme de ses mains.

— A moi, mes amis, cria-t-il en pesant sur la porte pour l'ouvrir.

La victime était là, étendue sur l'herbe, séparée de lui par les barreaux de fer qu'il secouait avec fureur et qui résistaient à ses efforts.

— La clef... j'ai la clef, dit-elle d'une voix faible comme un souffle.

Et elle souleva son bras pour tendre à Julien cette clef qu'elle venait de prendre à sa ceinture. Son bras retomba et la clef roula sur le sable de l'allée.

Julien se jeta à genoux et tâcha de l'atteindre à travers la grille, mais elle était hors de sa portée et sa main ne rencontra que le corps palpitant de Catherine. Il la retira, et il poussa un cri d'horreur. Elle était couverte de sang.

— Je vais mourir... il m'a frappée au cœur... Henri... connaissez-vous Henri... c'est l'officier... là, au château... dites-lui que je l'aimais... que ma dernière pensée a été pour lui...

Ce fut tout. La voix s'éteignit. Catherine était morte. Les deux francs-tireurs arrivèrent au moment où elle expirait.

— Que diable se passe-t-il ? commença Fabrègue.

— Il vient de l'assassiner, cria Julien en se relevant le fusil au poing.

— Qui ?

— Wassmann... le Prussien... courons... nous allons le tuer comme un chien enragé.

Et, tournant l'angle du mur opposé à celui où il avait laissé ses amis en faction, il se mit à remonter la pente de toute la vitesse de ses jambes pour gagner rapidement la grande route et l'entrée principale du pavillon.

Fabrègue et du Tremblay n'avaient compris qu'une chose, a savoir que le Prussien se sauvait, qu'ils allaient lui couper la retraite et le forcer dans son repaire. Ils couraient aussi vite que Julien.

Le talus était raide et parfois glissant. Il leur fallut quelques minutes pour arriver en haut, et ils étaient sur le point d'atteindre le sommet lorsque le galop d'un cheval résonna sur la route.

— C'est lui!... il fuit, cria Julien.

Et, d'un dernier élan, il arriva au bord de la chaussée. Le cheval, lancé à fond de train, venait de passer, et c'était bien Wassmann qui le montait, car une voix railleuse jeta ces mots au vent qui soufflait de l'est :

— Au revoir, monsieur de La Chanterie. Rappelez-moi au souvenir de votre ami Robert.

Julien lâcha ses deux coups, mais le cavalier avait déjà trop d'avance, et les balles s'égarèrent dans l'obscurité. Le galop continua et se perdit dans le lointain.

— Il nous échappe, le gredin, dit rageusement Fabrègue, qui venait d'arriver second dans cette course au Prussien.

— Fouillons sa maison, nous y trouverons peut-être le reste de la bande, proposa du Tremblay.

— Et nous secourrons sa victime, s'il en est encore temps, ajouta Julien en faisant volte-face pour se lancer à l'assaut du pavillon.

Ils trouvèrent la grande grille ouverte et la cour déserte.

Le landau y était encore, mais les valets avaient déguerpi avec les chevaux de l'écurie. Pas une lumière ne brillait aux fenêtres du pavillon. Évidemment, Wassmann avait dû faire partir ses gens à la tombée de la nuit. Dans sa prétendue promenade à cheval du matin, il était allé s'aboucher avec les avant-postes prussiens et, quand Julien l'avait surpris, il revenait chercher Catherine.

Les trois amis traversèrent le jardin en courant et arrivèrent à la petite porte. Le corps était couché dans une mare de sang. Le poignard de Wassmann avait dû toucher le cœur.

— Pauvre femme! murmura Julien, c'est moi qui l'ai tuée.

CHAPITRE XII.

Six semaines s'étaient écoulées. On touchait à la fin d'octobre, et chaque jour, le cercle de fer qui étreignait Paris se resserrait davantage. Au delà de la Marne, on était en Prusse.

Charly-sous-Bois se trouvait à l'extrême limite de notre territoire, du côté de l'est, et n'était occupé que par des avant-postes. Le canon du fort de Nogent le protégeait suffisamment pour empêcher les Allemands de s'y établir, mais ne pouvait guère en interdire l'accès aux patrouilles ennemies, qui y venaient rôder presque toutes les nuits.

Aussi le charmant village était-il à peu près abandonné. Le maire, M. Vétillet, avait depuis longtemps mis sa personne à l'abri derrière les fortifications de Paris. Digonnard avait fermé boutique et ne paraissait plus à Charly que de loin en loin, pour y montrer le képi dont il ornait son chef depuis le commencement du siége. Cruchot et Verduron présidaient un club de réfugiés de la banlieue, à Bercy. Le père Ledoux et sa femme Jacqueline occupaient, en vertu de la loi sur les absents, un superbe appartement du boulevard Haussmann, où ils avaient installé avec eux quelques animaux domestiques. Il n'était resté dans le bourg qu'une centaine d'entêtés plus courageux que leurs concitoyens ou plus attachés à leurs propriétés, les deux gardes de M. le comte de Brannes et le curé avec sa vieille servante.

M. Jean avait eu le mois précédent une grande joie. Robert avait été mis en liberté par suite d'une ordonnance de non-lieu. Les charges qui pesaient sur le braconnier ne pouvaient pas prévaloir contre des faits tels que la fuite de Wassmann, meurtrier de Catherine, et surtout contre le témoignage si au prétexte commode des promenades à cheval quotidiennes.

La trahison avérée et le crime de Wassmann donnèrent lieu à une foule de commentaires, comme on peut le penser. Digonnard se distingua entre tous ses compatriotes, en cette mémorable occasion. Lui qui, tout récemment encore, célébrait les largesses de l'homme du pavillon, il se souvint tout à coup que trois mois auparavant il l'avait rencontré dans une rue de Paris affublé d'une livrée, et qu'un peu plus tard il avait dénoncé le fait au juge d'instruction, lequel avait refusé de l'écouter.

Il en tira tout bonnement cette conclusion que la magistrature était vendue à la Prusse et l'état major aussi, car chacun savait qu'avant d'aller se faire blesser à Sedan le capitaine de Brannes fréquentait Wassmann. Il fit même, au club de la mairie, présidé par son fidèle Vétillet, un fort beau discours où il démontrait à ce propos qu'il fallait confier le commandement à des caporaux bien choisis, presque aussi beau que la harangue qu'il prononça plus tard pour prêcher la sortie torrentielle. Beaucoup de citoyens dans Charly se laissèrent entraîner par son éloquence, et peu s'en fallut que les plus avancés ne proposassent d'exécuter en masse des visites domiciliaires au château de Chasseneuil et au presbytère, car le curé aussi était accusé d'avoir eu des rapports amicaux avec l'espion.

La présence de Julien et de ses deux amis modéra l'ardeur de ces fougueux patriotes ; avec les gardes de M. de Brannes, cela faisait cinq défenseurs de M. Jean et du château. Nul n'osa s'y frotter. Du reste, la population tout entière donna des regrets à la demoiselle du pavillon. Elle n'avait fait que du bien dans le pays, et il se forma aussitôt des légendes sur son origine et sur la cause de sa mort. Mais on en resta aux conjectures, car on ne découvrit aucun indice qui fût de nature à éclaircir les obscurités de cette histoire, et la véritable personnalité de Catherine resta à l'état de mystère.

M. de La Chanterie garda pour lui et pour le curé ce qu'il savait, de sorte que nul ne soupçonna la vérité sur le drame nocturne, pas même le subtil Digonnard.

Le curieux fut que pas un des naturels de l'endroit n'eut l'idée de rattacher le meurtre commis par Wassmann sur une jeune femme à l'assassinat de Michel. Le crime du bois de la Bélière était déjà oublié, tout comme la triste fin de mademoiselle Rose, beaucoup plus récente pourtant.

Heureusement Julien, lui, y pensait toujours et M. Jean aussi. Après cette nuit orageuse, il n'avait eu rien de plus pressé que de courir chez le curé pour lui en raconter les étranges et lugubres épisodes. Mais le digne prêtre avait sa messe à dire, et ce fut seulement à une heure avancée de la matinée qu'ils purent s'entretenir à loisir de la nouvelle situation que ces graves événements faisaient au prisonnier de Mazas.

Fabrègue et Du Tremblay avaient pris le train pour Paris, non sans avoir promis à leur ami de revenir éclairer les bords de la Marne. Fabrègue surtout jurait qu'il retrouverait quelque jour au bout de son fusil, Wassmann, qui ne devait pas avoir quitté ces parages, où il était en mesure de rendre de grands services aux Prussiens.

La Chanterie voulait rentrer aussi le plus tôt possible, afin d'instruire son oncle des événements de Charly, son oncle seul, car son cousin Henri n'était pas en état de supporter la nouvelle de la mort de Catherine, et, quant à sa cousine Gabrielle, il aimait mieux, pour lui épargner des émotions inutiles, ne rien lui dire jusqu'à ce qu'il eût obtenu la mise en liberté de son ancien protégé, le braconnier Robert.

Un peu avant midi, M. Jean revint de l'église avec le jeune Marcel, qui avait servi la messe, et trouva dans le jardin du presbytère Julien, l'attendant avec impatience. Ils s'établirent, tous les trois, sous une tonnelle de verdure, les deux hommes pour causer sérieusement et l'enfant pour lire l'histoire de Robinson Crusoë que le curé lui prêtait volontiers quand il voulait le récompenser d'avoir bien su ses leçons.

— Dieu n'a pas voulu permettre une épouvantable erreur judiciaire, dit le neveu du comte de Brannes. Je verrai dès ce soir le juge d'instruction, et j'espère que j'obtiendrai, séance tenante, une ordonnance de non-lieu.

— Je crains que vous ne vous illusionniez sur ce point, murmura M. Jean.

— Quoi! vous pouvez croire que le récit de ce qui vient de se passer au pavillon ne suffira pas pour démontrer jusqu'à l'évidence la scélératesse de Wassmann ?

— Sa scélératesse, oui, sans doute ; mais, pour la part qu'il a prise au meurtre du garde, c'est autre chose. Il est prouvé maintenant que ce misérable était un espion et qu'il a tué une pauvre créature que nous prenions pour sa fille. Il n'est pas prouvé du tout qu'il ait tué Michel.

— Faut-il vous rappeler les termes de la lettre écrite par sa victime, de cette lettre qui lui a servi à bourrer son fusil?

— C'est une présomption, ce n'est pas une preuve. Il reste à expliquer comment il aurait pu se trouver en même temps dans le bois de la Bélière et au café du *Grand-Vainqueur*.

— Mais il est évident que cette demoiselle Rose était sa complice, et que le remords d'avoir fait un faux témoignage l'a poussée au suicide.

— C'est évident pour vous, pour moi, peut-être, mais, pour le magistrat qui ne saurait se contenter de probabilités, c'est douteux, et l'alibi subsiste dans toute sa force.

— Je le détruirai, ce prétendu alibi. Je prouverai que Wassmann a pu sortir et rentrer sans être vu par la petite porte de son jardin.

— Le coup de fusil qui a frappé à mort Michel a été tiré à neuf heures précises. Je l'ai entendu, et j'ai déposé du fait. Or, cet homme était au café quelques minutes avant neuf heures, mademoiselle Rose l'a déclaré en justice.

— Elle mentait. Je vous l'ai dit en sortant du cabinet du juge. Vous rappelez-vous son air embarrassé, ses allures étranges, ses changements de visage?

— Parfaitement. Mais ce n'est là qu'un souvenir personnel et dont il ne reste aucune trace dans les pièces de l'instruction, tandis que la déposition de cette malheureuse y figure, corroborée de celle de quatre notables de Charly, qui ont affirmé, unanimement et sans hésiter, que Wassmann se trouvait au *Grand-Vainqueur* à neuf heures.

— Belle autorité que celle de ce Digonnard, de ce Vétillet et des autres !

— J'accorde que ce sont tous gens peu respectables; mais leur témoignage aura encore plus de poids que nos appréciations, parce qu'il est basé sur un fait. Et puis, s'il faut que je vous avoue toute ma pensée, j'ai moi-même une grave raison de douter de l'innocence de Robert, car les dernières paroles du pauvre garde-chasse de votre oncle sont restées gravées dans ma mémoire. Il m'a dit avant d'expirer: C'est le *br*... Qui aurait-il voulu désigner par ce mot que la mort a interrompu sinon *le braconnier?*

— S'il avait voulu parler de Robert, il aurait dit *le Parisien*. C'est ainsi qu'on l'appelait dans le pays.

— C'est possible, mais les jurés trouveront tout naturel de croire plutôt que ce son formait la première syllabe du mot inachevé « braconnier. »

— En vérité, monsieur le curé, vous me découragez. Faudra-t-il donc laisser condamner un innocent, quand la culpabilité de cet abominable Allemand éclate à tous les yeux que la prévention n'aveugle pas?

— Non, dit vivement M. Jean, je ne renonce pas à sauver Robert, et je suis tenté de croire, comme vous, que l'alibi de Wassmann est fondé sur quelque supercherie infernale. Mais, faute d'un témoin qui vienne l'infirmer, nous ne parviendrons pas à en prouver la fausseté.

— Et où le trouver ce témoin ? Personne n'était là, excepté une créature qui a payé de sa vie son mensonge, et les quatre stupides personnages.

— Mais si, s'écria le curé frappé subitement d'une idée, il y avait aussi... comment n'ai-je pas pensé plus tôt à l'interroger...

Marcel, dit-il à l'enfant assis au bout du banc et absorbé dans sa lecture, sais-tu comment cette demoiselle Rose est morte?

— Oh ! oui, répondit Marcel en fermant son livre et en levant sur M. Jean de grands yeux un peu étonnés; oh! oui, je le sais. C'est l'horloge qui l'a fait mourir.

— L'horloge ! s'écria M. Jean; voyons, Marcel, songes-tu

bien à ce que tu dis ? Il ne s'agit point ici de faire l'enfant, mais de nous répondre sérieusement.

— Monsieur le curé, je vous assure que c'est l'horloge qui lui faisait du mal, murmura le petit garçon.

— Voilà qui est étrange, dit Julien. Vous rappelez-vous que cette malheureuse femme, au moment d'expirer, parlait aussi de l'horloge ?

— Explique-toi, mon ami, reprit le curé. Comment sais-tu que l'horloge lui faisait du mal ?

— C'est que maman Ledoux me menait tous les soirs chez madame Rose pendant qu'elle était malade, répondit Marcel ; et alors j'ai bien vu que ça prenait toujours à la même heure.

— Son accès de fièvre ? Oui, sans doute, puisque cette fièvre était intermittente et revenait périodiquement. Mais, quel rapport...

— Laissez-moi l'interroger, je vous en prie, interrompit Julien. Dis-moi, petit, que se passait-il le soir, quand tu étais seul avec elle ?

— Oh ! monsieur, c'était bien triste et j'avais bien du chagrin de la voir comme ça... D'abord, elle riait... elle avait l'air d'être contente de me voir et elle me disait : « Marcel, range les tabourets autour de la table du coin. Ces messieurs vont venir. » Alors je rangeais les tabourets et elle apportait les dominos. Et puis, elle s'en allait à la porte pour voir s'il venait du monde... mais il n'y avait personne... elle rentrait et je l'entendais dire tout bas : « Ils m'abandonnent tous. Je suis ruinée. »

— Elle parlait de ses habitués, souffla M. Jean. Depuis que M. Vétillet est devenu maire, et que M. Digonnard s'est lancé à corps perdu dans la politique, ils négligent leur divertissement favori, et il n'est pas surprenant que la pauvre demoiselle...

— Mais l'horloge, mon enfant, l'horloge ? reprit Julien.

— Eh bien, monsieur, quand elle était remontée dans son comptoir, elle me faisait asseoir à côté d'elle et elle commençait à me conter de beaux contes pour m'amuser; mais pendant que je l'écoutais, je m'apercevais bien qu'elle regardait toujours le cadran... je le regardais aussi, et, à mesure que la petite aiguille approchait du chiffre 9 et la grande du chiffre 12, madame Rose devenait toute pâle et elle oubliait où elle en était du conte, et elle finissait par ne plus parler du tout, et elle fermait les yeux... on aurait dit qu'elle dormait.

— C'est incompréhensible ! murmura le curé.

— Pas pour moi, dit vivement Julien. Continue, Marcel. Que faisait-elle ensuite ?

— Ensuite, elle se redressait tout d'un coup et elle me commandait : « Petit, ouvre la boîte et arrête le balancier. Le bruit me fait mal à la tête. » Moi, ça m'amusait de toucher à la mécanique. Je montais sur un tabouret, j'ouvrais et je tenais le gros morceau de plomb qui est au bout d'un fil de fer, jusqu'à ce qu'il ne fasse plus tic-tac.

— Et elle paraissait soulagée ?

— Oh ! oui, car elle recommençait son conte et elle allait jusqu'au bout.

— Et l'horloge restait arrêtée ?

— Non, pas tout le temps. Dès que dix heures sonnaient à l'église, madame Rose descendait du comptoir ; elle ouvrait le carreau de verre qui est sur le cadran et elle faisait marcher les aiguilles... et puis, elle ouvrait aussi la boîte et elle poussait le poids pour le faire aller comme avant... Quand maman Ledoux venait me chercher, madame Rose lui disait : « J'ai eu mon accès, mais ça va mieux. »

— Singulier accès qui suit les mouvements d'un balancier, dit Julien à l'oreille du curé.

— Et qui revient précisément à neuf heures, murmura M. Jean ; c'est à neuf heures que Michel...

— Ce n'était pas la fièvre, c'était le remords intermittent. Maintenant, mon cher petit, dis-moi, le jour où madame Rose est morte, tu ne l'avais pas vue ?

— Pardonnez-moi, monsieur. Maman Ledoux m'avait mené chez elle plus tôt qu'à l'ordinaire, parce qu'elle s'en allait porter des légumes à Joinville-le-Pont et qu'elle ne voulait pas me laisser tout seul à la maison. M. Ledoux n'était pas revenu de Paris, et...

— N'est-il venu personne au café pendant que tu y étais ?

— Si, monsieur. Il est venu le grand monsieur du pavillon des Sorbiers.

— Wassmann ! ah ! je le savais bien, s'écria Julien ; enfin, nous allons donc avoir une preuve. Qu'a-t-il fait, le monsieur, mon enfant?

— Il est arrivé en voiture, il s'est arrêté devant la porte, il est descendu, il m'a appelé et il m'a dit de tenir son cheval ; et puis il est entré, et il a commencé à parler avec madame Rose.

— De quoi parlaient-ils ?

— Je ne sais pas. Je n'ai pas écouté. Seulement, j'ai vu qu'elle lui servait de la bière.

— Et elle en a bu aussi, n'est-ce pas ?

— Oui, il a pris la bouteille et il en a versé dans trois verres, et il a envoyé madame Rose m'en apporter un, mais je n'ai pas voulu le boire, parce que la bière, c'est trop amer.

— Heureusement ! murmura M. Jean. C'est Dieu qui l'a protégé, le pauvre enfant.

— Et, pendant que madame Rose venait à la porte, le monsieur est resté seul devant le comptoir où étaient les deux autres verres pleins ? demanda La Chanterie, qui suivait son idée.

— Oui, monsieur.

— Et quand elle est revenue, ils ont trinqué ensemble et elle a bu ?

— Oui.

— As-tu entendu ce qu'ils ont dit en se quittant ?

— J'ai entendu le monsieur dire : Soyez tranquille, je m'occupe de vous ; cette semaine, ce que je vous ai promis sera fait et vous pourrez quitter ce pays. Et puis, il est remonté dans sa voiture tout de suite, parce qu'il avait affaire du côté de la forêt d'Apilly, et il est parti au grand trot.

— Je me souviens parfaitement que nous l'avons vu de loin passer sur la route, dit le curé.

— Oui, il fuyait après avoir fait le coup. C'est sa méthode, et elle lui avait déjà réussi une fois, répliqua Julien avec ironie.

Et après son départ, qu'est-il arrivé ? ajouta-t-il en s'adressant à Marcel.

— Maman Ledoux est passée avec son âne devant la porte
du café juste comme le monsieur venait de s'en aller. Elle
est entrée. Alors madame Rose a fait un cri. Elle a levé les
bras et puis elle est tombée raide sur le plancher.

— Et Jacqueline t'a envoyé chercher M. le curé?

— Oui, parce que madame Rose, en reprenant connaissance,
disait : Un prêtre ! je veux me confesser. Alors, j'ai couru
au presbytère, et puis au château... Et la figure de madame
Rose m'avait fait si grand'peur, que je me suis sauvé quand
j'ai eu parlé au domestique de M. le comte et que j'ai été
me cacher derrière la maison de maman Ledoux.

— Eh bien ! monsieur le curé, doutez-vous encore que
cet homme ait empoisonné la malheureuse qui est morte
sous nos yeux ? demanda Julien.

— Non, répondit M. Jean, et si sa visite au café eût été
connue de nous, peut-être aurions-nous pu empêcher un
autre crime, celui qui a été commis cette nuit.

— Maman Ledoux savait bien que j'avais vu le monsieur
du pavillon, dit à demi-voix Marcel.

— Et, selon la coutume des gens de la campagne, elle
s'est bien gardée d'en parler.

— Vous ne doutez pas non plus, j'espère, que la défunte
fût la complice de Wassmann ? reprit Julien. Ce remords à
heure fixe est assez significatif. Elle avait menti, comme
tous les drôles qui se trouvaient chez elle le soir du meurtre
de Michel ; elle avait menti en affirmant qu'elle avait vu l'assassin à la minute même où il commettait son crime dans le
bois de la Bélière.

— Cela me semble maintenant très-probable, et pourtant
ma raison se perd au milieu de ces contradictions.

— Nous en savons assez pour aller demander au juge
d'instruction la mise en liberté de Robert.

M. Jean secoua la tête et ne parut pas très-convaincu.

— Il faudrait quelque chose de plus, murmura-t-il. Nous
ne possédons toujours que des présomptions, mais pas une

preuve, et, tant que nous ne pourrons pas indiquer de quelle ruse infernale cet homme s'est servi pour établir son alibi...

— Marcel ! s'écria Julien frappé d'une inspiration subite, te rappelles-tu bien ce qui s'est passé au café le soir de ton arrivée à Charly ?

— Oui, monsieur. Maman Ledoux m'a mené chez madame Rose. Il commençait à faire nuit. Quand nous sommes entrés, madame Rose était montée sur un tabouret et nous lui avons fait peur.

— Sur un tabouret ! près de l'horloge, n'est-ce pas ?

— Oui, et elle est descendue tout de suite, parce qu'elle avait fini d'arranger les aiguilles.

— Les aiguilles ! elle touchait aux aiguilles ?

— Oui, monsieur. Maman Ledoux n'y a pas fait attention, mais moi j'ai entendu le craquement de la vitre qu'elle refermait sur le cadran.

— Et elle les faisait reculer, dis-moi, mon enfant ?

— Je ne sais pas, monsieur, parce que son corps me cachait l'horloge. Mais après, quand maman Ledoux, qui était sortie, est revenue en criant qu'on avait tué son cousin, tous les messieurs qui jouaient aux dominos ont couru dans la rue... madame Rose s'est trouvée mal et maman Ledoux lui a jeté de l'eau à la figure, et ça l'a fait revenir... Alors, maman Ledoux s'est en allée aussi dehors et je suis resté tout seul avec madame Rose, qui est remontée bien vite sur le tabouret et qui a fait marcher les aiguilles en avant... la grande a tourné plus de la moitié d'un tour...

— Enfin ! s'écria Julien, nous savons donc sur quoi se fondait cet alibi. Rose remettait les aiguilles à l'heure véritable après les avoir retardées.

— Et quand elle a eu fini, reprit Marcel, elle m'a dit tout bas : Petit, ne raconte à personne que j'ai donné un coup de pouce à l'horloge, et tous les jours, je te donnerai un gâteau.

— Embrasse-moi, mon enfant, dit Jean, qui pleurait de joie ; tu viens de sauver la vie à ton père.

CHAPITRE XI.

Le lendemain de ces dramatiques événements fut un jour dont le souvenir est encore présent à la mémoire des habitants de Charly-sous-Bois. Ils apprirent en s'éveillant que l'avant-garde de l'armée allemande occupait les hauteurs de Cœuilly, qui font face à leur village, et que M. Wassmann, le riche et bienfaisant locataire du pavillon des Sorbiers, l'ami de la France, était allé rejoindre les Prussiens, après avoir préalablement poignardé sa fille.

A vrai dire, la première de ces deux nouvelles les étonna moins que la seconde, car, depuis quelques jours, il n'y avait plus moyen de se faire illusion sur les progrès de l'ennemi; mais la fuite des Teutons de la villa les plongea dans une véritable stupeur.

Wassmann, dans les derniers temps, avait conquis leurs sympathies, et ils eurent bien de la peine à croire que ce gracieux personnage n'était ni plus ni moins qu'un espion et un assassin. Il leur fallut pourtant se rendre à l'évidence quand ils surent que le corps ensanglanté de mademoiselle Catherine avait été relevé par les soins de M. le maire et que, dans la maison, visitée de fond en comble par les francs-tireurs et les gendarmes, on n'avait trouvé personne. Le maître n'y avait laissé que les meubles et les voitures, espérant peut-être les reprendre, quand ses amis les Allemands occuperaient Charly. Il avait soigneusement emporté ses papiers, ses plans et ses armes, preuve manifeste que le déménagement, préparé de longue date, avait été effectué peu à peu, grâce clair et si précis de Marcel. Le juge d'instruction avait entendu plusieurs fois l'enfant, et il avait acquis la certitude qu'il disait la vérité sur tous les points. Rose avait dû être empoisonnée par le Prussien. Ayant eu vent des remords qui la tourmentaient, il s'était défait d'elle pour l'empêcher d'avouer le coup de pouce donné à l'horloge le soir de l'assassinat de Michel.

La lettre anonyme reçue par Jacqueline le matin de ce même jour fut comparée à celle qui avait servi à bourrer le fusil et à celle qui était destinée au capitaine Henri de Brannes. Aucun doute n'était possible sur la complète identité de l'écriture de ces trois pièces, et par suite sur la culpabilité de l'homme du pavillon.

D'un autre côté, on acquit la certitude que le séjour à Paris et à Charly du sieur Wassmann n'avait jamais eu d'autre but que l'espionnage, et que l'opulence qu'il étalait depuis deux ans était alimentée par les fonds secrets de la légation prussienne. Sa situation d'espion diplomatique et militaire étant bien établie, sa conduite s'expliquait à merveille et ses crimes s'enchaînaient tout naturellement les uns aux autres.

Il avait tué Amstein, parce que l'Alsacien Amstein s'était rencontré avec lui autrefois à Colmar, où il exerçait déjà son joli métier, probablement sous un autre nom, et parce qu'il craignait d'être reconnu et dénoncé comme Prussien par le vieux garde-chasse. Il avait tué Rose parce que Rose était sa complice et que Rose pouvait être tentée de parler. Il avait tué Catherine, parce que Catherine possédait aussi son secret et surtout parce qu'elle refusait de seconder ses ignobles projets et de le suivre au quartier général allemand.

Julien, dans les nombreux entretiens qu'il eut avec le magistrat, parvint à reconstituer l'histoire du premier crime jusque dans les moindres détails de ses préparatifs et de son exécution. Wassmann, résolu à assassiner Michel, n'attendait qu'une occasion de l'assassiner avec la certitude de l'impunité. Déjà, depuis plusieurs jours, la dame de comptoir du *Grand-Vainqueur*, vraisemblablement placée là par lui et forcée de lui obéir par suite de quelque ancienne complicité qui la mettait sous sa dépendance, la dame de comptoir avait reçu secrètement l'ordre de pratiquer tous les soirs sur son horloge la manœuvre du retardement des aiguilles, et d'exécuter ce tour de passe-passe à l'heure où le garde avait l'habitude de faire sa première ronde dans le bois de la Bélière.

L'accident de Marcel fournit l'occasion attendue. Wassmann, sur la place de la Bastille, avait pensé à donner rendez-vous à Jacqueline Ledoux au café tenu par mademoiselle Rose, afin de pouvoir y faire acte de présence devant les habitués, sous le prétexte très-naturel de s'informer de la santé de l'enfant renversé par ses chevaux.

Toute cette mise en scène ainsi arrangée à l'avance, il avait dû sortir déguisé et armé par la petite porte de son jardin, vers huit heures et demie, gagner rapidement le bois de M. de Brannes et s'y embusquer près du sentier que le garde avait coutume de suivre dans sa tournée.

Michel étant tombé sous le coup de fusil à neuf heures précises, Wassmann avait dû s'enfuir à toutes jambes et rentrer par le même chemin au pavillon, ôter à la hâte la blouse et le pantalon qu'il avait revêtus par-dessus ses habits, puis s'acheminer vivement par la grande rue du village vers le *Grand-Vainqueur*, où il avait dû arriver en réalité vers neuf heures et demie, mais dont l'horloge, habilement manœuvrée par mademoiselle Rose, marquait alors neuf heures moins dix minutes.

Ainsi s'expliquait l'alibi qui avait failli envoyer à l'échafaud un innocent.

Quant à l'avis envoyé à la femme Ledoux par l'infortunée Catherine, il s'expliquait très-bien. La prétendue fille de Wassmann connaissait Jacqueline, qui lui apportait souvent des bouquets au pavillon ; elle causait même volontiers avec elle et elle avait pu lui entendre dire que Michel était son cousin. Décidée à empêcher, si elle le pouvait, un crime qu'elle prévoyait, et répugnant à dénoncer l'homme auquel le sort avait enchaîné sa destinée, elle avait eu naturellement la pensée d'avertir par une lettre anonyme la femme du jardinier, ignorant sans doute que cette femme ne savait pas lire.

La fatalité s'en était mêlée. La lettre avait été lue trop

tard; Robert était venu braconner dans le bois de la Bélière juste au moment où Wassmann y tuait Michel. On sait le reste.

Quant à la suite de ses démêlés personnels avec le Prussien, Julien ne put acquérir une certitude aussi complète, mais il demeura convaincu que c'était bien à lui qu'il avait donné la chasse dans ce même bois et qu'il avait trouvé assis au bord de la Marne et faisant mine de peindre un paysage. Il persista à croire aussi que l'abominable espion, dont il s'était fait un ennemi en se mêlant de défendre Robert, avait tenté de lui voler, une fois par effraction et une autre fois par violence, la lettre compromettante; que ce même scélérat avait essayé de le noyer dans la Seine devant l'île de Croissy, et que le noble seigneur de Saint-Avertin n'était qu'un agent soudoyé pour lui donner un coup d'épée.

Ce dernier personnage avait du reste filé comme un lièvre peu de jours avant l'investissement de Paris, et il était bien permis de croire qu'il était allé en villégiature dans un des départements occupés par les Prussiens.

Le juge d'instruction avait admis tous ces faits, les uns comme prouvés, les autres comme probables, et, en conséquence, il avait donné l'ordre d'élargir Robert. En d'autres temps, le braconnier, déchargé de l'accusation d'assassinat, eût été très-probablement retenu en prison, car il avait à répondre de plusieurs délits justiciables de la police correctionnelle, tels que vagabondage, chasse avec engins prohibés et autres. Mais Paris était assiégé, et le digne magistrat fut d'avis qu'au lieu de garder sous les verrous un garçon vigoureux et brave, il valait mieux lui accorder la liberté d'aller se battre.

Robert ne demandait pas autre chose, et cela pour beaucoup de raisons. D'abord, son tempéramment l'y poussait et aussi une vieille rancune qu'il nourrissait contre les Allemands; mais, de plus, pendant les derniers temps de sa détention à Mazas, il s'était opéré en lui un changement extraordinaire.

En apprenant de la bouche de M. Jean la touchante histoire du dévouement d'Eugénie pour cet enfant d'une rivale si miraculeusement retrouvé, en voyant les preuves écrites de la filiation de Marcel, le braconnier était revenu à de meilleurs sentiments pour les siens.

Il avait demandé pardon à sa femme de toutes les souffrances imméritées qu'il lui avait infligées. Il s'était montré tout disposé à la rendre heureuse, à vivre pour elle et pour ses enfants, y compris le petit trouvé qu'elle avait généreusement accueilli comme s'il eût été de son sang ; car, depuis le départ des Ledoux, Marcel habitait la maison d'Antoine Cormier avec ses frères de père, et Eugénie le traitait comme s'il eût été son propre fils. Mais, en même temps qu'il manifestait un profond repentir du passé et une vive tendresse pour les siens, Robert exprimait la ferme volonté de racheter ses fautes par des actes.

A sa sortie de prison, il prit à peine le temps d'embrasser sa femme et ses enfants, et il courut s'engager dans un petit corps de francs-tireurs, non pas de ceux qui paradaient dans Paris avec des oripeaux galonnés et des plumes à leur chapeau. Les camarades qu'il choisit étaient tous gens recherchant de préférence les coups de main les plus audacieux et parfaitement décidés à se faire tuer.

M. de La Chanterie, qu'il alla remercier le jour même, chercha à lui persuader d'entrer dans les bataillons de marche de la garde nationale où, en sa qualité d'ancien sous-officier il aurait pu se rendre utile. Rien n'y fit. Robert tenait à voir l'ennemi souvent et de près. Le surlendemain de sa mise en liberté, il était aux avant-postes, sur la Marne.

Eugénie pleura beaucoup, mais elle se résigna, car elle sentait bien elle-même que son mari avait besoin de se réhabiliter, et puis elle espérait qu'il l'aimait encore et que Dieu le protégerait.

Le bonheur était revenu à la rue de Charonne. Les Cormier, sauvés des griffes des usuriers, payaient leur dette de reconnaissance au bon curé de Charly en comblant ses protégés de soins affectueux.

Dans l'hôtel du comte de Brannes, on commençait aussi à revoir des jours moins sombres. Henri était entré en convalescence et n'aspirait qu'à reprendre un service actif. Gabrielle vait avoué à son père qu'elle aimait Julien et obtenu son consentement à leur futur mariage. Mais il fallait, pour que cette union pût s'accomplir, que la guerre prît fin, et quand et comment devait-elle finir? C'est ce que se demandaient, par une belle soirée de la fin d'octobre, trois des principaux personnages de cette histoire, qui se trouvaient réunis dans le clocher de l'église de Charly.

Julien de La Chanterie servait avec une régularité exemplaire au 7e bataillon de la mobile qui campait pour le moment à l'entrée du bois de Boulogne, et il ne demandait que de rares et courtes permissions pour aller voir à leur hôtel du quai d'Orsay son oncle, son cousin Henri, et surtout sa cousine Gabrielle.

Ce jour-là, par exception, il était parti de l'avenue de Neuilly de grand matin, et, après avoir déjeuné en famille chez M. de Brannes, il avait pris le chemin de fer de Vincennes, et il était arrivé à l'improviste au presbytère de Charly où M. Jean l'avait reçu à bras ouverts. Sa surprise ne fut pas médiocre d'y trouver son ancien protégé Robert.

L'ex-braconnier et la petite troupe d'enfants perdus dont il faisait partie opéraient depuis quelques semaines, sur la ligne de la Marne, entre Créteil et Charly. Il avait eu, de son côté, l'idée de faire une visite au curé, et, laissant ses camarades devant Champigny, il était venu à travers bois, la carabine à l'épaule et le couteau de chasse au ceinturon.

L'accueil fut de part et d'autre joyeux et cordial. Julien savait que cet irrégulier se lavait de son passé en se conduisant en homme de cœur, et il ne fit nulle difficulté de le traiter comme un compagnon d'armes. M. Jean gardait à Julien une vive amitié rehaussée d'estime et même d'un peu d'admiration; il éprouvait pour le père de son cher petit Marcel une sympathie fondée sur le retour du braconnier à tous les bons sentiments et aussi sur l'intérêt qu'il portait à la pauvre Eugénie. Robert avait voué à ses protecteurs une reconnaissance et un attachement sans bornes. C'était donc une fête pour tous les trois que cette rencontre, la première depuis que le garde-mobile et le franc-tireur avaient rejoint leurs corps respectifs.

On échangea de chaudes poignées de main, on parla peu

du passé et beaucoup du présent, et on but à la défaite des Prussiens avec une bouteille de vieille eau-de-vie que le curé tenait en réserve pour les grandes circonstances.

Julien et Robert devaient retourner à leur poste dans la soirée, et M. Jean, avant que l'heure fût venue de se séparer, voulut leur montrer les lignes prussiennes qui entouraient de bien près sa paroisse.

On les voyait à merveille du haut du clocher, où les ingénieurs attachés à cette section de la défense de Paris avaient installé une lunette d'approche et un appareil à signaux. Pour le moment, il n'y avait personne de service à cet observatoire, et le curé, qui avait la clef de l'escalier de la tour, put y conduire ses amis pour leur faire voir le curieux et triste tableau que présentaient alors les environs de ce bourg de Charly, naguère encore si frais, si coquets, si charmants.

Ils avaient derrière eux le bois de Vincennes dont les feuilles jaunies tombaient déjà une à une au souffle glacé de la bise d'automne; à leurs pieds, la Marne coulait silencieuse et déserte, la Marne dont les échos répétaient jadis les chants joyeux des canotiers; plus loin, la plaine de Villiers, grisâtre et nue; plus loin encore, les côteaux boisés de Cœuilly. Rien ne bougeait dans ce paysage morne. Seulement, çà et là, de maigres fumées s'élevant lentement derrière un buisson ou un abatis d'arbres indiquaient la place d'un bivouac prussien. L'ennemi était là.

Parfois un petit nuage blanc sortait du rideau d'arbres qui bordait la rivière et le vent apportait le bruit sec du coup de fusil d'un tirailleur embusqué sur la rive.

Les yeux de La Chanterie, après s'être promenés sur cet horizon désolé, s'arrêtèrent malgré lui sur le pavillon des Sorbiers. Il voyait le jardin et la petite porte où Catherine était tombée, et il songeait à la malheureuse victime de M. Wassmann.

— Pauvre femme! lui dit M. Jean, qui avait deviné sa pensée. Finir ainsi! Saurons-nous jamais son vrai nom et les liens qui la rivaient à ce monstre?

— Je crains bien que non, pas plus que nous n'apprendrons jamais ce qu'était au juste son autre victime, cette Rose qu'il

a empoisonnée. Mais c'est lui que je voudrais retrouver, le
misérable, pour lui envoyer une balle.

— Si votre bataillon venait camper ici vous pourriez le rencontrer, car il n'a pas quitté les environs, et je l'ai vu distinctement bien des fois.

— Vous l'avez vu ! s'écria Julien au comble de la surprise.

— Oh ! comme je vous vois. Il occupe je ne sais quelles
fonctions, moitié civiles, moitié militaires, au quartier général
de l'armée allemande qui est devant nous et il vient souvent
se promener à cheval sur le bord de la rivière, en face de
son ancienne habitation. Avec cette lunette d'approche, je le
reconnais parfaitement quand il se montre.

— Est-ce possible ! en vérité, vous me donnez envie de
demander une permission de quatre jours pour venir m'établir
sur la berge et tâcher de le tirer au passage.

— Oh ! il prend ses précautions. Et cependant je suis
persuadé qu'il lui arrive souvent de passer la Marne, la nuit,
pour venir rôder au pavillon et même peut-être dans le
village.

— Alors, il serait facile de le guetter, de...

— Monsieur le curé, dit Robert qui avait appliqué son
œil à la lunette ; voilà justement un homme à cheval qui
s'avance là bas, derrière le rideau de peupliers... ah ! main
tenant, je le vois en plein... il s'arrête au bord de l'eau et i
regarde de ce côté-ci avec une lorgnette... il la remet dans sa
poche... il montre sa vilaine face. Mille tonnerres ! cria tout
à coup le braconnier, c'est Tichdorf !

— Tichdorf ! dirent en chœur le curé et Julien. Qui ça,
Tichdorf ?

— Le gueux qui m'a dénoncé autrefois à la police après
avoir fait semblant de conspirer avec moi... le gredin qui
m'écrivait des lettres anonymes contre ma femme...

— Ah ! je me souviens ! murmura M. Jean. Vous m'avez
raconté son histoire quand vous étiez encore en prison. Il a-
vait été votre associé, et il vous avait ruiné.

— Et il était Prussien. C'est bien ça, dit Robert. Mais, du
diable si je m'attendais à le retrouver ici caracolant sur un
beau cheval. Je croyais qu'il avait été pendu dans son pays.

— Êtes-vous bien sûr que ce soit lui?

— Parfaitement sûr. La lunette est excellente. J'aurais reconnu Tichdorf rien qu'à ses favoris rouges, qui font comme des ailes de moulin à vent autour de sa figure. Ah! le gredin! Cette fois, il ne s'en ira pas comme il est venu, et, pas plus tard que cette nuit...

— Laissez-moi regarder aussi, dit Julien en prenant la place de Robert au télescope.

— C'est singulier, grommelait le curé. A l'œil nu, il me semble reconnaître le cheval et l'homme.

— Mais c'est Wassmann! s'écria Julien.

— Je savais bien que je ne me trompais pas, reprit M. Jean. D'ailleurs, il vient presque tous les soirs à cet endroit-là.

— Et moi, messieurs, dit le braconnier, je soutiens que c'est Tichdorf. Croyez-vous donc qu'on oublie la figure d'un homme qui vous a volé, trahi, vendu...

— On n'oublie pas non plus celle d'un misérable qui a empoisonné, assassiné, interrompit Julien; mais nous avons raison tous les deux... Tichdorf, c'est Wassmann.

— Quoi! Wassmann! l'homme du pavillon! celui qui...

— Celui qui a tué Michel, celui dont les ruses infernales ont failli vous envoyer à l'échafaud. Il s'appelait Tichdorf, il y a cinq ans, quand il vous livrait à la police; il a changé de nom pour rentrer en France.

— C'est bien, dit Robert entre ses dents. Son compte est bon.

— Voilà une rencontre inouïe, s'écria le curé qui venait de regarder aussi avec la lunette. Maintenant, je suis sûr comme vous que c'est Wassmann, mais je ne puis pas comprendre que cet homme ait joué à Paris tant de rôles différents et en si peu d'années, sans que personne ait soupçonné...

— Nous sommes si confiants et si bêtes, nous autres Français, dit amèrement La Chanterie. Ne savez-vous pas que, depuis dix ans, la Prusse n'a cessé de nous envoyer des espions, et sous toutes sortes de déguisements. Au surplus, Robert va nous renseigner, et très-probablement nous apprendrons beaucoup de choses que nous ignorons encore. Comment aviez-vous connu ce Tichdorf?

— Je l'avais vu pour la première fois, il y a bien longtemps,
quand je tenais garnison à Colmar. Là il se disait Badois et il
menait joyeuse vie... toujours fourré avec les sous-officiers,
il leur payait des repas superbes et il faisait boire les soldats.

— Parbleu ! il commençait son métier d'espion. Et, j'y
pense, c'est évidemment là qu'il a connu Michel Amstein.

— Pas à cette époque-là, mais plus tard. Il courait sans
cesse l'Alsace, surtout les villes de garnison, et il en avait
tant fait, que tout le monde s'y défiait de lui, à ce que j'ai
appris quand il n'était plus temps de me garer de ses traî-
trises. Cinq ou six ans après, je l'ai retrouvé à Paris. Il
prétendait être dans les affaires, il m'a fait mille politesses,
et je me suis laissé aller à m'associer. Vous savez la fin.

— Avez-vous jamais vu alors chez lui, ou avec lui, une
jeune fille...

— Non, une vieille ou du moins une femme d'un certain
âge, qui tenait pour son compte un débit de liqueurs sur le
boulevard du Temple, et qui passait pour avoir été sa maîtresse ; il l'avait, je crois, amenée de Metz.

— La pauvre demoiselle Rose aussi était de Metz, dit
M. Jean.

— Blonde, grasse, un peu couperosée? demanda Robert.

— Oui, c'est bien cela.

— C'est la même. Cette femme était son âme damnée, et
il y a apparence qu'elle en savait long sur ses espionnages.
J'ai su en Angleterre qu'elle avait disparu en même temps
que lui.

— Et il l'a ramenée quand il est revenu sous un autre nom
s'établir à Charly, et il lui a acheté le café du *Grand-Vainqueur*, afin d'avoir dans le village une oreille ouverte et un
lieu public dont il pût disposer au besoin. Nous avons vu
comment il en a usé dans l'affaire de Michel.

— La malheureuse a payé bien cher ses complaisances
coupables, dit tout bas le curé.

— Il ne nous reste plus à découvrir que la véritable personnalité de sa prétendue fille, reprit Julien. A présent que
vous savez que Wassmann s'appelait autrefois Tichdorf,

devinez-vous, Robert, qui pouvait être cette Catherine, si cruellement traitée par ce scélérat ?

— Je ne l'ai jamais vue, je n'en puis donc rien dire. A son autre séjour à Paris,, quand nous étions associés, il n'avait avec lui ni fille, ni femme. Mais je parierais que cette Catherine est l'enfant de braves gens qui le logeaient autrefois à Colmar. Je me souviens que de mon temps ils avaient une petite de ce nom-là. Naturellement elle aura grandi, et quand Tichdorf est retourné en Alsace, il aura trouvé bon de la séduire et de l'emmener.

— C'est fort probable. Ainsi cette dernière victime de Wassmann était Française comme les autres...

—Raison de plus pour que je le tue, dit Robert en saisissant son remington qu'il avait déposé dans un coin et en le jetant sur son épaule.

— Que voulez-vous faire, mon ami ? demanda M. Jean.

— Je viens de vous le dire, monsieur le curé, répondit Robert ; je veux écraser une bête venimeuse... tuer Tichdorf.

— Mais vous ne songez pas, j'espère, à aller l'attaquer au milieu des Prussiens ?

— Ce ne serait pas la première fois qu'il m'arriverait d'enlever un de leurs factionnaires dans leurs lignes. Mais avec Tichdorf, je ne veux rien donner au hasard, et j'ai un autre plan. Le coquin passera la rivière cette nuit, j'en réponds.

— C'est très-probable, dit Julien qui avait remplacé le braconnier à la lunette. Il vient de confier son cheval à un soldat qui l'emmène, et il cause maintenant avec les tirailleurs allemands embusqués derrière le rideau de peupliers. Le jour baisse, il doit y avoir une barque cachée sous la berge.

— Oui, répliqua le curé. Ils en ont une là-bas, derrière le tronc de ce gros saule couché sur l'eau.

— C'est ce que je pensais, reprit Robert. Je sais maintenant ce que j'ai à faire. Comptez que cette nuit Michel sera vengé.

— Voulez-vous m'emmener ? demanda vivement Julien.

Le braconnier hésita un instant avant de répondre, mais il finit par dire :

— Non. Pour bien travailler, il faut que je sois tout seul.
Et puis, pardonnez-moi, monsieur, si je vous refuse, mais ce
chenapan peut se défendre, et, s'il doit faire encore du mal à
quelqu'un, je ne veux pas que ce soit à vous.

— Et s'il vous tue?

— S'il me tue, la perte ne sera pas grande, mais je suis
sûr qu'il ne me tuera pas.

— D'ailleurs, n'êtes-vous pas obligé de rentrer ce soir à
votre bataillon? dit M. Jean, en s'adressant à Julien.

— Non. J'ai une permission de quarante-huit heures.

— Oh! bien, vous en passerez donc vingt-quatre chez moi,
s'écria le curé tout joyeux. Rappelez-vous, au surplus, que
vous appartenez à l'armée régulière et que le premier devoir
d'un soldat est de se faire tuer à son poste et non autre part.
Vous n'avez pas le droit d'entreprendre des expéditions de
fantaisie.

— Monsieur, dit Robert, il me semble que M. le curé a
raison. Laissez-moi faire ma besogne de franc-tireur et je
vous promets que tout ira bien.

— Si j'avais seulement mon chassepot, murmura La Chanterie.

— Oui, mais vous ne l'avez pas, dit le curé, et vous ne
me ferez pas le chagrin de m'abandonner ce soir, moi qui
vous vois si rarement.

— Eh bien, soit! je resterai; mais, si Robert ne réussit
pas cette nuit, je recommencerai prochainement pour mon
compte la chasse au Wassmann.

— Je vais tâcher de vous éviter cette peine, murmura le
braconnier. Adieu, messieurs.

— Promettez-nous, du moins, s'écria M. Jean, de venir
demain matin nous rassurer, car je ne serai pas tranquille
tant que je ne vous aurai pas revu.

— Je vous le promets, dit Robert en se précipitant dans
l'escalier.

Julien fit encore mine de vouloir le suivre, mais le curé le
retint par le bras et lui souffla :

— Votre oncle et votre cousine ne vous pardonneraient
pas de prendre part à une surprise nocturne contre cet hom-

me. Après ce qui s'est passé entre vous, ce serait presque un assassinat.

Le jeune homme se tut. Il sentait bien qu'il ne lui convenait pas de guetter son ennemi personnel et de le tuer par des procédés à l'usage des Peaux-Rouges. Quelques instants après, du haut du clocher où ils restèrent jusqu'à la chute du jour, ils virent Robert cheminer tranquillement sur la grande route, s'arrêter devant la grille ouverte du pavillon des Sorbiers et disparaître derrière les murs du jardin.

— Il pense que Wassmann vient visiter la nuit son ancienne habitation et il compte l'attendre, dit M. Jean. Il n'a peut-être pas tort.

Le calme le plus profond régnait sur les deux rives de la Marne qui paraissaient absolument désertes. La nuit venait. Le curé et Julien quittèrent leur observatoire pour rentrer au presbytère, où ils passèrent ensemble une assez triste soirée.

Après avoir soupé frugalement, car les vivres commençaient déjà à être rares, et devisé du passé et de l'avenir, ils se séparèrent de bonne heure, après s'être promis de se retrouver dans le clocher le lendemain matin dès l'aube.

Julien ne put pas fermer l'œil. Il s'attendait à chaque instant à entendre des coups de feu du côté du pavillon, mais la nuit fut exceptionnellement tranquille. On se serait cru à vingt lieues des avant-postes.

Ce silence inquiétait La Chanterie sur le sort du braconnier et M. Jean partageait sans doute ses craintes, car il vint trouver son hôte un peu avant le jour pour lui proposer de reprendre leur poste d'observation. Chacun d'eux pensait à part lui que Robert avait dû être tué ou fait prisonnier, mais ils ne se confièrent pas leurs impressions.

Ils étaient établis depuis un quart d'heure à la fenêtre en ogive du clocher, et l'aube blanchissait l'horizon, lorsque Julien, qui avait déjà l'œil collé à la lunette, s'écria :

— Je crois que je le vois. Il est debout, appuyé extérieurement contre la grille au pied de laquelle Catherine est morte. Oui... oui, c'est bien lui... je reconnais sa grande capote et son feutre à grands bords... que diable fait-il là ?

— Il attend Wassmann, sans doute... mais il va se faire

tuer, le malheureux... en face de lui, à moins de deux cents
mètres, la rive gauche de la Marne est couverte de sentinel-
les prussiennes cachées derrière les arbres... il va leur servir
de cible dès que le jour paraîtra.

— Ils n'attendront même pas le jour. Je viens de voir une
petite fumée blanche partir de la ligne des saules. Ecoutez !

Le son grêle d'un coup de fusil lointain perça le silence
profond du crépuscule.

— Par bonheur, ils l'ont manqué, dit Julien qui ne quittait
pas le télescope. Le voilà averti... il va détaler.

— Dieu soit loué ! murmura le curé.

— Non !... il reste... il faut qu'il soit fou... s'il ripostait
du moins... mais pas du tout... son remington est posé à
côté de lui et il n'y touche pas... il veut donc se faire tuer

— Ils tirent encore !... ils tirent tous... c'est un feu de
peloton, s'écria M. Jean en montrant un gros nuage de fumée
qui tourbillonnait sur la berge.

— Il tombe !... il est tombé !... répondit La Chanterie.
Cette fois, ils ne l'ont pas manqué, les misérables ! Encore
un que Wassmann aura tué !

— Pauvre Robert ! murmura le curé en s'agenouillant pour
prier.

— Je le vengerai, dit Julien qui montrait le poing aux Prussiens. Wassmann l'emporte encore, mais ce ne sera pas pour
longtemps ; je le tuerai ou il me tuera. Qui aurait jamais
pu croire à une telle imprudence de la part de ce malheureux garçon... se planter à découvert devant la ligne des factionnaires ennemis et à demi-portée encore !...

M. Jean s'était relevé. Il avait fini sa prière et il regardait
tristement la grande route qui s'allongeait au pied du clocher,

— C'est singulier, murmura-t-il tout à coup. Voici un homme qui sort du pavillon et qui a l'air de venir ici.

— Mais, s'écria La Chanterie en abandonnant sa lunette et
en se penchant à la fenêtre gothique, on dirait un Prussien. Voyez-vous sa casquette plate à bordure rouge. Ah !
si c'est un de ces bandits qui a l'audace de venir se promener
dans Charly, après avoir tué notre pauvre Robert, il va
payer pour les autres.

— Attendez ! il agite son fusil en l'air, comme pour nous faire signe... si c'était...

— En effet... cette taille... cette carrure...

— Il ôte sa casquette... il nous salue... et, décidément, je ne me trompe pas, c'est lui ! c'est Robert.

Julien, qui avait reconnu aussi le braconnier, répondit par un cri de joie et se précipita dans l'escalier. Le curé suivit aussi vite que le lui permettaient ses jambes de soixante ans. Ils rencontrèrent le braconier devant le portail de l'église et ils l'embrassèrent de bon cœur.

— Nous vous avons cru mort, lui dit La Chanterie. Que s'est-il donc passé ? Tout à l'heure encore, en vous voyant de là-haut venir à nous ainsi accoutré, je ne vous reconnaissais pas.

— Ah ! oui, à cause de la casquette à bande rouge. C'est celle de Tichdorf, répondit tranquillement Robert.

— Comment ! celle de Tichdorf ! mais alors, il serait donc... et moi qui pensais vous avoir vu tomber sous les balles, là-bas, au bout du jardin...

— C'est Tichdorf qui est tombé.

— Tichdorf !... Wassmann !... mais c'est impossible !

— Pardonnez-moi. Il m'en coûtera un feutre tout neuf et une capote d'uniforme, mais nous sommes débarrassés de ce gredin-là. Ses bons amis les Prussiens lui ont logé une balle dans la tête et deux dans la poitrine... ça fait juste le compte pour les trois personnes qu'il a envoyées dans l'autre monde.

— Voyons, expliquez-vous ! je ne comprends plus.

— C'est juste. Hier soir, je n'ai pas eu le temps de vous parler de mon plan. Pour ces affaires-là, j'ai une méthode à moi qui réussit toujours. Je n'aime pas à me servir du fusil. Ça fait du bruit et ça attire des curieux. Aussi, j'ai toujours sur moi mon couteau de chasse et une corde à nœud coulant.

— Et vous avez surpris Wassmann ?

— Voilà. J'étais à peu près sûr que s'il passait la Marne en bateau, il devait entrer d'abord dans son ancienne *cassine*, dont il connaît tous les tours et détours, où il a peut-être

même une cachette à son service. J'ai donc été tranquillement
me coller contre le mur, au bas du jardin et en dedans de la
petite porte. Je me disais : s'il amène quelqu'un avec lui, je
ne bougerai pas de mon coin, je le laisserai passer et je tâcherai de le rattraper plus loin ; mais j'étais à peu près sûr
qu'il viendrait seul. Ça n'a pas manqué, mais j'ai attendu
longtemps.

Il était plus de minuit quand j'ai entendu parler allemand
sur le chemin de halage. Le soldat qui avait ramé lui demandait des ordres avant de repasser l'eau. J'ai avancé la tête
pour regarder, et j'ai vu un homme seul qui montait la pente.
Je me suis reculé et j'ai apprêté ma corde. Le reste a marché
comme sur des roulettes. Au moment où il passait la porte,
je lui ai jeté mon nœud coulant autour du cou et j'ai tiré à
moi. Il est tombé comme un bœuf qu'on abat ; je l'avais à
moitié étranglé du premier coup.

— Il n'était pas mort pourtant, puisque...

— Non, heureusement, car j'avais mon idée. J'aurais pu
le tuer d'un coup de couteau, mais ça me répugnait. Alors,
je lui ai lié solidement les pieds et les mains avec une autre
corde fine que j'avais dans ma poche ; je l'ai bâillonné avec
ma ceinture de laine, et quand j'ai été bien sûr qu'il ne pourrait plus ni remuer, ni crier, j'ai desserré le nœud. Il est
revenu à lui et je me suis donné le plaisir de lui dire à
l'oreille mon nom et deux mots des vieux comptes que nous
avions à régler ensemble. Il ne pouvait pas me répondre,
mais j'entendais ses dents qui grinçaient.

Après lui avoir dit tout ce que j'avais sur le cœur, je l'ai
traîné dehors, je l'ai soulevé dans mes bras, je l'ai mis debout
contre la grille et je l'y ai attaché de manière qu'il ne pouvait plus tomber. Alors, j'ai pris sa casquette et son manteau ;
je lui ai mis mon feutre sur la tête et ma capote sur les épaules.
Puis, je me suis caché encore derrière le mur, et j'y suis
resté jusqu'au jour. Je voulais voir la fin de la pièce.

— C'est horrible ! murmura M. Jean.

— Horrible, oui ; mais il ne l'avait pas volé. Je vous disais
donc que j'avais calculé juste. Dès qu'on a commencé à y
voir clair, les factionnaires prussiens ont aperçu un homme

planté devant la porte du jardin. Ils l'ont pris pour un Français, et ils lui ont envoyé des coups de fusil qui ont porté. C'était tout ce que je voulais. Tichdorf ne méritait pas mieux que du plomb allemand. Dès que j'ai été bien sûr qu'il était mort, je suis parti, et me voilà.

Julien avait écouté sans sourciller ce terrible récit qui faisait frissonner le curé.

— Dieu a puni l'assassin de Michel, dit le neveu du comte de Brannes.

— Hélas ! sommes-nous bien sûrs que c'était lui ? soupira M. Jean repris d'un scrupule tardif que l'émouvante description du supplice infligé à Wassmann venait de réveiller en même temps que sa pitié.

— Quoi ! vous en doutez encore après tant de preuves !

— Malgré moi, les dernières paroles de Michel me reviennent à l'esprit en ce moment, et...

— Qu'a donc dit Michel avant de mourir ? demanda Robert.

— Des syllabes inarticulées, répondit Julien. Il a murmuré a peu près ceci : c'est le *br*... le *br*...

— Et M. le curé a cru qu'il voulait dire : C'est le braconnier ?

— Oui, je l'avoue, et maintenant encore...

— Mais Michel était Alsacien, s'écria Robert.

— Eh bien ?

— Eh bien ! il avait l'accent allemand.

— C'est vrai, s'écria Julien.

— Et il prononçait les *p* comme des *b*, et il voulait dire : c'est le *Brussien*... le Prussien... et, pour lui, le Prussien, c'était Tichdorf... Wassmann, si vous voulez.

Le curé se mit à prier tout bas. Il remerciait Dieu de lui avoir ôté le seul poids qui pesât encore sur sa conscience, et il s'inclinait devant la suprême Justice.

Julien de La Chanterie a épousé Gabrielle un an après la guerre. Henri de Brannes est chef d'escadron et pense encore quelquefois à la pauvre Catherine ; le comte, son père, a pris

Robert pour garde-général; et les braconniers n'ont pas beau jeu avec un homme qui fut des leurs.

Eugénie et ses enfants sont logés aussi à Chasseneuil. La femme a retrouvé l'affection de son mari et les enfants celle de leur père. Ils sont heureux.

M. Jean achève l'éducation de Marcel et il en fera un homme. Le ménage Cormier n'a plus de dettes et semble en passe de fortune, mais l'usure a ruiné Vétillet, et Digonnard habite pour le moment la Nouvelle-Calédonie. Dieu est juste.

Fabrègue a repris du service dans la cavalerie et a gagné l'épaulette. Du Tremblay est sous-préfet. La tribu des *Nez-Percés* est dispersée.

Le charmant village de Charly-sous-Bois a réparé ses ruines et le café du *Grand-Vainqueur* a changé de maître, mais on y parle encore du coup de pouce de Mlle Rose.

CLICHY. — Impr. PAUL DUPONT, rue du Bac-d'Asnières, 12.